キャプテン・フューチャー最初の事件

アレン・スティール

JN091355

のちにキャプテン・フューチャーの名で太陽系八惑星に知られるカーティス・ニュートンと三人の仲間、フューチャーメンが挑んだ最初の事件！　デネブ人のものとされる月面の遺物が観光用に保存されると決まった式典で、演台に立った月共和国選出の有力議員コルボ。この男こそは、カーティスの幼年期に天才科学者の両親を虐殺した張本人だった。復讐を果たそうとするカーティスたちを、惑星警察機構のエズラとジョオンはマークする。ヒューゴー賞・星雲賞受賞作「キャプテン・フューチャーの死」の著者が、正典を入念に読み込み、完全リブート！

登場人物

カーティス（カート）・ニュートン……キャプテン・フューチャー
サイモン・ライト……生きている脳
グラッグ……チタン製ロボット
オットー……合成アンドロイド
ジェイムズ・カシュー……太陽系連合主席
ジョオン・ランドール……惑星警察機構の三等警視
エズラ・ガーニー……惑星警察機構司令
ヴィクター・コルボ……月共和国選出の有力議員

新キャプテン・フューチャー

キャプテン・フューチャー最初の事件

アレン・スティール

中村　融　訳

創元ＳＦ文庫

AVENGERS OF THE MOON

by

Allen Steele

Copyright 2017

by Allen Steele

This book is published in Japan

by TOKYO SOGENSHA Co., Ltd.

by arrangement with Allen Steel

c/o Sterling Lord Literistic, Inc., New York

through Tuttle-Mori Agency, Inc., Tokyo

日本版翻訳権所有

東京創元社

目次

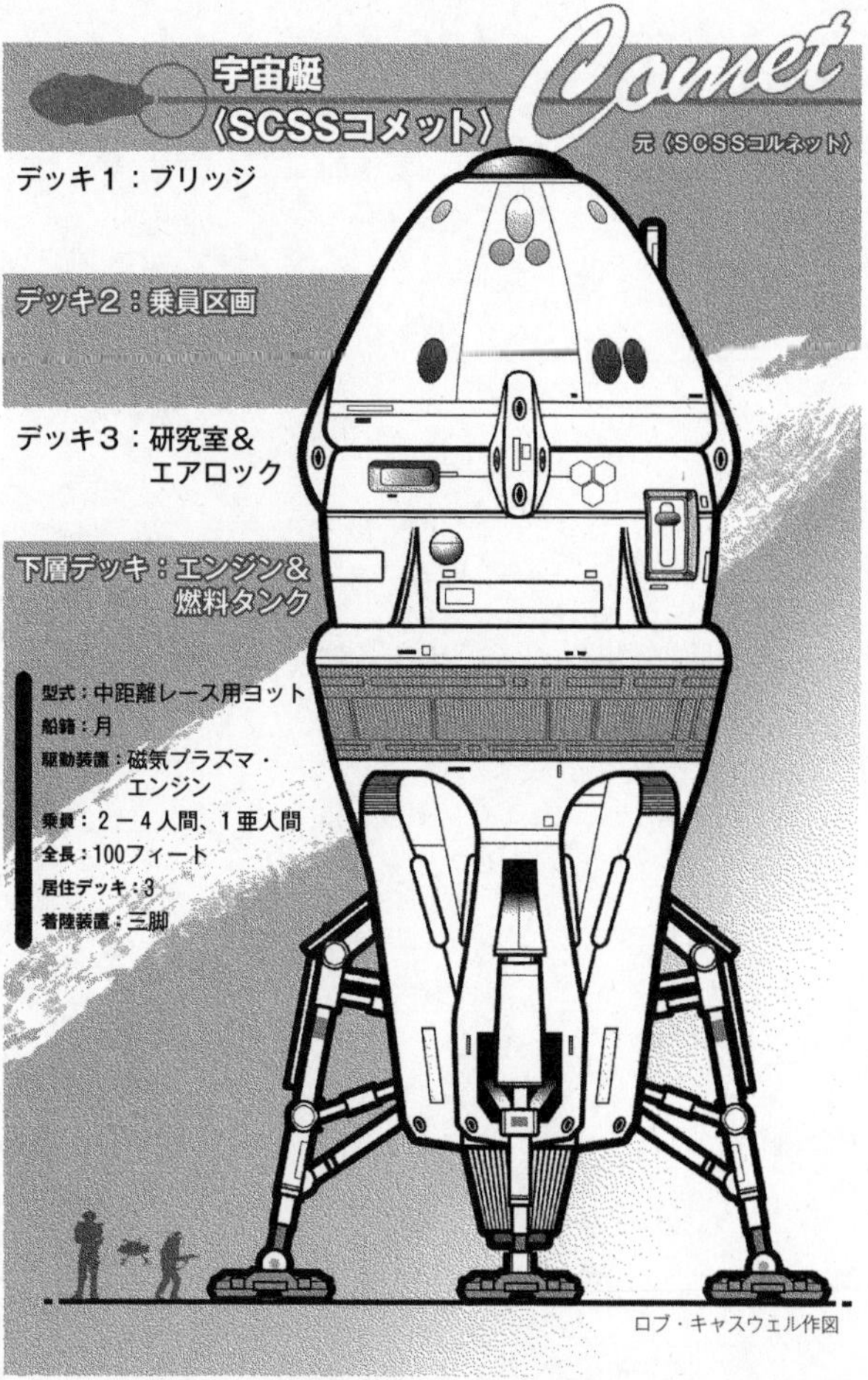
宇宙艇
〈SCSSコメット〉
Comet
元〈SCSSコルネット〉
デッキ1：ブリッジ
デッキ2：乗員区画
デッキ3：研究室&
エアロック
下層デッキ：エンジン&
燃料タンク
型式：中距離レース用ヨット
船籍：月
駆動装置：磁気プラズマ・
エンジン
乗員：2－4人間、1亜人間
全長：100フィート
居住デッキ：3
着陸装置：三脚
ロブ・キャスウェル作図

新キャプテン・フューチャー

キャプテン・フューチャー最初の事件

キャプテン・フューチャーの生みの親にして
スペースオペラの父――エドモンド・ハミルトンに捧《ささ》ぐ

プロローグ　太陽系時代

それは奇跡の時代だった。驚異の時代だった、新しいフロンティアの時代だった。

二十一世紀に、人類はしだいに理解するにいたった。すなわち、その母星――地殻《ちかく》からはほぼすべての利用可能な資源が枯渇《こかつ》し、氷冠《ひょうかん》は溶け沿岸都市は水没し、化石燃料への過度の依存の結果、空は日没時に気味の悪い赤橙色《せきとうしょく》に染まった――は人口のすべてをもはや養《やしな》えず、それゆえ長期にわたる生存の道は宇宙の植民地化にあるのだ、と。星々は（すくなくとも、いまのところは）遠すぎるので、太陽系のほかの天体に行くしかなかった。

おずおずとして小さくためらいがちだった赤ん坊の歩みが、しだいに大胆さを増し、じきに自信たっぷりの闊歩《かっぽ》となり、ついには猪突猛進《ちょとつもうしん》となるように、人類は地球をあとにして虚空《こくう》へと乗りだした。これまでは無人の探査車《ローバー》や近傍通過《フライバイ》する探査機しか訪れなかった世界を探検し、それらを人類の新たな故郷へと変容させたのである。

最初のうち、努力はめったに実を結ばなかった。火星をテラフォームして地球の伴侶にしようという事業は、予想よりも長くかかり、資源採取はけっきょく太陽系のほかの天体に頼るしかなくなった。金星《ヴィーナス》（美の女神の名前でもある）の実態はつねに地獄であったし、最初の遠征が惨憺《さんたん》たる失敗に終わったせいで、この先も地獄でありつづけるだろうと信ずる者がいや増した。木星と土星の諸衛星は、小惑星帯《アステロイド・ベルト》やカイパー・ベルトの微小惑星と並んで、無尽蔵《むじんぞう》と思える資源の宝庫であったが、同時に寒冷で敵意に満ちた場所であり、不注意な人間はたちまち命を落としかねなかった。さしあたり太陽系は、自暴自棄《じき》の者や命知らずの者だけが住む、辺境のフロンティアのままであるかに思われた。だが、こうした惑星を征服しようとするのではなく、それらに合わせることにこそ答えはあるのだ、と理解されるにいたった。

かくして人類はみずからのゲノムを操作し、ついにはこうした遠い世界で快適に生きられるいとこたちを創《つく》りだした。二十四世紀を迎えたころには、人類とその縁者《えんじゃ》は宇宙を航行する種《スピーシーズ》となっており、ひとつ以上の世界に住むようになっていた。

それは黄金時代だった。金星の空中都市から火星の砂漠入植地まで、月のクレーター住居《ハブ》から タイタンやガニメデの地下居住地まで、セレスやヴェスタの採鉱ステーションから冥王星の監獄やセドナの辺境居留地《きょりゅうち》にいたるまで、政治家と詩人、科学者と放浪者、踊り子と兵士、賢者と聖なる愚者《ぐしゃ》、権力のある者とない者、富者と貧者、善のために闘う者とおのれの利益だけを——かならずしも邪悪な行為とはいえないとしても——追求する者がいた。

それは苦難の時代であった。だが、そうでない時代があるだろうか？

それは、いま述べたものすべてが存在した時代であり、さらに多くのものが存在した時代だった……ただし、英雄はいなかった。
当然ながら、英雄が生まれなければならなかった。

第一部　〈直線壁〉での出会い

1

〈直線壁〉は探査ずみの宇宙における最大の奇観のひとつに数えられる。月でただひとつ、《宇宙の百不思議》入りしたそれは、ほかの天体にありながら地球から見える構造物としてはリストに三つしか載っていないうちのひとつだ。ちなみに、ほかのふたつは木星の大赤斑《だいせきはん》と土星の輪である。〈直線壁〉は月《ルナ》の南半球、〈雲の海〉の南東象限《しょうげん》、バート・クレーターのすぐ東に位置している。性能のいい望遠鏡を使えば、雲のない夜に見つけられるだろう。

高さ約八百フィートの切り立った崖の切れ目ない連なり――〈直線壁〉は平坦な火山性の海を南東微北西へのびており、やがて地平線の彼方《かなた》へ姿を消す。長さ六十八マイル、幅一マイル半。それは突如として空中で静止し、そのまま石と化した濃灰色《のうかいしょく》の津波に似ている。人がその基部に立って見あげれば、〈壁〉がいまにも倒れてきて、下にあるものをひとつ残らず押しつぶすように見えても不思議はない。

その正体は断層崖《がい》だということを月地質学者たちはよく理解しているものの、〈壁〉は天然の地形以外のなにかだと主張する者は後を絶たない。彼らによれば、それは地球外生物の遺物、この地を訪れた異星人が、いまも謎につつまれている理由で天然の岩から彫《ほ》りあげた巨大な彫刻なのである。とりわけ〝二つの月の子ら〟がこの説を信奉しているが、この説の起源は二十世紀後半までさかのぼる。疑似科学が、その暗黒時代の住民をまどわす多くの問題のひとつであった時代だ。太陽系時代の黎明《れいめい》に最初の探検者が〈雲の海〉に歩をしるすずっと前に、この説は一笑《いっしょう》に付されていた。そして狂人の《ルナティック》理論——駄じゃれに非《あら》ず——でありつづけたかもしれない、デネブ岩面陰刻《いんこく》さえ発見されなければ。

〈直線壁〉が《宇宙の百不思議》に数えられる主な理由が、その岩面陰刻なのである。

科学者たちと歴史家たちの長年の努力が実り、とうとう太陽系連合議会を説得して、この地を太陽系モニュメントと宣言する法案を通過させ、それに基づいて月共和国は記念物収集家から岩面陰刻を守る措置をとれるようになった。岩面陰刻は化学的な保存処置が講じられ、ガラスのスクリーンに覆われた。そのあと壁に接して建てられた与圧式ドームで全体が囲われた。工事が終わると、バート・クレーターの真東にある壁の西側側面に半透明の水ぶくれが生じたようだった。それは内部から輝いており、おかげで月が欠ける相にはいり、〈壁〉がゆっくりと長くなる影を隣接する平原に落とすころには、まばゆく見えるのだった。

カート・ニュートンを引き寄せたのは、〈直線壁〉太陽系モニュメントの除幕式だった。彼は二度〈壁〉を訪れたことがあり、わずか二年前には一週間を費やして、その上層段丘《だんきゅう》の端から端まで歩きとおした。物静かだが必要不可欠なシェルパとしてグラッグだけを連れて臨《のぞ》んだ試練だった。もっとも岩面陰刻には子供のころから魅《み》せられており、〈生きている脳〉がとうとうチコを離れる許しをくれたとき、サイモンとオットーに連れていってくれと真っ先に頼んだ場所のひとつがここだった。

はじめて〈壁〉を訪れたとき、カートは九歳だった。十一年後、彼は〈壁〉を再訪した。そしていま、三度《みたび》〈壁〉を訪れたのだった。

カートは着陸場の端に飛翔艇《ホッパー》をおろした。エンジンが停止しきらないうちに、オットーが彼のほうを向いた。

「さてと、耳の穴をかっぽじって聞いてください」透明ドーム状の操縦席《コクピット》のなかで隣にすわる青年に彼はいった。「ここには人がわんさといるでしょう。あなたが見たことがないほど多くの人出《ひとで》かもしれません。だから、なにをするにしろ――」

「じろじろ見ないし、だれにも話しかけない」カートがシート・ベルトをはずし、立ちあがって彼のわきをすり抜けた。

「やむにやまれぬ場合をのぞいて。セキュリティの細々《こまごま》としたことはおれにまかせてください。タトゥーはまだちゃんとついてますか？」

カートは左手をあらためた。オットーが手の甲に熱転写してくれた一時的な〈偽《にせ》の〉IDは、まだそこにあった。その符号によれば、彼の名前はラブ・ケイン。地球は北アメリカ地区出身の貨物船乗組員ということになっている。オットーのタトゥーによれば、彼はヴォル・コットー。生粋《きっすい》の月人《セレニアン》で、ポート・ケプラーの住人だ。

「興味を惹《ひ》かれる人に会ったらどうするんだ?」

「そのときは話しかけてもかまいません。でも、失礼にならない程度にしてください」オットーはカートのあとについて尾部のコンパートメントにはいった。カートと同様、はじめから真空服を着こんでいる。あとはスーツ・ラックからとりだした機材を着用するだけだ。

「ルールはわかってますね。素性《すじょう》は明かさない。あなたには名前もないし――」

「家もない。ぼくがだれかは、だれにも関係ない」カートは戒《いまし》めを暗誦《あんしょう》した。その戒めは、クレーターの地下から出ることを許された最初の最初からたたきこまれたものだった。ルールにしたがわないかぎり、〈生きている脳〉はチコ基地から遠出をさせてくれない。ルールを破れば、つぎの三月日《ルナ・デイ》を地下で過ごすはめになる。その孤独な期間は、しだいに耐えがたいものになっていた。

――笑いごとではないぞ、カーティス。きみはまだ自分勝手にふるまう他人とつき合うことになれておらん。きみの安全は匿名性を維持することにかかっている。きみが何者かはだれにも知られてはならん……とりわけ、いまは!

〈生きている脳〉の声がアンニ・インプラントを通して聞こえてきた。カートは左手にはめた大きな指輪にちらっと眼をやった。手袋《グラヴ》をまだ着用していなかったので、そのプラチナの台座の中央にはまっている宝石が見えた。ダイヤモンドはみずからの光で輝いている。〈生きている脳〉が強化された神経回路網《オーグメンテッド・ニューラルネット》インターフェイス（頭文字はAmi）経由で彼とつながっている証《あかし》である。

——それはどういう意味だ、サイモン？　彼は思った。なんで、『とりわけ、いまは』だめなんだ？

いい渋るような間《ま》があった。サイモン・ライトには珍《めずら》しい。——あとですべて説明する。オットーから離れないようにして、話しかけるな——

「了解」カートは声に出していった。「そうするよ」その会話を盗み聞きしていたオットーに視線を走らせる。サイモンがカートにお説教をするとき、アンドロイドがしばしばくれる茶目《ちゃめ》っ気《け》たっぷりのウインクが返ってくるものと思っていた。ところがオットーの顔——真っ白で、毛が一本もなく、傷ひとつない——は真面目そのものだった。どういうわけか、彼の親友は今日はカートをからかう気分ではないらしい。

ふたりはグラヴ、エアパック、ヘルメットを身に着けてから、ホッパー内部を減圧し、側面ハッチをあけると、梯子《はしご》を伝って離着床《しょう》におりた。そこには、彼ら自身の愛機と同じような短距離用舟艇《しゅうてい》から、北方の〈静かの海〉や〈雨の海〉にある大都市からチャーターされてきた大型の月バスまで、ありとあらゆる輸送機関がひしめいていた。もっとも、いちばん風変りなのは、透明ドームのかたわらに接地したリムジンで、与圧された斜路《ランプ》がモニュメントのメイン・エアロックまでのびている。その着陸装置をとり巻く、装飾こそみごとだが、なんの役にも立たない渦巻き模様と、照明と通信アンテナをささえている智天使《ケルビム》の立像にカートは感嘆し、裕福な個人のものだとただちにさとった。正確にだれとはいえないが、たいへん裕福で権力のある人々が除幕式に参列するようだ。

その印象が裏づけられたのは、彼とオットーがエアロックを通りぬけ、待機室で真空服を脱ぎ、検問所を通過したときだった。月社会は独自の厳格な階級制を敷いている。だれが上流階級に属しているかを知る方法のひとつが、透明ドームへのはいり方だ。エリートは、静電気ブラシが表土《ひょうど》を払いのけるあいだ五分も集塵《しゅうじん》機のなかに立っていたり、真空服を脱いだりといったわずらわしい思いをしなくてもいい。専用の輸送機までタクシーが迎えにきて、そのあとは閉鎖式タラップをまっすぐ歩いてドームにはいるのだ。富める者はヘルメットを着脱したり、薄汚い除染処置を我慢したりしなくてもいいのである。

メインの入口を抜けると、モニュメントの中央アトリウムに出た。放射線を濾過《ろか》する月ガラスでできたジデシック・ドームで、〈直線壁〉の下方の崖ぎわに位置しており、支持構造材内部の照明器具に照らされている。フロアは訪問者で混雑していた。招待状をもらった者たちと、なんとか潜《もぐ》りこんだ一般人の両方で。前者はこの機会にと着飾っていた——男性はフロックコート、縞《しま》ズボン、前開き《マンダリン・》の詰め襟《カラー》というでたち。女性は襟《えり》ぐりが深く腿《もも》にスリットのはいった艶《つや》やかなガウンをまとい、金襴《きんらん》シルクのケープをはおっている。月で生まれ育ったのではない者たちは重りがわりのアンクレットを足首につけているが、それさえ意匠をこらしていた。なかには黄金や銀に手のこんだ模様を刻みこんだものもある。シャンパン・グラスとカナッペを載せた大皿を持ったウェイターたちが彼らのもとへやって来た。月っ子《ルーニー》がふつう真空服の下に着こんでいる、機能的だが飾りっ気のないボディスーツをまとった者たちはあからさまに無視しながら。そういう服装の者は、公共エアロックを抜けてこなければならなかったのであり、招待客リストに載っていないのは明白なのだ。月共和国は民主的で寛容であろうと努力することをを誇りにしているが、例によって例のごとく、富める者は話が別だという事実は残る。

カートは気にしなかった。背後にそびえる湾曲した月ガラスの壁ぎわに立ち、静かに群衆を見まわした。じろじろ見るなと〈生きている脳〉に釘《くぎ》を刺されたにもかかわらず、見ずにはいられなかったのだ。これほど大勢の人々を見たことはめったになく、これほど多様な人人を見たことはなかった。ここには彼のような地球人や月人、つまりゲノムに手の加わっていない本来のホモ・サピエンスだけではなく、人類のいとこであるホモ・コスモスもいた――赤い肌、カラスの濡《ぬ》れ羽《ば》色の髪をした火星《マーズ》の火星人《アレジアン》は、樽《たる》のような胸と細い手足をそなえている。黒檀《こくたん》色の肌とプラチナ色の髪をした金星《ヴィーナス》の金星人《アフロダイト》は、優雅なまでにすらりとしていて、とりわけ女性は、ひと目見たら忘れられない美しさだ。青白い肌で毛深いガリレオ衛星の木星人《ジョヴィアン》は、ほかのだれよりも背が高く、筋骨たくましく、男性は髭面《ひげづら》で、永久に顔をしかめている。そして彼らにまじって、見かけこそ地球人と似ているが、服装と物腰から土《クロ》星人《ニア》やトリトン人とわかる者たちもちらほらいる。太陽系さいはてからの訪問者で、これほど地球の近くではめったに見られないカイパー人のふたり組さえいるが、その顔はヴェールと頭巾《ずきん》に隠れている。周囲のだれからも避けられているのは、人食い人種だという評判だからだろう。

カートはこれまでも太陽系連合の住民を見たことがあったが、これほど多くをいちどに見るのははじめてだった。何人かと言葉を交わしたくてたまらなかった。その思いはオットーには一目瞭然《いちもく》だったにちがいない。というのも、彼が一歩近寄ってきて、耳もとでそっとささやいたからだ。

「いけません」と彼は小声でいった。「あなたの考えはお見通しですよ……あいにくですが、だめです」

——危険すぎる、と〈生きている脳〉がつけ加える。

「人と話すののどこがそんなに危険なんだ?」カートは声をひそめて尋ねた。通りかかったウェイターからシャンパンのグラスをとろうとしたが、タキシード姿のウェイターはろくに眼もくれずにサイドステップで彼をかわした。飲み物は彼のような下層民のためのものではないのだ。「なあ、サイモン……話をさせてもらえなければ、どうやって他人のことにくわしくなれるんだ?」

——またの機会があるさ、坊や。だが、いまはそのときではない。こうした異種族の面々がここにいる理由は、大半が連合議会の代議士か、その側近であるからだ。そうでなければ企業の重役、業界の代表、惑星間貿易商、そのたぐいだ。カシュー主席がスピーチをするはずだから、警備は厳重だ。そしてきみがいちばんしたくないのは、人目《ひとめ》を惹くことではないか。

「いいたくはないが、サイモンのいうとおりです」とオットー。「おれたちは理由があってここにいます……それに、あなたを危険にさらすような真似はしたくありません」

カートが鋭い眼で彼を見た。

「いったいなんの話だ？　ここへはデネブ岩面陰刻を見学にきたんだぞ」

「そりゃあ見学しますよ。でも――」

――ほかにも用事があるのだよ。きみにとって非常に大切な用事が。

サイモンやオットーといい争っても無駄だ、とカートは知っていた。それどころか、家族のなかで口喧嘩《げんか》をしてもグラッグにしか勝てない、と思えることがしばしばだった。にもかかわらず、彼はとまどい、ちょっとばかり腹を立ててもいた。しかし、口を開きはせず、オットーとふたりでアトリウムをゆっくりと進んでいった。固まっている人々のあいだをすり抜けて、アトリウム内の前方をめざす。カートは人とぶつからないよう最善をつくしたが、この規模の人ごみはこれがはじめての体験だ。肘《ひじ》を二回押し、だれかの足を一回踏んだ。〈壁〉の正面に設けられた仮設ステージにたどり着くまでには、彼とオットーは数人に罵声《ばせい》を浴びせられていた。椅子を何列か並べたＶＩＰ席が設けてあり、ロープで仕切られていた。惑星警察機構の紺《こん》青《じょう》色の制服をまとった警備の警察官が無言で手をふって、ふたりを座席エリアから遠ざけたので、彼らは横にはずれたところに身を落ちつけた。そこならまだ演壇と――カートに関するかぎり、もっと大事だが――岩面陰刻を見ることができる。

デネブ岩面陰刻は太陽系最大の謎とみなされていた。二十一世紀のなかばに、月のこの地域へ人間が足を踏み入れるまで、その存在にうすうす勘《かん》づいた者さえいなかった。それ以来二百五十年が経過したが、その意味や起源についての研究は、発見直後に推察された内容からたいした進展を見せていない。

第一に、その岩面陰刻は古い、非常に古い。縦百フィート横七十フィート。なんらかのエネルギーを集中し、なめらかな半長方形の月玄武岩《げんぶがん》の板に刻んだものだ。造山運動や微小隕石の衝突で生じた表面浸食《しんしょく》に覆われていたことから、月地質学者や考古学者たちは、おおよその年代を百万年、プラスマイナス千年か二千年と推定していた。つまり、これを作った異星人は、更新世《こうしんせい》のうちに太陽系を通過したわけだ。人類というものがせいぜいひと握りのホモ・エレクトゥスの部族から成っており、まだアフリカから出ていなかったころである。

第二に、ここへ来た異星人は、出発地点についての手がかりを残していた。石板のてっぺん、岩面陰刻の最初の横列に、一対《いっつい》の曲がっている長い腕をそなえた十字形があったのだ。

中心と腕に九つの点があるおかげで、それは白鳥座と同定された。十字形のてっぺんに位置し、放射状の線に囲まれている最大の点は、恒星デネブだった。最上列のつぎの形象――間隔がバラバラの同心円から成る後光《ごこう》のなかに八つの点があり、大きな中心点を囲んでいる。六番目の点は小さな輪にとり巻かれている。地球の太陽系を表す表意文字であることは一目瞭然だ――まで長い水平線がまっすぐのびていることから、これは異星人がデネブから来たのを示しているのだと判断された……途方もない長旅だ。その星系は地球から概算で八百七十パーセクほど離れているのだから。

第三に、地球の太陽系を表す形象の内部に描かれている点のうち、ふたつにはなにか意味があるらしい。というのも、網目《あみめ》状の陰影で囲まれているのだから。これらは三番目と四番目の点――地球と火星だ。しかし、岩面陰刻そのものが、異星人が地球の月を訪れたという事実を証明するのに対し、彼らがじっさいに地球や火星を訪れたのかどうかは、依然として議論の的《まと》だった。それ以外に地球外生命の遺物は、どちらの天体でも見つかっていないのだから。

第四に、デネブ人の探検家たち――〝二つの月の子ら〟は彼らをうやうやしく〈古きものたち〉と呼ぶ――は人間に似ていたが、完全な人間型生物《ヒューマノイド》ではなかった。岩面陰刻の形象が彼ら自身を描いているのだとすれば、二足歩行で、四肢《しし》と卵形の胸郭《きょうかく》に載った三角形の頭をそなえていた。それらはさまざまな動きも披露《ひろう》していた。岩面陰刻には、大げさなポーズをつぎからつぎにとった小さな形象が何列も描かれており、見る者をとまどわせた。なかには〈踊るデネブ人〉と呼ぶ者もいた。それらは歩いたり、うずくまったり、左腕と左脚をあげたり、右腕と右脚をあげたり、逆立ちしたりしていた……そしてこれらの動作がなにを意味するか、見当をつけた研究者はいなかったし、演技のあいだに周期的にはさまる幾何《きか》学図形――円、正方形、三角形、半球、左右両方にかたむいている線――の意味を解《と》き明かした者もいなかった。

二世紀半にわたり、デネブ岩面陰刻は科学者、歴史家、学者、詩人、頭のイカレた者たちの注目を集めてきた。山ほどの本、学術論文、小論が書かれてきたし、それぞれがその意味を解明しようという固い決意の産物だったが、提起されている謎を決定的かつ議論の余地なく解き明かしたといえる者はなかった。岩面陰刻は答えのない謎かけ……すくなくとも、明らかに真実といえる答えのない謎かけだった。

オットーとカートは岩面陰刻の前に立ち、さしあたりは歓迎の物音や光景を頭から追い払って、謎めいた絵文字に眼をこらした。やがてオットーがクスリと笑いを漏らした。

「まあ、あなたはどうか知りませんが」と彼がいった。「あたしにいわせりゃ、答えはわかりきってますね」

カートが片方の眉を吊りあげ、

「わかりきってるって？」

「ええ、まちがいなく」オットーは岩面陰刻を指さした。「壁に書かれた文字です（災いの前兆を表す英語のいいまわし。『旧約聖書』のダニエル書の記述より）」

「ああ、そうだ」カートはゆっくりとうなずいた。「せめて意味がわかればと思うよ。ひょっとしたら――」

「わかりませんか？　あたしには明々白々なんですが……壁に書かれた文字ですよ」

「もちろん、そうだ。人々は長年これを研究してきたが、その言語を翻訳できた者はまだいない。ロゼッタ石がないから、解読は不可能も同然だ」

「そんなものいりませんよ。だって」――意味ありげに間を置き、それからオットーはゆっくりといった――「壁……に……書かれた……文字！」

「壁に書かれた文字なのはわかってる！」カートは腹が立ってきた。オットーはふだんこんな曖昧《あいまい》なものいいはしない。「でも、どういう意味かはだれにもわからないんだ」

オットーはにやりとしたが、なにもいわなかった。カートがにらみつづけると、その微笑が薄れて消え、彼はかぶりをふった。

「あなたのユーモア・センスを磨《みが》かなくちゃいけませんね」そうつぶやいて視線をそらす。

「なんだって？」

――気にするな、と〈生きている脳〉。いつ文字が壁に書かれるのかは、彼にもわからんのだ。

途方に暮れて、カートが返事をしかけたとき、すぐ頭上のどこかからウィーンという音がかすかに聞こえてきた。首をめぐらせて顔をあげると、彼とオットーの上空わずか数フィートのところに、小型の監視ドローンが空中停止していた。見ているうちにも、それは数インチ降下した。それを見あげる彼自身のいびつな鏡像がレンズに映っている。

「注意を払っちゃいけません」オットーの声は低く、もはやおどけた調子はなかった。「岩面陰刻の見学にもどりなさい」

「了解」カートはしぶしぶ顔をそむけた。「サイモン、どう思う――?」

オットーがあわててシーッといい、カートはすぐに口を閉じた。もっとも、左手にちらっと眼をやると、指輪が暗くなっているのに気づいた。〈生きている脳〉は接続を断《た》っていた。それと同時にアンニ・インターフェイスが沈黙したのだ。

いっぽう、ドローンはカートとオットーを調べつづけた。

2

惑星警察機構第四課（諜報部）所属の三等警視ジョオン・ランドールがＶＩＰ入場口にいたとき、エズラ・ガーニーの声がアンニ経由で届いた。

――そっちは忙しいかね、嬢ちゃん？

――どう思います？　ジョオンが入場アーチのかたわらから眼を光らせるいっぽう、彼女の指揮下にあるＩＰＦ（惑星警察機構の略）巡査長が、着陸場からつづく連絡トンネルから出てきたばかりの中年女性に手をふり、身元確認スキャナーに手をさしこむよう身ぶりで伝えた。その婦人は無礼な要求に顔をしかめたが、おとなしくプレートの下に手をさし入れた。手の甲のタトゥーをスキャナーが読みとるあいだ、アーチが武器を探る。その既婚女性が〈星界のメッセンジャー〉のテロリストではないと――当然ながら――確認されると、巡査長が手をふって彼女を通した。

――忙しくないなら、手を貸してもらえんかな。

ジョオンはトンネルのなかにちらっと眼をやった。ほかに十五人近くが検問所を通る順番待ちをしている。――まだ続々とやってきます、局長。マリオひとりだけにしたくありません。

――そうか、手いっぱいか。でも、ふたり組の男を調べに行ってもらえんかね。そいつらは人ごみをかき分けて演壇に近づいたんだ。それになんとなく臭いんだよ。

ジョオンは口もとをほころばせた。エズラのしゃべり方にはいつもゾクゾクする。遠いむかし月へ輸入されたアメリカ南部の俗語と警句が、月っ子《ルーニー》の母語となっていた。――もうすこしくわしいことを聞かせてもらえませんか？『なんとなく臭い』じゃ、たいしたことはわかりません。

――そいつらを調べようとドローンを下げたとたん、連中のアンニが切れたんだ。わしにいわせりゃ、悪いしるしだよ。

――それが疑わしい行動ですか？　エズラのいいたいことがジョオンにはピンと来なかった。ここにいるだれもが、まずまちがいなくニューラルネットと接続しているだろう。そして人々はしじゅうログインしたりログアウトしたりしているのだ。たしかに、警官はトラブルを嗅《か》ぎつける嗅覚を発達させるものだ。しかし、そうはいっても……。

――そうなんだよ、お嬢ちゃん。非番のときにウイスキーと葉巻をたしなむ生活を長年つづけてきたせいでかすれたエズラの声が、すこしだけきつくなった。――そこまで行って、そのふたりの紳士と話をしてもらいたいんだ。ただの善良な市民ふたり組で、なんの心配もないと確認してほしいんだよ。さあ、行った行った。

――わかりました、司令。これ以上は異を唱えないほうがいい、とジョオンはわきまえていた。エズラ・ガーニーはIPFにおける彼女の恩師であり、父親がわりでさえあるかもしれない。だが、なによりも第四課における上司なのだ。カエルの現物にお目にかかったことはないが、ガーニー司令にやれといわれたら、カエルの真似をすることになる――彼女にはそれがよくわかっていた。そういうわけで、もどって来るまでこの場をまかせるとマリオにいい置いてから、人ごみをかき分けてステージのほうへ進みはじめた。

アトリウムを歩いていくと、いつもながら、讃嘆の眼が彼女の全身をなめまわした。彼女が着ると、肩章《けんしょう》と輪縄《わなわ》と彗星の徽章《きしょう》のついたＩＰＦ警察官の青い礼装は、式典に参列している裕福な若い女性のまとう華麗な衣裳《いしょう》の多くと同じくらい優雅なのだ。襟足《えりあし》で切りそろえたストレートの黒髪、生真面目そうな黒い瞳、筋肉が発達しているものの、官能的なまでに優美な動きを見せるすらりとした体――ジョオンはその場でもっとも美しい女性のひとりだった。とはいえワインをなめたり、裕福な独身者と雑談したりしたいとは思わなかった。仕事についているときは、職務がいちばん……そして彼女は年がら年じゅう仕事についており、それを好む女性だった。

ステージ近くにいる、調べてほしいというふたり組について、エズラはくわしいことを教えてくれなかったが、だれのことかはあっさりと見当がついた。ドローンの下にふたりの男がいた。ひとりは痩身《そうしん》で禿頭《とくとう》、切れあがった眼と白子《アルビノ》に特有の真っ白い肌の持ち主だ――生粋の月っ子には珍しくない。メラニン色素の欠乏は、彼らにとってありふれた遺伝的欠損なのだから。連れのほうは、近づいていく彼女に背中を向けていた。月っ子なみに背が高いが、もっと筋骨たくましい。長めの赤髪は、まるで園芸用の鋏《はさみ》で切ったかのようだ。ふたりとも灰色のボディスーツを着用している。ということは、どちらも招待客ではなく、主催者がしぶしぶ発行した一般大衆向けの通行証をなんとか手に入れたふたり組の平均的市民だ。ジョオンが近づいていくと、アルビノが友人の肩ごしに眼をこらした。彼女を見つけたのか、声をひそめてなにかいった。彼女の耳ではとらえられなかったが、察しはついた——気をつけろ、サツのお出ましだ。ジョオンがふたりのもとに着いたちょうどそのとき、背中を向けていたほうがふり返った。気がつくと、彼女は冷ややかな灰色の眼に見つめられていた。

「やあ、お巡《まわ》りさん。なにかご用ですか？」男の声は予想よりも低かった。そして月っ子であるにしろないにしろ、即座にそれとわかるような訛《なま》りはなかった。真空服を着て多くの時間を過ごしてきた者につきもののヘルメット灼《や》けをした顔は端整だが、男の子が大人ぶっているようなところがある。自分と同じ年ごろだろう、とジョオンは察しをつけた。もしかしたら、ふたつ三つ年下かもしれない。かなりの男前だ。だが、その思いは脳裏をかすめただけで、すぐさまわきに押しやられた。

「おふたりがなぜこれほどステージの近くにいるのか、ちょっと気になりまして」ジョオンはドローンのほうへ首をかたむけた。「ここにいるおふたりに気づいた同僚がいるんです。ちょっと行って、あなたとお友だちがわざわざ演壇に近づいた理由を訊いてこいと頼まれました」

「申しわけない。ここまで近づいたら、なにかのルールを破ることになるなんて知らなかったんです」男は悔《く》やんでいるといいたげに肩をすくめ、「ぼくが悪いんです。岩面陰刻に夢中なもんで、もっとよく見たかっただけなんですよ」

そういいながら、彼はジョオンの体を眺めまわした。ジョオンはこれに慣れていた。自分が美しいのは自覚していたし、そのせいでこういう反応をする男がいることも知っていた。とはいえ、これほどハンサムな男が、これほどぶしつけにもなれるというのは驚きだった。ありがたいことに、エズラの声がして気がそれた。

――スキャナーによると、その男は本当のことをいっている。エズラはドローンの生物測《バイオメトリ》定装置《ツク》を使って、嘘を示す体表温度や発汗《はっかん》の変化をモニターしているはずだ。――だが、どうにもすっきりしないんだよ、わしのいいたいことがわかればだが。

「謝罪にはおよびません」ジョオンはどうとでもとれる笑みを浮かべた。「だれだってあれを見たら、どういう意味だろうと考えずにはいられません。ただし、この式典のあいだは、招待客でない人がこの席より近づくのを遠慮してもらえれば助かります」彼女は近くに並ぶ椅子を身ぶりで示した。「保安上の理由です。ご理解いただけると思いますが」

「すぐ退散しますよ」アルビノがいった。「教えてくれてありがとう。友だちとおれは喜んで協力させてもらいます」

ジョオンがもういちど笑みを浮かべて謝意を表そうとしかけたとき、エズラの声が内耳《ないじ》で嚙《か》みつくようにいった。――なんと！　こいつぁ妙だぞ！　その男からはなにも読みとれん！　もうちょっと冷たかったら霊安室行きだぞ！

返事をすれば、ふたりに聞こえてしまうので、彼女は黙っていた。しかし、エズラのいうとおりだ。見れば見るほど、アルビノは奇妙だった。眼の色はアルビノに典型的な淡いピンクではなく、美しい緑のグラデーション。眉毛も睫毛《まつげ》も生えておらず、顔には傷もしわもない。命を吹きこまれたマネキンであっても不思議はない。

——ドローンの調子が悪いのかもしれませんよ、とジョオンは答えた。

——ありえないわけじゃない。あたりに人が多すぎて、そいつの生命兆候《ヴァイタル》を追尾できんのかもしれん。それでも、そいつらが何者か知りたいもんだ。

「さしつかえなければ」彼女は声に出していった。「IDを拝見できないでしょうか」声の調子を明るく保ったまま、左手をスキャナーにのばす。にもかかわらず、右手がさりげなくおりた先は、腿に革帯で留《と》められたホルスター入りのピストルだった。

青白い男はためらったが、連れはためらわなかった。

「お安いご用だ」そういうと、進み出て左手をかかげ、「ほら……見えますか?」

ジョオンは視線を落とし、男の手の中指にはまっている大きな指輪にはじめて気づいた。それは珍しい宝飾品で、プラチナの台座に多面体のダイヤモンドがはまっていた。見ていると、ホログラムの画像がダイヤモンドからゆっくりと浮かびあがった。ミニチュア・サイズの太陽系の三次元モデルであり、八つの主要惑星が、太陽をめぐるそれぞれの位置についている。

「気に入りました?」赤髪の男が尋ねた。投影像に好奇心をそそられて、ジョオンはうなずいた。「しばらく前に、サイモンっていう友だちにもらったんです」彼は言葉をつづけた。

「各惑星の周回運動は正確だそうですよ。さあ、見ていてください……」

男が手をわずかに動かすと、惑星が太陽のまわりをめぐりはじめた。水星の動きがいちばん速く、海王星がいちばん遅い。

「ほらね」赤髪の男が静かな口調でいった。その声は猫が喉を鳴らすようで、耳に快《こころよ》かった。「完璧に同調してます。しばらく見ていれば、それぞれの遠地点と近地点が本当に見られますよ。いいですか、もうすこしだけ速く動かせますから――」

――ジョオン、見るんじゃない！

エズラの声が聞こえた。だが、まるで遠い場所から呼びかけているようだった。おまけに、指輪に見とれてなにがいけないのだろう？

「火星がいま地球と正反対の遠日点にあるのがわかりますか？」赤髪の男が尋ねた。「ほら、軌道はとなり合っているのに、土星が木星に追いつくにはこんなにかかるんですよ」うっとりしながら、彼女はのろのろとうなずいた。「じゃあ、もうすこしだけ速くします――」

――いかん、ランドール、見るな――！

そのときには、ガーニー司令の声はささやきと変わらなかった。ちっぽけな太陽系が大きくなり、視界をふさいでいた。水星、金星、地球、火星、木星、土星、天王星、海王星――すべてが完璧な調和を保って太陽をめぐっている。神のごとき高みからこの天体の運行を見ているうちに、ジョオンの緊張がほぐれた。赤髪の見知らぬ男の声の響きに心が安まる。惑星以外はどうでもいい、どうでもいい——

「ジョオン!」エズラが嚙みつくようにいい、彼女の顔を平手打ちした。

ハッと気がつくと、彼女はアトリウム後方の壁ぎわに立っていた。左の頰がヒリヒリするのは、男性のたこのできた手にはたかれたからだろう。

愕然《がくぜん》としてまばたきし、眼の隅に溜《た》まっていた涙をこぼす。ガーニー司令が眼の前にいた。怒りのあまり、白いカイゼル髭の下で口をわななかせている。ジョオンはとまどって彼をまじまじと見た。どうしてここへ来たのか、さっぱり記憶がない。ついさっきまでは、たしか……。

「いったいなにが……エズラ、どうして——?」

「シーッ」すこし落ちついたエズラが声をひそめた。「大声を出すな。スピーチがはじまってる」

天井の明かりは落とされていた。上司の背後に眼をやると、スポットライトが煌々《こうこう》と光る円を演壇に落としていた。彼らとステージとのあいだにはさまれた群衆が、ステージにあがったばかりの女性に拍手喝采《かっさい》を浴びせている。ジョオンはその顔に見憶えがあった——〈直線壁〉太陽系モニュメントの新しい管理官だ。もっとも、さしあたり、それは彼女の関心の埒外《らちがい》にあった。

「なにがあったんです、司令?」彼女はささやき声でいった。「わたしはどうしてここへ?」

「あんな巧妙な催眠術、惑星間サーカス以外でははじめて見た」はらわたが煮えくりかえっているにもかかわらず、エズラは驚きのあまり首をふった。「一部始終を見たよ。まずあの指輪の仕掛けにきみを見とれさせ、いったん術中にはめてしまうと、ほかのなにも気にするな、ただまわれ右して歩み去れと命じたんだ。すると、ちくしょうめ、きみはいわれたとおりにしたんだよ」

「なんですって？」ジョオンはまじまじと彼を見た。「あの男はいまどこに？」

「きみが置いてきた場所だよ、あのずる賢い野郎は――」

ジョオンはホルスターにはいったピストルを握りしめながら歩きだした。人ごみをかき分けて、赤髪の男とその奇怪な連れの両方を逮捕するつもりだった。しかし、エズラが立ちはだかり、彼女の肩に手をかけた。

「よせ、いまはだめだ」彼は声を殺していった。「どちらも武装していないのはたしかだし、うちの人員をふたりつけたから、もめごとは絶対に起こさせない。何者であるにしろ、たいしたことはできやせん……だが、除幕式を中断させるわけにはいかん、なにがなんでもだ」

ジョオンの胸にやり場のない怒りがこみあげた。しかし、エズラのいうとおりだ。いまここで逮捕したら、不必要な混乱が生じるだけ。そういうわけで彼女はうなずき、武器を放すと、歯ぎしりするだけで満足した。いっぽう管理官は開会の辞を終わらせた。

「では、これより、議会を説得して、このすばらしい新モニュメントを築く資金を調達するのにもっとも尽力《じんりょく》された方を紹介させてください……月共和国の議員、尊敬すべきヴィクター・コルボです」

3

壇上の男は長身瘦軀《そうく》。地球生まれで生粋の月人《セレニアン》でないことは一目瞭然だった。ふさふさした黒髪だがこめかみで銀髪に変わり、生え際《ぎわ》は後退している。深く落ちくぼんだ、にらみつけるような眼をしていなかったら、ヴィクター・コルボの顔はハンサムといえただろう。そしてこの地区政界のボスの子分だった男が、握手と赤ん坊へのキスだけでいまの地位へのしあがったとうかがわせるものはないも同然だった。にもかかわらず、出世の階段を登る過程のどこかで、政治力を獲得するすべについてじゅうぶん学び、連合議会の月選出代議士となったのであり、受けた授業のひとつが、聴衆への語りかけ方であるのは歴然としていた。

「身にあまる紹介に感謝します、チェイス博士」いったん拍手喝采がおさまり、管理官が演壇からおりると、コルボがいった。「このモニュメントの建設にわたし個人の寄与があったとおっしゃられたのは、お世辞もいいところです。わたしがしたのは、政治家がふつうにやっていること……賄賂《わいろ》を受けとり、仲間と山分けにすることだけでした」

群衆が爆笑し、ほかの議員が怒ったふりをして野次《やじ》を飛ばした。コルボの顔に悔やんでいるといいたげな笑みが浮かぶなか、彼の狭い肩が上下して、わたしはだれでしたっけと自己卑下《ひげ》の仕草をする。眼が笑っていたら、そのジョークははるかにおかしかっただろう。しかし、眼にユーモアはないままだった。これはスピーチライターのひとりがひねり出したギャグであり、聴衆を温める手段として律儀《りちぎ》に暗誦されたのだ。

にもかかわらず、カートはほかのみんなといっしょに笑い声をあげ、拍手した。もっとも、オットーをちらっと見ると、その顔はこわばったままで、手は両わきに垂らされていた。冷ややかで、敵意をむき出しにした表情で議員を見つめている。じつをいうと、こんな彼を見た記憶がカートにはなかった。

「おい、すくなくともあの男にはユーモアのセンスがあるぞ」カートはささやき声でいった。

「おまえは気に入ると思ったのに」

オットーは冷ややかな眼で彼を見つめ、「あいつが面白いと思いますか？」と静かな声で尋ねた。

「うん、まあ、それなりに……」

アンドロイドは演壇に注意をもどした。

「よく聞いて……あの男をよく見るんです」

カートは理由を訊きたかったが、口を閉じたままにしておいた。この数分間に、なんの変哲もないビジネス・スーツ姿の男がふたり、彼とオットーが立っている場所の近くにさりげなく位置を占めたのに気づいていたのだ。数年前にサイモンから教わった催眠術を使って、IDを見せろと要求したIPF警察官を追い払ったのはやりすぎだった、とさとったもののあとの祭り。彼女はつべこべいわずにおとなしく去っていった。それもしかたがなかったのだ。カートの本能が教えるところでは、彼女はオットーがどこか変だと気づいていたし、彼らのタトゥーは十中八九、綿密な検査には通らないのだから――しかし、彼の行動は主席警護チームの疑惑を招いてしまったらしい……このふたりの男が警護チームの一員であることは疑問の余地がない。

いまや四方に警官がいる。たとえ〈生きている脳〉が沈黙し、オットーも口数がすくないとはいえ、ここを出るまでは言動に注意しなければならない――カートにはそれがわかった。そういうわけでコルボ議員を見つめつづけ、問題を起こさずに出ていきたいものだと願った。「デネブ岩面陰刻は史上屈指の未解決ミステリーのひとつといえます」演壇の上面をスクロールしていく原稿にはほとんど眼をやらずに、コルボがいった。「それは数世代におよんで科学者をとりこにしてきた謎であり、その意味について多くの理論が打ち立てられてきたものの、確実な解釈はいまだなされておりません」

背後の岩石面を身ぶりで示し、

「このモニュメントが完成したからには、未来永劫《えいごう》にわたり岩面陰刻を保存する措置が講じられたことになり、したがって惑星研究所のフィリップ・ウィンターズ博士やコール・ノートン博士の率《ひき》いる現行のチームをはじめとする研究者たちが、安全かつ快適な環境でこれらの線刻《せんこく》を詳細に調べられるようになるのです。さらには一般大衆がこの地を訪れ、損傷を負わせずに岩面陰刻を見学できるようにもなります。モニュメントを訪問するという特権の対価となる慎《つつ》ましやかな料金は維持管理のために使われ、いずれそのお金の一部を用いて、訪問する学者たちにささやかな補助金を出せるようにするのが研究所の願いであります」

さらに喝采。カートはほかのみなといっしょに拍手したが、オットーはそうしないのに気づいた。議員をひたすら見つめている。その表情はあいかわらず険悪だ。警護の者たちがこれに気づきませんように、とカートは祈った。とにかくドローンはいなくなっていた。頭上に浮かぶドローンがなければ、警護チームはオットーの顔をはっきり見られないだろう。

「このモニュメントの建設にひと役買ったことを、わたしはたいへん誇りに思います」コルボが言葉をつづけた。「しかし、太陽系政府ビル最上階の支援なくしては、この偉業は達成できなかったでしょう。前置きはこれくらいにして、本日の真《しん》のヒーローを紹介したいと思います……わが盟友、太陽系連合主席、ジェイムズ・カシューです」

コルボが演壇から退《しりぞ》き、ステージにあがったばかりのヤギ髭を生やした、ずんぐりした人物に両手をのばすと同時に、喝采が一段と大きくなった。世情に疎《うと》くなるな、と〈生きている脳〉にしつこくいわれているので、カシュー主席がニューヨークにある太陽系政府ビルの最高幹部室をめったに離れないのをカートは知っていた。それどころか、地球外へ旅するのをひそかに嫌っているのだ、と政敵たちにときおり糾弾《きゅうだん》される始末だ。その彼が除幕式のためにはるばる月までやってきたという事実は、議員の政治的影響力の証だった。じっさい、カシューとコルボは政治的な同盟者であり、ひとたびカシューが一線を退いたら、議員がさらに高い職務めざして立候補を決めた場合、コルボの支持にまわるだろう、としばしば推測されていた。

なのにオットーはコルボをにらみつづけ、両手をわきに垂らしたままでいる。主席がステージを歩んでいくあいだに、カートは友人に身を寄せた。

「どうかしたのか？」と小声で訊く。

オットーは頭《こうべ》をめぐらせ、カートの眼をまっすぐにのぞきこんだ。カートにしか聞こえないささやき声で、彼はいった。

「ヴィクター・コルボは、あなたの両親を殺した男ですぜ」

4

オットーはふざけているのだ、と最初カートは思ったが、彼の表情にはジョークを――笑えないジョークであっても――飛ばしているそぶりはまったくなかった。カートがそうさとったとたん、世界はかき消えて、三人だけが残った――オットーと彼自身と、オットーによれば彼の父母を死に追いやった男が。

「そんなわけがない。おまえはきっと……」その言葉は、かすれたささやきとなって喉に詰まった。

――彼の勘ちがいではないよ、カーティス。ふたたび〈生きている脳〉が口を開いた。彼は真実を述べている。ヴィクター・コルボがロジャーとエレイン・ニュートンを殺した。わたしはその場にいた。一部始終を見た。

「やつが議員になるよりずっと前の話です」オットーが声をひそめていった。カートのつぎの質問に先まわりして答えた形だ。「あなたがまだ赤ん坊で、おれがまだ生体培養槽《バイオクラスト》のなかにいたとき、ヴィクター・コルボと手下たちがチコへやってきて、まずあなたの父上、つぎにあなたの母上を殺したんです」いったん言葉を切り、「ふたりはあなたの両親でしたが、ある意味でおれの両親でもあったんです」

カートはろくに聞いていなかった。その視線は、カシュー主席と握手している男に釘づけだった。記憶にあるかぎりのむかしから、両親はチコの地下にある隠れ研究所を見つけだした侵入者によって冷酷無残に殺された、と彼は聞かされてきた。しかし……。

「あなたはいつもいっていた――ぼくの両親を殺したやつらはグラッグが殺した、と」彼は小声でいった。

〈生きている脳〉はなにもいわなかった。まだ近くの空中に停止しているドローンにアンニを盗聴されるのを防ぐため、用心してまた沈黙したのだ、とカートはさとった。

「仰せのとおりです」オットーが答えた。「でも、そいつらはじっさいに引き金を引いたにすぎません。命令をくだした人物は」――ステージのほうを顎《あご》で示し――「あそこに立っています」

カートは友人を横眼でちらっと見た。またしても、オットーが冗談をいっている気配はない。それどころか、アンドロイドは切れあがった緑の眼で彼の視線をとらえたが、その眼はいつになく真剣なままだ。彼は無言でうなずいた。真実を語っているのだ。ヴィクター・コルボ議員は、ロジャーとエレイン・ニュートンの命を奪った男なのである。

まるで心臓が鋳鉄《ちゅうてつ》製の機械になったかのようだった。黒く無慈悲で、血のかわりに冷たい怒りを押しだす機械に。カシューがコルボにかわって演壇についており、喝采がおさまるのを礼儀正しく待つっぽう、議員はステージをおりて、短い階段をくだり、VIP席へと向かった。そこでは最前列の空席が彼を待っていた。コルボはそこに着席した。カートが立っている場所から十ヤードあまりしか離れていないところに。

一秒あればコルボのもとへたどり着ける。足首の重りを蹴りはずせば、彼とVIP席とをへだてる赤いビロードのロープをひとっ飛びで越え、議員の隣に着地できる。彼をつかまえ、引きずり立たせて、背中がこちらの胸に押しつけられるようまわれ右させ、コルボの肩に左腕をからめ、右手で頭をわしづかみにして、ぐいっとひねる。バキッ！　それで片がつくだろう……。

ところが、ロープのほうに一歩踏みだしたちょうどそのとき、オットーに腕をつかまれた。「だめです！」彼は声を殺していった。「そのために来たんじゃありません」

カートはその手をふり払おうとしたが、無理だった。オットーに力で太刀《たち》打ちできたためしはない。けっきょく、カートは肉と骨と血にすぎないのに対し、彼の友人は十数種類の擬似有機物なのである。彼は人間以上であり、それゆえに唯一無二なのだ。

「じゃあ、なぜだ——？」

「あとで」オットーの視線は彼を通り越した。「ここを出ないといけません……お願いですから、穏便《おんびん》に。でも、いますぐ」

オットーの視線を追うまでもなく、彼のいいたいことはわかった。この数分のうちに、彼らはIPF主席警護チームの注意をますます喚起していたのだ。いままでは、なんとなく怪しいですんだかもしれない。カートが催眠術を使い、彼とオットーを尋問にきた警視に立ち去るよう暗示をかけたあとであっても。しかし、コルボ議員がステージ上に姿をあらわしたときの不随意的な体表温度の変化——激しい気分の振幅を示すもの——をドローンが探知しなかったとしても、警視にかわったふたりの警官が、議員へ突進するという衝動的な試みを見逃すはずがない。

「わかった」カートはささやき声でいった。「行こう」

オットーがうなずいた。それからふたりは向きを変え、人ごみをかき分けてあともどりをはじめた。新たなモニュメントの美点を称賛するカシュー主席の話にだれもが耳をかたむけていた。申しわけなさそうに肩で人を押しのけながら、ドームの後部へ向かうふたりの男に注意を払う者はいなかった。カートは肩をむんずとつかまれ、止まれと小声で命じられるのではないかと覚悟していた。しかし、そういうことはいっさい起こらなかった。モニュメントの出入口と、そのすぐ向こうにある公共エアロックにたどり着いたときには、騒ぎを起こさないかぎり、ＩＰＦは彼とオットーを放免してくれるのだろうと思っていた。

そうは問屋がおろさなかった。エアロックの待機室のすぐ横で彼らを待っている者がいた――カイゼル髭を生やし、氷河のように青い瞳をした年配のＩＰＦ警察官と、先ほどふたりと相対《あいたい》したうら若き美女だった。

5

「やあ、おふたりさん」エズラはそういうと、容疑者たちと待機室のあいだに割りこんだ。

「よかったら、ちょっとおしゃべりにつき合ってもらえませんかね」

ジョオンはさっきいわれたとおりわきに控え、無言でエズラを援護していた。容疑者たちを追ってきたふたりの警察官は、人ごみの端で足を止め、それぞれ腕組みした。人ごみを離れてしまった男ふたりは、いまや袋のネズミだ。ガーニー司令が尋問するまで、ふたりが出ていくすべはない。

ジョオンはホルスターのフラップをはずし、右手の親指をベルトにさしこんだ。いま彼女の手は、粒子ビーム・ピストルからほんの数インチのところにある。先ほど赤髪の男の術中にまんまとはまったのは、顔から火が出るほど恥ずかしいし、エズラがしばらく忘れてくれそうにないのもわかっていた。だから、二度とだまされるつもりはなかった。

「かまいませんよ」こんど先に口を開いたのは、無毛のアルビノではなく、タトゥーによればラブ・ケインということになっている男のほうだった。彼は進み出て、連れの隣に立った。「どういうご用でしょう?」

「まあ、手はじめに、わしの同僚がきみときみの友だちに職務質問しようとしたとき、なぜ催眠術をかけねばならんと思ったのか、説明してもらえるかな」

「催眠術って?　さあ……ああ、あれか!」ケインの顔が笑みくずれた。彼は左手をかかげ、先ほどジョオンが眼にした指輪を見せた。「ほんと、申しわけない。こいつが人におかしな効果をあたえることもあるってのを、ときどき忘れちまうんです。ほら、よく見てもらえば

――」

「やめておけ」エズラが嚙みつくようにいった。「その手は食わんよ」ケインは肩をすくめ、手をおろしかけたが、エズラがその手首をつかみ、「タトゥーを拝見」というと、その手を裏返してIDをさらけ出した。「ランドール警視、もうひとりを調べてくれ」

「手荒な真似は無用ですよ」アルビノはおとなしく袖口《そでぐち》をまくりあげ、IDをジョオンに精査させた。彼女はスキャナーを持っていなかったので、かわりにタトゥーを注視し、眼をわずかにすがめてアンニを起動させた。

――アンニ、身元の確認と現状のチェックをお願い。

――かしこまりました、ランドール警視。ジョオンが好む自分の声のお祖母《ばあ》ちゃんヴァージョンを使ってアンニが答えた。透明な長方形がタトゥーのまわりに形成され、ちっぽけな数字の列が、宝冠スクリーンの底にあらわれる。IPF許可番号JR二六－四。月共和国、ポート・ケプラー在住。職業、フリーランスの宇宙航法士。IPF記録なし。――ヴォル・コットーと確認。

「どうかしましたか、お巡りさん?」純真無垢《むく》そのものといった顔でコットーが尋ねた。ジョオンは返事をせず、かわりにエズラに眼をやった。上司はラブ・ケインのIDをチェックし終えたところだった。ふたりの視線が合った。どちらも口をきかなかったが、交わした視線が、いわねばならないことをすべて伝えた。男たちはふたりとも身元はしっかりしているし、IPFのデータベースに前科の記載はない……そして彼女もエズラもそれを鵜呑《うの》みにはしていない。警察の仕事ではしばしば本能的直観がものをいう、と老司令は教え子にたたきこんでいた。そして彼女の本能はいまこういっていた――ラブ・ケインとヴォル・コットーは見かけどおりの人畜無害の存在ではない、と。

「急いで出ていくようだが」エズラはケインの手首を放したが、まっすぐ彼の眼をのぞきこみつづけた。「なにか特別な理由でも？」

「いえ、これといって」ケインはどうでもいいといいたげに肩をすくめ、にっこりした。「退屈な政治家の話をひとつ聞けば、全部聞いたのと同じですよ。それにカシューにかかったら、だれだって居眠りしちまう」

「ああ、いえてるな」エズラは笑みを返さなかった。「なあ、きみ、わしらは上からきみたちを監視していたんだ。そうしたら、どうも……主席を眼にしたとき、こういってよければ、敵対的な反応を見せたように思えてね。じつをいうと、きみは主席をかなり毛嫌いしているようだ」

「いや、誤解もいいところだ」ケインが首をふった。「主席に含むところなんて、これっぽっちもありませんよ――」

「反対票を入れたっていったじゃないか」コットーが彼の言葉をさえぎった。

ジョオンには、コットーがケインを言葉で小突《こづ》いたように聞こえた。

「そりゃあまあ、彼の政策に賛同できないときだってありますよ」ケインはすばやくつけ加えた。「それでも……ええ、彼に含むところはありません」

「おれたちを引き留める理由があるんですか？」とコットー。

ジョオンとエズラは顔を見合わせた。エズラが首を斜め上へふると、彼とジョオンは距離をとった。

「なにもつかめんかったな、嬢ちゃん」エズラがつぶやいた。「だが、やっぱり臭いと思う」

「賛成です、司令」ジョオンは声を殺して答えた。「あいつらを引き留めたいですか？　令状がなくても、二十四時間なら拘留《こうりゅう》できます」

「それでなんの得がある？」エズラは首をふった。「もしやつらが〈星界のメッセンジャー〉とつながっているなら、まずまちがいなく証拠を隠滅《いんめつ》しているだろう。あいつらを拘留したら、こっちが眼をつけていると仲間に知られるだけだ。いや、行かせてやるんだ。しかし……」

「しかし、なんです？」

「いまにわかるさ」エズラは容疑者たちのほうを向いた。「行ってもかまいませんよ」と彼らにいい、待機室のハッチの前から退《の》く。「ただのお決まりのチェックです。不便をかけてたいへん申しわけない」

「いえいえ。なんでもありませんよ」ふたりのわきを通りしな、コットーがジョオンとエズラに冷ややかな眼をくれた。

「まったく問題ありません。さよなら、お巡りさん」ケインはエズラから視線をはずしたが、すぐにはコットーのあとを追って待機室に向かわず、ジョオンの前で足を止めた。

「お目にかかれてさいわいでした、ランドール警視」ふたりにしか聞こえないほど声をひそめて彼はいった。「だまし討《う》ちみたいな真似をしたのを心から謝罪します。あれは卑劣《ひれつ》でした」

それから、ジョオンに止めるいとまもあらばこそ、ケインは前かがみになって堅苦しいお辞儀をし、彼女の手をとると、自分の口もとへ持っていき、そっとキスした。

ジョオンは口を開いて抗議しようとしたが、驚きのあまり、なにも出てこなかった。もちろん、男たちは彼女にキスしてきた。すくなくとも、キスしようとしてきた。彼女は魅力的な女性であり、ありとあらゆる口説《くど》きに慣れていた。しかし、これは話がちがう――ぎこちない手探りでも、みだらな手の動きでもなく、騎士道的で、ロマンチックで、敬意にあふれた仕草だ。これまで、こんなふうに彼女にキスした者はいない。彼の唇《くちびる》は手の甲をかすめただけだった。にもかかわらず、これは法の番人をあつかう方法ではない。

「やめて!」彼女は嚙みつくようにいい、手をさっと引っこめた。

決まりの悪い思いをするのは、こんどはケインの番だった。髪と同じくらい顔を真っ赤にして、あわてて背すじをのばし、

「申しわけない」と小声でいった。「悪気はなかったんです」

それ以上はなにもいわず、彼は待機室にはいろうと向きを変えた。怒ってにらみつけるジョオンと、驚いてポカンと口をあけているエズラの両方を無視する。コットーさえ呆気《あっけ》にとられているようだった。音を立てたのは、近くに立っているIPF警察官ふたりだけだったが、エズラがそちらに渋面《じゅうめん》を向けると、その忍び笑いはすぐにやんだ。コットーがその背後でハッチを閉め、法の執行官たちがとり残された。

「あのう……そのう……」ジョオンが必死に気をとり直そうとする。

「手が早いな、あいつは」エズラはハッチの窓ごしに、壁のラックから自分たちの真空服を回収するケインとオットーをしばらく見まもり、それから視線をそらした。「よおし、きみに仕事ができた。連中の行き先を知りたい」

「月資源探査衛星《ルナサット》を使って追跡しては？」

「うーん。連中から一瞬たりとも眼を離したくないんだ。パトロールのホッパーを使え——いや、わしのを使ったほうがいいな、出発準備はできとる——そうしたら、どこであるにしろ、連中の帰るところまでつけるんだ。姿を見られんように気をつけろ。だが、けっして見失ってはならん。なにかつかみしだい、報告を入れてくれ。わかったか？」

「わかりました」ジョオンはすばやく敬礼すると、IPFの公務に使われる予備のエアロックへ急いだ。真空服を着て、ホッパーを離陸させ、ケインに追いつくとしたら、ぐずぐずしてはいられない。

はじめて会った赤髪の男は、すでに二度、彼女に決まり悪い思いをさせていた。あの男の行き先を見つけだしてやる、とジョオンは心に誓った。そして見つけだしたら、あんなふうに自分をあつかったことを後悔させてやる。

すくなくとも、それが彼女の本音だった。

6

「つけられてるようです」

オットーが口を開いたのは、〈直線壁〉を飛び立って一分しかたっていないときだった。副操縦士席についているオットーは、中央コンソールのレーダー・スクリーンを見張っていた。いっぽうカートは飛翔艇《ホッパー》を〈雨の海〉の上空千五百フィートの巡航高度まで上昇させながら、南へ旋回した。これでチコへの帰路につくわけである。

操縦桿《かん》をしっかりと握ったまま、カートはスクリーンにちらっと眼をやった。オットーがいったとおり、彼らの下、後方の小さな光点《ブリップ》が、こちらとそっくりの軌跡を描いていた。その船を飛ばしているのがだれにしろ、気づかれないようにしているのは、はた目にも明らかだ。レーダーの有効範囲ギリギリにいるいっぽうで、わずか七百フィートの高度しか保っていない。南の高地へはいったら、すこしは上昇しなければならないだろう。だが、いまのところパイロットは、平坦な月の海にへばりついている。

「どうもそうらしい」カートがいった。「これが偶然の一致という可能性は？　ほかのだれかが同じ道で家へ帰ろうとしているだけかもしれん」

オットーはかぶりをふった。そしてサイモンがふたりを代表して答えた。

「きみにもわたしと同じくらい答えはわかっているはずだ、坊や」

今回、サイモンの声はアンニではなく通信リンクを通って聞こえてきた。それは齢《よわい》を重ねた賢者の声、長寿を保ち、経験という英知を獲得した者の声だった。いつもながら、〈生きている脳〉のいうとおりだ。カートの知るかぎり、チコ基地の百マイル以内には入植地も、ステーションも、採鉱施設もない。じっさい、なんらかの形で人が住んでいるところでいちばん近いのは、〈直線壁〉太陽系モニュメントなのだ。月最大の衝突クレーターのひとつであるという以外、チコはかなり興味の乏《とぼ》しい場所であり、人類が住むことにした場所の大半からは遠く離れている。わざわざこちらへ来る者はいない。

「だれかが家までついてくるらしい」彼は静かな声でいった。

「本当ですか？　そう思いますか？」オットーのそっけない言葉は、いらだたしげな渋面をともなっていた。「もしかしたら、あなたのガールフレンドがもういちどキスしてほしがってるのかも。ご立派でしたよ、キャプテン・フューチャー」

カートの顔が火照《ほて》った。

「その名前で呼ぶな」

「キャプテン・フューチャー。科学の魔術師。明日の男」

「警告してるんだぞ……よせ」

「同感だ」サイモンがいった。「いまは皮肉をいっているときではない、オットー。彼はミスを犯した。これからその尻ぬぐいをせねばならん。なにか考えはあるかね、カーティス?」

腹立ちをわきへ押しやり、カートは無理やり問題を解決しようととりかかった。チコは〈直線壁〉の南微南西四百マイルあまりのところにある。現在の対地速度だと、一時間足らずで着くだろう。この針路からそれたら、十中八九は疑わしいと思われるはずだし、高度を下げてもたいして役に立たない。彼らの飛行経路上にあるいちばん近い入植地は、カベウスにある南極月氷《げっひょう》工場だ。不必要に地上すれすれを飛んだところで、すでに同じ低高度で飛ぶもうひとりのパイロットをだませはしない。

さいわい、彼とサイモンが余暇を使って発明したばかりの装置がホッパーには積んであった。カートはそれを試すチャンスを心待ちにしていた。これは絶好の機会に思える。

「サイモン、グラッグにつないでくれ」

一瞬が経過。ついで人くて低い、機械的に規則正しい声が通信リンクから聞こえてきた。

「こちらグラッグ。なにかご用ですか、カート?」

「格納庫の制御ステーションへ行って、待機してくれ。合図したら、ホッパーの離着床を上昇させるんだ。ただし、ぼくがいうまで格納庫の扉はあけるなよ。こいつは電光石火の接地になる。だから、おまえの準備ができてなくちゃいけない。わかったか?」

「わかりました」

「ヘマすんじゃないぞ、リベット頭」オットーがつけ加えた。「おまえさんが頼りなんだ」

カートがくれた苦々《にがにが》しげな視線をとらえて、肩をすくめ、「友だちのよしみで念を押しただけですよ」

「スコープから眼を離すなよ」カートはグラッグに言葉を返した。「ホッパーが高度か速度か針路をちょっとでも変えたら知らせてくれ」にっこり笑って、「それと眼くらまし発生器《ファントム・ジェネレーター》をウォームアップしといてくれ。テストをするときが来た」

7

IPF飛翔艇《ホッパー》のドーム形操縦席《コクピット》から、ジョオンは小さな、またたかない光の点を眼で追った。それは〈直線壁〉からつけている民間船だった。旧式のホッパーで、月の辺境で探鉱者が一般に使用するタイプだ。主要な入植地の方向をめざしていないことからすると、あのふたりの容疑者は、じっさい、キャンプへもどる探鉱師ふたり組にすぎないのかもしれない。そう、ただのトラブルメーカーふたり組であっても不思議はない……だが、彼女はそう思わなかった。それよりも興味深いなにかが、ふたりから臭ってくるのだ。

数百フィート下、月の南半球の高地が眼前に広がっていた。とがった小山の連なる荒地で、あちこちで途切れているのは衝突クレーターの仕業だ。月の真っ昼間であっても、その山々の影の奥に暗闇がわだかまっていた。月のこの地域には心休まる海の静けさはない。かわりに訪問者を歓迎しない、もっと混沌《こんとん》とした風景がある。もし追跡の対象がふたり組の鉱山師《やまし》でないとしたら、とジョオンは思った。こんな辺鄙《へんぴ》な場所にいるよっぽどの理由があるにちがいない。

彼女は注意深く無線を封止《ふうし》していた――通信リンクの暗号化にもかかわらず、信号が傍受される可能性はつねに存在する――そして見つからないように地上すれすれを飛んでいた。目視できる距離にとどまるということは、レーダーに映ることを意味する。しかし、そのリスクは受け入れるしかない。ケインが彼女のホッパーをカベウス行きの水タンカーとまちがえてくれればいいのだが――ジョオンはそう願うばかりだった。

相手の船を追跡して一時間がたとうというころ、上方の光がゆっくりと降下をはじめた。それにともない、光がすこしだけ明るくなる。速度も落としているのだ、とジョオンはさとった。ホッパーは着陸態勢にはいっているのだ。下に眼をやると、巨大なクレーターの外壁が地平線上にそびえており、それをとり巻く大地には、太古の巨大衝突で飛び散った物質が輝条《きじよう》となってのびていた。

コンソールのマップで確認するまでもなく、そこがどこかはわかった――チコ・クレーター。直径およそ五十三マイル、月の地球側《ニアサイド》でもっとも目立つ地形のひとつだ。ホッパーはそこに舞い降りようとしている。螺旋《らせん》降下しながら、接地のための第一アプローチにはいったのだ。

ジョオンは操縦桿をそっと前に倒し、見つかりませんようにと願いながら、自艇の高度を下げた。もっとも、ケインのホッパーがひとたび広大なクレーターの内部にはいったら見失うかもしれないので、速度は落とさずに、同じスピードでチコへのアプローチをつづけた。

遠くの光の点からはいちどたりとも眼を離さなかった。したがって、ホッパーのロータリー・エンジンのナセルと三脚式着陸装置を見分けられるほど近づいたちょうどそのとき、ありえない事態が生じたことになる――

ホッパーがふっとかき消えたのだ。

いまそこにいたのに、つぎの瞬間にはいなかったのである。

最初はたんなる眼の錯覚だと思った。ひょっとしたらその船は、陽光を反射しないようなやり方で瞬時に方向転換したのかもしれない。それきり姿をあらわさないので、彼女はレーダーにちらっと視線を走らせた。驚いたことに、スコープ上の光点《ブリップ》も消えていた。

「いったいどういうこと？」まずスコープ、ついでコクピットの外、それからまたスコープに眼をやったジョオンは、あんぐりと口を開いた。姿を消したとき、ホッパーはまだクレーターの上空二百フィートあまりのところにいたから、眼の錯覚では説明できない。たとえステルス・モードに移行できるのだとしても、肉眼ではとらえられるはずだ。ひょっとしてあのホッパーは、なんとかして透明になれるのかもしれない……だが、その両方ができるテクノロジーなど耳にしたことがない。

クレーター周壁《しゅうへき》がみるみる迫ってきていた。ジョオンは操縦桿を引きもどし、エンジンの出力をあげた。するとホッパーが急上昇して、周壁のへりを越えた。いまや彼女はクレーター内部をまっすぐに見おろしていた。それは広大な縦穴として眼前にぱっくりと口をあけていた。階段状の壁は深さ一万千二フィート。さしわたしは大きすぎて、反対側が地平線の彼方に消えている。中央丘のギザギザの歯が中心からそそり立ち、内壁が岩がちの底面に長い影を落としているものの、ホッパーが消えたあたりの空中の下にある一切合切はくっきりと見えた。そこにはなにもない……。

いや。そうともかぎらない。

東側の壁と中央丘の中間あたりのクレーター底面で、なにかがきらめいていた。

その正体は見分けられなかったが、動いてはいないし、着陸したばかりのホッパーにしては、すこしばかり大きすぎるようだ。

ジョオンは無線封止を破って、いま起きたことを報告しようかと考えたが、追跡対象を見失ったとエズラに認めるのだと思うと二の足を踏んだ。ラブ・ケインのホッパーが砂漠の蜃《しん》気楼《きろう》のように消えてしまったと告げたら上司にいわれるであろう言葉が、すでに聞こえるようだった――わしは幻などというものを信じないんだよ、警視。そしてＩＰＦはホシを見失ったりせんのだ！

いや、報告するのは、あらゆる手がかりをチェックしてからだ。そういうわけで彼女はスロットルを引きもどし、操縦桿を右下方へひねると、右旋回を開始して着陸体勢にはいった。ホッパーが接地したのは、遺棄《いき》された基地とおぼしいものから百ヤードほど離れた場所だった――イグルーに似たムーンクリートのドームが、もっと小さなドラム状のプレハブ建築に囲まれている。もっとも、乗り物のたぐいはなく、生命は影も形もない。窓は暗く、ディッシュ・アンテナが地上に落下したままころがっている。

ジョオンはコクピットのドームごしに入植地をうかがいながら、真空服のフロント・ジッパーをあげ、それから後尾へ行ってグラヴとヘルメットと生命維持装置を着用した。エアロックを通過するあいだに、ガン・ベルトを腰に巻きつけて留める。この場所は十中八九は見た目どおりのものだろう。廃居住地《ゴースト・ハブ》――月にはこういう場所がいくつかある。月の植民地化がはじまって数十年のころの置き土産《みやげ》だ――しかし、ＩＰＦの殉職《じゅんしょく》者が出るのは、たいてい警察官が用心を怠《おこた》ったときだという事実を、彼女はエズラにたたきこまれていた。ありそうにないことにつねにそなえろ。そうすれば、ズボンをおろしたところで不意打ちを食わずにすむ。ジョオンは苦笑しながら、ピストルをホルスターに突っこんだ。そんなことをいって、性的ないやがらせととられない男は、彼女の知るかぎり、おそらくエズラだけだろう。

だが、クレーターをゆっくりと基地まで歩いて行くうちに、ここにはだれもいないのがはっきりした。近づくと、その理由がわかった――ドームの片側が崩落《ほうらく》し、残骸のまんなかに大穴があいているのだ。さらに近寄って、砕けたムーンクリートごしに眼をこらすと、黒ずんだ内壁とねじれた天井の梁《はり》が内部に見えた。火事があったようだ。それも生命維持システムの酸素タンクにまで達するほどひどい火事が。あとは爆発の仕業だろう。

どれくらい前のことなのかはわからない。だが、施設をとり囲む灰色の表土にしるされた無数の靴跡が、かなりむかしだった証だ。死体はとっくに片づけられ、そのあとハブには何度も訪問者があったわけだ。その大部分は廃品漁《あさ》りの連中だったのだろう。ジョオンはヘルメットのライトをつけ、その光線で廃墟の内部をなめまわした。やはり、使えそうなものはなにも残っていない。家具調度はひとつ残らずなくなり、内部の壁に穴がぱっくりとあいており、なかの電線さえ剝《は》ぎとられている。

ジョオンは基地のまわりを歩き、隣接する建物を調べた。からっぽの小型航空機格納庫、すべての窓が割れるか持ち去られるかしている温室。発電センターのハッチは開いており、そこから地面を引きずった跡が黒ずんだ地点までのびている。そこはかつては小型艇が発着した場所で、基地の核反応炉の末路を示している。斜めになった支柱が、ささえるものもない状態で並んでいる。以前は太陽電池の配置されていた場所なのだろう。もちろん、水タンクはとっくのむかしに消えている。

この場所は見捨てられてからどれくらいたつのだろう? あとでIPFのデータベースに当たって、かつてここにあったものの記録があるかどうか調べられる。だが、あくまでも好奇心が湧けばの話。ケインのホッパーが消えた場所に関する手がかりは、ここにはない。それどころか、考えれば考えるほど、一杯食わされたような気がしてきた。彼は着陸するふりをしただけで、透明になるや否《いな》や――あるいは、すくなくともそう思わせるや否やだ。彼が本当にそうしたとは、まだ納得したわけではない――方向転換し、クレーターから完全に飛び去ったのだろう。接地したと彼女にまんまと信じさせて。

「ランドール、このまぬけ」彼女はひとりごとをいった。「彼はおまえをだましたのよ、こっぴどくね」本当は、残念だった。式典の場であんなふうに手の甲にキスされたあと、ケインに興味が湧いていたとしても不思議はない……。

いや。プロフェッショナルらしくない。まったくプロフェッショナルらしくない。

こうなってはエズラに報告し、ここまでの出来事を潔《いさぎよ》く認めて、つぎの指示を受けるしかない。自己嫌悪のため息をつきながら、ジョオンはきびすを返し、とぼとぼとホッパーにもどりはじめた。あとにした廃墟のなかから彼女を見つめる隠れた眼には気づきもせずに。

8

両親の研究所の廃墟——つまり、月面から見える部分——の五十フィート地下で、カート・ニュートンは歩み去るランドール警視を見送った。

彼女は、大きな円形の部屋の壁に投じられた映像内の等身大画像として、眼と鼻の先にあらわれていた。天井の照明を絞っていたので、まるで床から天井まである窓の前に立ち、そのすぐ外にクレーターの底があるかのようだった。廃墟と化した住居《ハブ》のなかに隠されたホロカメラがとらえた映像は、あまりにも真に迫っているので、彼が二、三回飛び跳《は》ねれば、窓を突きぬけ、その若い女性の隣まで歩いていって、ポンと肩をたたけそうな気がしてならなかった。

そうできればよかったのだが、と彼は思った。選択の余地があるなら、きっとそうしていただろう。

「いい女ですね、それはたしかだ」オットーの声が背後の暗闇から聞こえてきた。「でも、あなた向けじゃありません」

「残念だが、そのとおりだ」近くでサイモン・ライトの声があがった。外で聞いたのと同じだが、ヴォコーダー特有のブーンというおだやかな電気音がまじっている。「きみが若い女性との出会いを熱望しているのは知っている、息子《マイ・ボーイ》よ、しかし――」

「ぼくはあんたの息子じゃない」カートが小声でつぶやいた。

「――きみのしたことは危険だった。きみとオットーは人目につかずにあそこへ行くはずだった、一般人がふたり増えるだけのはずだった。それなのに、きみはＩＰＦの注意を惹きつけた。そして虎の関心を惹いただけでは足りないかのように、その前肢《まえあし》まで踏んだのだ」

「ぼくはだれの足も踏まなかったぞ、〈生きている脳〉。彼女の手にキスをしただけだ」

「カート――」オットーがため息をつく。「スクリーン消去。照明点灯」

映像がかき消え、天井の明かりがよみがえった。照らしだされたのは直径三十フィート近い円形の部屋で、湾曲した窓のない壁には、隣接する部屋部屋や通路とつながったスライド式ドアが並んでいた。ドアとドアのあいだの壁ぎわには、コンソールやワークベンチがところ狭しと置かれている。多種多様な学問分野――サイバネティクス、バイオテクノロジー、天体物理学、宇宙生物学、その他もろもろ――を対象とする設備のととのった研究所ならではだ。部屋の中心、カートの立っている場所からほんの数フィートのところに、長い中央テーブルがある。その化学薬品の染みがついた天板《てんばん》は、月玄武岩の板を磨きあげたものだ。

そのテーブルの真上、床から十二フィート上にある天井の中心に、厚さ二インチの月ガラスを何枚も重ねた大きな丸窓がある。いまその窓は、なかば埋もれた丸石に似せて作られた

π《パイ》形楔《くさび》のシャッターで外側から閉じられている。開けば、その窓は天窓となり、月の永遠の夜空を住人に拝《おが》ませてくれる……クレーターの底から見ると永久に空に浮かんでいる地球とともに。

シャッターは閉まっていた。カートが緊急着陸をしたときに急いで閉じたのだ。オットーがテーブルにつき、両脚を投げだして、好奇心を露わにした緑の眼で友人を見つめていた。とはいえ、そのアンドロイドの視線さえ、研究室にいるもうひとりのそれにくらべれば奇妙ではなかった。

テーブルの上に、直径二フィートほどの円盤型装置が載っていた。中華鍋《なべ》をひっくり返して大皿に載せたような形のそれは、外周に等間隔に並ぶ回転式ダクトファンをそなえていた。中華鍋の中心にある半球状のふくらみからは、柔軟な柄《え》の先についた奇妙なほど眼に似た小型の光学スキャナーがふたつ突きだしている。ふくらみの周囲には、それ以外にもレンズがはめこまれている。多関節の腕が二本——それぞれ三本指の操作用ハサミをそなえている——上部外殻《がいかく》の両側に搭載されている。

全体として、その機械はドローンに似ていた。そんな生やさしいものではなかったが。

「あれはまずかった、カーティス」サイモンの声は、眼柄《がんぺい》のすぐ下にあるスピーカーから聞こえてきた。ファンが静かにウィーンとうなり、機械はテーブルから浮かびあがった。「きみに悪気がなかったのは理解している。だが、オットーとわたしは何年もかけて、人目を避けることの必要性をきみに教えようとしてきた。それがいま、できるだけ目立たずにいなければならないまさにそのとき——」

「はいはい、ご説ごもっとも。たしかに……ぼくはヘマをしたよ！」ホロ画像が投影されていた場所から眼をそらし、カートは両手をあげて憤懣《ふんまん》を表した。「彼女の手にキスをした。悪かったよ。別に……その……」言葉を途切れさせ、こちらへ滑空《かっくう》してくる機械をにらむ。「とにかく、あんたになにがわかるっていうんだ？」

サイモンが空中で停止し、眼柄をねじって彼をまじまじと見た。

「いまのはかなり無神経だったと思わんかね？」

カートはいい返そうとしたが、いまサイモンがいった意味をさとった。気まずい思いで床に眼を伏せる。ほんの一瞬、機械の奥深くに、生化学的に血液に似た酸素含有滋養物の漿液《しょうえき》に満たされた房室《ぼうしつ》があるのを忘れてしまっていた。そのなかには人間の脳が浮かんでいる。何十本もの髪の毛なみに細い電線が、その主要な脳葉《のうよう》や切断された脊髄《せきずい》から、脳をとり巻く機械の中枢《ちゅうすう》へのびている。かくしてそれは見たり聞いたりできるばかりか、かぎられた形ではあれ動いたり触れたりもできるのだ。

これがサイモン・ライト博士のなごりだった。かつては太陽系屈指《くっし》のサイバネティクス学者、いまは肉体から切り離された脳となって、世にも稀《まれ》な手術不能の癌《がん》におかされて肉体が死を迎えたあとの不気味な死後の生を送っているのである。その死にぎわに、エレイン・ニユートンが実験的な手術を監督した。まさにこの部屋で、彼女と夫がプログラムしたロボット外科医によって執刀《しっとう》されたその手術は、ロジャー・ニュートンの恩師の頭脳を、瀕死の肉体から、いま彼を生かしつづけている特別あつらえのサイボーグ体へ移植するものだった。

それは二十年近く前、カートがまだ乳飲《ちの》み子だったころの話である。彼は〈生きている脳〉としてのサイモン・ライトしか知らない。〈生きている脳〉というのは、彼とオットーの両方がまだ幼く、それがどれほど思いやりに欠けているのか理解できなかったころにふたりでつけたニックネームだ。サイモンは気にしないようだった。しかし、自分もかつては人間のように歩いていたのだということを、ときおり親友の息子に思いださせるはめになった。

「悪かった、サイモン」カートはいった。「また忘れてしまっていたよ」

「そうだ。しかし、水に流そう」サイボーグ体とつながったサイモン・ライトのニューラル・インターフェイスのきわだった特徴のひとつが、ヴォコーダーを微妙に操作して、思考に声をあたえる能力だった。おかげで言葉と同様に感情も表現できるのだ。したがってヴォコーダーはかすかにブーンという音を立てる——死をとげたとき、ロジャーはまだこの不具合を直そうとしていた——ものの、サイモンの声は、人間の声帯が形作ったときとまったく同じように響くのである。

オットーが咳払いした。

「まあ、衝動から出た行為だったのはわかってます。おれだって同じことをしたかもしれない、ご婦人方に気味悪がられなければね」いったん言葉を切り、「そういえば、あんなふうに女の子にキスするのをだれに教わったんですか?」

カートは肩をすくめた。

「古い映画で見たんだよ。二十世紀前半のやつだ……どの作品かは忘れた」にやりと笑い、「気に入ったか? ちょいとイカシてると思ったんだ」

「『ちょいとイカシてる』ですって?」オットーが毛のない眉の部分を吊りあげ、「そいつも同じ映画から仕入れたんですか?」

「彼女は忘れないだろう、それはたしかだ」ファンを静かにうならせながら、サイモンが滑空して部屋を横切り、高くなった台座まで行くと、その上に舞い降りて充電をはじめた。

「過ぎたことはしかたがない。クレーターのセンサーによれば、彼女のホッパーはたったいま離昇《りしょう》した。とすると、きみの策略が功を奏したらしい」

「あなたとグラッグがいなけりゃ、こうはいきませんでした。グラッグといえば……」カートは近くの通路につづく開いているドアのほうを向いた。「おーい、グラッグ? こっちへ来られるか?」

「いま行きます、カート」

すり切れたカーペットのせいでわずかにくぐもった重々しい足音が、廊下の先から聞こえてきた。数秒後、巨大な人影が研究室にはいってきた――身長七フィート、濃灰色《のうかいしょく》のチタンでできたロボットである。ボディは人体に似せてデザインされているものの、生身の人間との類似はそこまでだった。手足は円筒形で、胸は凹凸《おうとつ》のない金属塊《かい》、手は節《ふし》こぶになった関節つきで、恐ろしげに見えるほど大きい。そのロボットの顔はシャベルの平たい部分に似ており、広い額《ひたい》と先細りの顎がついている。口は見当たらない。というのも、その声は顎の下に隠れているスピーカーから出るからだ。そして鼻は必要ない。

眼は異様だった——楕円形でまたたかない。内部からやんわりと輝く赤いレンズがはまっているのである。顔のほかの部分が伝えられない感情というものを、それが表しているように思える。そのロボットは、年がら年じゅう驚きに眼をみはって世界を眺めているようでもあった。ちょうど大きすぎる子供が、周囲で起きていることすべてに絶えず驚嘆しているように。

グラッグ社の代表は、同社の三二〇‐Aシリーズに属すロボットのうち一体の変わりぶりを知ったら驚いたかもしれない。このシリーズはオハイオ州ヤングスタウンにあるグラッグ工場で製造された。基本的に工業用建設機器であり、三二〇‐Aは監督の役割を果たすことになっていた。もっとも、いまここにいるロボットはたんなる自動人形ではない。唯一無二にして予想外のものなのだ。

「よくやった、格納庫の扉を開け閉めするタイミングがぴったりだった」グラッグがやって来ると、カートは破顔《はがん》した。「自動制御を解除して、マニュアルでやるはめになったんじゃないか」

「ええ、そうなりました」グラッグはテーブルから数フィート手前で足を止めた。どっしりした腕をわきに垂らす。「運動探知センサーとサーボを切っちまってから、自分で扉をあけて、あなたのホッパーが離着床におりて格納庫へ下がったとたんに、また閉めたんです」

「そりゃまたけっこう……」オットーが脚と腕を交差させ、そんなのたいしたことじゃないというポーズをとった。「あんまりいい気になるなよ。おれたちが着地したのに、おまえは格納庫を再与圧しなかった。カートとおれはまた装備を身に着けてホッパーからおりるはめになったし、そのあと家へはいるためだけにエアロックを通らなけりゃならなかったんだぞ」

グラッグは表情のない顔をオットーに向けた。

「おれはなにもおろそかにしなかった。きさまのいうようになったのも、追いかけてきた人間に砂煙を見られる恐れがあったからだ。表土洗浄機が作動したら、格納庫の排気ポートから砂煙が立ち昇るんだよ。そうなったら、地下に施設があるってバレちまう。ここは石橋をたたいて渡るべきだと思ったのさ。迷惑をかけたのなら、悪かった」

「おまえの負けだな」カートは手で髪を梳《す》きながら、面白がっている顔でオットーにウインクした。

「もし彼女に格納庫の扉を発見されていたら？」サイモンが尋ねた。「あるいは、エアロックに通じる階段を？」

「そんなの簡単です。おれに出会ったはずですから、首をへし折ってやりました」

カートが眼を丸くし、オットーは顔をしかめた。

「血も涙もねえとはこのことだな、ブリキ男」

「そういうきさまには脳みそがないぞ、カカシ野郎」いつもながら、グラッグの声には感情を表す音質が欠けていた。

ランドール警視についてのグラッグの言葉にもかかわらず、カートは浮かびそうになる笑みをこらえた。この手のやりとりは、彼が子供のころからつづいている。どちらのほうが優れているのか、両者のあいだで決着がついたためしはない。だが、とにかくひとつの点では合意ができている――彼らは人間に勝《まさ》っており、それゆえサイモン・ライトを助け、ここで殺されたふたりの人間が遺《のこ》した身寄りのない子供を育て、保護するのは自分たちの役目だ、と。

「いや、それはだめだ」カートはいった。「ここを見つけた人間がいても殺さない。とりわけIPFの警官はだめだ。さいわい眼くらまし《ファントム》が利《き》く。なぜなら――」

彼は言葉を途切れさせた。床をじっと見つめながら、わずか二時間前に知らされたことをじっくりと考える。

「どうした、カーティス？」サイモンが尋ねた。

カートは返事をしなかった。かわりにオットーを見て、

「さしつかえなかったら、コルボ議員の住居について探れるだけ探ってくれないか」

「それにはわたしが答えよう」と〈生きている脳〉。「地球にいて、連合議会の会期中、彼はニューヨークの太陽系政府ビルから三ブロックほどのところに小さなアパートメントをかまえている。だが、議会が休みのときは——いまがそうだが——〈静かの海〉のとあるクレーター私有地に住んでいる。アポロ11号記念碑からさほど遠くないところだ」

「それなら、いまは月にいるはずだな」

「ああ、まずまちがいなくいるだろう……とりわけ、公式訪問中のカシュー主席をもてなすのだから」

「よし。コルボの私邸のことを探れるだけ探ってほしい。とりわけ侵入経路を」オットーに向きなおり、「彼が探っているうちに、おまえとグラッグには眼くらまし発生器《ファントム・ジェネレーター》をホッパーからとりはずして、〈コメット〉に移し替えてもらいたい」

オットーがすこしだけ居住まいをただした。

「〈コメット〉へですか？　どうしてまた？」

「ホッパーの航続距離だと、燃料補給せずに〈静かの海〉まで往復するのは無理だからだ。〈コメット〉ならできる。必要なら、別のジェネレーターをとりつけて、船全体をすっぽり覆えるだけのパワーが出るようにしろ。すぐにやってほしい」

「わかりました。でも、なんでまた……？」オットーがいいかけた。

カートは返事をせず、かわりにメイン・ルームの反対側にある、しるしのない扉のほうへ歩いた。

「さしつかえなかったら、自分の部屋で休むよ」

「カーティス、なにを考えているんだね？」サイモンの声は静かだったが、有無をいわせぬ調子があった。「われわれには知る権利があると思う」

カティスは立ち止まった。ふり返ってまず〈生きている脳〉、ついでグラッグ、最後にオットーを見る。

「ぼくがどうするかはわかっているだろう」彼はいった。「ヴィクター・コルボを殺すんだ」

9

自分の部屋でひとりきりになると、カートはボディスーツを脱ぎ、バスルームでシャワーを浴びた。火傷《やけど》するほど熱い水しぶきの下に五分も立つという贅沢《ぜいたく》を満喫する。だが、湯は筋肉をほぐしてくれるものの、心に安らぎをもたらしてはくれなかった。

タオルで体を拭《ふ》き、ローブをはおると、クローゼットから注意深く服を選んで、ベッドの上に広げる――真空服の下に着こめるが、ボディスーツよりは耐久力のある服だ。黒っぽい、体に密着するチュニックとズボン、人造皮革《ひかく》の膝丈《ひざたけ》のブーツ、ピストル・ホルスターつきの万能ベルト。使うつもりのピストルは別の部屋にあり、今日、彼の手に握られるのを待っている。

彼はすぐには服を着ず、かわりに三十分を費やして太極拳と空手のトレーニングにはげんだ。かつては両親の寝室だった、大きな岩壁の部屋のまんなかで汗を流したのだ。子供のころに住んでいたもっと小さな部屋から引っ越してきたのは、二年前の十八歳の誕生日だった。このときサイモンからようやく許しが出たのである。このあとの仕事にそなえて体の準備をしながら、彼は必死になって思考をわきにやろうとした。だが、そのさなかにも、百の思いが頭をよぎり、そのひとつひとつの中心にはコルボがいるのだった。

憤怒《ふんぬ》が湧いてくるのはどうしてだろう。両親の記憶はない。せいぜい母親に思いをはせるとこみあげてくる漠然《ばくぜん》とした温かいものがあるくらいだ。ふたりが殺されたのは、彼がまだ乳飲み子のころだった。ある意味で、彼が本当に知っている家族は、サイボーグとアンドロイドとロボットだけ。にもかかわらず、ロジャーとエレイン・ニュートンを冷酷無残に殺し、カートが生き残ったのを知れば、彼自身の命も奪おうとする勢力がいまだに存在すると教えられて育った。そしていま、その勢力に名前と顔がついたのだ。

ほかの三人に対して立てた誓い——ヴィクター・コルボを殺すんだ——が一瞬でも脳裏をかすめるたびに、議員のおつにすました自信満々の顔が思いだされた。サイモンとオットーのいうとおりだとしたら――そうに決まっている、ふたりは二十年前にここで起きたことの一部始終を目撃したのだ――コルボは殺人を犯して逃げおおせただけではなく、社会の高い地位までのしあがりさえしたわけだ。

だが、どうしていままで話してもらえなかったのだろう？

カートがトレーニングを終え、ベッドの上で休んでいたとき、ドアがノックされた。オットーがデータパッドを手にしてはいってきた。

「お邪魔してすいません。眠ってました？」カートは首をふった。「グラッグとおれがホッパーからジェネレーターをうまいことはずしたのをお知らせしたくてね。いまグラッグが〈コメット〉にとりつけてます」彼はデータパッドをさしだした。「見たけりゃ、これがステータス・リポートです。あと数時間で出発準備がととのいますよ」

カートは上体を起こして、データパッドを受けとった。もっとも、おざなりに一瞥《いちべつ》しただけで、わきへ押しやった。

「すわれよ。話がしたい」

「そうだろうと思いました」オットーは部屋の反対側にある乱雑に散らかった小さなデスクと対《つい》になった椅子にすわった。「なにを考えてるんです？　おれには見当もつきそうにない」

「なぜおまえとグラッグと〈生きている脳〉は、いままでコルボのことを話してくれなかったんだ？」カートはベッドの上であぐらをかき、両方の前腕を膝に載せた。「ぼくの両親が亡くなった真相を教えるのに、なぜこの歳までぼくを待たせたんだ?」

「おれたちは真実を告げましたよ……全部じゃなかっただけで」オットーはかぶりをふった。

「おれはその場にいたかもしれないけど、体しか大人じゃなかったってことを忘れないでください。二カ月前に人工子宮から出たばかりで、心はまだ子供だったんです。グラッグもたいしてましじゃありませんでした」――猫のような眼が、さもいやそうにさっと上を向き――「これからもましにはならないでしょうがね。だから、本当のところ、あの日あったことをここにいるだれよりもよく知っているのはサイモンなんです。訊くなら彼にしてください――」

「おまえに訊いてるんだ」

オットーはうなずいた。カートがいわずにおいた言葉を理解したのだ。肉体のない奇妙な存在であっても、サイモン・ライトはふたりにとってつねに親がわりだった。カートの父親という立場をロジャー・ニュートンから引き継ぎ、その延長でオットーの父親にもなったのである。そして生体工学の産物である精神が受けた加速教育のおかげで、オットーはカートよりはるかに速く成熟したものの、〈生きている脳〉は彼の恩師でありつづけた。そういうわけで、ふたりともサイモンを尊敬し、服従するいっぽうで、親というものの例に漏れず、彼がつねになにもかも話すわけではないことにも気づいていた。〈生きている脳〉には秘密があり、これはそのひとつだったのだ。

「ずいぶん前に」オットーが言葉をつづけた。「サイモンと意見が一致しました——あなたが大きくなって、なにがあったかを理解できるだけじゃなく、なにをしたいかも自分で決められるようになるまで待つってね。ヴィクター・コルボはあの日、司直の手を免《まぬが》れました。それ以来、やつは以前にもまして権力を握るようになりました。おれたちのうちのだれかが——ただの赤ん坊だったあなたであっても——まだ生きていると知れば、あいつはおれたち全員をあっさりあの世へ送れたでしょう。だから、隠れたままでいようとするのと同時に、あなたが復讐の念をつのらせるようにしても、百害あって一利なしだったんですよ」

カートはしばらく黙りこみ、ベッドの上掛けをじっと見おろしながら、ぼんやりと指で引っぱっていた。

「ぼくを地球に連れもどすことだって……」

「いいえ。あなたは死んでいました。じつをいうと、あなた方四人——サイモン、あなたの父上、母上、あなた自身の——全員が、ここへ着く前から死亡宣告されていたんです。あなたが地球に姿をあらわしたら、おれたち三人がいっしょだろうとなかろうと、コルボにとって命とりになりかねない疑問が生じたはずです。やつはなにがあろうとあなたを殺させたでしょう、たとえあなたが赤ん坊にすぎなくても。おれの運命についていえば……」オットーは肩をすくめた。「命を奪われなかったとしたら、十中八九は心をこすりとられて、まぬけな奴隷と変わらなくなったでしょう。いや、もっと悪いことに、まぬけな奴隷の原型《プロトタイプ》に」

「なにをいってるんだ？」カートはかぶりをふった。「さっぱりわからん」

「ええ、わからなくて当然ですよ……すべてを聞かされてるわけじゃないんですから。でも、あなたが〈直線壁〉での除幕式に出たいといって、コルボが出席するのを〈生きている脳〉が探りだしたとき、彼とおれはさとったんです。あなたの両親を殺した男を見せる絶好の機会が来た、それもスクリーン上の顔じゃなくて生身の人間として」

「それなのに、いまはぼくが彼を殺しに行くのを止めるのか？」

オットーはすぐには返事をしなかった。かわりにカートのドレッサーの上にある鏡にじっと眼をこらした。まるで自分自身の姿と立場を見定めようとするかのように。

「あなたのご両親が殺された日、おれたちはみんななにかを失ったんです」とうとう彼はいった。「おれは生みの親たちを失った。サイモンは、おれのような人工的な体とはいえ、肉体のある人間にもどるたったひとつのチャンスを失った。のろまなグラッグさえ、知性だけじゃなく感情まで獲得した。エレインがやつのなかにその潜在能力を見てとって、人間のレベルまで知能を育ててあげたからです」はすかいにカートを見て、「おれがこんなことをいったなんて、あいつにゃ知らせないでくださいよ、ね？」

「それなら、ぼくにどうしろっていうんだ？　両親の仇討《かたきう》ちをしちゃいけないのか？」

「あなたがしたいことは自分で決めてもらいます。でも、カート……」オットーはいったん言葉を切った。「あなたがいってるのは、たんなる仇討ちじゃないってのを理解してもらわなくちゃいけません。太陽系連合議会の議員、月共和国選出の代議士の暗殺を企《くわだ》てることにもなるんです。失敗したら、命はありません。成功しても、おれたちのだれもあなたを守れません。あなたはお尋ね者になり、捕まるか死ぬかするまで、ＩＰＦはあなたを休ませちゃくれないでしょう」

「それくらいわかってる」とはいえ、こういいながらも、オットーの言葉の重みをカートは感じていた。好むと好まざるとにかかわらず、アンドロイドは正しい。カートが計画しているのは凶悪無比な犯罪なのだ。いったん手を染めたら、自分の行為をとり消すすべはない……そして残りの寿命は、十中八九、一分に満たないだろう。

オットーはしばらく無言で彼を見つめていた。

「ことを起こす前に、なにもかもはじめから話したほうがいいかもしれませんね。それも、おれからだけじゃなく」

カートはうなずき、左手をあげた。

「〈生きている脳〉、ぼくの部屋へ来てくれないか?」生まれてからずっとそうしてきたように、指輪に話しかける。この方法でサイモンと意思疎通する必要はないのだが、その指輪は亡父から受け継いだものだった。それはエレインがロジャーに贈ったもので、アンニ・ノードが使えるとはかぎらないとき、彼女はそれを使って夫と連絡をとっていた。十八歳の誕生日に〈生きている脳〉からもらって以来、カートは肌身離さずその指輪をつけていた。そしてその指輪にはアンニに勝る大きな利点がひとつあった。個人のニューラルネット・システムに侵入して盗聴するという手が使えないのである。

一分が経過し、やがて扉がまたスライドして開いて、〈生きている脳〉が部屋のなかへ滑空してきた。

「なんだね、カート？」眼柄を彼の方向へねじり、「質問があるのかね？」

「ぼくの両親が殺された日になにがあったんです？　つまり、本当に起こったことはなんだったんです？」カートはちらっとオットーを見た。「彼がすこし話してくれました。でも、一から十まで知っているのはあなただけだそうです」

「潮時《しおどき》ですよ、サイモン」オットーが静かな声でいった。「彼の準備はできています」

「なるほど、賛成だ。しかし、その前に」――サイモンは後退した。プロペラを逆回転させて寝室からメイン・ルームまで下がり――「腹ごしらえをしてもらおう。説明には少々時間がかかる。きみが最後に食事をしたのは――」

「いいえ、サイモン」カートの口調は静かながら有無をいわせないものだった。「いま聞きたいんです」

〈生きている脳〉はためらった。それから前進して寝室内にもどった。

「わかった」彼はエンジン音をうならせながらカートとオットーのわきを通り、デスクの上に軟着陸した。「そもそものはじめにさかのぼろう……」

第二部　二十年前

1

「意見の相違があるのはわかっている」ヴィクター・コルボがロジャー・ニュートンにいった。「だが、最後には、きっときみもわたしと同じ見方をするようになる」

ふたりはロジャーの住むコンドミニアム・ビルの下にある桟橋《さんばし》に並んで立ち、水上タクシーを待っていた。ニューモントーク海洋生体建築《オーシャナーコロジー》の堤防の向こうで、太陽が沈みはじめていた。馬蹄《ばてい》形をした人工島の十四階全域で、コンドミニアム、レストラン、ナイトクラブの明かりが灯《とも》りはじめており、防波堤に囲まれた礁湖《ラグーン》のおだやかな水面に照り映《は》えている。汐《しお》のにおいのする海風が、ロングアイランド水道から涼《すず》しく、さわやかに吹いてくる。近くの市立公園の楡《にれ》と楓《かえで》の木立で、スズメがまた明日とさえずっているし、屋外カフェの構内では、弦楽四重奏団がウォーミング・アップがわりにモーツァルトの「小夜曲」を数小節奏《かな》でている。

気持ちのいい夕べだ、とロジャーは思った。ヴィクターが行ってしまえば、もっといい。しかし、そうはならないかもしれない。

「そうだろうか」彼は答えたが、そのときコルボが浮かべた表情に気づいて、注意深くいい直した。「もっとも、きみのいったことは心にとどめておくよ。オットー・プロジェクトはきみの意図していたものとはちがう。だが、たしかに……ほかの使い道もある」

「それも利益を生む使い道だよ」コルボは、桟橋にゆっくりと近づいてくる小さな双胴船を見まもった。舵手は港湾内速度を守りながら、舵《かじ》を切ってあたりに繋留《けいりゅう》されているプレジャー・ボートのわきを通った。「医療への応用はすばらしいよ、ロジャー。きみとエレインがこの研究をしている最大の理由が、ライト博士の命を救うためだということは称賛に値《あたい》する。だが、きみたちのアンドロイドは――」

「ぼくとしては、オットーという用語のほうがいい」

「そりゃあきみはそうだろう」保護者めいた笑み。「だが、大衆がアンドロイドと呼んだとしても驚いてはいけない。古い言葉だし、このほうがわかりやすいのだよ」――まるでむずかしい用語を、陽射《ひざ》しで縞《しま》になった夕暮れ雲から引きだそうとするかのように、コルボは上に眼をやった――「『定向進化的超人類有機体《オーソジエネテイック・トランスヒューマン・オーガニズム》』（頭文字はotho）よりは。そういう意味なんだろう？ 成功すれば、きみがどう呼ぼうと、きみたちの仕事から金が生みだされる。ありあまるほどの金が」

「そして濫用《らんよう》の可能性もありあまる」

「きみたちの問題でも、わたしの問題でもない」コルボは桟橋の板張り道に打ち寄せる水をじっと見おろした。これは珍《めずら》しい、とロジャーは思った。どうやらヴィクターは本当に……そう、うまい言葉が見つからないが、考えているようだ。「きみたちの倫理的な熟慮には感心するよ、ログ」ロジャーがひそかに嫌っているニックネームを使って、彼は言葉をつづけた。「だが、倫理では食べていけない。きみたちの仕事にはすでにかなりの額を投資しているんだ。さらに多くが第三者寄託《きたく》になっている。わたしは自分の投資への見返りを期待する」

「その期待はかなうよ、ヴィク」コルボ本人が忌《い》み嫌っているニックネームで意趣返しをし、そのせいで向けられた渋面《じゅうめん》には素知《そし》らぬ顔でロジャーはいった。「きみは金を浪費しているわけじゃないし、相応の見返りを約束する。でも、口をすっぱくしていってきたように、最大の利益は銀行報告では測れないときもある。人類にもたらす恩恵こそ——」

「きみたちのノーベル賞受賞スピーチのためにとっておきたまえ」コルボがいらだたしげに手をふった。「わたしは金がほしい、人類への恩恵ではなく」わけ知り顔でロジャーを見やり、こうつけ加える。「特許の所有権はわたしが握るから、絶対に金は手に入れるぞ……どれだけの犠牲を払おうと」

「たしかにそうだろう」ロジャーの背すじに走った悪寒《おかん》は、太陽の翳《かげ》りから生じたものではなかった。コルボが富を増やすことにしか関心がないのは、ずっと前からわかっていた。コルボは億万長者になるという野心をいだいた百万長者だったが、ロジャーとエレインが目的を達成するために必要な莫大《ばくだい》な資本を求めて彼に近づいたとき、その点には眼をつむったのだった。とはいえ、研究所での私的な会合のためにコルボがニューモントークまで出向いてきた今日の午後まで、コルボが貪欲《どんよく》なだけではなく、不道徳でもあることをロジャーは本当は理解していなかったのだ。

危険なほど不道徳であることを。

水上タクシーが警笛《けいてき》を鳴らしながら、桟橋に近づいてきた。舵手はエンジンを切り、あとは惰性で進ませた。桟橋の係員が鉤竿《かぎざお》をのばして船べりに引っかける。コルボが身をかがめて足もとのアタシェケースをとりあげるのと同時に、舵手が彼の乗船に手を貸そうと操舵室《そうだ》から出てきた。

「こちらへどうぞ……それをあずかりますよ」

「いや、けっこうだ」コルボはケースをぐいっと引き、舵手は事情を察して引きさがった。

コルボがロジャーに向きなおった。「わたしが火星からもどったら、つぎのミーティングをしよう。きみと奥方の両方と。つぎは彼女も出席できると思うが」

「かならず出席する」とロジャー。「カートが今日ちょっとばかり具合が悪かったんだ。母親がついていないといけなかった」

「ああ、当然だ」ふたたび、おかしくもないのに笑みを浮かべ、「ほら、それもアンドロイドにできる仕事だよ……ベビーシッターの役割を果たせる」

「まったくそのとおり」ロジャーはいった。「歴史を学べば、子供に奴隷の乳母《うば》がいた例がいくらでも見つかる」

コルボにはあからさまな皮肉が通じないか、たんに本人が気にしないかのどちらかだった。

「連絡する」彼は背を向けて慎重に水上タクシーに乗った。「進捗《しんちょく》状況を絶えず知らせてくれ」

ロジャーは桟橋に立ったまま、離れていく水上タクシーを見まもった。それは轟音《ごうおん》をあげながらゆっくりとラグーンを縦断し、オーシャナークの堤防の開口部へ向かった。遠ざかるタクシーを失礼にならない程度の長さだけ見送ってから、彼は桟橋を引き返しはじめた。そうしながら、左手をあげる。その手につけている宝石のはまった大きな指輪は、昨年のクリスマス、ナノ外科手術で埋めこむアンニ・インプラントが彼には合わないと医者たちにいわれたあとにエレインが贈ってくれたものだった。その指輪が彼女の解決策だったのだ。

「アンニ、エレインを呼んでもらえないかな」

ややあって、妻の声が耳のなかでした。——どうだった?

「よくなかった。まったくよくなかった。サイモンに電話して、今晩あがって来られるぐらいに気分がいいか訊いてくれ。話しあわないといけないことがある」

2

ロジャーとエレイン・ニュートンは東棟《とう》の最上階に住んでいた。十四階、つまり彼らのコンドミニアムに付属するバルコニーからは、ロングアイランド多島海《アーキペラゴ》が望まれた。ニューモントークの防波堤の向こうに、水没したハンプトンズのなごりの上に浮かんでいるほかのオーシャナークが見えるのだ。この眺望は、ニューモントークの最上居住層に住むという特権にロジャーが大金を払った理由のひとつだった。ニューヨーク州北部から引っ越してきたとき、エレインはその出費に抗議したが、堤防を越えて吹いてくる海風が思わぬ余禄《よろく》だということは認めるしかなかった。そしていま、最上階に住む別の利点がロジャーにはありがたかった――バルコニーの上には広々とした空しかないので、プライバシーが確保されるのである。

彼が屋外ですわっていると、ドアベルが鳴った。

「出てもらえるかな、奥方さま」パティオのテーブルに広げたパッドから眼も離さずに、彼は声をはりあげた。「きっと注文したピザだ」

エレインは居間にいて、腕に抱いたカートをやさしくゆすっていた。

「わかった、受けとるわ」彼女は返事をすると、赤ん坊を幌《ほろ》つきの籐《とう》かごベッドにそっと寝かせてから、玄関ドアまで歩いていった。

カートはじっとしたままで、ロジャーにはありがたかった。二週間前、カートは首に注射を打たれた。それで頭蓋《ずがい》にナノ粒子が導入されたのである。さいわいカートは、神経学的ナノ外科手術に対する抵抗を父親から受け継いでいなかった。にもかかわらず、毛髪なみに細い神経回路網《ニューラルネットワーク》が脳葉《のうよう》内でしだいに発達していくあいだは、頭をわずかに動かしただけで頭痛が起きがちだ。彼がぐっすり眠っているということは、アンニが完成に近づいている証拠だ。もちろん、エレインが授乳を終えたばかりなのもすこしは役に立っているのだろう。

ドアの向こう側にいたのはサイモン・ライトだった。近ごろは唯一の移動手段となっているジャイロ椅子にすわっている。鼻から椅子の背のタンクに酸素チューブがのびていた。エレインがわきに退《の》いて通したとき、彼はなにもいわず、彼女が配達員からピザを受けとり、代金を払うふりをするあいだ、おとなしく待っていた。サイモンは東棟の海面階に住んでいる。エレベーターに乗ればニュートン家まであっという間だ。ヴィクター・コルボの動機を疑いはじめたとき、彼らは人目《ひとめ》につかずにおたがいのコンドミニアムを行き来する手順をとり決めた。コルボが彼らの仕事場だけではなく、住居にも電子的な監視体制を敷いていてもまったく不思議ではないのだ。コルボのいないところでの彼らの会話は、知られなければ知られないほどいい。

「ミーティングはうまくいかなかったようだね」ジャイロ椅子に乗ったままバルコニーに出てきたサイモンがいった。

「ええ……うまくいきませんでした」ロジャーが間《ま》を置くあいだに、妻は赤ん坊がぐっすり眠っているのを確認してから、サイモンにつづいてバルコニーに出てくると、背後のガラス・ドアを閉めた。「じつは、事態は前より悪くなっているといえます」

「彼をパートナーにしてはいけなかったのよ」エレインがバルコニーを歩いてきて、夫の隣の席についた。小柄で均斉《きんせい》のとれた体つき、長い栗《くり》色の髪と情感の豊かな灰色の眼——長身で金髪の運動選手タイプである結婚相手とは好対照だ。「はじめから気にくわなかった——」

「前にさんざんいい争ったじゃないか」すでにすませた議論を蒸《む》し返すのにロジャーはうんざりしていた。「われわれは政府や大学から受けとれる助成金より高いレベルのR&D（研究開発）資金が必要だった。そしてヴィクターを推薦された」

「やめたまえ……自分を責めるのは」サイモンの声は喘息《ぜんそく》患者のようにヒューヒュー鳴った。彼の顔は人目を惹《ひ》くほど蒼白《そうはく》で、肌は髪のなごりと同じくらい白かった。椅子に乗り、自分のコンドミニアムを出るだけでどれだけの苦労をしたのだろう、とロジャーは思った。「なんでも……コルボはリスクの高い新事業への投資家で……進んでテクノロジーに投資しているという話だった。彼なら……目標額以上を出してくれそうだったから、わたしが……彼のもとへ行くよう提案した」酸素チューブの鼻クリップの下で顔をしかめる。「知らなかったんだ……あの男に別の野心があるとは」

「まあ、ふたりとも過《あやま》ちを犯したわけです」ロジャーは椅子にもたれかかった。「人工生命への彼の関心が、ぼくらと同じでないことは、とっくのむかしにわかっていた。ぼくらは代《だい》替《たい》ボディを作りたい。彼は奴隷種族を作りたい。でも、すこしくらい危険を冒してでも、彼とファウスト博士ばりに契約を交わし、それから医療面での応用例を――できれば、あなたという生きたサンプルを得て――公表するいっぽうで、ヴィクターの野望をくじく措置を講じられると思ったんです」

サイモンの顔に張りつめた笑みが浮かんだ。

「きみが……正しいといいのだが。わたしには時間が……つきかけている」

「心配いりませんわ、サイモン」エレインが手をのばし、彼の手の甲をそっとつかんだ。「大脳維持ユニットの新しい設計はほぼ終わりました。たとえオットーの準備がととのう前にあなたの体がだめになっても、脳は無限に生かしておけますし……ある種の移動手段だってあたえられます」

サイモンはうなずいて謝意を表した。これはずっと前からの、コルボとかかわる前からの計画だった。ロジャーとエレインの研究――ロジャー・ニュートンがサイモン・ライトの一番弟子であったシカゴ大学で、ふたりが出会って以来の懸案《けんあん》――の目標は、十二分に機能する人造人間の開発であり、生まれながらの体が死を迎えたあと、人の意識をそれに移し替えるというものだった。じつは、一種の不死である。サイモンが不治《ふじ》の病《やまい》にかかって死期が近づいたとき、彼が進んで最初の定向進化的超人類有機体《オーソジェネティック・トランスヒューマン・オーガニズム》の被験者になるという合意がなされたのだった。

オットーの準備ができる前にサイモンが亡くなる恐れがあったので、エレインはサイド・プロジェクトにも注意を向けた。つまり、サイモンが一時的に脳をおさめるサイボーグの開発である。肉体の死後も人間の脳を保存するために大脳維持ユニットが近年導入されていたが、それはウェットウエア・インターフェイスと大差なかった。そのなかに封印された精神は、周囲で起きていることを見たり、質問に答えたりするのが関の山だった。エレインにしてみれば、これは生きながらの死の一形態だったが、サイモンにとっては、はるかに偉大なものへの可能性を秘めていた。オットーとしての新しい人生へ向かう予備的段階として、まずサイボーグとなって自分たちの仕事をテストするのだ。

エレインがまたロジャーを見て、

「それで今日ヴィクターになにをいわれて、非常ボタンを押すことになったの？」

「彼は……まだ話してなかったのかね？」とサイモン。

「ええ。三人そろうまで待ちたかったんです」ロジャーはゆっくりと息を吐きだした。「ヴィクターはこれに軍事的応用の可能性を見ています……具体的には、戦死した兵士のための代替ボディにするのです。戦場から遠くない医療施設にオットーを待機させるというのが彼の考えです。兵士が致命傷を負ったら、彼なり彼女なりはその施設へ運ばれ、精神をスキャンされて新しい体へ――」

「それのどこが問題なの」エレインがかぶりをふった。「つまり、もう戦争はめったに起こらないけれど、起こったら、悲惨なんてものじゃない。兵士の命を救うのは、民間人の命を救うのと同じくらい大事なことよ」

「そうだ。でも、それはヴィクターの考えてることじゃない。彼はたんに兵士の命を救いたいのではなく、彼なり彼女なりをそのまま戦闘へ復帰させられるほど早く救いたいんだ。損《そん》耗《もう》率ゼロ……同じ兵士を何度も何度も送りこむだけ」

サイモンがまじまじと彼を見た。

「身の毛がよだつ」

「どんなに控え目にいっても、倫理にもとるもいいところね」エレインは、礁湖《ラグーン》を出入りする船の明かりをぼんやりと眼で追った。「彼が奴隷種族を創《つく》りだす可能性を見ているだけでもひどいのに。これじゃ大砲の餌食《えじき》も創りだすことになる。兵士がくり返し死ぬ運命に追いやられるのだから」

「それだけじゃない」とロジャー。「オットーは多くの点で人間に勝るだろう。カーボン・ファイバーの骨格、赤外線の夜間視力、より高い周波数に対してより敏感な聴覚……」テーブルの上に出しておいた氷水のピッチャーに手をのばし、「そういう戦力を保持したがらない国はない。兵士が殺されるや否《いな》や送り返せるなら、戦争にはけっして負けない……」

「……なぜなら戦争はけっして終わらなくなるから」とエレインが言葉を引きとった。

ロジャーはうなずきながら、水をグラスに注《つ》いでサイモンにさしだした。

「でも、ヴィクターにはこれが見えていません。彼に見えるのは、軍との契約でころがりこんでくる金だけです」

「つまり……われわれがいくら稼ぐか……ということかね？」サイモンは首をふって、さしだされたグラスを断った。

「そこが面白いところなんです」ロジャーは水のグラスを引っこめ、ひと口飲んだ。「会話のあいだじゅう、彼は会社に触れるとき、一人称の『わたし』を使っていました――『わたしが契約企業に話を持ちかける』、『わたしが特許を所有する』といった具合に。まるでぼくら三人が存在しないかのように」

「ひょっとしたら存在しないのかも」エレインの声は低すぎて、ささやきも同然だった。

「彼の思い描く未来に関するかぎりは」

「まさか……彼が……そこまでやると？」サイモンが尋ねた。

ロジャーは即答しなかった。テーブルにグラスを置き、手を組みあわせて、しばらく無言でふたりを見つめた。

「いいたくありませんが」とうとう彼はいった。「彼はやるでしょう。あなたの命が長くないのは知っているし、エレインとぼくについていえば……」かぶりをふり、「噂《うわさ》があります、ヴィクターが……まあ、ありのままをいいましょう――犯罪組織とつながっているという噂が。過去において、彼は暗黒街の連中に頼んで汚れ仕事をさせたそうです」

「同じ噂を耳にしたことがあるわ」とエレイン。「たとえば、〈星界のメッセンジャー〉の元メンバーといっしょのところを見られている」

「ぼくらが行方不明になれば好都合なのだとしたら」ロジャーがいった。「彼が良心のとがめもなく、ぼくらが謎めいた失踪をとげるようお膳立てをするのはまちがいない」バルコニーの窓ごしに籐かごのベビーベッドを見て、「カートもだ」

しばらくだれも口をきかなかった。三人はたがいを見つめあった。自分たちが危険におちいっているのをさとったのだ。

「それで……どうするね？」サイモンが尋ねた。「プロジェクトを放棄するかね？」

その声はまぎれもなく震えていた。死以外の選択肢に手が届きそうだというのに、死に直面するはめになりそうだからだ。ロジャーがにっこり笑って、首をふった。

「いいえ、そんなことはしません……選択の余地があるうちは」

「というと？」

「行方不明になるんです……でも、自発的に」彼は椅子にすわったまま体の向きを変え、東のほうに眼をこらした。「あそこへ行くんですよ」

話をしているうちに、月が大西洋の上に昇っていた。四分の三ほど満ちていて、暗い海面を皓々《こうこう》と照らしている。ロジャーはそれを指さした。

「探しまわって、うってつけの場所を見つけました。チコ・クレーターにあるエネルギー研究所です。所有していた会社が倒産したとき、作りかけのまま放棄されたんです。地表と地下の両方に施設があって――」

「なにをいっているの?」エレインが尋ねた。「荷造りして、月へ引っ越すの?」ロジャーはうなずいた。「なるほど、ヴィクターには見つけられないってわけね」

「ぼくらがさっさとやれば、見つけられないだろう」ロジャーは椅子を押しのけ、テーブルの前から立ちあがった。「ミーティングのちょうど二時間後、彼の自家用シャトルがラガーディアから離昇《りしよう》した。いまごろは、つぎの火星行き光条帆船《ビームシップ》に乗船しているはずだ」バルコニーを行ったり来たりしはじめる。「ヴィクターにまつわる興味深い噂がもうひとつある……彼には火星人《アレジアン》の愛人がいて、最近妊娠させたというんだ。彼に結婚するつもりはない。だが、彼女を捨てたら、妊娠を楯《たて》に使われて、自分が価値を置くものをすべて奪われるのではないかと恐れてもいる。だから――」

「それがわれわれと……どう関係するのだね?」とサイモン。

「火星からの復路便を調べました。これからの九カ月は一隻《せき》もありません。ヴィクターの往路便が、現在の発進時限《ウィンドウ》では最後の船なんです。そのあと、火星は地球から見て太陽の反対側へ軌道を進みますから、そのあいだに火星から地球へ飛び立つ船はありません。これがぼくらに絶好の機会をくれます」

「なにをするための？　月へ逃げて行方をくらますの？」エレインが疑わしげな顔をした。

「彼は追いかけてくるだけよ」

「いいや、追いかけてこない」ロジャーは彼女のうしろへ歩き、その肩にそっと手をかけた。

「ぼくらが死んだと思えば、追いかけてこないさ」

3

ロジャー・ニュートンは、ある北アメリカ州の富豪一族に連なっており、その英国系の血筋をたどれば、サー・アイザック・ニュートンの家系に行き着く。彼とエレインがサイモン・ライトとともに起こした小さな研究会社で開発したバイオテク関連の特許から収入があるので、食い扶持《ぶち》を稼ぐ必要はなかった。彼の家族には、すでにかなりの財産があったのである。そういうわけで、数年前、人工生命の研究のさなか、気晴らしになる趣味が必要だとロジャーが考えたとき、銀行には新しいおもちゃを買えるだけの金があった。そのおもちゃとは――宇宙船である。

彼が購入した船は中古のレース用ヨットだった。レガッタ競技に使われる種類だ。元の船主が〈コルネット〉と名づけたその船は、全長が百フィート。引きのばした涙滴《るいてき》のような形をしており、幅広い船首には爆撃機についているような丸窓、先細りの船尾には磁気プラズマ・メイン・エンジンの鐘《かね》型排気管をそなえていた。チタン合金の船体に並ぶダクトファン式姿勢制御エンジンのおかげで精確な操船ができるいっぽう、凹《おう》型横木《よこぎ》があるおかげで、光《ビ》条帆船《ームシップ》と連結すれば惑星間旅行もできる。

〈コルネット〉には三脚式の着陸装置がついているものの、非常時にしか使われないものだった。そのヨットは基本的にレース用に設計されたもので、そのレースでは宇宙艇の小船団が地球軌道から飛び立ち、最大速度で月か地球近傍《きんぼう》小惑星まで飛行して、ぐるっとまわってから猛スピードで帰還したあと、上層大気圏で空気制動《エアロブレーキ》をかけて出発点へもどり、所要時間のいちばん短い者が勝者となる。したがって〈コルネット〉は惑星表面へはめったにおりない。着地するのはたいてい月であり、そこで小艇は宇宙港の整備場へ尾部から先におりるのだった。そのエンジンは、レースに出るほど強力ではあるものの、地球の脱出速度に達するだけの推力は出せなかった。

〈コルネット〉はひとりいれば操船できた。じっさい、船を購入した直後に、ロジャーは必須の飛行教習を受けて、宇宙船船マスター・パイロットの免許を取得した。レガッタのルールではふつう四人のクルーが乗り組まねばならない——真剣な競技者にはわずらわしく思える安全措置だ——しかし、やがてロジャーも理解したのだが、船に四人乗りの設備があるという事実は楽しいものだった。彼は〈コルネット〉で二度月レースに出た。エレインが一等航海士で、熟練した宇宙船乗りをクルーに雇《やと》った。そして二回とも集団の最後尾に近い成績だった。その二回だけで、ほかの船に先んじてゴール・ラインを切るための手に汗握る挑戦よりも、地球近傍の宇宙空間をのんびりと周遊する週末のほうが好きだということが納得できた。彼は〈コルネット〉を手放しはしなかったが、ひそかに決意した——これからは、ときおり家族や友人たちと遊覧飛行に出るためにしか使わない、と。

ロジャーとエレインのコンドミニアムでひそかに会合を持ってから半年後、ニュートン一家とサイモン・ライトはステーション・アズテック——ドーナツ形の静止軌道衛星居住地《ハビタット》で、南アメリカ連邦から昇る宇宙エレベーターの終点に当たる——でエクアドル・スカイタワーをおりた。軌道まで長旅をするのは、ロジャーとエレインには珍しいことだった。いつもはニューヨークかボストンから出る商業シャトルに乗るほうを好むのだ。とはいえ、カートはまだ幼すぎて高Gのかかる離昇に耐えられないし、サイモンが弱りすぎていた。そういうわけで今回はエレベーターでアズテックまで昇ったのである。ロジャーはすでに小艇を予約してあり、ハイゲート錨地《びょうち》にある〈コルネット〉の船架《せんか》まで残りの道のりを運んでもらう手はずになっていた。

エレベーターをおりた一行を見かけた者たちは、のちに奇妙なものを報告する。生後九カ月のカート、ロジャー、エレイン、サイモンに加え、大きな円盤形のドローンのように見えるものが同行していたのだ。ステーションの低重力下ならナイロン製のダッフルバッグふたつを運べるドローンである。アズテックでロボットは珍しくもないが、これとそっくりのものを見たことのある者はいなかった。IPF税関職員に質問されると、エレインは答えた――自分と夫がテストしている万能サービス・ドローンの原型品だ、と。彼らのバッグをさげてステーションの低G回廊を進むその機械を見た人々は、ああいうのが市場《しじょう》に出るのを見たいものだといい交わした。ハサミ式のマニピュレーターをそなえた空飛ぶロボットは、家じゅうで重宝するだろう。そうではないものかもしれない、とすこしでも疑った者はいなかった。

一時間後、小艇が、ほかのレガッタ用ヨットと同じ錨地に繋留されている〈コルネット〉とハード・ドッキングした。ロジャーが頼んでおいたので、ハイゲートの係員はすでに燃料タンクにアルゴンを詰めてくれていた。エレインがエンジンの磁気超伝導体とイオン・サイクロトロンのウォーミングアップをはじめ、サイモンがドローンを格納庫へしまうあいだに、ロジャーは真空服を着て、エアロックから外に出た。この宇宙遊泳の表向きの目的は、通常の飛行前点検だったが、錨地側から見えない〈コルネット〉の陰にいるうちに、彼は金属箔《はく》にくるまれた大きな包みを船尾近くにとりつけた。付属の無線受信器のスイッチを手早く入れ、サイモンと手短にテスト交信してから、エアロックにもどる。彼のしたことは、だれにも見られなかった。

服を脱いでしまいこむと、ロジャーは操船《コマンド》デッキまであがった。そこではエレインとサイモンがすでに着席して、シートベルトを締めていた。赤ん坊のカートは眠りからさめて、ハイゲートの交通管制局へ飛行計画を提出している父親を、母親の腕のなかからうっとりと見まもった。計画では、月へ行って帰ってくる単純きわまりない二日間の遠出。着陸するつもりはなく、帰還地点は出発地点と同じだ。

レガッタ・レースから引退して以来、ロジャーとエレインが〈コルネット〉で出かけたどの旅とも変わらなかった。交通管制官は飛行計画を受理し、ポート・コペルニクスにある月交通局にコピーを送ると、快適な旅を祈る旨の言葉をパイロットに贈った。数分後、ヨットは繋留索《さく》を解いて、ドッキング円材にそって船架からゆっくりと後退した。ステーションからじゅうぶん離れてしまうと、小型の涙滴形宇宙艇は右舷に九十度回頭し、メイン・エンジンを点火した。数秒以内に、それは視界から消えた。

〈コルネット〉が人目に触れたのは、これが最後だった。

4

月の夜がチコに重く垂れこめていた。

地球は四分の三満ちた姿でクレーターのへりの上に浮かんでいたが、こぼす光に温もりはなかった。そびえるクレーター周壁《しゅうへき》と中央丘が、岩だらけの底に影のカーペットを敷いている。クレーターの東側にある建設現場でさえ、スポットライトが消されており、ロボットたちは一時的に静止していた。

この五カ月にわたり、昼も夜もぶっ通しで働いてきた十二台のグラッグ・ロボットは、人間の監督を直接には受けずにやってきた。作りかけのエネルギー研究所が、ひと月前、匿名のニューヨークのバイオテク企業に買いとられて以来、このクレーターに足を踏み入れたのは機械だけだった。ロボットたちは、ある月の建設会社からリースされたもので、建設機器や建設資材のパレットを運んできたのと同じ無人飛翔艇《ホッパー》でここへ運びこまれた。一台のグラッグ三二〇-Aが、放棄された工事の仕切り直しを監督し、地球から送られてくる指示を、ほかのロボットたちが精確に、かつ効率的に実行するように努力してきた。

勤務交代も労働組合の定める休憩をとる必要もないので、ロボットたちは――そっくり同じものはふたつとない、それぞれが専門業務に沿って設計されているのだ――三千三百六十七時間二十九分十八秒にわたり、疲れ知らずに働いてきた。そのあとグラッグ三二〇－Aが、月の表土《ひょうど》のすぐ下に埋められた長基準線アンテナ経由で、月の低軌道にいる宇宙艇から短いメッセージを受信した。命令にしたがい、監督ロボットはほかのすべてのグラッグたちに、ただちに仕事をやめて、三脚に載ったスポットライトを消すように命じた。

ボス・ロボットはいま建設現場の端に立ち、やわらかな赤い光を眼から放ちながら、クレーターの東のへりの上空を見つめていた。見つめる。ひたすら見つめる。

ロボットが通信を受けてから十分がたとうというころ、まばゆい光の点がクレーターのへりの上の視界に飛びこんできた。

それは高速で低く移動していた。地球上でなら、上層大気圏に突入する大きな隕石《いんせき》と見まちがえられたとしても不思議はない。ただしこの隕石は、地上五百フィート以下を飛んでいた。クレーターの周壁を猛スピードで飛び越えると、火の玉はますます煌々《こうこう》と輝き、はるか下のクレーター底面に偽《いつわ》りの夜明けをもたらした。同時に、それはだしぬけに減速し、ブレーキをかけながら、広大なクレーターへの急速降下を開始した。

火の玉からのびる後流が、背後に位置する涙滴形宇宙艇を露わにするなか、その降下を注視していたグラッグ三二〇－Aが、クレーターの底の地下深くにある機構に信号を送った。

ロボットの立っている場所から百ヤードのところで、細長い光の筋がいきなり地面にあらわれ、光り輝くHの文字を形成した。それはみるみる拡大し、巧妙に偽装して周囲の土地に似せてある二枚の巨大な扉となった。扉が開くと、そのすぐ下に、煌々と照らされた着陸プラットフォームがあらわれた。

月の夜のしじまのなかで、小型ヨットが着陸態勢にはいった。船体後部でフランジが広がり、多関節の着陸三脚が所定の位置へ展開する。そのパッドがプラットフォームと接触すると同時に、宇宙艇のエンジンが停止した。

〈コルネット〉は目的地に着いたのだ。

プラットフォームの着陸標識灯《ビーコン》と、ヨットの舳先《へさき》や舷窓《げんそう》からこぼれる淡い光のおかげでかろうじて見えるプラットフォームが、クレーター底面の地下に隠れた大きな格納庫へゆっくりと降下をはじめた。〈コルネット〉が視界から消えたとたん、扉がふたたび閉まりはじめた。グラッグ三二〇‐Aは、扉が閉じきるまで眼を離さなかった。格納庫の存在を露呈《ろてい》する光は漏れていない。

ロボットはチコ上空の監視をつづけた。数分が経過したとき、別の光の点があらわれた。ただし、こちらの光ははるかに上を、はるかにゆっくりと移動していた――低軌道を飛ぶ宇宙艇のエンジン排気だ。数千フィート下の月の荒地を捜索しているのだ。チコ上空を通過する宇宙艇をロボットは眼で追った。それは減速も針路変更もせず、一分とたたないうちに、西の地平線を越えて姿を消した。

操縦席内部《コクピット》で、操縦士席を水平から垂直の姿勢に変えたばかりのロジャー・ニュートンが、安全ベルトをはずしていると、おだやかで機械的な声がヘッドセットから聞こえてきた。

「捜索艇をチコ上空に視認しました」グラッグ三二〇‐Aが報告した。「そのまま行ってしまいました。基地やあなた方の存在に気づいた気配はありません」

ロジャーは口もとをほころばせた。

「ありがとう。その場にとどまって、なにかあったら報告してくれ」エレインのほうを向くと、彼女の座席はまだうしろに倒れた着陸姿勢のままだった。「建設チームの監督からいい知らせだ。捜索救助艇を見つけたが、ぼくらを追いかけてきたわけじゃないらしい。残骸をまだ探しているんだろう」

エレインはうなずいたが、笑顔は返さなかった。にもかかわらず、ひそかにほっとしているようだった。

「じゃあ、わたしたちは死んだのね」とつぶやく。腕に抱かれて眠っている子供を見おろしながら、こうつけ加えた。「なんという悲劇。すくなくとも、あっという間だった……おそらくなにも感じなかった」

「運がよければ、みんなそう思ってくれるだろう」ロジャーは手をのばし、妻の座席の制御装置に触れた。低いウィーンという音を立てて、座席がゆっくりと上向きになり、いままでは後部隔壁《かくへき》だったデッキに彼女が足を置けるようになった。「すさまじいエンジンの爆発に見えるくらい三価《さんか》燐《りん》を吸着機雷《きらい》に詰めておいた。起きたことを地上か軌道上でだれかがじっさいに見ていたら——」

「地球に帰還しようとして近地点燃焼するために……推力をあげていたちょうどそのとき……メイン・エンジンが爆発したと思うだろう」背後では、サイモンがすでに乗客席を下げていた。「きみたちは運がいい……わたしはすでに瀕死の身だ」ゼーゼーと息も絶え絶えにいう。「寿命が……十年ちぢまったよ……さっきの急降下で」

「すみません。ああするしかなかったんです」ロジャーは立ちあがり、背中を弓なりにすると、脊椎《せきつい》下方の椎骨《ついこつ》をさすって、小さくため息を漏らした。月を訪れるのは数年ぶりだった。重力の低いところへもどると気分がいい。「探知されずにここへ着きました。肝心なのはそれです」

〈コルネット〉の船体にとりつけた爆弾を投棄し、起爆用の無線信号を送ったあと、ロジャーは操縦桿《かん》を前に倒し、エンジンに点火した。ヨットは危険な動力急降下をはじめ、数秒で千五百フィート高度を下げた。危険きわまりない離れ業《わざ》だ。自分の命はいうまでもなく、妻と子供と恩師の命を危険にさらしたのである。だが、うまくいけば——うまくいくと彼は信じているのだが——救難信号《メイデイ》を発したあとの小型ヨットをレーダーで監視していた月交通管制官は、エンジンが——事故報告書が呼びたがる名称にならえば——「重大な不具合」を起こし、小型艇と乗客を跡形《あとかた》もなく消し去ったと信じてくれるだろう。そういう事故は珍しいが、ありえないわけではない。磁気プラズマ・エンジンは、ふつう二百万度K近い温度に保たれている。プラズマを反応炉容器に閉じこめている磁場に不調が生じたら、結果は破滅的なものとなる。

それが〈コルネット〉に起きたこと、あるいは起きたとロジャーがみんなに信じさせたがったことだった。その悲劇にショックを受け、悲しむ人々が故郷には大勢いるだろう。彼にもエレインにも存命の親や兄弟姉妹はいないが、それぞれに縁者《えんじゃ》や親類がいて、いまごろ知らせを受けているだろう。もっとも、これについてはどうしようもない。すくなくとも、当面は。

だが、ヴィクター・コルボもだまされるのなら、その価値はあるというものだ。

ロジャーは操縦室から梯子《はしご》をおりて中部甲板《ミッド・デッキ》へ行った。調理場で立ち止まり、カーテンの引かれた寝棚のあいだに設けられた壁面ロッカーをあけ、足首につける重りをとりだす。ひと組を自分の足に装着し、エレインとサイモンのためにあとふた組を調理場のテーブルの上に置いておく――カートが六分の一Gに適応するまでどれくらいかかるのだろう、と思ってロジャーは笑みをこぼした。こいつはちょっとした見ものになるぞ――それから待機室とエアロックのある第三層までおりた。真空服を着なおす必要はなかった。エアロックにはいるとき、外部ハッチの隣にある表示パネルにちらっと眼をやると、船外の気圧は正《せい》であるとわかったからだ。ロジャーは引っこんだ輪をまわしてハッチを解錠し、ロック・レバーをつかんで押しさげた。かすかなシューッという音を立てて空気が逃げていき、そのあと彼はハッチを押しあけた。

〈コルネット〉は地下の垂直空間のなかで船尾を下にして直立していた。そこは二十世紀のICBM発射基地に似ていたが、ちがっているのは月面ホッパーと専用のエレベーター・プラットフォームと格納庫の扉をおさめられるほど大きいことだ。その縦穴は、もともと研究所の所有者たちが予定していたエネルギー研究用の装置を収納するためのものだったが、完成前に資金がつきたのである。〈コルネット〉と基地の短距離輸送機を隠せるよう、ロジャーとサイモンが設計しなおしたのだった。

巨大なファンのうなりが徐々に静まっていき、月塵《げつじん》に特有の燃えた火薬のような甘いにおいをロジャーの鼻がかすかにとらえた。縦穴を与圧するあいだに、格納庫のコンピュータが自動的に除染したのだ。予想どおり、タラップものばされていた。それは〈コルネット〉から、格納庫の湾曲した壁の高いところにある扉にまっすぐ通じていた。

ロジャーは閉鎖式の狭い通路《キャットウオーク》に踏みだし、船を見あげた。高速の小型艇は自分たちを無事に送りとどけてくれた。だが、また飛ばすのはずっと先のことになるだろう。なにしろ、公式には破壊されているのだから……それでも、ここにあるのはたんなるレガッタ用ヨットではない。ハッチの横の船体に記された船名を見つめるうちに、ふとこんな考えが浮かんできた——「ル」と「ネ」を「メ」に変えるのは簡単だ。〈コルネット〉を〈コメット〉にすれば、もしかして……。

キャットウォークの壁面側で扉がスライドして開く音がした。ふり向くと、監督ロボットがそこに立っていた。

「こんばんは、ニュートン博士」球根状の頭をわずかに下げて、またたかない赤い眼でロジャーを見つめる。「快適な旅ならよかったのですが」

「快適な旅だったよ、ええと――」

「グラッグとお呼びください」

ロジャーは片方の眉を吊りあげた。たいていのロボットは、名乗るよう求められると、ふつうは製造番号をすらすらと唱えてから、名前をつける選択権を所有者なりオペレーターに提供する。このロボットは自分で選択をしただけではなく、製造者の名前を自分の名前に選んだらしい。面白い……。

ロジャーがふり返ると、妻がエアロックのなかに立っていた。カートにおんぶひもをかけて背負っている。

「サイモンは？」彼は尋ねた。

「いま来るわ」それから彼女は声をひそめた。「彼は具合が悪いのよ、ロジャー。本人は認めたがらないけれど、旅でだいぶ消耗したみたい……とりわけ、最後の部分で」

ロジャーはうなずいた。サイモンがこれほど長く生き永らえたのは、奇跡以外のなにものでもないのだ。最後の一時間ほどは、試練だったにちがいない。

「先に行ってくれ」彼は静かな声でいった。「ぼくが面倒を見る」彼女はうなずき、タラップを渡ると、壁面側に立っている巨大なロボットのわきをすり抜けていった。「来い、グラッグ」ロジャーはいった。「おまえの助けがいる」

「仰せのままに、ニュートン博士」グラッグがタラップに踏みだし、そのどっしりした足のパッド入り足裏が一歩ごとにドスンという音を立てるなか、エレインがロジャーに意味ありげな目配《めくば》せをした。彼とグラッグとの会話が耳にはいり、夫と同じことに気づいたのだ――この特定のロボットは自分で名前を選んだだけではない、それは造《つく》り主の名でもある。知性が芽生《めば》えているしるしだろうか？　調べる価値がある……あとでだが。

「サイモン！」船内にもどると、ロジャーは声をはりあげた。グラッグがすぐあとにつづく。返事がないので、急いで待機室を横切り、梯子を登った。

サイモンを見つけたのはミッド・デッキの調理場だった。食卓の椅子をたたんだフレームを握りしめ、なんとか倒れまいとしていた。老人は肩で息をしていた。肌は土気色《つちけいろ》で、額《ひたい》は汗がびっしりと浮いて光っている。自分がどこにいるかはわかっているようだ。というのも、ロジャーが梯子をてっぺんまで駆けあがったとき、首をもたげて彼のほうを見たからだ。しかし、口をきこうとしても、出てきたのは乾いたささやき声だけだった。

「ロジャー……すまない……」

サイモンの脚がぐにゃりと折れた。月の低重力下であってさえ、もはや体をささえる力がないのだ。ロジャーは倒れこむ老教授を抱きとめた。そっと床へおろし、シャツの襟《えり》をちぎるように開き、呼吸を楽にしようとする。

「グラッグ！　医療器キットを探してくれ！　酸素マスクがいる！」ロボットがしたがうかどうか、ロジャーは首をまわしてたしかめはしなかった。かわりに指輪を口もとまであげた。

「エレイン！」基地のアンニ・ノードが起動しているよう祈りながら、嚙《か》みつくようにいう。

「こっちへ来てくれ！　サイモンが発作を起こした！」

自分たちの能力ではサイモン・ライトの命を救えないかもしれない――まもなくそれが明らかになった。グラッグが酸素マスクのありかを突き止めたときには、サイモンは意識を失っていた。エレインが船にもどると、夫が老人のかたわらにうずくまり、彼の頭を膝《ひざ》に載せていた。

「ロジャー」彼女はささやき声でいった。

「研究所へ行って、生体活動休止《サスペンション》タンクが設置されているかどうかたしかめてくれ」ロジャーの声は切れ切れで、瞳は潤《うる》んでいた。「ドローンを持っていけ。きみの準備ができたら、グラッグとぼくが彼を運びこむ」

「わかったわ。でも……本当にできると思う？　ここへ着いたばかりなのよ」

「やるしかないだろう？　急げ」

5

研究室のベンチに置かれたからっぽのビーカーは、月の重力ではせいぜい十分の一オンスの重さしかないだろう。しかし、十ポンドあるのと変わらなかった。ドローンの右のマニピュレーターの三本指が、ビーカーをいじりまわしている。ゴムのはまった先端で、ガラス表面をしっかりとつかもうとしているのだ。マニピュレーターがとうとうビーカーをわしづかみにし、ベンチから持ちあげた。しかし、ダクトファンで旋回したドローンの動きが速すぎて、ビーカーが手からすべり落ちた。

「ちくしょう！」サイモンが怒鳴った。

ロジャーが飛びだし、ビーカーが床で砕け散る前につかまえた。

「いえいえ、いい調子ですよ」彼は辛抱《しんぼう》強い口調でいい、背すじをのばしてビーカーをベンチにもどした。「とにかく、今回はなにも壊さなかった。横の動きを協調させる方法をおぼえさえすれば——」

「自分がしなければならないことはわかっている」サイモン・ライトの声がドローンのボディのスピーカーから出てきた……いや、サイモンのボディだ、とロジャーは無言で自分にいい聞かせた。短いひずんだ音。最初、これが一対《いっつい》の肺《はい》ではなくヴォコーダーの発するため息に近いものだと理解できず、ふたりとも面食らったものだった。「ただ……まったくもう、これに慣れるのがこれほどむずかしいとは夢にも思わなかった」

「ぼくもです。わかっていて当然だったのかもしれないのに」ロジャーは近くのストゥールに腰をおろした。「でもいいですか……カートはつい一昨日《おとつい》最初の一歩を踏みだしたでしょう? つまり、彼がその段階に達するには十カ月少々かかったことになり、しかも最後の四カ月は六分の一Gで暮らしたあとだったわけです。あなたは同じ基本的な運動技能の多くを学びなおさなくちゃいけないし、手のかわりにマニピュレーター、脚のかわりにプロペラとなったら、七十八年におよぶこれまでの経験はたいして意味がありません」

「かもしれん、だが……」サイモンの眼柄《がんぺい》がロジャーから、研究室の床のまんなかに並べて置かれた、ふたつの長い金属製棺《ひつぎ》のほうを向いた。「やはり彼が懐《なつ》かしいよ……古い自分がね」

これといった特徴のない白い棺がふたつ、高い天井に設けられた月ガラスの窓から射しこむ地球光を鈍《にぶ》く反射していた。たがいにケーブルでつながれた棺は、両方とも人間が仰向けに寝られるほど大きかった。じっさい、それぞれが人体をおさめていた——ひとつは死んだ体。もうひとつは生まれようとしている体である。

左側の棺は、標準仕様の生体活動休止房《サスペンション・セル》の改良版だった。病院の緊急治療室で一般に使用されているタイプで、患者が適切な医療措置を受けられるまで、あるいは容態《ようだい》が絶望的に重篤《じゅうとく》の場合は安楽死させられるようになるまで、瀕死の人間を生かしておくものだ。こちらにはサイモン・ライトの体……というよりはむしろ、彼のオリジナルの体がはいっている。四カ月前、〈コルネット〉がチコ・クレーターへ着地した直後、彼が心臓発作を起こしたときに、あわただしく設置されたのだ。かねてからの計画どおり、ロジャーとエレインは旧友をみとり、セルの内部で彼の心臓の鼓動が止まるや否や、まさにこの目的のために秘密の研究所へ輸送してきたロボ外科医を——ほかの機材とともに——自走させて運び入れたのだった。つづく十四時間にわたり、エレインの監督のもとで、ロボ外科医がサイモンの頭蓋骨を切開し、脳を注意深くとりだすと、〈コルネット〉……というよりはむしろ、いまの呼び名でいえば〈コメット〉でいっしょに運んできたドローンの自給自足式生命維持セルの内部に移した。地球を発《た》つ前、エレインは数カ月を費やして、サイモン・ライトの第二の生に向けての中間段階となるその機械を設計し、製造したのだった。彼の代替ボディを創りだすという最終段階において、彼女とロジャーがサイモンの助けを借りられるようにすることが、その真の狙いだった。二時間半後、サイモンはサイボーグとなって意識をとりもどした。生まれながらの姿形とは似ても似つかないと同時に、はるかに役立つ人工のボディにおさまって。

それは実験の第一段階にすぎなかった。

もうひとつの棺は生体培養槽《バイオクラスト》だった。フルサイズの人体をゼロから作るため特別に設計された装置である。この人工子宮のなかで、ロジャーとエレインが愛情をこめてオットーと名づけた——彼の科学的な名称を略した頭字語《とうじご》は、どんな名前にも勝ると思えたのだ——個体が作られつつあった。

ふつうアンドロイドは、人間型のロボットと考えられてきたが、オットーの体で性質が機械的な部分は、カーボンファイバーの骨格だけだった。それ以外は、人間の肉体よりも弾力性に富んだ柔軟なポリマーでできていた。プログラムできるナノ粒子と有機化合物から成るベタベタしたもののなかに浮かんでいるボディが、内側から外へ向かって、ゆっくりと形作られていた。この新しいボディの青写真となるのは以前の人体だった。過去四カ月にわたり、サイモン・ライトの体はレーザーによって分子レベルですこしずつ、几帳面《きちょうめん》にスキャンされ、そのあと情報がバイオクラストへ送られた。第二の棺がこの情報を使って、オリジナルにかわる人工の体を徐々に作りあげた。新しい体を形成するのに必要な素材を、付属のタンク群におさめられた生化学物質から調達するいっぽう、新しい体を最初の体より優れたものにするための微妙な改良もほどこしながら。

ロジャーとエレインは、こうしてサイモンを生き返らせるつもりだった。彼の現在の存在様式は一時的なものでしかないはずだった。新しい体が準備できるまで、彼の脳——完全には複製できない唯一の部分——を生かしておく手段だ。ひとたび準備がととのえば、彼の脳は高解像度の磁気共鳴映像法によってスキャンされ、オットーに移される。そしてサイモン・ライトが生者《せいじゃ》の世界にもどって来るのだ。こんどはオリジナルよりも頑健《がんけん》で融通《ゆうずう》のきく体で。

「なんでわざわざ手間をかけるのか、さっぱりわからん」サイモンがダクトファンをわずかにかたむけ、ふたつの棺のところまで滑空《かっくう》していった。「オットーの準備ができるころには、あのビーカーを割らずにとりあげる方法を考えついているだろう。こんな苦労もすべて無駄になり……」

「いいえ。無駄にはなりませんよ」ロジャーが腕組みをして、「あなたは運動技能を磨《みが》いておかないといけません。さもないと、移植されたあと、新しいボディ――オットー――に適応するのがますますたいへんになるでしょう。それにサイボーグの形態が同じくらい役に立つかどうかも知りたいんです。オットーにかわる選択肢として……まあ、いまのボディを持ちたがる人だっているかもしれない」

「理由の想像がつかんな」サイモンはいったん言葉を切り、「いや、つかんこともない。わたしにはいま三百六十度の周辺視野があり、真下以外は盲点がない。紫外線と赤外線で見ることもできる」彼のマニピュレーターが上下した。なんとなく蟹《かに》めいて見える。「手のかわりにハサミがあるから、使い方をおぼえさえすればいい。滑空能力は動力供給と重力にしか限定されず――」

「地球上では短い距離しか飛べません」ロジャーはいったん認め、「でも、ここや火星でなら、そのファンはすばらしい働きをします。でも、それだけじゃない。あなたは眠ったり、食べたり、飲んだりしなくていい。通信とデータのネットワークに直接アクセスできる。〈コメット〉の誘導システムにポータルを組みこめば、じかにインターフェイスさえできるようになる」肩をすくめ、「大金を払ってでも、そういう能力を持ちたがる人間を何人かあげられますよ」

「それなら、こちらは美味《うま》い食事をもういちど楽しみたがっている人間をひとりあげられるよ」

「楽しめますよ。ただ――」

「そうとはかぎらないかもしれないわ」エレインがいった。

カートのベビーカーを押しながら、彼女は階段からメイン・ルームへはいってきた。一昨日カートははじめて歩いて両親を喜ばせていたものの、母親はまだベビーカーに乗せて研究所内を移動するといってゆずらなかった。父親を眼にして、子供は満面の笑みを浮かべ、ベビーカーから小さな腕をふった。

いつもながら、息子を見てロジャーは白い歯を見せた。

「やあ、坊や！」声をはりあげ、ストゥールからおりて、床にひざまずき、「月の男だ！」両腕を大きく広げる。すると赤ん坊が喜びのあまりキャッキャと笑い、金切《かなき》り声をあげた。

「パパのところまでおいで！」

「もうちょっとあとでならね」エレインが疲れた声でいった。「いま日光浴室《ソラリウム》を一周してきたの。そろそろ哺乳瓶《ほにゅうびん》とお昼寝の時間だと思うわ」

最低でも二十四時間にいちど、彼らは地下のねぐらを離れて、クレーター底面から突きだした研究所の部分へあがるようにしていた。ドームはもっぱら地表との出入口と倉庫として使われていたが、ソラリウムもあり、そこではフィルター機能のある月ガラスごしに多少の日光浴ができるのだった。

最近では、カートの遊び部屋にもなっていた。エレインは、わが子がモグラ同然の生活をして育つのを望まなかったので、毎地球日そこへあがってエクササイズにはげんだ。そしてロジャーとエレインは、カートが速く歩きすぎたり、六分の一Gでのよちよち歩きで天井からはね返ったりしないよう注意を払ういっぽうで、彼がやがては地球にもどらなければならず、それゆえ多くの生粋《きっすい》の月っ子《ルーニー》のような虚弱者にならないようにするには、適切な筋力を保たなければならないということも忘れずにいた。

「ごもっとも」彼はしぶしぶ腕をおろした。「ランチとお昼寝も体にいいからね」

エレインはすこしだけ譲歩した。カートをベビーカーから抱きあげ、父親のところまで運んでいく。ロジャーが息子を腕に抱きとったとき、サイモンが痺《しび》れを切らした。

「さっきのはどういう意味だね？」眼柄をエレインのほうへひねりながら、強い口調で訊く。

「わたしが聞かされてないことがあるのかね？」

エレインは彼を見なかった。もうめったに見ないのだ。サイボーグの設計を手伝い、サイモンの脳をそのなかに移植する手術を監督したものの、見るたびに身の毛がよだつものを創造するのにひと役買ったことを、いまは後悔するようになっていた。その思いを口に出さないよう気をつけているとはいえ、空飛ぶ蟹のようなものから旧友の声が聞こえてくると、悪寒が走るのだった。そのせいで、いわなければならないことを口にするのが、いっそうむずかしくなった。

「今朝、バイオクラストからステータス・リポートをダウンロードしました」エレインはいった。「依然として皮下形成に苦労しています。どういうわけか、バイオクラストはある種の表皮機能の複製に手こずっているんです」

「どの機能だい?」腕に抱いたカートをそっとはずませながら、ロジャーが尋ねた。

「毛包《もうほう》の成長とメラトニンの注入。おかしな話だけど、虹彩《こうさい》の視神経中枢《ちゅうすう》にしかメラトニンが見つからないの。オットーの眼はあなたと同じだけど、サイモン……」

「だが、それ以外の部分は青白く、毛がないわけだ」サイモンはわずかに上下にゆれ動いた。肩をすくめたのかもしれない。これを見て、サイモンの無意識の動きがサイボーグのボディにどう表れるのかについて、ロジャーはふたたび好奇心をそそられた。「ならば、わたしはすこしばかり冷え性になるし、直射日光は浴びないほうがいい。それくらいは我慢できる」

「ええ、でも、それだけじゃないんです」あいかわらず彼をじかに見ないようにしながら、エレインは哺乳瓶のしまってある冷蔵庫まで歩いた。もっとも、すぐにはあけず、扉に手をかけたまま動きを止めた。「神経が予想よりも高い比率で成長しています。オットーの脳は……成熟しはじめているんです」

ロジャーはカートと遊ぶのをやめて、彼女に鋭い眼を向けた。

「成熟だって？　彼はまだできあがっていない。どうしたらそんなことが——？」

「わたしにもわからない」エレインがかぶりをふった。「でも、神経シナプスの発達が、体のほかの部分より十から十二パーセント速く進んでいるという事実は残るわ。忘れないで、これはわたしたちと同じ種類の脳ではなく、有機シリコン・マトリクスなのよ。わたしたちは彼の神経を人間よりも効率のいいものになるよう設計した。だから——」

「彼の脳は成長が速い」とロジャーが締めくくった。

「そのとおり。バイオクラストから出る用意がととのうころには、成人男性の学習適性をそなえているでしょう。もちろん、知能は同じではないけれど、ふつうの人間より速く教育できる……たとえば、カートよりも」いったん言葉を切り、「その気になれば、だけど」

しばらく、だれもが無言だった。これがなにを意味するか、それぞれが承知していた。オットーがからっぽの容器として生まれるだろうと考えていたときは、彼の精神をサイモンの精神と入れ替えることになんの問題もなかった。しかし、彼が意識をそなえた個人になるのだとしたら、他人の脳を入れる場所を作るために、発達して理解力のある脳になるものを抹《まっ》消《しょう》することには、倫理的な疑問が生じる。

「まさか、本気じゃないだろうね」とうとうサイモンがいった。「はるばるここまで来たのは、横槍を入れられるためじゃない」

「選択の余地があるとは思えません」ロジャーがいった。カートがむずがりはじめていた。お腹がすいて疲れたので、ちょっとだけぐずりはじめたのだ。エレインが冷蔵庫をあけ、哺乳瓶をとりだした。「もし計画どおりに進めたら、最後にはできた脳を抹消するしかなく……そうなったら、非難囂々《ごうごう》でしょう」

自分たちの死を偽装し、チコ・クレーターという辺鄙《へんぴ》な場所へ移住するアイデアをロジャーが思いついたとき、恒久的な解決策とするつもりはなかった。オットーが完全にできあがり、サイモンの精神を新しい体に移植してしまえば、四人は隠れ家から姿をあらわすはずだった。記者会見を開いて、成しとげた成果を公表してもいいだろう。たしかに、人をだました罪で告訴されるかもしれないが、こうすればヴィクター・コルボが彼らの仕事の所有権を主張し、コルボ自身の日的——具体的には、奴隷や使い捨ての兵士として使えるアンドロイド種族の創造——をかなえることを阻止できるにちがいない。

とはいえ、ロジャーとエレインが、いちどは自意識を持つ精神をそなえた人工生命を作りだし、そのあと死者の精神と入れ替えたなら、データを吟味《ぎんみ》するや否や、科学界はこのことを知るだろう。そして嫌悪の念をいだくにちがいない。大衆もひとたびこのことを知ったら、きっとそうなる。ロジャーとエレインの仕事に道徳的な傷がついたら、努力は水の泡だ。最低でも、所有権を主張するコルボに、ふたりを退《しりぞ》ける機会をあたえることになるだろう。

「できません」ロジャーがいった。「こういうことになっては、無理です」

「おいおい」サイモンの声には聞いたことのない鋭さがあり、エレインさえ宙を飛んで近づいてくる彼に眼をやった。「よしてくれ。きみたちのご立派な正義感などどうでもいい。まさかわたしをこんな……こんなもののなかに……」

「オットーが最終結果でなくてもいいんです」ロジャーはバイオクラストを身ぶりで示した。「これは試作品、学ぶためのものでしかなくていい。もういちどやれます。次回は――」

指輪が静かにチャイムを鳴らし、彼の言葉をさえぎった。ややあって、グラッグの声が聞こえてきた。

「お邪魔して申しわけありません」ロボットは月面の持ち場からいった。「宇宙船がクレーターに接近中です。着陸態勢にはいったようです」

ロジャーとエレインは視線を交わした。どちらの眼も驚きでみはられていた。サイモンが最初に反応した。

「船体の登録番号は見分けられるか？」

「少々お待ちを。まだそこまで近くありません」数秒が経過し、そのあいだ研究室内にはものをいうどころか、息をする者さえいなかった。と、グラッグの声がまた聞こえた。「はい、登録番号が見えます。MRC-7611-Fです」またしても間。それから――「太陽系連宇宙船登録記録をチェックしました。その登録番号は、コルボ社所属の月シャトルのものと一致します」

「ヴィクターよ」エレインが恐怖のにじむ小声でいった。「見つかったんだわ」

6

真空服姿の人影が三つ、シャトルのエアロックからあらわれ出て、梯子をおりた。彼らがドームまでの短い距離を進んでくるあいだに、ふたつのことが明らかになった。

その一――まんなかの人物がリーダーだ。ドームに着く前から、彼が何者かは疑問の余地がなかった。月を自分の私有地であるかのように歩ける者は、ヴィクター・コルボのほかにいない。

その二――同行するふたり――男と女――は両方とも武装している。スーツのベルトに粒子ビーム・ピストルを吊るしているのだ。そして三人がエアロックを抜けてくるとき、ホルスターのフラップのボタンがはずしてあるのにロジャーは気づいた。

「銃をしまうよう部下にいってくれ」三人が日光浴室《ソラリウム》にはいってきたとき、ロジャーはいった。

「やあ、ロジャー、エレイン。また会えてうれしいよ」コルボはヘルメットを左腕にかかえていた。右手には気密式のアタシェケースをさげており、それを足もとに置く。「死人のカップルにしては、元気そうだ」

ロジャーは笑顔を返さなかった。

「銃を、ヴィクター……しまってほしい」

「うむむ……」コルボは一瞬考えるふりをした。「いや、そうしないほうがいい。きみはわたしを信用しないが、わたしにはもっときみを信用しない理由がある。けっきょく、この手のこんだお芝居でわたしをだまそうとしたのは、きみのほうなのだ。したがって、ここを丸腰で安全に歩けると信じるのは愚《ぐ》の骨頂《こっちょう》だろう。そういうわけで銃はそのままだ、ボディガードもな」

コルボの左側に立っている険《けわ》しい目つきの若い男の顔、あるいは右側に立っている、きれいだが、なんとなく反感をそそる若い女の顔に表情はなかった。このふたりもヘルメットを脱いでいたが、エアロックに置いてきていた。手を空《あ》けておくためだろう。ふたりとも右手をホルスターにおさまった銃の近くから離さず、それぞれが右眼に銃の照準片眼鏡《モノクル》をはめていた。プロだ。

武器と名のつくものを月へ持ってこなかったのを、ロジャーははじめて後悔した。最先端の科学機器と医療機器――なかには類例がなく、特別にあつらえたものもある――に何百万も費やしたが……いまこのとき、粒子ビーム・ピストルと引き換えにできるなら、そのすべてをさしだせるだろう。彼とエレインを守ってくれるのはグラッグだけ。そのロボットにはドームで合流するよう指示してある。だが、巨大なロボットは知性こそあるものの――エレインがその量子AIをアップグレードして、非《ノン》アシモフ的判断や、独立した決定をくだしたりできるようにしたいまは、以前にもまして知能が働くが――最近彼を購入した人々の命を守るよう頼まれたことがない。彼の存在に恐れをなして、コルボの殺し屋たちが銃を抜くのを考えなおしてくれるよう願うしかなかった。

「やれやれ」ロジャーはいった。「見つかってしまったか――」

「で、つぎは立ち去ってほしいのかな？　きみたち四人がまだ生きていると、どうやって突き止めたかを訊かなくていいのか」

「三人よ」エレインがいった。「サイモンはここへ着いた直後に亡くなったわ」

それは嘘ではない。サイモン・ライトがサイボーグの形でよみがえったと教えても意味がない。彼はカートのお守《も》りで下に残っている。そして指示があるまで、地下に通じる縦穴の気密扉をあけてはいけない、とエレインがきつくいい渡していた。サイモンは天井の隠しピンホール・カメラで彼らを監視しており、グラッグと可聴域下で通信している。おかげでロジャーは多少の自信が湧いてきた。

「それは残念だ」ひとかけらの同情もこもらない声でコルボがいった。「で、きみたちの赤ん坊は？　カートだったかな」

「わたしたちの部屋よ。声をひそめてくれるとありがたいのだけど……眠っているから」

彼女がそういったとき、ロジャーは笑みをこらえなければならなかった。コルボが声のかぎりに叫んだとしても、ドームの地下十二フィートにある寝室のなかのカートには聞こえないだろう。エレインはコルボにこういうことで、ドームが研究所のすべてなのだと思わせるようにしたのだ。運がよければ、コルボと部下はなにも知らずに立ち去るだろう。

もっとも、コルボの隣に立つ女の薄ら笑いからすると、その望みはかないそうにないが。

「心にとどめておこう」コルボはうなるようにいいながら、ごつい真空服を着たまま身をかがめ、ヘルメットをむきだしの床に置いた。「ともあれ……みごとな計略だった。じつにうまくやったものだ、休暇旅行中に船が爆発したと思わせるとは。残骸が見つからなかったとしても、疑念をいだく者はいなかった。わたしが話をした専門家は口をそろえてこういった——磁気プラズマ・エンジンが高出力でドカンと破裂すれば、たいてい残るのは塵《ちり》だけだ、と。そういうわけで、まんまとだまされた——」

「お褒《ほ》めにあずかって恐縮だ」ロジャーがそっけなくいった。

「——だが、それもほんのしばらくのことだった。なにもかもがすこしばかり……そう、都合よく運びすぎていた。とりわけ、きみたちの仕事の使い道に関して、わたしの構想にきみたちは異を唱えていたのだから。そういうわけで火星からもどらないうちに、保安チームをきみたちの追跡にかからせた。きみたちが本当は死んではおらず、どこかに隠れているだけだという前提のもとに。すると見よ——」

「きみの探しているものを彼らが見つけた」

「そう、見つけたのだ、きみの会社の財務状況を綿密に調べることで。まず彼らが気づいたのは、わたしが休暇で火星へ発った直後に、かなりの額の金がきみたちの会社の口座から、きみたちが別の名義で開いた口座に移されたことだった。その口座の個人情報は、だれにも開示されないはずだが、不幸にもきみたちが口座を開いたのは、わたしの息がかかっているニューヨークの銀行だった」

エレインが眼を閉じ、「忌々《いまいま》しい」とつぶやいた。

ロジャーはなにもいわなかった。だが、妻の言葉が彼自身の反応だった。彼の家族の財産は、別名義で設けた信託資金を通して手に入れており、ふたりが法的に死亡を宣告されたあとでさえ、使いつづけることができた。最近、サイモンもその資金を利用する権利をあたえられた。しかし、研究をつづけるために、彼ら三人はもっと多くの金が必要だった。口座から口座へ資金を移すとはわれながら抜け目ない、とロジャーは思っていたのだが、抜け目なさが足りなかったようだ。

「そうだ」コルボが言葉をつづけた。「あいにく、きみたちはすこし不注意だったのだ。会社の資産の大半を隠し口座へ移したのだとわかってしまえば、きみたちの企《たくら》みは明らかだった……とりわけ、その金がニューモントークの研究所にすでにある機器の購入に当てられたとあっては。しかし、本当のヒントは、ここ月で建設ロボットをリースしたことだった。わたしの部下は、レンタル会社の記録にアクセスして、そのロボットの送り先を突き止めさえすればよかった……で、われわれがここにいる」

ロジャーは下唇《したくちびる》を嚙んで、大声で悪態《あくたい》をつきそうになるのをこらえるしかなかった。苦労して足跡を消したつもりだった。返却する前に、ロボットたちのメモリを消去することまでしたのだ。グラッグは、知性あるロボットに家事をまかせれば便利だろうと彼とエレインが判断して購入したものだった。もっとも、コルボのような人間なら欺瞞《ぎまん》を疑いかねないし、そうなったらリソースを割《さ》いて疑惑を追及するだろう――それくらいわかっていて当然だったのだ。いまさらいっても、あとの祭りだが。

「そうやって見つけられたのか」彼はいった。「これからどうするつもりだ?」

「さて。どうしよう?」コルボは首をちょっともたげて、片眼でもの問いたげにふたりを見つめた。「ひとつ訊かせてくれ……この数カ月でどれだけ進展があったのだね? わたしの金がちゃんと使われたのなら、いろいろなことを水に流してやれる。白紙の状態でやり直すことだってできるんだよ」

「たいした進展はないわ」ロジャーがもっともらしい嘘を考えつかないでいるうちに、エレインがいった。「残念だけど、オットー・プロジェクトは暗礁《あんしょう》に乗りあげたみたい。サイモンの脳を保存できるようになる前に彼を失ったし、たとえそうでなくても、人工のボディを開発しようという試みは失敗した」

「われわれにできたのは、せいぜいより高度なサイバネティック知性を生みだすことだけだった。このロボットを被験体に使って」ロジャーはグラッグのほうを向いた。「ミスター・コルボに挨拶しろ、グラッグ」

「こんにちは、ミスター・コルボ」グラッグは応じた。「わたしはグラッグです」

コルボはそのロボットを一瞬まじまじと見てから、ゆっくりと息を吐きだした。

「きみには大いに失望したよ、ロジャー」かぶりをふり、「これよりはましなものができると思っていた。投資した金のすべてが、きみたちふたりのままごとに使われるとはな。アンドロイドを作りだす気さえなかったんだな」

ロジャーはほくそ笑まないでいるのに精いっぱいだった。彼とエレインが投下資本を使いこむ程度の悪事しかしなかったとコルボが信じてくれれば、こちらの勝ちだ。コルボは行ってしまい、たとえあとでふたりが告訴されても、とにかく厄介払いはできる。出廷する準備がととのうころには、オットーが生まれるだろう……そして、たとえ彼とエレインとサイモンが、亡くなったばかりの個人用の代替ボディを開発するという第一目標を達成できなくても、とにかく十二分に機能する人造人間は生みだせたのだ。

「すまない、ヴィクター」彼はいった。「埋め合わせができるといいんだが」

「できるに決まっている」コルボは後退し、彼とエレインを指さした。「そいつらを始末しろ」

7

待機室の天井の隠しカメラを通して、サイモン・ライトはつぎに起きたことの一部始終を目撃した。

地下研究所の地表監視コンソールのビュースクリーン上で、彼がなすすべもなく見まもるなか、ヴィクター・コルボに同行してきたボディガードたちが、ホルスターから銃を抜き放った。つぎの瞬間、彼らはニュートン夫妻に狙いをつけていた。

「よせ！」ロジャーが叫んで、両手をさっとあげた。しかし、それ以上はなにをする暇《いとま》もなく、男のボディガードが引き金を絞った。ルビー色の粒子ビームが銃身からほとばしった。それはロジャーの胸をまっすぐに射抜いて、背中から出ていった。背後のドーム壁にちっぽけな焦《こ》げ穴があくのと同時に、ロジャーは床にくずおれた。

同時に、エレインは悲鳴をあげて、柱の陰に飛びこもうとした。彼女を殺すことになる女は笑い声をあげながら、エレインの動きに合わせて銃身を動かした。エレインが隠れる暇もなく、彼女は発砲した。エレインは足を踏みだしたところで倒れ伏した。ビームに首を切り裂かれたのだ。首をほぼ切断された状態で、彼女は夫から数フィート離れた床に倒れこんだ。

第二の粒子ビームが壁に新しい焦げ穴をあけたが、シューシュー音を立てながら空気がゆっくり抜けていっても、ロジャーやエレインの身に危険がおよぶことはなかった。ふたりとも数秒で絶命したのだ。ロジャーは弱々しくエレインに手をのばそうとする程度は命が保《も》ったが、すぐに息絶え、体は動かなくなった。

サイモンは長いことその光景を見つめていた。たったいま眼にしたことを理解しきれなかったのだ。やがて恐怖と不信が冷たい憤怒《ふんぬ》に洗い流され、彼は絶叫した——

「グラッグ……そいつらを殺せ！」

ロボットはすでに動きだしていた。燃えるような赤い眼をしたチタン製のモンスター、そいつが両腕をふりあげてドシンドシンと前進する。三人のなかでいちばん近くにいたのが女だった。彼女はなんとか一撃を放ち、それはロボットの右上腕をかすめたが、すぐにロボットの両腕が前方に弧を描いた。骨が枯《か》れ木のようにバキッと折れる音がした。グラッグが殺人を犯した女を部屋の反対側まで吹っ飛ばしたのだ。犠牲者の死体からほんの数フィートのところに彼女の体が倒れたとき、その眼はまだ開いていた。

グラッグがもうひとりのボディガードのほうへ進んでいたとき、持ちこんだアタシェケースのかたわらにコルボがひざまずいた。サイモンの眼前で、彼はケースをあけた。中身は電子装置に接続された金属製の円筒だった。コルボがボタンを押してから、開いたままの背後のエアロックに飛びこんだ。

「グラッグ、部屋から出ろ！」サイモンが嚙みつくようにいった。「コルボが爆弾をセットしたぞ！」

エアロックのハッチがさっと閉まり、コルボが視界から消えた。そのときには、ふたり目の殺し屋は床にころがる新たな死体となっていた。ただの一撃で頭蓋を粉砕されたのだ。グラッグはコルボを追いかけようとしたが、サイモンの声で立ち止まった。ロボットはほんの数歩のところにある爆弾を見おろし、そちらへ動きだした。

「起爆装置の解除を試みます」まるで日常の家事について話すかのように、落ちついた声でグラッグがいった。

「だめだ！　試すのもいかん！　どれだけ時間があるのかわからんのだ！　いますぐここへもどれ！」

グラッグは足を止めた。一瞬のためらい。だが、それだけでサイモン・ライトは理解できた――それは奇妙に超然とした称賛の瞬間だった――ロボットの知性は通常のサイバネティック変数を凌駕《りょうが》しているのだ、と。それは命令に疑問をいだき、異を唱えることさえできるのだ。と、つぎの瞬間、それはぐらりとかたむいて視界から消えた。カメラの有効範囲から出て、地下研究所につづく垂直のトンネルのほうへ向かったのだろう。サイモンは内側からトンネルの出口ハッチを解錠するボタンをたたいた、グラッグが閉め忘れないでくれることを祈って。

数秒間、床にころがった死体をサイモン・ライトは見つめていた。死んだ殺し屋たちはどうでもよかった。彼が注意を向けているのはロジャーとエレインだった。

その数秒のうちに、彼は在《あ》りし日のふたりを思いだした。学生だったふたりが彼に出会ったのと同じ時と場所、MITの彼の階段教室でふたりともはじめて出会ったのだった。ふたりはしばしば彼の家へディナーをよばれに来る同僚となり、そして最初のオットーを開発する共同研究者となることを決めた。さらには親友として恩師を死なせまいと決意した——ただし、結果として、彼らのほうが死んでしまった。彼を家族の一員であるかのように守ろうとしたのだとしても。

殺人の痕跡《こんせき》を跡形もなく消すための爆弾を用意していたのだから、コルボは最初から彼らを殺すつもりだったにちがいない。彼のしたことはだれにも知られないだろう。ほかの者たちにとって、ロジャーとエレインは数カ月前に非業《ひごう》の死をとげているのだし、殺し屋たちが暴露する見こみもいまやなくなった。

だが、サイモンは知っている。そしてたいていの人々にはもはや人間とはみなされないだろうが、それでも彼は人間の感情をまだ保持している。いまこのとき、彼が感じているのは憤怒だった。

「仇《かたき》はとる」彼はロジャーとエレインに誓った。「どれほど長くかかろうと、約束する……」

はるか頭上のどこかで、うつろな轟音が壁をゆるがした。スクリーン上に眼もくらむ閃光《せんこう》が走り、つぎの瞬間、画像が暗くなり、つづいて頭上の世界に静寂がおりた。

8

「当然ながら、きみはふたりの墓を見たことがある」サイモンがいった。「わたしもあそこにいる。二日後、グラッグがきみの両親をあそこへ運び、埋葬した。二週間後、オットーが生体培養槽《バイオクラスト》から出てきたあと、彼にわたしの体を運ばせ、埋葬させたからだ」

ベッドの端に腰かけたカートは、ゆっくりとうなずいた。クレーターの西端にある小さな墓地は何度も訪れていた。三つの土饅頭《どまんじゅう》――それぞれに小さな墓標が立っており、掘られた日と変わらず真新しいままだ。六フィートの地下には与圧式の輸送コンテナがあり、ロジャー・ニュートン、エレイン・ニュートン、サイモン・ライトの亡骸《なきがら》がおさまっている。とはいえ、両親に関してはぼんやりした記憶しかないし、まだ人間だったころのサイモンの記憶はまったくない。彼らに対する感情は抽象的で、もっぱら聞かされてきたことに基づいている。

　そしていま、なにもかも聞いていたわけではないと知った。

　彼はオットーに眼をやった。

「いつ知ったんだ？　つまり、断片的にじゃなく、ぼくの両親の身に起きたことの一部始終を」

「五歳のときでした」オットーは腕組みして、椅子にもたれかかっていた。「あなたのほうが一歳近く年上ですが、それは生物学的な意味でしかありません。おれはサイモンの元の人間の体と生理学的によく似た成人男子としてバイオクラストから出てきました。でも、脳の発達はあなたより何倍も速くて――」

「あなたが自分の脳をスキャンして彼に移さなかったとは意外だ」オットーの言葉をさえぎってカートがいった。

「そうしたくても、できなかった」と〈生きている脳〉は答え、眼柄をひねってオットーからカートに視線を移した。「自分では移植手術ができなかったし、グラッグにまかせるには複雑すぎた」その声に苦いものがまじった。「そして、それは彼らの望みではなかった。もうすこしだけ長くいっしょにいたら、ふたりの心を変えられたかもしれん。だが……」

　その声が途切れると、オットーが先をつづけた。

「おれが……まあ、いってみれば、おれ自身になると決まったあと、サイモンはおれに加速教育のパターンをほどこしました。あなたがAIをプログラムするのと同じような発見的方法ですよ。彼とグラッグと同じようにあなたの教師を務められるほど知能が高くなると、彼がおれを呼び寄せて、なにもかも話してくれたんです」

「そして沈黙を誓わせたわけだ」カートの声はなじるようだった。

オットーは眼を閉じ、静かにため息をついた。

「カート、しかたなかったんです。機が熟すまであなたを隠しておかなけりゃならなかった。なにがあったかを理解できるだけじゃなく、それに対してなにかできる歳になるまでね」

「そのあいだ、ぼくの両親を殺した男は司直の手を逃れただけではなく、成功をおさめていたんだ」

「認めたくはないが」と〈生きている脳〉。「たしかに、そうなった。ヴィクター・コルボは殺人の罪を免《まぬが》れた。グラッグがボディガードを殺したため、グラッグとわたし以外に目撃者は残らなかったし、爆発のせいできみの両親を殺した者の身元を特定できるものが残らなかったため、のちに現場を発見した者たちは、なにかの事故で死亡した入植者だろうと決めてかかった。IPFが現場を検証し、遺体を片づけたが、コルボと結びつくものはなかった」

「そのとおりだ」カートがいった。「やつはますます金持ちになり、とうとう政界入りして議員になった」

「残念だが、むかしからよくある話だよ。政治のほうが犯罪よりも引きあうと気がついた悪党は多いのだ……同じくらい利益をあげられるし、慎重にやれば、つかまったり、監獄で一日を過ごしたりすることもない」

カートはゆっくりと息を吐きだした。

「やつはほしいものすべてを手に入れた。ぼくは……そう、父と母のいない孤独な生活を手に入れた」

こういったとき、彼はオットーもサイモンも見ていなかった。だが、オットーの緑の眼が怒りのあまり細くなった。

「それは真実じゃない、カート、あんたもわかってるはずだ。サイモンとグラッグとおれがあんたの家族だった。御両親が育てたようには育てなかったかもしれん。だけど、仲間がいなかったわけじゃない」

カートが鼻を鳴らし、オットーは気まずそうに沈黙した。ふたりとも真実を知っていた——カートはこの地下研究所で人生の最初の十年を過ごし、彼を育てた三者以外の他人を見ることはめったになかった。八歳になるまでは、オットーがアンドロイドであることさえ知らなかった。あるいは、サイモンがかつてはしゃべったり、部屋を飛びまわったりする機械とはちがうものであったことも。チコを離れるのを守護者たちが許してくれるまで何年もかかったし、そのときが来ても厳重な監視のもとでしか許されなかった。

最近では、ふつうの世界の人間関係——だれもが育むような友情——の欠如がいらだちの種《たね》になっていた。〈直線壁〉での応対は大失敗だった。自分をばかに見せずに、女の子に話しかける方法さえ知らないのだ。

「われわれはできるだけのことをしてきた」サイモンがいった。「きみの同意を得られないのは残念だが、いまのようにならなかった場合を考えてみたまえ……そう、まだ生きていることに感謝してもいいのだよ。もっとも、コルボも望むものを手に入れられなかったことのほうが重要だが」眼柄をオットーのほうに向ける。「彼の究極の目標は、きみの父上と母上に奴隷の種族を創りださせることだった。見た目こそオットーに似ているが、みずからの精神と魂《たましい》を欠いた生き物の大群を」

「おれの同類はおれだけです」オットーが静かな声でいった。「いろいろ考えあわせると、おれがおれひとりでよかった」

「さて、コルボはまだあちらにいる」サイモンが言葉をつづけた。「そして彼についての真実と、彼がきみの両親にしたことを知ったいま、決めるのはきみだ。父上と母上、ロジャーとエレインの仇を討《う》ちたいかね、その結果がどうなるかを承知のうえで？」

カートは即答しなかった。サイモンとオットーを交互に見つめつづけた。彼の心の眼はふたたび過去に向かって開いていた。もっとも、その記憶は彼自身が呼び起こせるものだった。子供のころの一日、ほかの日とまるっきり同じではなかった一日だ……。

9

子供のころ、カートは主研究室と隣接する部屋とをつなぐトンネルで遊んだものだった。グラッグとオットーしか遊び相手はおらず、ふたりとも進んで相手をしてくれるものの、どちらも八歳の男の子の仲間にふさわしい大きさではなかった。もっとも、彼には奔放《ほんぽう》な想像力があった。チコのデータ・ライブラリには書籍、ヴィデオ、ゲームが無尽蔵《むじんぞう》におさまっていたし、退屈したらいつでもダウンロードしてよいと〈生きている脳〉に勧《すす》められていた。結果として、カートはゆたかな空想の日々を送っていた。彼にしか見えない、彼にしか声が聞こえない人々でいっぱいの世界。そのなかで彼はヒーローだった。

この世界で、彼はキャプテン・フューチャーだった。

彼は高笑いする赤髪の冒険者、剣を手にして、謎めいた城の回廊をうろつき、斃《たお》すべき悪漢や救うべき姫君を探す海賊だった。積みあがった収納コンテナは、不意打ちを仕掛けて斃すべき衛士《えいし》となり、天井の照明パネルは避けるべき分解ビームとなった。いいつけを守って、基地の食用穀物と好気性藻類《こうきそうるい》が育てられている水耕栽培室には近寄らなかったし、同じように格納庫とエアロックも避けていたが、基地のそれ以外の場所は彼のものだった。

カートはこの名前を《キャプテン・ブラッド》からとった。彼の大好きな二十世紀の古い海賊映画で、主演はエロール・フリン（邦題は《海賊ブラッド》）。だが、〈生きている脳〉の口癖からもとった——つまり、彼には運命があり、未来《フューチャー》のいつの日か、その運命は成就《じょうじゅ》される、というのだ。遊んでいる彼を見た者がいれば、その眼に映ったのは、大人の衣服を子供サイズに切り詰めたぶかぶかのショートパンツとシャツを着た幼い少年だっただろう。気の向くままに走りまわり、そこにいない人々に手をふったり、叫んだりしている姿だ。グラッグかオットーが加わろうとしたが、カートの頭のなかで展開するストーリーについていけず、しばらくすると彼を放っておくようになった。そしてキャプテン・フューチャーはひとりきりで冒険をくり広げたのだった。

　ある日、それが変わった。

　カートが冥王星の伴星《ばんせい》カロンの植民者をさらった透明の異星人の跡をつけていたとき、〈生きている脳〉の声が、いつも着用しているヘッドセットを通して聞こえてきた——

「カーティス、三番倉庫へ行ってくれないかな。きみの手を借りたい」

　カートはため息をつき、がっくりと肩を落とした。オットーに最近つけられたニックネームをサイモン・ライトは気にしていないようだったが、不服従には厳しいのだ。いましていることをやめて、どこかへ行けと〈生きている脳〉にいわれたら、議論の余地はないのである。

「いま行きます」彼はもごもごといった。その手には捨てられた箒《ほうき》の柄《え》があった。空想のなかでは地球の森で見つけた魔法の剣だったものだ。地球は天井の窓ごしに見えるが、訪れたことのない遠い世界だった。いつか彼はそこへ行くかもしれない、と〈生きている脳〉が彼に告げた――しかし、彼の体が月より高い重力に耐えられるほど頑強になればの話。サイモンによれば、すくなくとも毎太陽日《ソル》に二時間は運動しないと、その重力で地面に押しつぶされてしまうという。

さいわい、遊び時間はトレーニングの一環とみなされていた。そしてカートが正規の授業を受けさえすれば、〈生きている脳〉は喜んでキャプテン・フューチャーに宇宙を救うチャンスをあたえてくれた。だから、倉庫に呼びだされるのは、ちょっとだけ不公平なのだ。そこにはオットーが遠くの入植地にときおり遠出したときに買ってきた補給品がしまってあり、機械のスペア・パーツやフリーズ・ドライ食品の箱をグラッグがどかしているのをカートはほんの二、三時間前に目撃していた。貯蔵品の棚卸《たなおろ》しをしているのだ、と彼はカートに告げた。ひょっとしたら、ロボットが手を貸してほしいのかもしれない。

到着したとき、扉は閉まっていて、ロボットはどこにも見当たらなかった。カートはためらわなかった。扉をあけて、なかにはいる。部屋は暗かったが、明かりをと声をかけても、つかなかった。

とまどった少年は倉庫のなかへさらに踏みこみ、壁のスイッチを右手で探った。もっとも、手探りしはじめたちょうどそのとき、扉が背後でピシャリと閉まった……そしてふり返る暇《いとま》もなく、一対の手が肩に置かれ、彼を前へ突きとばした。

「おい！」バランスを崩《くず》して、カートは磨かれたムーンクリートの床に四つん這《ば》いになった。

「なにを……だれの仕業だ？」

返事はない。暗闇のなかで、少年は床から起きあがった。

「明かりをつけろ！」彼は嚙みつくようにいったが、天井のパネルは暗いままだった。「明かり！」彼はくり返した。反応なし……ただし、低い衣擦《きぬず》れの音がした。一瞬遅れて乱暴な手が胸に当てられ、彼をうしろへ突きとばした。

ふたたび、カートは床へばったりと倒れた。後頭部がムーンクリートにぶつかる。痛みが走りぬけるなか、星々がパッと飛び散った。ふたたび彼は叫んだ。

「どうなってるんだ？　オットー、おまえなのか――？」

真上で、天井パネルが一枚だけ灯《とも》った。まぶしさにひるんで、彼は手をあげて眼をかばった。どこからともなく、聞いたことのない声が聞こえてきた――

「身を守れ！」

なにかが光のなかへ投じられた。それはガチャンと金属音を立てて床にぶつかった。アルミニウムの棍棒《こんぼう》だ。長さは三フィートで、中空ではない。

「それを拾って身を守れ、キャプテン・フューチャー！」

その声には嘲《あざけ》るような鋭さがあった。カートは這うようにして中腰になったが、棍棒には触れなかった。

「どうなってるんだ？　どうしておまえは――？」

人影が光のなかへ踏みいってきた――成人男子で、頭のてっぺんから爪先までゆったりした黒い衣《ころも》につつんでいる。眼さえ露わになっていない。白濁したゴーグルが、頭巾《ずきん》で隠れていない顔の部分を隠しているのだ。手袋をはめた手は、床にころがっているのとそっくりの棍棒を握っている。

「オットー？」カートは人影に眼をこらした。体つきはアンドロイドと同じだが……。「オットー、おまえなのか？」

人影は答えなかった。かわりに、棍棒を片手でふるって大きな弧を描かせた。カートがとっさに首をすくめなかったら、それは彼の側頭部に命中していただろう。カートは驚きのあまり奇声をあげた。と、棍棒が返す刀で彼の足首を打った。ちょうど痛みが走るほどの強さで。

「この部屋におまえの友だちはいない」肉体から切り離された声は、面白がっているようでも脅《おど》すようでもなかった。事実を述べているにすぎなかった。「今日、おまえはもはや子供ではない。本気でヒーローになりたければ、その棍棒を拾って身を守れ！」

人影が彼の前に立った。両手で棍棒を握り、体の前でかまえている。そのまま待っているが、そう長くはじっとしていないだろう。オットーだ。それはまちがいない……だが、突如として、オットーはもはやカートの親友ではなく、まったく別のものになっていた。敵に。

カートは手を前にのばして、棍棒を拾った。そして二十年後、あの日変装して格闘技《マーシャル・アーツ》における彼の終生の師となった男と、復讐の道に彼を進ませた宙に浮かぶサイボーグに眼をこらし、ゆっくりとうなずいた。

「ああ、そうしたい」先ほどサイモンが発した問いに答えて彼はいった。「さあ、ヴィクター・コルボを殺しにいこう」

第三部　月共和国の議員

1

〈静かの海〉の南端、月の赤道のすぐ北に、小さな衝突クレーターが三つ並んでいる――オルドリン、コリンズ、アームストロング。はじめて人間が月におり立った遠征隊を構成したアメリカ人三人にちなむ名前だ。それらのクレーターはアポロ太陽系モニュメントのなかに位置している。だが、最初に月を歩いた男たちの足跡《あしあと》が月ガラスのドームの下に保存されているアポロ11号着陸地点へは毎日数百人の巡礼が訪れるのに対し、わずか三十マイルしか離れていないアームストロング・クレーターを訪れるのは、招待されたひと握りの者だけだった。

アームストロング・クレーターは、ヴィクター・コルボ議員の正式な居住地だった。コルボが公職について最初にしたことのひとつが、連合に対して適切な補償をするかぎり、議員が政府保有地の一画《いっかく》を私的な居住地として購入可能にする法案を通すことだった。保守派は抗議し、マスコミは公私混同も甚《はなは》だしいと批判したが、コルボには抵抗を踏みにじるだけの政治的影響力があり、けっきょくほしいものを手に入れた――〈静かの海〉内の自分自身の小島を。

コルボは、ほしいものはかならず手に入れる男だった。富と権力の蓄積に明け暮れた人生は、そういう結果をもたらしがちだ。したがって、現在の宿泊客である太陽系連合主席よりも議員のほうがいい暮らしをしていても驚くには当たらない。

ジョオン・ランドールはこうしたことをつらつらと考えながら、三輪式の小型車を駆ってクレーターの周囲をゆっくりとまわっていた。警備を切りあげる前に最後の確認をしているのだ。穴ぼこだらけの灰色の表土《ひょうど》の上を進みながら、小型車は大きすぎるバルーン・タイヤをはずませた。いくつものフラッドライトがクレーターの外壁を照らしだしている。ライトとライトのあいだごとに直立した鏡があり、表土に覆われたドームの天窓に向けて陽光を反射させていた。そのドームのおかげで、アームストロングは月最大の私有クレーター住居《ハブ》となっているのだ。

運転台の月ガラス製キャノピーごしに、外壁のまわりを数百ヤードおきに配置されている月面服姿のＩＰＦ警察官が見えた。粒子ビーム・ライフルを腕にかかえている。ジョオンはすでにクレーターの正面入口を通過していた。そこには地下ガレージに通じる斜路があり、その端に検問所が設けられている。クレーターの反対側には、アンチミサイル・レーザー砲座が、空を監視するレーダー・アンテナと横並びに設置されている。

ジョオンとエズラが議員のスタッフと顔を合わせ、主席の訪問について打ち合わせをしたとき、ＩＰＦの警備は屋上屋《おく》を重ねるようなものだと慇懃《いんぎん》無礼に告げられたのだった――コルボには自前の保安チームがある、金で買える最高のチームが。議員はプライバシーを重んじるのだ、と。しかし、ジョオンとエズラは納得しなかったし、ふたりの上司、惑星警察機構最高司令官、ハーク・アンダースも同じだった。コルボが月共和国軍全部を味方につけていようと知ったことか、とアンダースはいった。われわれの仕事は主席を守ることだ。そうしないのなら、給料泥棒になってしまう。

ジョオンはヘルメットのヘッドアップ・ディスプレイに視線を走らせた――二二〇九ＧＭＴ（グリニッチ標準時の略）。スケジュールを正しく記憶しているとすれば、カシューとコルボはディナー後のナイトキャップとしゃれこんでいるはずだ。しかし、酒を飲みおえてしまえば、ふたりの男はそれぞれベッドにはいるから、すこしは気を抜けるようになる……。

それが彼女の気がかりだった。いま緊張を解くのはまちがっているような気がするのだ。

その日の昼間の、〈直線壁〉での出来事が頭にこびりついて離れなかった。じつのところ、ラブ・ケインもその連れも、彼女やエズラが法的に拘留《こうりゅう》できるようなことはしていない。ケインはむしろ魅力的でさえあった。一風変わった流儀ではあったが。にもかかわらず、手の甲にキスされたことを思いだしてジョオンは顔をしかめた。同僚たちからは冷やかされっぱなしだし、チコ上空でまんまと出しぬかれたことも事態を好転させるどころではなかった。

そしてエズラ……エズラ・ガーニーはとりわけ容赦なかった。いいか、お嬢ちゃん、と彼は噛《か》みつくようにいった。被疑者を追跡中のIPF捜査官は、けっしてあきらめたりせんのだ！　ケインの艇がかき消えてしまったという説明も彼は受け入れようとしなかった。老司令にいわせれば、その消失には論理的な理由があるにちがいない。いちばんありそうなのは、大事な部下が無能だからだ。彼女の前途に突如として暗雲が垂れこめたのである。

この件全体におかしなところがある。ジョオンは考えれば考えるほど、除幕式でスピーチをした男たちへのケインの反応が、カシュー主席に対してだったのか疑問に思えてきた。彼女もエズラもこれまでそう信じていたのだが……あれは、コルボ議員に対するものだったのではないだろうか。

いずれにせよ、勤務時間は終わりかけている。すこし眠らないといけない。それでもジョオンの胸の内には、仕事は終わっていないのではないかという疑念がわだかまっていた。いまはまだ月の真っ昼間だ。しかし、長い夜が行く手に横たわっているような気がしてならなかった。

2

そうした思いをめぐらせながら、ジョオンは小型車をガレージの斜路のほうに向けた。そうしていなかったら、おかしなものがちらっと眼にはいったかもしれない——南西の空低くに短くあらわれた光の揺らぎである。宇宙船のエンジン排気のそれと似ているが、眼に見える発生源のないところがちがう。もっとも、その光の揺らぎは二秒しかつづかず、クレーターから一マイルあまりのところにある丘陵《きゅうりょう》地帯の陰に消えた。

カートは思いきってアームストロング・クレーターのそばに〈コメット〉を着陸させたのだった。小艇は眼くらまし発生場《ファントム・フィールド》で覆い隠しているものの、排気の光はやはり肉眼にとらえられるのを彼はよく知っていた……しかも今回は、降下のあいだ陰に隠れられるクレーター周壁《しゅうへき》はないのである。そういうわけで、近くの丘と丘とにはさまれた狭い谷間を選び、クレーターの外側で歩哨《ほしょう》に立っていると思われる見張りたちが、〈コメット〉を接地させるときの光の揺らぎに気づかないよう祈ったのだった。

「特に変わったことは通話していないな」〈生きている脳〉が背後でいったのは、カートがエンジンを停止させているときだった。「見つからずにすんだようだ」

カートはうなずくと、レバーを引いて座席を直立姿勢にし、安全ベルトをはずした。サイモンは〈コメット〉と全面的にインターフェイスしている。危急のさいは、彼が操縦を引き継ぎ、ひとりで船を帰還させることさえできる。もっとも、そうなってほしい者はいないが。

「朗報だな」カートはそういって立ちあがった。「よし……オットー、いっしょに来てくれ」

オットーは無言で安全ベルトをはずし、立ちあがったが、気乗りしないといいたげな表情が見てとれた。もっとも、オットーは沈黙を守ったまま中部甲板《ミッド・デッキ》までおりた。カートはちょっと足を止めてロッカーをあけると、パンパンにふくらんだ機材バッグを引っぱりだした。それを肩にかけて、エアロックまで梯子《はしご》をおりつづける。〈生きている脳〉はあとに残された。

グラッグが彼らを待っていた。ロボットはすでにスーツ・ロッカーから月面歩行用装備を引っぱりだしはじめていた。

「生命維持装置はフルに充填《じゅうてん》してあります、カート。装備を身に着けるのを手伝いましょうか？」

「それにはおよばん」カートは注意深くバッグを床に置き、自分の真空服に手をのばした。

「オットーを手伝ってやってくれ」

「おっと。手を出すなよ」オットーがグラッグに警告の眼差しをくれるのと、ロボットの巨大な眼がオットーのほうを向くのが同時だった。

「だったら、いっしょに来い」とカート。「おまえの手がいるかもしれん」

これを聞いてオットーが鼻を鳴らしたが、意見は胸にしまっておくことにしたようで、自分の真空服に手をのばした。彼がなにを気に病《や》んでいるのか、カートはわかっていたが、放っておくことにした。その件についてはすでにさんざん議論した。動機と結果を論じるときは終わった。いまは戦略と戦術を立てるときだ。

カートとオットーが装備を身に着けるには数分しかかからなかった。そして、ヘルメットをかぶる前に、カートは調理場のロッカーから持ってきたバッグをあけた。まず万能ベルトを引っぱりだす。バッテリー・パックがずらりと並び、銃のホルスターが右側についている。ベルトを腰に締めてしまうと、バッグのなかにまた手をのばし、プラズマーを引っぱりだした。手製のピストルで、見た目こそ粒子ビーム・ピストルに似ているが、銃身が朝顔形に開いたマスケット銃式になっている。柔軟な電力ケーブルの一端《いったん》を銃尾にとりつけ、反対の端をバッテリー・パックにパチンとはめると、特別あつらえのホルスターにぶちこみ、フラップを閉じた。

バッグから三番目に出てきた品物で最後だった。カップの受け皿ほどの大きさの平らな金属円盤である。チェスト・ホールダーにとりつけてあって、側面に小さな数字の表示器がある。オットーの手を借りて、カートはホールダーを真空服の上に着こみ、友人がベルトからのびる別のケーブルをつなぐのを見まもった。

「そいつを最後にテストしたのはいつです？」オットーが尋ねた。

「二、三週間前だ」オットーの疑いの眼《まなこ》をカートは笑顔で受け止めた。「〈生きている脳〉とぼくとで、効果の持続時間を十分までのばした」

「へえ、そりゃまたけっこう。でも、やっぱりコウモリなみに眼が見えないわけだ」

「コウモリは眼が見えないとなんでわかる？　会ったことがあるのか？」

「月にコウモリはいません」とグラッグ。「でも、お目にかかりたいもんです」

「いつかおまえの頭をあけたら」オットーがぼそりといった。「きっと二、三匹見つかるだろうよ」

「わからんな。なんでコウモリが――？」

「いい加減にしろ、ふたりとも」カートは口喧嘩《げんか》に飽き飽きしていた。「仕事にかかろう」

彼はヘルメットをかぶり、しっかりとねじった。すぐには通信リンクのスイッチを入れず、無言でエアロックのほうを身ぶりで示した。もうなにもいわずに、グラッグが内部ハッチをあけ、小さな空間に足を踏み入れた。三人ともなかにはいってしまうと、カートとオットーは真空服を与圧し、通信リンクをテストした。いっぽうグラッグがエアロックを減圧した。

外部ハッチの底から垂らした縄《なわ》梯子を伝って地面へおりる。バッテリーを節約するため、カートは着陸直後にファントム・フィールドのスイッチを切っていた。〈コメット〉は陽光を浴びて輝く楕円のシルエットとなって頭上にそびえていた。

「〈生きている脳〉、聞こえますか？」はるか頭上、光が漏れている操縦席《コクピット》の窓を見あげてカートが訊いた。

「聞こえているよ、カーティス。サイモンが答えた。「グラッグとインターフェイスしたので、彼の眼に映るものはなんでも見える」

カートはグラッグのほうを向いた。ロボット――いや、むしろサイモンだ、一時的にグラッグの行動を掌握《しょうあく》しているのだから――が片手をあげて、短くふった。カートは手をふり返さず、着陸地点のまわりに眼をやった。百ヤードほど先に低い丘陵がある。彼らはその陰に着陸したのだ。

「よし、それじゃあ」いちばん近い丘を指さし、彼はいった。「あっちだ……」

三人が砂地の斜面を登るのに数分しかかからなかった。稜線《りょうせん》のいちばん高いところに近づくと、カートはオットーとグラッグに四つん這《ば》いになるよう身ぶりで伝えた。彼らは稜線まで最後の数フィートを這って進み、陰に隠れられる大石を見つけた。この見晴らしのきく地点から、彼らはアームストロング・クレーターをじっと見おろした。

そこからでさえ、その場所が厳重に警備されているのは見てとれた。車輛《しゃりょう》が周縁をうろつき、武装した警備員にちがいない小さな人影が、大きな円を描いて反射鏡をとり巻くように並んでいる。クレーター内へいたる道路の終点では、地下へ通じる斜路の近くに検問所が設けられており、さらに二人の男が到着する車輛を片っ端から点検しようと待ちかまえている。カートとオットーとグラッグと〈生きている脳〉が眼をこらすなか、一台の飛翔艇《ホッパー》が近くの発着場から飛び立ち、ドームすれすれを飛び越していった。それが近くの丘陵まで捜索の輪を広げるのではないか、とカートは一瞬心配したが、パイロットはその必要なしと判断したようだった。

おそらく必要はなかっただろう。見つからずにクレーターの一マイル以内へはいれるものはないのだから。

「こいつはひと筋縄じゃ行きませんね」オットーがいった。「ファントム・フィールドがあっても」

「フィールドで身を隠せさえすれば、潜《もぐ》りこめる」カートはいいよどんだ。「問題は、どうやって近くまで行くかだ」

彼が真空服に着けている円盤は、携帯式の眼くらまし発生器《ファントム・ジェネレーター》だった。〈コメット〉やホッパーに載せて使うため、彼とサイモンが偏光装置を開発したあと、個人用の小型版を作ることにしたのだ。数年がかりの研究と無数のテストの末、個人を見えなくする装置をとうとう作りあげた。可視光線はおろか、レーダー波さえ装着した人間を迂回《うかい》するので、外見上は不可視になるのである。

だが、欠点がふたつある。

ひとつ目は、ジェネレーターがたいへんなエネルギーの大食らいなので、不可視の効果が数分しかつづかない点。先ほどオットーにいったように、カートは最近その持続時間を十分までのばしていた。彼が口にしなかったのは、そうするとベルトのバッテリー・パックを使いきってしまい、プラズマ銃はせいぜい二、三発しか撃てなくなることだ。

ふたつ目は、ファントムで偏光すると生じる望ましくない副作用として、フィールド内に立っている人間も一時的に眼が見えなくなる点。光線がフィールドにはいりこめないのだから、眼の網膜《もうまく》は働きようがないわけだ。その効果は、暗黒の泡にとり囲まれるのと似ている。ジェネレーターが船上で使われるなら、パイロットはいろいろな手で埋め合わせができる。たとえば、船載コンピュータが機能しているかぎり、三次元トポロジカル・マップを使っての操縦が可能だ。〈直線壁〉から彼とオットーを追ってきたホッパーをまくためにカートがファントムを使ったときは、自分の艇が視界からはずれるや否《いな》やスイッチを切ったのだ。クレーターの周壁を使って自分のホッパーを隠しながら、チコ基地への着陸を成功させたのである。

だが、今回は……。

「クレーターに近づく前に、フィールドが消えちまいます」オットーがいった。「見張りの配置を見てください。たとえ連中の横をすり抜けても、全部の入口に設けられた検問所をまだ突破しなけりゃなりません」

「急げば、できるかもしれん」とカート。

「ここからクレーターまで十分以下で行くというのか?」サイモンが尋ねた。その声はカートのヘルメットのなかでか細くゼーゼーと聞こえた。「とうてい無理だろうな。おまけに、たとえできたとしても、足跡をつけた端から見つかる可能性はあるのだ」

「それなら見張りに近づかないようにする……」

「そりゃあまあ、できはするでしょうよ……そいつらが見えれば、の話ですが」オットーは猜《さい》疑《ぎ》の眼で彼を見た。「でも、あなたはずっと眼が見えないままだ。たとえおれたちが誘導するとしても、ここから見えないものはたくさんある。足が岩にぶつかって、ばったり倒れたらどうするんです？　地面から砂煙があがりますよ。そうしたら、だれかの注意を惹《ひ》くかもしれない」

カートは口をあけてから、また閉じた。オットーのいうとおりだ、好むと好まざるとにかかわらず。ファントム・フィールドは長所になるのと同じくらい短所にもなる。いまの持続時間ではこの距離を踏破《とうは》できないし、たとえできたとしても、発見や逮捕につながる不測の事態を予見できないという事実は残る。そして彼らがなにより避けたいのは、ロジャーとエレイン・ニュートンの息子がまだ生きているとヴィクター・コルボに知られることなのだ。

「あのトラックに乗っていけるかもしれませんよ」グラッグがいった。

カートはロボットに眼をやり、

「なんだって？　もういっぺんいってくれ」

「ほら、あそこ」グラッグは背後の斜面を指さした。アームストロングからのびている、コリンズ・クレーターやオルドリン・クレーターへつながる押し固められた土道《つちみち》のほうを。

「車が近づいてきます」

片手をかざして眼をかばいながら、カートは手と膝《ひざ》をついたまま体をねじり、ロボットが示した方向に眼をこらした。はるか彼方《かなた》の地平線上で、表土が舞いあがってできる銀灰色《ぎんかいしょく》の小さな扇《おうぎ》が陽光をとらえた。車輪が蹴立てているのだろう。まだはるかに遠いが、グラッグのいうとおりだ。その車輛はタンデム式のトレイラー・トラック。補給品を積んで月の入植地を行き来するのに使われるタイプだ。

この車は十中八九オルドリンかコリンズからやって来るところだろう。食料、水、機械部品、トイレットペーパー、なにを運んでいても不思議はない。肝心なのはアームストロングへの途上にあり、時間の節約になるという点だ。

「なるほど、あれはトラックだ」オットーがそっけなくいった。「で、どうするんです？　おりていって、ヒッチハイクとしゃれこむ？」

「ヒッチハイクとしゃれこむんですか？」グラッグが表情のない顔をオットーに向けた。「その表現にはなじみがないな」

「ないかもしれん。でも、ぼくはあるし……そいつは悪い考えじゃない」カートはにやりと笑った。「聞いてくれ、ぼくの考えはこうだ……」

3

「来ましたよ、カート」グラッグがいった。

「距離はどれくらいだ？」

「百ヤードで接近中です。速度はおよそ三十五ノット」

「了解」カートはグラッグの両肩をつかむ力を調節した。彼はロボットのうしろに立っていた。ロボットのくっきりした影が体にかかる位置である。姿が見えているなら、隠れたことにはならないが、すくなくとも足跡が隠れるよう願っていた。彼がやらなければならないのは、グラッグにぴったりくっついていることだけ。さもないと、どちらへ行けばいいのかわからなくなる。

「キャプテン・フューチャー、聞こえますか？」

オットーの声がヘルメットのフォンから聞こえてきて、彼は歯がみした。通信リンクでは全員が呼びだし《コール》符号《サイン》を使う、と〈生きている脳〉が主張しさえしなければ、と心から思う。あるいは、この特定のサインを彼に割り当てさえしなければ、と。セキュリティを高める手段だが、子供っぽすぎる気がしていたのだ。

「聞こえるよ、〈コメット〉」カートは答えた。「状況を報告してくれ」

オットーの声はおだやかで、彼をとり巻く暗黒のなかでは心強い存在だった。

「トラックは二輛連結式のトラクター・トレイラー車。よじ登れる場所があるかどうかはいまだ不明。まだ減速していません」

「ぼくが見えてるのかな？　つまり、グラッグが」

「いいえ、減速していません」オットーが小声でいった。「おい、バケツ頭、両手をあげな！　おまえが止まってほしがってるのを、ドライバーに知らせてやれ！」

「了解」グラッグがいった。「それと頼むからバケツ頭と呼ばないでくれ」

「ああ、わかったよ、スプーン面《づら》」

カートは手の下にロボットの身じろぎを感じた。ファントム・ジェネレーターは、できるだけ狭いフィールドを発生させるよう調節してあった。彼の姿は隠すが、グラッグは隠さないようにするためだ。ロボットに肩車してもらおうかとも考えたが、ジェネレーターのせいでグラッグも部分的に不可視になるかもしれないと気づいた。そういうわけでグラッグに導いてもらうしかなかった……サイモンによれば「盲導犬」になってもらうわけだが、その古めかしい用語の意味をわざわざ説明はしてくれなかった。

「トラックが近づいてくる」サイモンがいった。グラッグの眼を通してなにもかも見ているのだ。「だが、減速はしていない」

カートは自分に見えるものをちらっと見あげた。ヘルメット内の煌々《こうこう》と輝くヘッドアップ・ディスプレイだ。フィールドが消えるまであと九分。そしてクレーターに通じる道路にほかに車輌はない。地球時間なら、夜も深まるころあい。このトラックは、おそらくその日最後の輸送品を運んでいるのだろう。これがうまくいかなかったら、明日までやり直しを待つしかない。そうなったらオットーのいい分が通り、カートの思いどおりにはならないかもしれない。いちかばちか、やるしかない……。

「グラッグ、歩いて道路へ出ろ」

「気でもちがったんですか?」暗闇のなかで聞くと、オットーの叫び声はドキッとするものだった。「たったの二百フィートしか離れていないんですよ。これじゃ――」

「グラッグ、いわれたとおりにしろ! 両手をあげて、道路へ出るんだ!」

「はい、カート」どうやらグラッグの自己保存プログラムが起動するほど危険は大きくないようだ。というのも、カートはロボットが前進するのを感じたからだ。こんどはカートもグラッグが動きだすのにそなえていた。しっかりとつかまって、ロボットの足どりに合わせる。いっぽうグラッグが前方の道路へドスドスと出ていった。いきなり立ち止まり、右へ四分の一回転する。カートもそれにならった。両手を使ってロボットの陰から出ないようにしながら。

いま道路のまんなかで、真正面からやって来るトラックと向かいあっているのだ――カートにはわかった。

足を踏ん張り、衝撃にそなえる。ふと思ったのだが、こんどばかりはツキに頼りすぎたかもしれない。長年にわたり、前途に待ちうける仕事のためにとサイモンとオットーに心身を鍛《きた》えられるあいだにも、彼はときおり危険を冒して、守護者たちを震えあがらせてきた。とはいえ、無謀だったことはなく、そのたびに打ち身や捻挫《ねんざ》やかすり傷程度ですませてきた。

そうはいっても、いつかその日が来るのはわかっていたのだ——

「トラックが止まりました」とグラッグ。

「確認。トラックは停止しました。たったの十二フィートを残すだけで」オットーがゆっくりと息を吐きだした。

「了解」カートはみずからの心臓の鼓動に気がついた。「カート……キャプテン・フューチャー通信終わり」

オットーは黙っていた。〈生きている脳〉も同じだった。いまからクレーターの内部にたどり着くまで、グラッグ以外とは無線封止《ふうし》をつづける。通信リンクでの交信がＩＰＦに傍受されないようにするためだ。

「グラッグ」カートがいった。「おまえのメイン周波数帯域《バンド》につないでくれないか。それと、返事はテキスト・モードでくれ」

フェイスプレートの内側に光り輝く単語があらわれた——**了解**——つづいてカチリと静かな音。同時に、聞きおぼえのない声が暗闇から聞こえてきた——

「……こんなところで、いったいなにしてやがる？」

「迷いました」グラッグが答えた。

「迷っただと？」また別の声。やはり男性で、最初の声より面白がっている。「おまえさんたちが迷えるとは思わなかったよ。どっから来た？」

「北緯零度四十一分十五秒、東経二十三度二十五分四十五秒からです」

ため息。

「まぬけめ、座標じゃなくて、ふつうの英語でいえよ……どっから来たんだ？　つまり、迷う前、最後にいた場所はどこだ？」

「アポロ太陽系モニュメントです。わたしはそこのメンテナンス・ロボットです。ある訪問者に迷え《ゲット・ロスト》という指示をあたえられました（「失せろ」という意味にも解せる）。わたしはその指示にしたがい、いまここにいます」

爆笑する音が通信リンクにあふれた。カートも笑いをこらえなければならなかった。グラッグはうまいこと役を演じている——無害な悪態《あくたい》を文字どおりの指令と誤解したステレオタイプのまぬけなロボット役を。

「なるほど、そういうことか……迷ったのも無理ないな」クスクス笑った声に、もはや怒りはなかった。「よおし……屋根に登りな。そうしたら、おれたちの目的地まで乗せてってやる。着いたら、パークのだれかに電話して、引きとりに来てもらう。それでいいか？」

「感謝します」とグラッグ。「それでけっこうです」

カートは、ロボットがまた前進するのを感じた。彼はぴたりとあとをついていった。両手でその肩にしがみついたままだ。彼とドライバーの見通し線とのあいだにロボットがいつづけてくれるよう願う。というのも、グラッグの影がいまも足跡を隠してくれているのかどうか見当もつかないからだ。しかし、だれもなにもいわないから、その策略はうまくいっているらしい。十歩ほど進んだあと、グラッグが右へ曲がった。さらに五歩、ふたたび右折。さらに二歩、いきなり停止。またしても、グラッグがカートにしか見えない無音のテキストで話しかけた――

いまトラクターの後尾左側、運転席の後方に立っています。真正面に梯子があります。屋根の上の小さな貨物ラックに通じているようです。あなたが後退して二歩進めば、手をのばして、梯子の最下段をつかめるでしょう。

カートは応答せずにグラッグから手を離した。両手をのばして前を探りながら、ロボットの陰から注意深く踏みだす。一歩、二歩、三歩……手のひらが垂直の金属面と接触した。手をゆっくりとあげていくと、胸の高さでU字形の梯子段とぶつかった。一フィート下にもう一段、上にさらにもう一段。

「おい、なにをぐずぐずしてやがる。日が暮れちまうぞ……さっさとしろ！」

「この梯子を伝ってわたしに登ってほしいということでしょうか？」グラッグが尋ねた。

またしても爆笑。こんどは棘《とげ》があった。

「おいおい、なんてまぬけだ。そうだよ、そいつを伝って登ってほしいのよ。さあ、動いた動いた」

カートは梯子段をつかみ、闇雲《やみくも》にトラックの側面を登りはじめた。グラッグはあからさまに時間稼ぎをしていた。彼に屋根まで登るチャンスをあたえているのだ。カートはできるだけペースをあげようとしたが、梯子を登るのは予想よりもむずかしく、二フィートしか登っていないとき、手に震動が伝わってきて、ロボットがすぐあとから梯子を登ってきているのがわかった。ドライバーが痺《しび》れを切らして、屋根にたどり着かないうちに車を出しませんように、と彼は祈った。

八段か九段登ったとき、垂直の表面がいきなり水平になり、高さが数インチしかない小さな手すりらしきものを探りあてた。四つん這いになって、カートはその手すりを乗り越え、貨物固定用リングがところどころにある平らな表面を手探りで進んだ。

あなたは屋根の上にいます。片足を右へ動かし、腹這いになってください。これなら、フィールド・ジェネレーターが故障しても、運転台からも地上からも姿を見られないでしょう。

カートはいわれたとおりにした。一瞬遅れて、グラッグが隣にどっかりとすわりこむのを感じた。

「そっちはだいじょうぶか?」ドライバーが尋ねた。「よおし、出発だ」

返事を待たずに、トラクター・トレイラーがふたたび動きだした。独立したサスペンションをそなえた特大のタイヤを十二個もつけているとはいえ、岩や微小隕石《いんせき》のうがった穴ぼこを乗り越えるたびに、どっしりした車輌がはずむのをカートは感じた。貨物固定用リングをふたつ探りあて、しがみつく。ドライバーが時間をかけないよう願いながら。フェイスプレードの情報によれば、また姿が見えるようになるまで三分を切った……しかも、これは推定値でしかない。

およそ一分後、トラックがまた停止した。

検問所に着きました。歩哨が車輛に近づいてきます。

「遅刻だぞ」新しい声。歩哨にちがいない。「路上で止まるのが見えた……なにがあったんだ?」

「ヒッチハイカーを拾ったんだよ。パークから迷い出たロボットだ。見つけたんで、帰る方法を見つけてやるといったんだ」

「本当か?」間。「おい、まぬけ野郎……なんでまたはるばるこんなところまで来たんだ?」

歩哨がこちらを見あげています。しかし、梯子を登ってはきません。

「迷えといわれました」グラッグは答えた。「わたしは最善をつくして指示にしたがいました」

またしても笑い声。カートはグラッグに申しわけない気がしてきた。サイモンによれば、彼の母親は、そのロボットがどういうわけか意識を獲得した、そのなみはずれた偉業にいつも感心していたという。低レベルの人工知能しかそなえていないロボットに、異例の知性が予想外にも芽生《めば》えたのだ。彼女はこれに基づいて機能を拡張し、グラッグのプログラミング変数を調節して、さらに独自の判断や選択ができるようにした。そうであっても、グラッグが知能だけではなく感情も本当に発達させたのなら、機械知性の進化における空前絶後の飛躍である。したがってグラッグは人間と同じほど知的ではないが、にもかかわらず尊敬に値《あたい》するのだ。うすのろのふりをしていては、威厳が損なわれてしまう。

「なるほど、そういうことか……そいつを連れてはいれ」歩哨がいった。「行け」

トラックがまた動きだし、カートは安堵のため息をもらした。

地下の車輌入口に通じる斜路にはいりました。トラックはまもなくエアロックの除染室にはいります。

カートはなにもいわず、ヘッドアップ・ディスプレイに眼をこらしつづけた。残り時間が一分を切ったとき、トラックが停止した。下の後方から鈍《にぶ》い震動が伝わってきて、入口の気密式両開き扉が閉じたのがわかった。一瞬後、巨大な翼のようなものに背中をたたかれた。それはトラックとそれに付随するすべてから月塵《げつじん》をとり除く電磁気ブラシだった。ブラシがひととおり除染をすませたちょうどそのとき、暗黒が不意に消え去った。彼の姿はまた見えるようになった。

4

トラックがクレーター内部に消えるまでオットーは待ち、それから大石の陰にうずくまった姿勢から立ちあがって、丘をくだりはじめた。ゆるい灰色の表土を踏むブーツがすべった。〈コメット〉にもどると、縄梯子をよじ登ってエアロックへ。そこで立ち止まって縄梯子を引きあげてから、外部ハッチを閉じた。

エアロックを通りぬけたが、待機室で真空服は脱がなかった。ヘルメットとグラヴをはずし、スーツ・ロッカーにしまうと、梯子を登って操縦室《フライトデッキ》へ。

サイモンがパイロットの椅子の上に浮かんでいた。オットーがはいってきてもなにもいわず、かわりにわきへ退《の》いて、アンドロイドに席をゆずった。オットーはどっかりとすわりこみ、前かがみになって両肘《ひじ》を両膝の上に置くと、床をじっと見つめた。

「グラッグの報告によれば、除染施設へ到着したそうだ」とうとうサイモンがいった。「カートは姿が見えるようになっている。だが、だれにも見つかっていない……すくなくとも、いまのところは」

オットーはうなずいたが、返事をしなかった。一瞬が経過し、彼は顔をあげ、怒りに満ちた、またたかない眼でサイモンを見据えた。

「あんたもおれと同じくらいわかっているはずだ」彼はゆっくりといった。「こいつは彼よりもあんたの復讐だ。もし彼が帰ってこなかったら、そのドローンをバラバラに引き裂いて、死ぬまであんたを眼も見えず、耳も聞こえず、口もきけないようにしてやる。嘘じゃない」

〈生きている脳〉はなにもいわなかった。だが、眼柄《がんぺい》をぴくりと動かした。

5

視界が晴れ、トラックの屋根が見えたとたん、眼くらまし発生場《ファントム・フィールド》が消えたのだ、とカートにはわかった。天井パネルからいきなりまぶしい光が降ってきて眼をすがめたが、ろくに眼を閉じないうちに、トラックが不意に前進をはじめた。細めたまぶたの隙間《すきま》から、車輛用エアロックの分厚い内部扉がスライドして開くのが見えた。除染手続きが終わり、いま車輛はガレージにはいるところだった。

屋根のラックにうつぶせになったまま、カートはじっとしていた。防犯カメラがないか、あったとしても、ガレージにはいる車輛の屋根がはっきり見える位置にないことを願った。トラックは長くのびるムーンクリートの床を進んでいき——感じでわかる——とうとう右へぐるっとまわって停止した。

到着したのだ。ここからがむずかしい——捕まってはならない。

「グラッグ」ヘルメットで声はくぐもるのだが、彼は声をひそめた。「ドライバーたちが車から出る前におりろ。急げ」

隣にすわっていたロボットが立ちあがり、屋根のプラットフォームを伝って梯子へ向かった。カートはヘルメットのなかで首をめぐらし、梯子まで行くグラッグを眼で追った。グラッグは最上段を握り締め、梯子をおりはじめた。頭が視界から消えたちょうどそのとき、運転台のハッチが開き、バタンと閉まる音がした。一瞬遅れて、ヘルメットごしに声がかろうじて届いた。

「おい！　だれがおりろといった？」

「到着しました」グラッグは答えた。「下車するのが適切だと考えました」

「おまえが考えたって……ああ、まったく！　そんなしゃべり方、いったいだれに教わったんだ？」

「おい、放っておけって。この連中のなかにはおれたちよりお上品にしゃべるのがいるんだ。岩なみにまぬけだとしてもな」

「ああ、そうらしい。よし、まぬけ野郎、ついてこい。オフィスまで連れてって、おまえの製造番号が見つかるかどうか調べてやる」

「さしつかえなければ、わたしの所有者が引きとりに来るまで、ここで待ちたいのですが」

「なんだって？　だめだ、待て……止まれ！　そっちへ行くな――」

「正規の所有者が新しい命令を発するまで、待機モードにはいれということですね」

「ちがう！　止まるな！　前へ歩け！　おい、聞いてるのか？　歩くんだ……前へ。いや……止まるな……」

「やれやれ、こいつはまいったな。こんどは立ち往生したぞ！」

嫌悪のため息とつぶやき声の悪態、つづいてやわらかいものがガチャンと鈍い音を立てる。ちょうどブーツの底が金属を打ったような。

「まぬけなロボットめ。しかたない、放っておこう。こいつはでかすぎて動かせない。だから、とにかく勝手にどこかへ行くことはないだろう。警備オフィスのだれかになにを拾ったか報告して、あとは連中にまかせりゃいいさ」

「ああ……そうしよう。よし、一杯おごるぜ」

トラックから歩み去る足音が聞こえた。エレベーターの扉がスライドして開くかすかなきしるような音、ついで閉じる音。それから静寂。

ガレージは無人です。だれも見当たりません。

「ありがとう。カメラはどうだ？」

ひとつも見えません。

カートはのろのろと立ちあがった。乱暴な運転のせいで手足がこわばり、ヒリヒリする。トラックは荷積みドックに隣りあった駐車区画に寄せられており、トレイラーを開きに来る作業員たちの到着を待っていた。横手に眼をやると、グラッグが両腕をわきに垂らし、天井をささえる柱のかたわらに立っていた。活動を休止しているように見えたが、そのとき太い首の上で頭が不意にまわり、爛々《らんらん》と輝く赤い眼が彼をじっと見あげた。

「いい演技だった」カートが立ちあがりながらいった。「もう声を出してもいいぞ」

「ありがとうございます」カートのヘルメットごしにちょうど聞こえる大きさで、グラッグは答えた。「知性を過小評価されると、有利になるときがあります」

「ぼくはしないよ、旧友」カートはすばやく梯子をおりると、ヘルメットを脱いで、あたりを見まわそうと足を止めた。グラッグのいうとおり、ガレージはがらんとしていた。ほかに数台の車輛が近くに駐《と》まっており、なかにはＩＰＦのマークをつけた三輪の小型車もあった。その開いているドームのなかをちらっと見ると、座席はふたつだった――逃亡用にはおあつらえ向きだ。

カートは小型車まで歩いていった。グラッグが静止状態を解き、彼のあとを追おうとしたが、カートはロボットが立っていた場所を指さした。

「いや、そこにいろ。その場所は完璧だ。だれにも動かされるな。だが、その小型車を横どりして、急いで逃げる用意をしといてくれ」

「了解」グラッグは前の位置に素直にもどった。「どこへ行くんです？」

「上だ」駐めてある車輛の裏にまわると、カートはヘルメットを置いて、真空服を脱ぎはじめた。「つまり、地表だよ。ぼくとの無線封止はつづけてくれ。でも、なにかあったらサイモンとオットーとは連絡をとれ。仕事をすませたら、ぼくはこの場所へもどって来る。おまえはここにいて、急いで出発する用意をしておけ」

「了解。幸運を祈ります」

「ありがとう」カートは真空服をできるだけ小さくたたみ、ヘルメットと生命維持装置とグラヴとブーツといっしょに小型車の裏に隠した。銃をおさめたホルスターつきの万能ベルトは腰に巻いたが、ファントム・ジェネレーターはあとに残した。ベルトのバッテリーに残った電力はプラズマー用にとっておかなければならない。おまけに、行き先が見えず、導いてくれるグラッグもいないとなっては、ふたたび不可視になってもたいして役に立たないだろう。

近くにエレベーターがあった。おそらくドライバーふたりが乗った音を立てたのと同じものだろう。クレーターの底面までまっすぐ連れていってくれるかもしれないが、姿を見つかりそうな場所へ連れていかれるかもしれない。カートはもういちど周囲を見まわした。連絡トンネルがあるはずだ。それを使えば地表にあがれる……。

思ったとおり、向こう側の壁にあった。赤い縁飾りのなかに白い矢印、その下に**出口**とステンシル文字。標識に近づくと、矢印が気密扉に通じる短い通路をさしているのがわかった。扉は施錠《せじょう》されていなかった。その裏には狭い廊下が遠くまでのびており、天井には絶縁された導管が並んでいた。カートは静かに扉を閉め、小走りに廊下を進みはじめた。

アームストロングのインフラの大部分は、クレーター底面の下にある。電気とデータのネットワーク、水タンク、下水再生システム、非常用放射線シェルターの迷宮であり、すべてが従僕《じゅうぼく》とメンテナンス要員用の連絡通路でつながっている。さいわい、主要な交差点に案内用の地図が掲示されていたので、カートは完全な迷子にはならずにすんだ。にもかかわらず、探しものを見つけるまで、二度まわれ右した。探していたのは、地表へ通じる月鋼鉄《ルナスティール》の階段である。

もっとも、最初の踊り場まで半分しか登らないうちに、頭上のどこかで扉がバタンと開く音がした。一瞬遅れて、なにかが階段を駆けおりてくる音。ただし、人間のものではなく、小さな四つ足の動物のもっとやわらかく、もっとすばやい足音だ。

階段の金属格子ごしに見あげると、死に物狂いでこちらへ駆けおりてくる動物の姿がちらりと目に映った。小犬だ。階段を三段か四段飛ばしにおりてくる。走るというよりは抑えた飛びこみに近い。あと一歩で彼の頭上の踊り場にたどり着こうというとき、扉がふたたび勢いよく開いた。

「あそこだ！　追いかけろ！」

カートはまわれ右して階段を飛びおりた。膝を曲げてできるだけ静かに着地し、金属段の下、影になった階段裏へもぐりこむ。背中を壁にはりつけ、ホルスターから銃を抜いた。親指をさっと動かして、プラズマーのセッティングを最低出力に合わせる。犬と、それを追いかける男ふたりはほぼ真上にいる。彼は息をこらえ、待った。

頭上の格子になった段ごしに、犬が階段を飛ぶようにくだり切るのをカートは見まもった。灰色がかった白い体に黄褐色《おうかっしょく》の模様。つぶらな茶色い瞳。月犬《ムーンパップ》だ。ジャックラッセルとビーグルの交雑種。月で生きるために特別に交配された犬種である。その犬はムーンクリートの床に着地し、廊下の奥へ走っていく。月の六分の一Gのもと、月犬の逃走は疾駆《しっく》というよりは、弾《はず》むような跳躍の連続に近かった。口から舌を垂らして、カートが来たばかりの道を跳ねていった。階段の下に隠れている人間に気づかなかったか、気にしなかったかのどちらかだ。

数秒後、犬を追うふたりの男が階段をおりてきた。地球人《テラン》と金星人《アフロダイト》。ふたりともIPF警察官の制服を着ており、どちらも特に面白がっているようには見えない。

「あっちだ！」階段をおり切ると同時に地球人が叫んだ。「あのチビ助はあっちに行ったぞ！」

「捕まえたら、絶対にエアロックから放りだしてやる！」相棒が嚙みつくようにいった。それからふたりとも廊下の奥のほうに姿を消した。

カートは息を吐きだしたが、銃をしまいはしなかった。おそらく家庭のペットが、犬ならではの不始末をしでかして逃げてきたのだろう。一瞬、犬を追いかけている男ふたりを麻痺させたい気持ちになった。が、そんな余裕はない。かわりに月犬の幸運を祈り、エアロックから放りだすといった追っ手が本気でなかったことを願った。

カートは階段を登りつづけ、こんどは邪魔されずにてっぺんにたどり着いた。なんの変哲もないスイング・ドアがあった。逃げていた犬でも簡単にあけられたやつだ。そして扉の向こう側には……暗黒と静寂。それを破るのは低いチーチーという音だけ。カートは半開きの扉の横で足を止め、二、三秒注意深く耳をすましてから、向こう側の夜闇《よやみ》にすべりこんだ。

アームストロング・クレーターは広大なテラリウムに変貌していた。地球上の生命を模倣した、閉鎖式で自給自足の生態圏《バイオスフィア》である。モデルとなったのは、十九世紀なかばごろの旧アメリカ深南部のプランテーションだ。マグノリアとスズカケとシダレヤナギの木立に闇が深く垂れこめ、コオロギとウシガエルが、曲折する小川の流れこむ浅い池と池のあいだで合唱している。砂利《じゃり》敷きの歩道が、短く刈りこまれた芝生と手入れの行き届いた庭園のあいだを縫《ぬ》ってのびている。空気は暖かく、スイカズラとバラの香りがする。

カートは立ち止まってこのすべてを頭におさめ、この場所を築くのにかかったにちがいない労力と費用を考えた。ヴィクター・コルボは、ロジャーとエレイン・ニュートンを殺す前から裕福だった。そのとき以来、彼の富は爆発的に増えたにちがいない。政界での新しいキャリアが、月の荒れ地のまんなかにオアシスを創《つく》りあげる力を彼にもたらした。だが、この楽園は範《はん》にとろうとした過去と同じくらい腐敗している。コルボは奴隷種族を創りたがったのだ。望みはかなわなかったが、夢見ることはいつでもできる……。

地下の連絡口から出る階段は、薪《たきぎ》小屋に見えるよう偽装されていた。その横をじりじりとまわりこむと、クレーターの中心に堂々たるプランテーション屋敷が見えた。建築家は、それをむかしのアラバマの大邸宅に似せて設計していた。二階建て、正面扉の上には屋根つきの柱廊《ちゅうろう》、側面には開放式のポーチ、のろを塗った壁は、はるか頭上にあるドームの開口部から射しこむ地球光を浴びてぼんやりと輝いている。明かりが地上階の窓のなかできらめき、軽やかに流れているイタリアン・ギターの録音――モリコーネの「イル・トラモント」だ――にかぶさって、声が聞こえた――ポーチにふたりの男が立っていて、静かに会話しているのだ。

ふたりはシルエットと大差なかったが、何者なのかは疑問の余地がなかった。すくなくとも片方は。

屋敷はおよそ六十フィートしか離れていない。走れば、数秒でたどり着けるだろう。もっとも、そうしたくなる気持ちにカートは抵抗し、かわりに薪小屋の陰から屋敷をうかがった。てっきりボディガード――ひょっとしたらIPFの警察官かもしれない――が芝生をパトロールしているだろうと思っていた。驚いたことに、ひとりもいなかった。もしかしたらIPFは、クレーター外部の防衛線でじゅうぶんと考えているのかもしれないが、それでもクレーターの内部にカシュー主席を守る者の姿がないのは奇妙だ……。

彼らがよそに気をとられていないかぎり。とそのとき、彼は月犬と、それを追いかけてわきを走りぬけた男ふたりを思いだした。

あれでボディガードたちはおびきだされたのだろうか？　そうだとしたら、なぜ？

カートは視線を屋敷からそらし、大邸宅をとり巻く闇につつまれた地面に注意深く眼をこらした。動きか、そこにあるはずのない影を探す……。

そして見つけた。

6

「まったく申しわけありません、主席閣下」ヴィクター・コルボがいった。「まさか、あの子が――」

「だいじょうぶだよ、議員」残念そうではあったものの、ジェイムス・カシューはクスクス笑いながら、シャツの胸もとに広がった、ツンと鼻をつく尿の染みに顔をしかめた。「なんの問題もない。子犬は最高の環境でも手に負えないものだし……あの子はたいていの子犬より活発じゃないかね？」

「たしかに、そうでした」コルボはひそかにこう考えた――活発という言葉にはカシュー主席が知るよりも多くの真実があるな、と。

とにかく、彼が生きる時間はあと数分になったわけだ。

この八週間にわたり、その名前のない月犬《ムーンパップ》は、母親から乳離れして以来、まさにこの瞬間のために訓練されてきた——太陽系連合主席、表向きはその犬が贈られる人物の腕に置かれたとたんパニックを起こすように。トレーナーがよく似たフェイス・マスクをかぶり、つねったり、ピシャリとたたいたり、ちゃんとできたときは褒美《ほうび》をあたえたりして、小さな犬がささやかだが重大な役割をこなせるようリハーサルをくり返してきた。そして犬はまさにもくろみどおりに反応したのだ。主席におしっこを引っかけ、その手から飲み物をたたき落とし、おまけに嚙みついたあと、主席の腕から飛びだし、ポーチから出て、屋敷から走り去ったのである。

コルボは自分と主席に同行してきたIPF警察官ふたりに叫んだ——ポーチに出て犬を捕まえろ、と。ふたりは素直に追跡にかかった。しかし、その月犬はクレーターの地下階層へ通じる近くの入口へまっすぐ向かうよう訓練されていた。その扉は都合よく施錠されておらず、わずかに開いていた。護衛の警察官は犬を追って階下へおり、コルボの従僕のひとりが床に落ちたミント・ジューレップのグラスを拾い、かわりの飲み物と交換すると同時に、自分でやるからというカシューの申し出にもかかわらず、きれいなシャツをとりに屋敷のなかへもどってしまうと、ポーチにいるのは——ほんの数分間とはいえ——ふたりの男だけとなった。

外の暗闇のどこか、マグノリアと夜闇に隠れて、殺し屋が腹這いになってこの瞬間を待った。

ていた。いま必要なのは、簡単な一発だけ……。

「こちらへいらして、すわってください、主席閣下」コルボは二脚の揺り椅子のほうに片手をのばした。別の従僕が月犬を連れてくる直前までふたりがすわっていた椅子だ。「さっきの一件までは愉快なおしゃべりをしていました。夜をこんなままで終わらせたくありません――」

ポーチに通じるスクリーン・ドアが、油をさしていないスプリングの弾力的な音を立てて勢いよく開き、彼らの背後で女の声がいった。

「だいじょうぶですか？」

ランドール。あの忌々《いまいま》しいIPFの警視、ジョオン・ランドールだ。

コルボは彼女に嫌気がさしていた。カシュー警護チームのリーダーのひとりとして紹介されて以来、ランドールは有能すぎて気が安まらなかったのだ。相手にしなければならないのが彼女の上司だけだったら、ものごとははるかにスムーズに運んでいただろう。エズラ・ガーニーはなじみのあるタイプだ。見かけさえ平穏無事なら、なんとでもいいくるめられる古《こ》参《さん》のおまわり。だが、部下のほうはそうはいかない。除幕式での予見できなかった出来事――IPFが疑わしい人物ふたり組を尋問したらしい――以来ずっとランドールはピリピリしていて、いまは眠るときも片眼をあけているらしい。

「心配するほどのことはない」コルボがいった。「数週間前にうちの月犬が産んだ子犬の一匹を主席に進呈しようとしたら、そのチビ助が粗相《そそう》を——」

「あの子のせいではないよ、ヴィクター。あるいは、きみのせいでもない」カシューは慎重に揺り椅子に腰をおろした。大柄な彼は、けっして速く動かない。「ただの事故だ。きみのところの者たちが見つけて、連れもどしてくれさえすれば、きっと友人になれる」

「わたしのところの者たちが見つけさえすれば、ですか？」ジョオンはポーチまで歩いてその上にあがった。彼女が短いナイトシャツの上に制服のジャケットをあわてておってきたことが、いまコルボにはわかった。そのため、本人が気づいていそうにないものまで丸見えになっている。

「主席閣下、逃げた犬を捕まえるために、あなたのボディガードが持ち場を離れたとおっしゃっているのですか？」

「ああ、理性的になりたまえ、ランドール捜査官」コルボが人を見下したような調子を声ににじませながらいった。「ここは安全だ。きみの捜査官たちはいまのところ必要ないし、彼らは——」

ジョオンはもはや聞いていなかった。二度まばたきしてアンニを起動させる。

「総員に告ぐ、注意せよ。総員注意せよ。オレンジ警報発令。支援要員、ただちに議員の私邸に出頭せよ」

「ランドール捜査官、落ちつきたまえ」とコルボ。彼女に状況を掌握《しょうあく》させるわけにはいかない。「ここはわたしの家だ。そして主席とわたしにきみの保護は必要ない」

ジョオンは聞く耳を持たなかった。ふたりの男に背中を向けると、屋敷をとり巻く風景庭園の芝生をじっと見渡す。

「ガーニー司令、応援願います――」

彼女は不意に言葉を途切れさせ、暗闇のなかにちらりと見えたものに眼をこらした。つぎの瞬間、彼女はポーチに身を躍らせた。コルボに反応する暇《いとま》をあたえず、わきへ押しやる。それから主席の揺り椅子の背もたれをつかみ、火事場のばか力で、カシューをポーチの床へひっくり返した。

「銃よ！」彼女は叫んだ。「銃……みんな伏せて！」

7

銃が人間と同じくらいうまくカモフラージュされていたら、カートは暗殺者を見つけそこなったかもしれない。その男は頭のてっぺんから爪先まで黒ずくめだった。おかげで屋敷をとり巻く暗闇に溶けこんでいたが、持参した狙撃用ライフルに同じことをする手間はかけていなかった。そのため、自分の存在に気づいた者が近くにいるとは知らずに、暗殺者が遮蔽物にしている装飾用の生け垣の陰から武器を持ちあげ、ポーチに狙いをつけたとき、ライフルの長い銀色の銃身が、ドームの天井から射しこむ地球光をとらえ、近くの小屋の陰に隠れている別の侵入者にその存在を知られたのだった。

殺し屋との距離はおよそ四十フィート。もうすこし離れているかもしれない。ライフルがゆっくり動き、ポーチの上の人影を追いかけるのを眼《ま》のあたりにして、カートには、あとわずか数秒で暗殺者が引き金を絞り、致死性の粒子ビームがほとばしるのだ、とわかった。標的は……だれだろう？　コルボか、カシューか？　両方か？

それはどうでもいい。自分のしなければならないことが彼にはわかった。

小屋の陰から出て、カートはプラズマーをまっすぐ暗殺者に向けた。

「手をあげろ！」彼は叫んだ。「銃を捨てろ！」

仰天した殺し屋が身をひるがえし、おおよそ彼のいる方向にライフルの狙いをつけた。と、カートが発砲した。

プラズマ銃――あるいは、〈生きている脳〉のつけた名前だとプラズマー――はユニークな武器だ。彼らの知るかぎり、彼とサイモンがチコの仕事場で作りあげたような実用的モデルを開発した者はほかにいない。古い研究所の機器の廃棄部品と、ロジャーとエレイン・ニュートンを殺した者たちが使った粒子ビーム・ピストルを再利用したものだ。そうするほかに手がなかった。カートは武装しなければならないのに、有効なＩＤを提示しなければ彼もオットーも粒子ビーム・ピストルを合法的に入手できず、かといってIDを獲得すれば彼らの存在が露顕《ろけん》したから。そして両親を殺すのに使われた銃をカートが持ち運ぶわけにはいかなかったからだ。そういうわけで彼と〈生きている脳〉はもっといい手を思いついた。ふつうの粒子ビーム・ピストルよりも用途の広い武器を考案したのである。

カートが引き金を絞ると、パルス化したエネルギーの不可視に近い――だが、完全にではない――流れが、朝顔形に開いた銃口から噴出した。密集した電気プラズマの円錐曲線回転面体《トロイド》から成るその流れは、外見上は煙草《たばこ》の煙の輪になんとなく似ている半透明な輪の連なりだった。銃から飛び出ると同時に分離して輪になるのだ。電荷は弱めることができるので、カートは引き金のすぐ上にあるセレクターを最高のセッティング殺害から最低の麻痺へと切り替えていた。それでプラズマ・トロイドは暗殺者を倒し、数分間麻痺させるはずだった。それだけあれば武装解除できる。

しかし、暗殺者に止まれと命じたのが過《あやま》ちだった。見つけられたことを教え、反撃のチャンスをあたえただけだった。プラズマ・バーストを浴びる前に、殺し屋は生け垣の陰に身を躍らせた。小さな葉が灌木《かんぼく》からちぎれ飛び、まるで暴風にあったかのように茂みが揺れた。そして、暗殺者はすでに地面をころがっていた。あわてて立ちあがり、小屋をめぐったやたらに撃ってから、数ヤード離れたヤナギの木に向かって疾走する。

屋敷から、なにかを叫ぶ女の声が聞こえた。もっとも、カートはそれに注意を払う暇はなかった。暗殺者は狙いをはずしこそしたが、彼の放った粒子ビームは、カートの間近をかすめて小屋の側面に焦《こ》げ穴を作ったのだ。木の焦げるにおいがほのかにただようなか、彼は片膝をつき、逃げていく人影を狙って二度撃った。しかし、プラズマ・バーストは数フィートの差ではずれ、カートのつぎの射撃は、殺し屋がなんとか陰に逃げこんだ木から木っ端《こば》を飛ばすのがせいぜいだった。

カートがふたたび狙いをつけようとしたとき、銃がビーッとかん高い音を発して、悪い知らせを伝えた。把手《とって》のすぐ上で脈打っている赤いダイオードをちらっと見て、小声で悪態をつく。銃のエネルギーがつきかけていて、再充電して、また発砲できるようになるまで、すくなくとも三十秒は必要だ。恐れていたとおり、眼くらまし発生器《ファントム・ジェネレーター》がバッテリー・パックを消耗させていたのだ。これは彼と〈生きている脳〉がまだ解決できない欠点だった。

もっとも、暗殺者は気づいていない。彼にわかるのは、見たことがない不気味な武器で何者かに撃たれたこと、そして発見されたからには、目的を果たせる見こみがなくなったということだけだ。カートがまた顔をあげると、殺し屋が木の陰から走り出て、芝生を疾走するのが見えた。どこにあるにしろ、クレーター住居《ハブ》には侵入したときのエアロックをめざしているにちがいない。

カートはプラズマーをホルスターにもどし、身をかがめると、すばやく足首の重りをはずした。それから暗殺者を追って走りだした。もはや邪魔する重りがないので、いちどの跳躍で六フィート以上を稼いだ。暗殺者が走る速さの二倍近い。人生の大半を月の重力下で過ごしてきたとはいえ、サイモンとオットーは、月移民の身にしばしば起きるような筋肉の萎縮を彼に許さなかった。地球上であっても、カートは肉体的に卓越した状態だとみなされるだろう。毎二十四太陽時間《ソル》のうち二時間は、厳しい筋肉トレーニングに費やしていた。

暗殺者が芝生を渡りきる前に、カートは追いついた。両手で肩をつかんで、地面に投げ飛ばしたとき、男はギャッとわめき声をあげたが、ライフルを放さずに芝生をころがったあと、はじかれたように立ちあがった。カートにはこの眼の前にいる長身瘦軀《そうく》の人物が十中八九は火星人《アレジアン》だ、とかろうじてさとる暇しかなかった。殺し屋がライフルをかまえるや、発射したからだ。

カートは左によけて、射撃は大きくそれた。さいわい、ふたりがいたのはクレーターの深奥部だったので、でたらめなエネルギー射撃を周壁が吸収してくれ、ドームの空気が漏れることはなかった。動きを止めずに、カートは左足の爪先でくるっと回転し、身をかがめると、右脚で大きなまわし蹴りを放った。ブーツが殺し屋の手からライフルをはじき飛ばす。暗殺者に拾う暇をあたえず、カートは体勢を立て直し、右腕をあげてフィントをかけながら、左のこぶしを放った。

筋肉トレーニングのたびに、一時間はオットーと格闘技《マーシャル・アーツ》の稽古《けいこ》にはげんでいた。アンドロイドの友人をあっさり倒せるようになると、ときどきグラッグを相手にスパーリングをした。サイモンがロボットとインターフェイスしてＡＩの機能を高め、反射速度を二倍にすることもしばしばだった。暗殺者も格闘訓練を受けていた。だが、たいして役には立たなかったようだ。首をすくめてそのパンチをかろうじてよけたとき、カートは右手の掌底《しょうてい》を首の横にたたきこみ、相手はよろめいて倒れた。

カートは片足で男の胸を踏みつけた。殺し屋がかぶっているフルフェイス・マスクの奥から苦しげなウグッ！　という音がして、男は体を丸めて腹をかかえた。カートは手をのばし、男を引きずり立たせた。そしてなおも弱々しくなぐりかかろうとする殺し屋の手を払いのけ、みぞおちにこぶしをたたきこんだ。

「何者だ？」カートが語気を強めて訊いた。

「く、く、くた……くたばり……」

カートは最後まで待たなかった。暗殺者のスキンスーツの胸ぐらをつかんだまま、頭からマスクを剝《は》ぎとる。案のじょう、にらみ返してきた顔は、生粋《きっすい》の火星人の赤みを帯びていた。彼が手の甲《バックハンド》でその顔をなぐりつけると、殺し屋の頭が首の上でガクガク揺れた。

「何者だ？」彼はふたたび叫んだ。「だれの差し金だ？」

「二つの月――」

殺し屋はカートの右足の甲を思い切り踏みつけた。まったくの不意打ちだったので、カートが体勢を立てなおせずにいるうちに、殺し屋が彼の手をふり払った。火星人は先ほど手放したライフルへまっしぐらに向かった。そしてカートが顔をあげたそのとき、こちらへ向けられる銃身が眼にはいった。この距離なら、的《まと》をはずしようがない。

「ウル・クォルンのために！」殺し屋が噛みつくようにいった。

この世の見おさめが殺し屋の顔に浮かぶ邪悪な笑みなのだろうか、とカートが思いかけたちょうどそのとき、火星人の側頭部から血がほとばしった。

殺し屋は子供が捨てたあやつり人形のように倒れ伏した。そしてどこかすぐ近くから叫ぶ声。

「動くな、アミーゴ！」

カートはいわれたとおりにした。両手をはっきり見えるように示しながら、一歩も踏みださないように注意して、声がした方向にゆっくりと首をめぐらせる。十ヤードほど離れたところに、〈直線壁〉で彼とオットーに相対《あいたい》した銀髪の警察官が立っていた。粒子ビーム・ピストルを両手でかまえ、まっすぐ彼を狙っている。

「動いてません」とカート。

「よし」老いた法執行者はうなずいた。「さてと……あんたの左手を動かしてもらいたい。指二本だけで、ホルスターから銃を抜いて、眼の前の地面に落としてくれ。ゆっくりやってくれよ、坊や……わしの指は引き金を引きたくてうずうずしとるんだ」

「司令、お言葉を返すようですが……喜んで協力します。でも、ぼくのピストルは電力コードでベルトにつながっているんです」カートは右の臀部《でんぶ》をごくわずかに動かして、司令にプラズマーが見えるようにした。「仰せのとおりにしたら、横へ落ちるだけです。もっとも、害はないと請《う》けあいますよ……バッテリーがあがってますから」

IPF警察官は、自分の銃をおろさずにカートの銃を見つめた。

「なるほど、それじゃあ……頭の上で手を組んで、じっとしていろ」

カートはしたがった。だが、そうしながら、ひそかに左手の指輪をひねり、頭のてっぺんで手を組んだときに、その表面が司令のほうを向くようにした。いまこそ助けを呼ぶときだ。

――〈生きている脳〉、聞こえますか？ 親指で指輪を軽くたたいて起動させる。

ややあって、サイモンの声が指輪のアンニ・インターフェイスを通じて聞こえてきた。

――聞こえているよ、坊や、そちらの状況もわかっている。オットーとわたしは、二分前に警報が出て以来、IPFの周波数帯を盗聴していた。きみは窮地《きゅうち》にある。

カートは大声で笑いだしそうになるのをこらえた。なんというめぐり合わせだ。司令の背後に、屋敷からこちらへ走ってくる人影がいくつか見えた。近づくと、そのうちのひとりが若い女性――名前を正確に憶えているとすれば、ランドール警視――らしかった。やはり前に会った人物だ。おかしなことに、彼女にまた会えてうれしかった。

――どうすればいいですか？

――協力したまえ。だが、あくまでもある程度だ。本名も、どこから来たかも、ここにいる理由も明かすな。

――それじゃあまり協力したことになりませんよ。

――わたしにまかせるんだ。きみを窮地から救ってやれるかもしれん。だが、きみがいわれたとおりにすればの話だ。

――了解。別の考えが脳裏に浮かぶ。――グラッグはどこです？　彼も捕まったんですか？

短い間《ま》。――いま現在グラッグは自分の問題で手いっぱいだ。そっちのほうが……ちょっと面白いが。さて、きみにしてほしいのは……。

8

グラッグは、カートと別れた場所から一歩も動かなかった。ガレージの壁ぎわに立つ静止した自動人形《オートマトン》だ。カートとのアンニ・インターフェイスがいまは作動していないので、クレーター住居《ハブ》の別の場所でなにが起きているのか、さっぱりわからなかった。したがって、なにかがまずいとグラッグが最初に思ったきっかけは、どこか近くから犬の吠え声がかすかに聞こえてきたことだった。

グラッグは首をめぐらせ、音響センサーでその音の発生源をたどった。つい先ほどカートがその向こうに姿を消した扉だ。扉は閉じていたが、にもかかわらず、そのすぐ向こう側で鳴いている犬の声は聞きとれた。怖がっているようだ。さらに、金属を不安げに引っかいていた。まるで死にものぐるいでその扉を通りぬけようとしているかのように。

グラッグに意識が芽生えた〈大いなる覚醒〉ともいえる時期を通じて、その精神におのずとあらわれた多くの特徴のなかに、ふたつの感情があった――好奇心と共感だ。しかし、追って指示があるまでその場にとどまれ、とカートに命令されている。グラッグは非常に長い時間――ほぼ〇・七五六秒――このふたつを天秤《てんびん》にかけてから、感情的な欲求を満足させるほうが大事だと判断した。

壁から離れると、グラッグは扉に近づき、開くボタンを押した。その瞬間、小さな犬が猛然と扉を抜けてきて、グラッグの脚にまともにぶつかった。その衝撃で、犬は尻餅をついた。と思うと、褐色の眼に驚愕《きょうがく》の色らしきものを浮かべてロボットをしげしげと見あげた。

「やあ」グラッグがいった。「きみはだれだい？」

月犬《ムーンパップ》の答えは、グラッグの足にそわそわとおしっこを引っかけることだった。そのとき背後にのびる狭い廊下のはるか奥から声が聞こえてきて、そいつは首をめぐらせた。「イイク！」と吠えて、グラッグの脚の裏に隠れる。

「ほう、イイクか、どんな名前にも負けず劣らずいい名前だ」グラッグは身をかがめ、細心の注意を払って月犬を抱きあげた。「おれはグラッグ。お近づきになれてうれしいよ」

グラッグに床からそっとすくいあげられて、月犬はぶるぶる震えたが、この大きな、人間の形をした機械が自分に害をあたえるつもりはないとさとったようだった。ロボットのどっしりした胸にぴったりとくっついて体を丸め、安堵の息を漏らしはじめたちょうどそのとき、ふたりの男が廊下の奥にあらわれた。

「いたぞ！」片割れが叫んだ。黒い顎髭《あごひげ》をたくわえた、ずんぐりした地球人だ。「ロボットがあいつを捕まえた！」

「おいおい、あれを見ろよ」その連れ――長身の金星人――が面白くもないだろうに笑い声をあげた。「ナイスキャッチだ、ロボット野郎！」

ふたりとも惑星警察機構の青い礼装であることは、グラッグには特別な意味を持たなかった。グラッグに関するかぎり、IPFはチコの住民が長年にわたり極力避けようとしてきたグループのひとつにすぎない。いつなんどきであろうと彼らにしたがうようグラッグに指示した者もいない。そういうわけでグラッグは、ふたりが近づいてくるのを無言で見まもり、月犬を彼らに渡そうとするそぶりは見せなかった。

「よおし、さあ、その犬を渡してもらおう」地球人のIPF警察官が手をのばし、グラッグから月犬をとりあげようとした。

グラッグはあとずさり、両手でイイクをすこしだけしっかり包みこんだ。

「いいえ。あいにくですが、渡すつもりはありません」

地球人が仰天してロボットをまじまじと見た。

「『あいにくですが、渡すつもりはありません』だと？」同僚に眼をやり、「いまの、聞こえたか？　このロボット、おれに口答えしやがった」

「うーん。聞こえたよ」金星人も前に出たが、ふたりともイイクに手をのばさなかった。

「よし、ロボット野郎、その駄犬《だけん》をよこせ。これは命令だ」

「たいへん申しわけありませんが、渡すつもりはありません。あなたの命令にしたがう義務もありません」

「本気か？　本気でそう思ってるのか？」金星人がグラッグをにらんだ。「よおし、ロボット、はっきりいおう。われわれは惑星警察機構の警察官で、太陽系連合主席ジェイムズ・カシューの警護任務についている。おまえが見つけた犬は、ヴィクター・コルボ議員、ここの住人から主席へ進呈されるはずだった。その犬が逃げた。おまえが見つけた。さあ、渡してもらおう」

「犬がカシュー主席から逃げたとしたら」グラッグはいった。「彼は主席にあたえられたくないという意思を示しています。さらに、コルボ議員が犬を手放そうとしているなら、もはや所有したいと思っていないのは明白です。それゆえその犬に所有者はおらず、その場合、彼を自分のものとするのはわたしの権利です。わたしはいまそうしており、彼にイイクという名前をつけました」

「いまの、聞いたか?」地球人の警察官が怒鳴り、イイクに指を突きつけた。「彼は警官で、いまおまえに命令をくだしたんだ! 彼に犬を渡せ!」

「申しわけありません、おふた方、しかし、この件においてあなた方に法的権威はありません。お引きとりください」

法の番人ふたりは、驚愕のあまり口をあんぐりあけてグラッグを見つめた。ロボットが服従以外の行動をとるとは、ふたりとも信じられなかったのだ。

「いやはや、こいつは……」金星人が手をのばしてイイクを奪いとろうとする。

グラッグは彼の鼻の骨を折った。相棒がとっさに粒子ビーム・ピストルを抜くと、グラッグはまずその銃を壊し、ついで鼻の骨も折った。ロボットは三秒とかからずにすべてを片手でやってのけ、そのあいだずっとイイクを胸にしっかりと抱きかかえていた。

まぬけな迷子のロボットを演じても、もはや目的は達成できない――グラッグはそう判断したので、廊下を歩きはじめ、出血しながら悪態をついているボンクラふたりを置き去りにした。だが、その場を離れる前に、グラッグは〈コメット〉と連絡をとり、いまの出来事をオットーに知らせた。

「このアホンダラ!」オットーが応答した。「犬っころを助けるためだけにそれほどのことをしたってのか?」

「非常にすばらしい犬っころだ」グラッグは答えた。

「だけど……ああ、気にするな」オットーの声にはひどいいらだちがまじっていた。「とにかくカートを見つけろ。いまおまえの助けがいるんだ」

9

「やあ、ランドール警視、またお目にかかれてうれしいよ」

すくなくとも、それは嘘ではない。寝乱れた髪、手には銃という姿であっても、再会したその女性は、カートが見たことのないほど美しかった。ベッドから落っこちたばかりのように見えるいまは、ますます魅力的だ。視線を彼女の首から上に保っておくのはひと苦労だった。さいわい、怒りに満ちたその眼は、長い、むきだしの脚ほどにはそそられずにすんだ。

「わたしの眼は顔にあるの、膝についてるわけじゃなくて」彼女はカートをにらみ返した。紅潮《こうちょう》した顔に笑みは浮かんでいない。「エズラ、撃ってもいいですか？　お願いします」

「尋問するまではだめだ」ガーニー司令も銃を彼に向けていた。「それで、きみの名前はラブ・ケインなのか？」カートがうなずくと、老いた法の番人はかぶりをふった。「まちがった答えだ。太陽連のデータベースにその名前で登録されている市民はいない……確認したんだ。賭けてもいいが、偽《にせ》の身元だろう。本当は何者なんだ？」

カートが答える暇もなく、まばゆい光が周囲で炸裂《さくれつ》し、夜を一瞬にして昼に変えた。だれかがクレーター住居の太陽鏡《ハーブ》の方向を変え、反射した陽光を天窓から射しこませたらしい。だれもが驚いて眼をすがめ、なかには悪態をつく者もいた。しかし、大半が本能的に手で眼をかばったのに対し、カートは頭のてっぺんで手を組んだままでいた。いまこのとき五挺あまりの銃が彼を狙っていた。誤解が元で死体にはなりたくない。

視界が晴れると、さらにふたりの人物が屋敷から近づいてくるところだった。ヴィクター・コルボとジェイムズ・カシュー、さらにふたりのIPF警察官が護衛についている。彼らを見て、ガーニー司令が口髭《くちひげ》の下で口をゆがめ、それから銃をおろした。

「コルボ議員、主席閣下……ここにいてはなりません。敷地は厳重な警戒態勢にあり、おふた方には――」

「非常事態は終わったんだよ、エズラ」カシューが答えた。「それに臆病者のように地下室に閉じこもりたくない」彼はエズラ・ガーニー――司令のフルネームをカートはいま知った――のわきを通りすぎ、芝生にうつぶせになった死体にたどり着いたところで足を止めた。

「この男かね、ジョオン？　きみがわたしをひっくり返したのは、この男が理由なのかね？」

「いいえ、その男ではありません、主席閣下」とランドール警視。これで彼女のファースト・ネームもわかった。どうやら主席は警護チームにファースト・ネームで呼びかけるのがお好みのようだ。それにしても、なんと美しい名前だろう。おまけに彼女にふさわしい。カートはジャンヌ・ダルクを連想した（英語表記ではジョオン・オブ・アーク）。「ポーチで見つけた人物はこちらです」彼女は言葉をつづけ、銃でカートを示した。「薪《たきぎ》小屋の陰から出てきたのを見つけました――」

「あなたを狙っていた男を撃つためです、主席閣下」〈生きている脳〉に指示されたとおり、カートは声をおだやかに保ち、早口にならないようにした。「ジョオン……つまり、ランドール警視には……彼が見えていませんでした。カモフラージュして、灌木の陰に隠れていたからです。しかし、ぼくが立っていた場所からははっきりと見えました」ジョオンに眼をやり、「申しわけない、警視、でも、警告する時間がなかったんだ。ぼくが先に撃たなかったら、主席が撃たれていたかもしれない」

「あるいは、わたしが」とコルボがつけ加える。

カートはなにもいわなかった。ヴィクター・コルボを守るつもりはない。たとえ言葉の上だけであっても。

「嘘ではないのだね？」カシューがジョオンに尋ねた。「きみが見たとき、この紳士は屋敷を狙っていなかったのだね？」

ジョオンはためらった。

「はい、狙っていませんでした、主席閣下」不承不承、だが正直に彼女はいった。「わたしが顔をあげますと、この男は死亡した男と撃ちあった末、相手を追って芝生を走っていました」

「わたしがちょうど現場に到着したとき、ふたりが眼にはいりました」ガーニーが銃をおろした。もっとも、ホルスターにはおさめず、いつでもカートを狙えるようにしていた。「徒歩で両方の被疑者を追っていきますと、こちらが」――顎でカートのほうを示し――「もうひとりに追いつきました。ふたりはちょっとなぐり合ったあと、狙撃手が銃をとりもどし、この若者を撃とうとしました。わたしが介入したのはそのときです」

「大いに感謝します、ガーニー司令」カートは彼に笑みを投げて謝意を表《あらわ》した。「ただし暗殺者を生け捕《ど》りにして、あなたに撃たれる直前に口走ったことをさらに尋問できればよかったのですが――」

「あなたはまだ司令の質問に答えていない」ジョオンは銃もガードもおろしていなかった。

「あなたは何者なの？」

「キャプテン・フューチャーと呼んでもかまわない」

彼女はまじまじとカートを見た。

「なななんですって――？」

「これほどばかげた名前は聞いたことがない」エズラがつぶやいた。

カートは顔が火照《ほて》るのを感じた。まるで周囲のだれもが――ＩＰＦの警察官、ヴィクター・コルボ、カシュー主席――エズラ・ガーニーに同意してにやにや笑っているかに思えた。いまにも吹きだしそうな者もいないではない。彼はそういえと命じたサイモンを呪ったが、撤回するには手遅れだった。それにコルボがいるのだから、選択の余地はない。なにより避けたいのは、本名を明かすことなのだ。

「わかっていますよ、ぼくだって――」そこで自分を抑え、「この名前を使うのは理由があるからです」カシューのほうを向き、「ぼくは、いうなればフリーランスのもめごと解決屋《トラブルシューター》です、主席閣下……なんなら、義侠の士《パラディン》でもけっこう。もちろん、ちゃんとした名前はありますが、ぼくとぼくが愛する者たちを守るために秘密にしておきたいのです」

「きみの……『愛する者たち』だって？」エズラの眼が、信じられないといいたげに上を向いた。ほかのＩＰＦ捜査官たちは声を殺して忍び笑いを漏らした。

「仲間、ということです」サイモンにいえといわれたことをそっくりそのまま口にするのは得策ではないらしい、とカートは考えはじめていた。

ジョオンがゆっくりとうなずいた。彼女はカートのいい分をしぶしぶながらも受け入れたようだった。すくなくとも、もっと多くを聞くまでは。

「だとしても、どうしてここへ来たの、キャプテン・フューチャー？」

「すこし前のことだ、主席が月を公式訪問しているあいだに、危害を加えようとしている者がいるとわかった。噂《うわさ》と大差ないものだったが、真剣に受けとるだけの信憑性《しんぴょう》があった。それが何者なのかは正確にはわからなかったが、手がかりをたどっていくと今日の〈直線壁〉での除幕式に――」

「ガーニー司令とわたしは、そこではじめて彼を見かけました」ジョオンが主席に説明した。「彼ともうひとりがそこにいて、ステージの近くに立っていました。挙動不審だったので、エズラとわたしが短い職務質問をしました」

「ぼくの仲間のひとりだ」カートがいった。「ここにはいないが、彼の身分証明も偽物《にせもの》だとすでにわかっているにちがいない。理由はぼくと同じだ」作り笑いを浮かべ、「申しわけない、ランドール捜査官、協力できなくて……でも、じつのところ、ぼくがキャプテン・フューチャーと名乗ったら、放免してもらえただろうか？」

「拘束衣《こうそくい》を要請しただろうな」とエズラが静かな声でいった。

「それはともかく、きみは式典でなにをしていたんだね？」それまでずっと黙っていたコルボが、うしろ手を組んで進み出た。「暗殺者が主席を狙っていると知っていたのなら、職務質問されたとき、なぜガーニー司令とランドール警視に知らせなかったんだね？」

「そうしても利益にならないからです」そういいながらも、カートはコルボを見ないようにした。そして彼への憎しみが声に表れていないよう願った。「これがぼくの仕事です。だれかを捕まえるなら、プロとしての報酬を期待します。最初に職務質問したＩＰＦの警察官に最高の手がかりをペラペラしゃべったら、どうやって報酬を稼ぐんです？」

「それならチコ上空で姿を消したときは?」ジョオンが尋ねた。「あれはどうやったの?」

「もういっぺんいってくれないか」カートはとまどっているふりをした。わずかに首をふって、「なんの話だかさっぱりわからない。式典のあと、連れとぼくは帰る途中でチコの上を飛んだが、姿を消しはしなかった」ジョオンをいらだちの眼で見て、「まさか、ぼくらを追跡していたのか?」

ジョオンの顔が曇った。彼女はカートをにらみ返したが、なにもいわなかった。

――いいぞ、カーティス。彼らはきみを信じるつもりになっているようだ。

サイモンはずっと静かに聞き耳を立てていた。カートの指輪経由で会話を傍聴《ぼうちょう》していたのだ。カートには、自分が用意した作り話が通用しなくなったら、会話に割りこんで助けるといってあったが、そのあと〈生きている脳〉が口を開いたのは、これがはじめてだった。

カートはこれを万事順調のしるしとして受けとった。じっさい、ジョオンとエズラが目配《めくば》せを交わしたのに加え、司令が部下に静かにうなずいてみせたのにも気づいていた。

「手をおろしてもいいぞ」エズラがいった。「ただし、その鉄砲には近づけないでくれ」眼をすがめてカートの銃を見て、「ところで、そいつはなんだね? はじめてお目にかかるしろものだ」

「プラズマーと呼んでいます。自分で発明しました」カートは頭からゆっくりと手をおろし、ひそかに指輪の帯をひねった。これで宝石のはまった面が、これまでと同様、周囲に立っている人々に向くことになった。「ありがとう。そろそろ腕が疲れてきたところでした」

「トラブルシューターといってたな？」エズラが銃をホルスターにおさめ、ジョオンとほかの男たちにも同じようにしろと身ぶりで伝えた。「さて、キャプテン・フューチャー、今夜きみがしてくれたことに感謝する、とりわけわしの警護チームの失態を埋めあわせてくれたのだから」またしても意味ありげな視線が、彼とジョオンのあいだで交わされた。今回彼女は唇《くちびる》を噛んで、赤くなった。「しかし、本当のところ冒険者は必要ない。だから、おそらく最善の道は――」

彼は唐突に言葉を途切れさせた。遠くを見る表情になったので、アンニでなにかを聞いているのだ、とカートにはわかった。それからエズラはまたカートに注意をもどし、「きみはロボットといっしょにここへ来たのか？」

――グラッグはきみの位置をつかんでいる。きみが使ったのと同じ入口からたったいまクレーター底面にはいった。主席の警護チームがふたたび警戒態勢にはいるだろう。グラッグがきみの仲間だとガーニー司令に知らせなければならん。

サイモンがしゃべり終えないうちに、ジョオンについてきたふたりのＩＰＦ警察官が身をひるがえし、小走りに去っていった。薪小屋のほうへ向かっている。彼らが走っていく方向に眼をやると、グラッグがゆっくりとこちらへ進んでくるところだった。ロボットは腕になにかをかかえているようだったが、それがなにかはわからなかった。

「ええ、あれはぼくのロボットです」カートはいった。「ガレージを通ってクレーターにはいるのを手伝ってくれました。そこへ置いてきたんです。無害だと請けあいますよ」

「どうやったの？」とジョオン。

「ついさっき配達に来たトラックの屋根に隠れたんだ。ぼくのロボットが路上でトラックを止めて、ドライバーたちが気をとられている隙《すき》に乗りこんだ」これを隠しても意味はない。もっとも、眼くらまし発生器《ファントム・ジェネレーター》には触れないよう気をつけたが。彼の本名と同様に、秘密にしておかなければならない事案だ。

　エズラが顔をしかめた。

「報告によれば、きみのロボットがわしの部下ふたりを襲い、彼らの鼻の骨を折ったそうだ」

　キャンキャンという犬の鳴き声が小さく聞こえた。カートの眼前で、グラッグが立ち止まって身をかがめ、腕のなかの物体を解放した。驚いたことに、それはふたりの男が追いかけていたのと同じ月犬《ムーンパップ》のようだった。最後に見かけたとき、彼らは廊下を走っていった。彼がグラッグを置いてきたのとおおよそ同じ方向へ。

「ほんのすこし前に月犬を逃がしましたか？」彼が尋ねると、ジョオンがしぶしぶうなずいた。「おそらく同じ犬でしょう。ぼくの仲間が見つけたらしい。あなた方の仲間を攻撃したのなら、十中八九はその犬を守るためだったんでしょう。もっとも、過剰防衛だったかもしれませんが――」

「警察官ふたりが犬を追いかけるために持ち場を離れたって?」エズラが信じられないといいたげにまじまじと彼を見た。

ジョオンがため息をつき、

「残念ながら、そのようです。議員が主席に進呈しようとしていた子犬が主席を嚙んで逃げだしたとき、そのふたりが任務についていました」

「この子はわたしをあまり好きではないようだ」カシュー主席が、グラッグの足もとでうれしそうに跳《は》ねまわっている月犬をにらんだ。犬は新たな友人兼保護者に向かって大喜びで吠えたてていた。「きみのロボットがその子をほしいというなら、返してくれなくてもいい」

「喜んで彼に進呈する」コルボがカートにいった。「主席の命を救ってくれたお礼だ」そういった声に温かみはほとんどなかった。

「ありがとうございます、議員」同じくらい冷ややかな声でカートは答えた。片手をあげてグラッグに止まるよう伝える。するとロボットはただちに停止した。カシューの警護チームを神経質にさせるだけなら、これ以上近寄らせても意味はない。とりわけ、彼らがこちらを信用しはじめているのであれば。

「あの阿呆《あほう》どもは、子犬を追いかけるために主席のそばを離れたのか?」エズラは不信の表情だった。ジョオンに向きなおり、「すまなかった……きみの落ち度ではまったくなかった。あのまぬけなボディガードどもにバッジを返上しろといえ。あいつらはクビだ」嫌悪もあらわにかぶりをふり、「愚か者どもめ。子犬の世話さえまかせられんのか」

「われわれは、思っていたよりもあなたに大きな借りがあるのかもしれん」カシュー主席がカートのもとまで歩いてきて、手をさしだした。「ありがとう。あなたのしてくれたことに感謝します」

──いまがチャンスだ！　逃すな！

「ありがとうございます、主席閣下。光栄です」踏みだして主席と握手すると同時に、カートは声をひそめてささやいた。「内密に会っていただけないでしょうか。コルボ議員についてお耳に入れたいことがあるのです」

カシューはためらった。カートの眼の隅に、聞き耳を立てているジョオンが映った。彼女の表情からすると、なにもかも聞こえたようだ。カシューはまるで値踏みをするかのように、一瞬彼をうかがってから、ゆっくりとうなずいた。

「ああ……いいだろう、できるはずだ」彼は小声でいうと、ジョオンのほうを向いた。「すこしプライバシーの保てそうな場所を見つけてもらえないかな、ジョオン。ふたりきりで話をしたいんだ……キャプテン・フューチャーと」

10

コルボの屋敷の書庫は大きな部屋で、樫材《かし》の本棚が壁に並んでいた。じっさいに棚から本を抜いてみるまで、それはじゅうぶん本物に見えた。その本棚は長方形のホログラムでしかなく、十中八九は部屋のなかに本物の本は一冊もないだろう。しかし、真鍮《しんちゅう》のテーブル・ランプ、磨《みが》きぬかれた玄武岩《げんぶがん》タイル張りの床、クリスタルのシャンデリア、天井をささえている智天使《ケルビム》の彫像が、議員が明らかにかもしだしたがっている古きよき南部の上流階級の雰囲気を書庫にあたえていた。彼は十九世紀のプランテーション文化に魅《み》せられており、それが裕福な人間がほかの人間を所有した時代だったことを気にかけていなかった。

書庫は玄関ホールを出てすぐの地上階にあり、ジョオンに見つけられるかぎりでは、カートが内密にカシュー主席に会えるいちばん手近な場所だった。コルボ自身は自由に使ってくれと伝えたあと、家事を片づけるといって暇《いとま》を告げた。議員は厚意でこの部屋を提供してくれたわけだが、だれもなかへはいらないうちに、ジョオンは警護チームにアンチ監視スキャナーで書庫を調べさせ、盗聴器がないことを確認した。

満足がいくと、ジョオンは全員をなかへ入れてから、自分は静かに退出した。エズラは部下を扉の外にひとり、ポーチに開いているフランス窓の外側にもうひとり配置してから、カートと主席に同行して書庫へはいった。扉を閉めてしまうと、彼はわきに控えた。カートは彼の眼が自分からけっして離れず、その右手がピストルにそえられていることに気づいた。

「では、キャプテン・フューチャー」カシュー主席がいった。「どういう用件でわたしと話しあいたいというのだね？」

カートは口もとをほころばせ、主席の緊張をほぐそうとした。

「まず、主席閣下、本名を明かさないことをお詫《わ》びします。キャプテン・フューチャーは……その、好きで選んだ偽名ではありませんが、ぼくの仲間はふさわしいと信じているようです」

「きみがどう名乗ろうと、正直いってどうでもいい」カシューの声が厳しくなった。彼は時間の浪費を楽しむ男ではない。「わたしの命を救うためにきみが自分の命を危険にさらしたことはありがたく思うが、ここにいるガーニー司令と同様に、きみの話を鵜呑《うの》みにしているわけではない。つまり、きみが……トラブルシューターで、わたしの暗殺を企《たくら》んでいる者がいるという事態にたまたま行き当たったという話を」

「鵜呑みにされなくてけっこうです。真実ではないのですから。とにかく、一から十まで真実というわけではありません」

——慎重にな、坊や！　エズラはまだきみを共犯者として逮捕し、告訴できるのだ！

カートはうなずきかけるのを抑えた。〈生きている脳〉の声が聞こえていることも、おくびにも出さないようにする。ジョオンが警護チームに、部屋だけでなく彼までスキャンさせなかったのはさいわいだった。さもなければ、指輪は発見されていただろう。そしていま、応答のしかたを教えてくれるサイモンがいてくれるのを彼はありがたく思った。

「そういったのは」カートは答えた。「議員があの場にいて、彼に真実を知られたくなかったからにすぎません。事実はこういうことです。たしかにぼくは犯罪者を追っていますが、ここで暗殺者が見つかるとは思っていませんでした。ぼくが追いかけているのは、ヴィクター・コルボその人です」

カシューはすぐには反応しなかった。彼はエズラにちらっと眼をやった。こちらも無言で、カートを注視しつづけた。主席はカートに向きなおった。

「つづけてくれ」

カートは深呼吸したが、口を開く暇もなく、扉を軽くノックする音がした。扉が開き、ジョオンがはいってきた。こんどは制服姿だ。二階へあがって、ナイトシャツより露出のすくないものに着替えてきたことは、はた目にも明らかだ。彼女はカートにも主席にも挨拶せず、エズラのそばまで行って、隣に立った。カシューがうながすようにうなずきかけたので、カートは話を再開した。

「ぼくの名前はカート・ニュートンです、主席閣下。両親はロジャーとエレイン・ニュートン、北アメリカ、ニューヨーク管区出身の科学者夫妻で、ぼくが赤ん坊のとき、ふたりは……」カートの喉が不意に詰まった。「ふたりはコルボに殺されました」
カシュー主席が数分の一インチだけ眉毛を吊りあげたが、ショックを受けたようすはなく、信じられないといいたげなそぶりも見せなかった。

「つづけてくれたまえ。聞いているから」

つづく数分にわたり、カートは両親の殺害にまつわる顛末《てんまつ》を主席に語った。子供のころから知っていたことと、今日の昼間に知ったばかりの詳細の両方を。カシューは静かに耳をかたむけ、エズラとジョオンも同じようにした。彼が話しおえるまえで、部屋のなかのだれも口をきかなかった。話が終わっても、三人ともしばらく無言だった。やがて主席が咳払いした。

「なるほど。そうすると、きみがここへ来たのは……」

「ヴィクター・コルボに裁きをくだすためです」カートはひとつの細部を省《はぶ》いた――コルボを殺すつもりだったことを。さいわいにも、いまのところは監獄にぶちこまれていないが、そんな告白をしたら、運のつきだろう。

「なら、暗殺者を見つけたのは――」ジョオンがいいかけた。

「まぐれ当たり。でも、うれしいまぐれ当たりだった」カートはいったん言葉を切り、「とはいえ、彼がここにいたこと自体に興味を惹かれないかな?」

「ええ、惹かれるわ」彼女が眼を細くした。「それに、あなたと彼に関係があるのかどうか、まだ疑いは晴れていない」

「暗殺者を知らないという、われらが友人の言葉は額面どおりに受けとろう」カシューが腕組みしながら首をふった。「エズラが暗殺者を撃ったのはあいにくだったな。でなければ、だれに送りこまれたのか聞きだせたかもしれない」

「聞きだせました、閣下」カートがいった。「なんとか……その、彼がぼくをふり切って、銃をとりもどそうとしたとき尋問したんです。彼は〝二つの月の子ら〟に所属しているとにおわせ、ガーニー司令に撃たれる直前、『ウル・クォルンのために』と叫びました……それがだれかは知りませんが」

カシューの目つきが鋭くなった。

「なんといったって？」

「ウル・クォルン？」エズラが尋ねた。「たしかかね？」

「ええ、まちがいありません」面食らうのは、こんどはカートの番だった。「〝二つの月の子ら〟が何者かは知っています――デネブ人を異星の神々のたぐいとして崇拝するカルトです――しかし、ウル・クォルンのほうは初耳だ。何者なんです？」

「火星人《アレジアン》よ」ジョオンがいった。「あるいは、すくなくともそういわれている。一説によれば、地球人との混血かもしれない。いずれにしろ、彼は火星のギャング、火星最大の犯罪シンジケートの首領よ。〝二つの月の子ら〟ともつながっていて、彼らのリーダーでもあるらしいわ」

「〈火星の魔術師〉という異名もある」エズラがつけ加えた。「敵を跡形《あとかた》もなく消すからだ。しかし、それだけではない」カシューに向きなおり、「主席閣下、これはＩＰＦの機密情報です。この件についていまここで話すことに確信がおありですか？」

カシューは一瞬考えをめぐらせた。

「ああ……あるよ、そうするべきだと思う。とりわけ、この青年がわれわれの知らないことを知っているとあっては」またカートのほうを向き、「政府の一部では、コルボ議員とウル・クォルンになんらかのつながりがあるのではないか、としばらく前から噂されているのだ。確実な証拠を集められた者はまだいない。だが……そう、その調査を第四課に依頼したのはわたし自身なのだ」

「まだなにもつかんでいません」とエズラ。「しかし、意外ではありません。火星の人々は、〈魔術師〉にかかわらないほうがいいのを知っています。彼らによれば、砂漠はウル・クォルンの話をした連中でいっぱいだそうです。そして〝二つの月の子ら〟に潜入しようと努力はしたのですが……」

「その捜査官たちはもどってきていません」ジョオンがかわって締めくくった。「ウル・クォルンはなにかを企んでいる、それはたしかです。それがなにかはわかりません」

「ならば、ウル・クォルンはなぜあなたを殺させようとしたのでしょう?」カートは主席に訊いた。

「いい質問だ」カシューは答えた。「六年前に当選して以来、コルボはわたしと政治的に手を組むことに最善をつくしてきた。わたしは彼を本当に信頼したことはないが、無視するわけにはいかなかった。とりわけ、彼が影響力を行使して票をまとめ、わたしの発議のいくつかを議会に支持させるようにしてくれてからは。彼はほかにもわたしの歓心《かんしん》を買うような真似をしてきた。除幕式でスピーチをするという誘いは、その最新の例にすぎない」眉間《みけん》にしわを寄せてからつけ加える。「もっとも、彼には秘めた動機があるようだ。たとえば、暗殺者のライフルの射程内にわたしをおびき寄せるといった動機が」

「しかし、あなたを殺させてどんな得があるんです? 継承権の第二位ではないんでしょう?」

「ああ、そうではない」主席がかぶりをふった。「副主席のメデューサ・ジャルがあとを継ぐことになる」うわの空で口髭を指先でしごきながら、ちょっとのあいだ考えをめぐらせる。

「しかし、メデューサは政治基盤が弱い。いっぽうコルボは長年にわたり支持者を増やしてきた。もしわたしがいなくなり、彼女が主席になれば、コルボが議会を動かして彼女への不信任案を通し、自分が暫定的な大統領に就任するということはありえる」

「しかし、なんらかの危機が訪れなければ、そんな事態にはならないのではありませんか？」とエズラが尋ねる。

「そのとおりだ」主席はうなずいた。カーペットの敷かれた床を見つめる表情はもの思わしげだった。「憲法のもとでは、議会が現職の主席を解任し、彼らの選んだ議員をその地位につかせるには、連合への『重大かつさし迫った脅威』がなければならない……だが、それがなんなのかは見当もつかない」

「答えはここにないのかもしれません、主席閣下」カートがいった。「よそにあるのかも……たとえば火星に」

「なぜ火星なのだね？」

「暗殺者は〝二つの月の子ら〟と関係のあるらしい火星人でした。ウル・クォルンは、ヴィクター・コルボとなんらかのつながりがあると考えられます。あなたに対するなんらかの陰謀が火星で企まれている――すべてがそのことをさしていると申しあげます、閣下」

「きみのいうとおりかもしれん」カシュー主席はもの問いたげに彼を見た。「考えがあるのかね？」

「はい、あります。ぼくを仲間と火星に行かせて、なにが起きているのかを突き止めさせてください」カートはジョオンのほうに身ぶりし、「ランドール捜査官は、ＩＰＦは〝子ら〟への潜入に成功できていないといいます。しかし、彼らの知らないだれか――ＩＰＦに所属していない赤の他人――が潜入するのなら、成功の確率が高くなるかもしれません」

「それは非常に危険だ」

「ええ、そのとおりです、主席閣下」とエズラ。「あなたにとってもです」カートのほうを向いたとき、その眼は冷ややかで猜疑《さいぎ》心に満ちていた。「この男が自分でいうとおりの者なのか、たしかなところはわかりません。わかっているのは、彼がコルボどころかウル・クォルンと共謀していてもおかしくないということだけ。彼がわれわれのためにだけ行動する保証もなく、ひとりで送りだしたら――」

「わたしが同行します」ジョオンがいった。

全員が動きを止めて、彼女をまじまじと見た。背すじをのばし、両腕をわきに垂らしたジョオン・ランドールは自信たっぷりに見えた。

「わたしが同行します」彼女は重ねていった。「まるでカートがいないかのように、エズラとカシュー主席に話しかけている。「それなら、IPFは彼から眼を離さずにいられます。移動中は第四課と連絡を絶やさないようにしますし、火星に着いたらIPFの分駐所と連絡をとります」

「それでトラブルに巻きこまれたらどうする?」とエズラ。

「自分の面倒は見られます、司令。もうわかっているはずですよ」ジョオンはカートに眼をやった。「もしあなたが自分でいうとおりの人間なら、ウル・クォルンに、ひょっとしたらコルボに裁きをくだすようになったときには、IPFが必要になるでしょう」

カシュー主席はすぐには返事をしなかった。エズラを見て、賛成のしるしを探った。エズラは一瞬なにもいわなかった。それからしぶしぶうなずいた。

「では、そうしよう」カシューはそういうと、カートに向きなおった。「主席の権限で、きみを惑星警察機構の臨時覆面捜査官に任命する」

「ありがとうございます、主席閣下」カシューがさしだした手を握り返したとき、カートの背中に電流が走った。「ご期待にそえるよう、最善をつくします」

「きっとそうしてくれると確信しているよ、坊や」カシューはにっこりした。「機密にかかわるきみの任務の性質に鑑《かんが》みて、指定された暗号名《コードネーム》をきみにあたえる。これ以降、わたしのオフィスやＩＰＦとの通信には、すべてこれを使用する。きみの仮　名《ノム・ド・ゲール》がなにかは、きみにはもうわかっているね」

カートはうなずいた。自分の感情が顔に出していなければいいと願いながら。好むと好まざるとにかかわらず、彼はキャプテン・フューチャーとなったのだ。

11

会話が終わり、書庫の四人は部屋を出た。そのときには、人工の夜の闇がクレーター住居《ハブ》にもどっていた。外側の鏡はふたたび向きを変えていたので、地球光はもはやアームストロング・クレーターに射しこんでいない。したがって、玄関ホールで待っていたタキシード姿の執事から、コルボ議員はすでに部屋に引きとったと聞かされても、だれも驚きはしなかった。なにしろもう遅い時刻であり、いろいろなことがあった夜だったのだ。

執事は彼らの背後で書庫の扉を閉めた。しばらくすると明かりがひとりでに消えた。数分間、聞こえるのは外からの物音だけだった。エズラ・ガーニーは二階で就寝するカシュー主席の護衛に当たり、いっぽうジョオンはカートといっしょに屋敷のなかにいる。まもなく部屋は暗く静まりかえり、見たところ無人となった。

そのとき、部屋の中央、さっき四人が立っていた場所のすぐ近くで、煌々と光る細い線が、玄武岩タイル張りの床にあらわれた。

その線がのび、それと似た線がさらに二本、両端で直角につながってあらわれた。と思うと、線は広がって帯となり、周囲のタイルの模様で巧みに隠された跳ねあげ戸になった。その戸は凹所《おうしょ》に隠された蝶《ちょうつがい》番で音もなく開き、幅は三フィートしかないが、深さは七フィート近い垂直空間があらわれた。そのスパイ穴は、堅牢《けんろう》な床に思えるものの下に人が隠れて立っていられるほど大きかった。そこにひそんでいれば、電子的な盗聴器を探りだす機器には探知されずに、人々の会話を聞いていられる。盗み聞きの形態としては時代遅れだが、にもかかわらず効果的だ。

終わったばかりの会話に関して、ものいわぬ第五の参加者であった人物が、のぞき穴から凹所に隠された梯子を登ってきた。戸を元にもどしてから、デスクまで歩いていき、テーブルランプのスイッチを入れると、たっぷりと詰め物をした革張りの肘掛け椅子にすわりこんだ。

書庫でひとりきりになったヴィクター・コルボは、いま聞いたばかりの会話について考えをめぐらせた。

彼は眼をつむり、両手を膝の上でおだやかに組んでいた。外見からはいっさいうかがえないが、じつはいま知ったばかりのことで心が乱れに乱れていた。とはいえ、彼をこれほど驚かせたのは、カシュー主席に信頼されていないことではなく、別の意外な新事実だった――ロジャーとエレイン・ニュートンの息子がまだ生きており、これだけの歳月のあと、両親を殺した者に復讐しようとしていることだ。

まあ、それはしかたない。そういうこともあるだろう。

自分の計画を変更しなければならないのは明らかだ――議員にはそれがわかった。しかし、計画を完全に放棄しなければならない理由もない。IPFは証拠もないのに彼を阻止する行動はとれない。暗殺者は死亡し――すくなくとも、この点はガーニー司令に感謝だ――主席の命を狙った試みとコルボを結びつける手がかりはなくなった。カシューは好きなように疑えばいい。だが、コルボを逮捕させ、議会から放逐《ほうちく》する法的な手段まではとれないのだ。

そしてカート・ニュートンについていえば……コルボは眼を閉じたままだったが、瞑想するような微笑があらわれた。ウル・クォルンならニュートンの小僧を始末できる。それについては疑いの余地はない。

「キャプテン・フューチャー」コルボは静かに鼻を鳴らして軽蔑を表した。「おまえにはあまり未来《フューチャー》がないようだぞ」

第四部　光子急行

1

「〈コメット〉から〈ブラケット〉」カートがいった。「最終アプローチにはいった。ランデヴーとドッキングの許可を乞《こ》う」

一瞬が経過。ついで女性の声がヘッドセットを通じて届いた。

「〈ブラケット〉から〈コメット〉。了解した。貴船の料金は納入され、処理されている。許可をあたえる。カーゴ・フレーム左舷にランデヴーし、停船区画四番にドッキングせよ」

「感謝する、〈ブラケット〉」カートはマイクの棒を軽くたたいて消音してから、左手で操縦桿《かん》を握り、右手を中央コントロール・パネルに載せた。「システム・チェック」

「万事支障《オール・グリーン》なし。いつでも行けます」オットーは彼の右側の席についていた。チェックリストの最終項目を点検しおえたところで、いまはカートを見つめている。カートのほうは〈コメット〉を操縦して、行く手に横たわる光条帆船《ビーム・シップ》と軌道上でランデヴーし、ドッキングしようとしていた。

カートが操縦桿をすこしずつ前に動かすと同時に、〈コメット〉の船体に並ぶ反応制御噴射管の押しボタンに触れた。噴射管が火を吐いて、静かなゴロゴロという音がした。船首円窓の丸いガラスの向こうで、〈ブラケット〉がメイン円材の骸骨《がいこつ》めいた長いトラスを軸にゆっくりと回転した。

「だいじょうぶか、ジョオン？」彼は制御装置から眼を離さず、肩ごしに声をかけた。

「だいじょうぶよ」ジョオンは操縦士席と副操縦士席のうしろにある乗客席の片方に安全ベルトを締めておさまっていた。「何度も訊かなくていいのよ。十分前もだいじょうぶだったし、その十分前もそうだった」

カートはすぐには返事をしなかった。ほんの数百フィートに迫った巨大な宇宙船に注意を集中していたのだ。この〈ブラケット〉にくらべれば〈コメット〉など芥子粒《けしつぶ》みたいなもの。それどころか、円材の全長にそって並んでいる船架《せんか》におさまった宇宙船すべてがそうだ。全長六百フィートを超えるこの船は、何本ものカーボン・ナノチューブの繋留《けいりゅう》ケーブルで巨大なかたまり——たたまれた光条帆《ビームセール》——とつながっていた。〈ブラケット〉のクルー・モジュールは船首に集まっている与圧シリンダーの小さな群れであり、いっぽうエンジンは船尾の融合噴射管だけで、緊急時にしか使われない。それ以外は帆と、宇宙空間の深淵を運ばれる船の列だけである。

円材のなかばあたりにとりつけられた、大きな揺りかごのような船架の両端で、対《つい》になった赤と青の標識灯《ビーコン》が点滅をはじめていた。どうやらこれが停船区画四番、この惑星間フェリーにおいて彼らに割りあてられた位置らしい。カートは操縦桿をわずかに左へ引き、ふたたび姿勢制御エンジンをふかした。するとそちらへ向かって〈コメット〉がすべるように進みはじめた。

「念には念を入れただけだ」ジョオンの言葉に答えていなかったのを思いだして、カートがいった。「きみはちょっとばかり――」

そこで言葉を途切れさせる。彼女の機嫌を損ねたくない。

「彼がいいたいのは、離陸してからこのかた、あんたがちょっとばかり緊張してるってことですよ」オットーが言葉を引きとり、ちらっと彼女をふり返った。「請《う》けあいますが、これ以上安全な船はありません」

「わかってるわ」口調こそ冷静だったが、ジョオンの姿勢はそうでないと告げていた――背中はこわばり、腕はしっかりと胸の前で組まれ、両脚の膝《ひざ》と足首が触れあっている。彼女はIPF警察官の紺青色《こんじょう》のボディスーツをまとい、粒子ビーム・ピストルをおさめたホルスターを腰にさげていた。数時間前、月で〈コメット〉に乗りこんで以来ずっと、ゼロGに慣れた人間の優雅な物腰だったものの、いかにも意思に反してそこにいるようにふるまっていた。

彼女のせいではないのかもしれない。カートは自分の小艇を巨船に近づけながら、うわの空で考えをめぐらせた。眼に見えなくなる船があり、そのクルーは知性を持つロボットと、人造人間と、肉体から切り離された脳だと知らされたのは、なみたいていのことではないのかもしれない。自分の船が十中八九は宇宙でいちばん風変わりだということは、カートも認めざるをえない。ランドール警視がいまはまだ、彼のことをこれまで会ったうちでいちばんの変わり者だと思っていなくても、遠からずそう思うようになるだろう。

彼女を置いてくるべきだったのかもしれない。いまさらいっても手遅れだが。

カートは制御装置と、ビームシップとのドッキング操船に注意をもどした。ひとたび帆を全開にすると、〈ブラケット〉は眼に見えないが強力な光子の流れに乗る。太陽近傍《きんぼう》衛星に集められ、地球から九十三万マイルのラグランジュ・ポイント軌道に浮かぶ百ギガワット・レーザーから発射されたものだ。このビーム化されたエネルギーを動力とする推進システムは、設計者たちが「光子のレール」にたとえたものであり、〈ブラケット〉を巡航速度まで加速する。地球と月に対する現在の火星の相対位置だと、ビームシップはわずか三日で火星に到達し、赤い惑星の周回軌道上にある別のレーザーで、最初のアプローチのあいだにブレーキをかけられることになる。

〈コメット〉がチコからこれほど遠くまで来るのははじめてだった。カートがこれまでほかの惑星へ旅したときは、民間の宇宙定期旅客船に乗りこんだ。レース用ヨットである〈コメット〉は、そもそも惑星間飛行用にできていないからだ。毎秒高インパルスの磁気プラズマ・エンジンをもってしても、火星まで四分の一も行かないうちに燃料を使い果たすだろう。乗員が三人だと、生命維持システムが保《も》ってせいぜい一週間だという理由もある。しかし、カート——いや、むしろキャプテン・フューチャー——が、カシュー主席からじきじきに惑星警察機構の特別捜査官に任命されたので、〈コメット〉に〈ブラケット〉の停船区画を割り当てるようジョオンが手配するのも簡単だった。土壇場《どたんば》で、ある小型の貨物船が、積荷目録からはじき出されることになったとはいえ。

カートの着実な操縦のもと、〈コメット〉は停船区画四番の上にすべりこんだ。船体に並ぶ姿勢制御エンジンを音もなくふかしながら、小型の涙滴《るいてき》形宇宙艇は、ドッキング船架の開いているバーのあいだへ徐々におりていった。軽い衝撃があり、円窓の外に、船架へ向かって滑空《かっくう》してくる真空服姿のフェリー乗組員が見えた。命綱《いのちづな》で円材につながった彼らが、電力ケーブルや、水と空気の再循環システム用のラインをとりつける。やがてそのうちのひとりが、鉤爪《かぎづめ》のような船架アームにそってバーからバーへ移動し、梁《はり》を固定していった。これで〈ブラケット〉が目的地に達するまで、〈コメット〉は所定の位置にとどまるのである。

「〈コメット〉、貴船は繋留された」ふたたび、船長の声がヘッドセット経由で届いた。「Tマイナス三十八分の出発にそなえて待機せよ」

「感謝する、〈ブラケット〉。〈コメット〉通信終わり」カートは通信機のスイッチを切ると、座席を〝離陸および着陸〟姿勢にもどすレバーを引いた。「よおし、みんな……トランプとチェス盤を出してくれ。この先三日間、ほかにすることがないからな」

「グラッグの犬の後始末を別にすればね」オットーが憂鬱《ゆううつ》そうにつけ加え、自分の座席を下げた。

「おチビさんを引きとるなんて、あれはとてもやさしいのね」ジョオンはシートベルトをいじりまわしていた。〈コメット〉内部の機器の例に漏れず、その設計は二十年以上も前のものだ。彼女はこんなものを締めたことがなく、いまだに慣れていなかった。「まさか……ああ、もう……ロボットがそんなことをするなんて、夢にも思わなかった」

「グラッグはありきたりなロボットじゃない」カートは、生命維持や通信に必要のない船の主要システムのスイッチを切った。「『あれ』と呼ばれるのもいやがる人じゃないかな」

「そのとおりだ」とサイモンがつけ加える。「最近グラッグは、人称代名詞として『彼』という言葉を使ってくれと要求している」〈生きている脳〉は、グラッグとイクとともに月からの飛行のあいだ過ごしていた中部甲板《ミッド・デッキ》から、マンホールを抜けてあがってきたところだった。「ロボットなのだから、性別を特定する言葉はふさわしくないといったのだが……ああ、まかせてくれ、ランドール警視」

円盤状の背甲《はいこう》の両側にある回転翼で進みながら、サイモンは彼女のほうへ滑空した。彼がハサミをシートベルトの六点バックルにのばしたとき、ジョオンは座席のなかで縮みあがった。〈生きている脳〉の眼柄《がんぺい》が、彼女が浮かべた隠しきれない恐怖の表情に気づいたどうかはわからなかったが、サイモンはバックルを丁寧にはずしてやった。

「これでいい、捜査官」また遠ざかりながら彼がいった。「もうだいじょうぶかな？」

「え、ええ……そう思うわ」嫌悪のあまり眼を見開きながら、若い女性はサイモンが離れるまで椅子の肘《ひじ》掛けをぎゅっと握っていた。それからあわてて椅子から飛びだし、船首の窓まで行った。表向きは〈ブラケット〉を見るためだが、狭苦しい操縦室《フライト・デッキ》のなかで、自分と〈生きている脳〉とのあいだにできるだけ距離を置きたがっているのは一目瞭然だった。

カートは彼女が近くにいるのを気にしないようにした。彼女を〈コメット〉に乗せたのはいい考えだったのだろうか、とまたしても疑問が湧いた。彼女はグラッグをあっさりと受け入れた。もっとも、独立した思考ができるだけではなく、感情も発達させているロボットというものにあいかわらず驚かされているが。とはいえ、オットーには疑念をいだいたままで、彼が人間ではなく――すくなくとも、通常の意味においては――アンドロイド、ロジャーとエレイン・ニュートンが創《つく》ったアンドロイドにほかならないと知ったいまは、ますます信じられないようだった。そしてサイモン・ライトについていえば、彼女にすれば、忌《い》まわしいもの、生きたままの脳が奇怪なサイバネティックの体のなかで亡者《もうじゃ》のように保存され、活動している死人としか思えないことは歴然としていた。

ジョオンがカートのほかの家族に会った瞬間、つまり彼とグラッグとともにアームストロング・クレーターを出て、偽装を解いて月の陽光を浴びている、眼に見えるようになった〈コメット〉の立つ近くの谷まで移動したとき、彼はとっくにわかっていたことをあらためて思い知らされた――オットーとグラッグとサイモンは、たいていの人々が持つ仲間より風変わりなのだ、と。アンドロイドとロボットとサイボーグが親がわりとなったという生《お》い立ちはふつうではない、と彼は思ったためしがない。だが、彼らに対するジョオンの反応を見れば、そうではないとわかる。

それにジョオン自身も問題になる。

ろくに憶えていない母親を別にしても、カートが生まれてから会った女性の数は片手で数えられ、それでも指が一本か二本あまる。チコ・クレーターの地下で隠れて過ごした歳月は、ありとあらゆるふつうの人間的接触へのそなえにはならず、なかでも異性との出会いは、彼がほとんど経験していないことのひとつだった。

幼少期の教育を悔《く》やむのはこういうときだ。〈コメット〉に女性を乗せたことはない。とりわけ、ジョオン・ランドールほど魅力的な女性は。彼女にはぜひ自分を好きになってもらいたい。ほんのすこしだけでも。異性とのつき合いは二、三の偶然の出会いしかなかった……例外は十代のころのある出来事だが、それについては考えたくない。したがって、どうすればいいのかわからないし、なお悪いことに、自分のやることなすことがまちがっているように思える。

カートはわざと視線を計器に釘《くぎ》づけにした。若い女性が眼と鼻の先に浮かんでいるのを痛いほど意識する。もし偶然に――あるいは、その気になれば、わざと――ほんのすこしだけ動けば、ひょっとしたら気づかれずに、体が軽く触れあうかもしれない。眼の隅に、こちらを注意深くうかがっているオットーが映った。無表情だが、緑の眼は鋭く油断がない。自分はきっと紳士らしくふるまうだろう。たとえすでにその気が薄れているとしても。だが、それでも……。

相手は女性なのだ。

口はカラカラで、心臓が早鐘《はやがね》のように打っていた。手は汗でぬるぬるし、肌は十数カ所がむずがゆい。みぞおちには不快感がある。まるで彼女から微妙な芳香《ほうこう》がただよってくるかのようだ。そのにおいに包まれたい――

「これで全部そろったわ」ジョオンがいった。

「えっ？　なんだって？」虚をつかれて、カートは椅子のなかでわずかに身を引いた。

「最後の船が運ばれてきたみたい」ジョオンは窓のほうを顎《あご》で示した。「大型の月貨物船が背骨の反対側で繋留されたところ。もうじき出発ね」

「ああ。了解」

ジョオンが彼を見おろした。彼はさっと眼をそらしたが、間に合わなかった。ジョオンは彼をしげしげと見たあと、円窓から離れた。

「わたしに話しかけるときは」その声は静かだったが、いさめるような調子だった。「首から下をじろじろ見るんじゃなくて、顔を見てもらえるとありがたいわ」

カートの顔が不意にかっと熱くなった。彼はジョオンを見られなかった。

「ぼくは――」

「さしつかえなければ、下へ行って、グラッグがイクの世話をするのを手伝いたいんだけど」いったん言葉を切り、「ブリッジを離れる許可をもらえますか、キャプテン?」

彼女の呼びかけが、〈コメット〉の船長《キャプテン》という地位をさすのか、それとも仮名《ノム・ド・ゲール》をさすのか、カートにはわからなかった。

「ああ、もちろん、かまわない――」

「ありがとう」ジョオンは優雅にとんぼ返りを決め、天井を蹴ると、頭からマンホールへ飛びこんだ。その途中、〈生きている脳〉との接触を注意深く避けながら。

彼女のうしろ姿をカートは見送った。彼女が見えなくなると、息を吐きだし、注意をコンソールにもどす。そのときオットーの視線に気づいた。

「どうもうまくいかないな」カートはつぶやいた。

オットーは返事をしなかった。なんとなく面白がっているような笑みを浮かべ、かぶりをふると、眼をそらしただけだった。

2

一時間足らずが過ぎ、〈リイ・ブラケット〉は、地球と太陽とのあいだ、L－1に位置する光子レーザー推進装置の放つ光の広がりのなかを静々《しずしず》と航行していた。直径一マイル半におよぶ巨大レンズが集めた太陽光を電源として、光子流が光の弾丸のように撃ちだされ、光《ビ》条帆船《ームシップ》の七百フィートあるポリマー帆の鏡のように輝く表面に当たる。最初はゆっくりと、やがてしだいに速度を増しながら、〈ブラケット〉は惑星間宇宙へ乗りだした。地球と月をあとにして、長く浅い弧を描く火星への軌道に乗るのである。

ビームシップが往路の推進段階にはいると、〈コメット〉の船内では、乗客たちがゆっくりと、だが着実に重力がもどってくるのを感じた。安全ベルトを締めなおす必要はなかったが、それでも船が光了ビームをとらえているあいだは、デッキに足をつけるとき、だれもが用心するようになった。気がついたら床に倒れていた――ゆっくりとではあるだろうが――などということにならないようにだ。なんの痛痒《つうよう》も感じないのはサイモンだけで、回転翼を静かにうならせながら、前と変わらず自由に飛びまわっていた。イイクはといえば、足場がまた安定したのを喜んでいるいっぽうで、自由落下状態で学んだようにデッキからデッキへグラッグのあとを追いかけるのは無理だとわかったのか、じれったそうにしていた。

「なんであいつを連れてこなくちゃいけなかったのか、さっぱりわからねえ」中部甲板《ミッド・デッキ》のダイニング・テーブルでくつろぎながら、オットーが月犬《ムーンパップ》を見て顔をしかめた。〈ブラケット〉は数時間前に月軌道を離脱し、いま〈コメット〉の乗員は、グラッグが調理場でこしらえたパスタを食べおえて休憩しているところだった。「邪魔になるだけだ」

グラッグは身をかがめて、イイクの前にフリーズドライのドッグ・フードを入れた小さなボウルを置いた。犬はうれしそうに尻尾《しっぽ》をふりながら、ガツガツ食べた。餌《えさ》は前の所有者からの餞別《せんべつ》だった。

「あとに残してきたら、こいつを追いかけていたふたり組にエアロックから放りだされていたかもしれん」ロボットはペットのかたわらにひざまずき、驚くほどやさしい手つきで毛皮を撫《な》でた。「それにチコへもどる時間がなかった。そのうえ、おれたちが留守のあいだ、こいつの世話をする者がいない」

「へえ」ジョオンがいった。「もっと聞かせてほしいわ」

オットーは眼を閉じた。カートがカシュー主席に話したときに、彼らがロジャーとエレイン・ニュートンの研究所の廃墟の地下でひそかに暮らしていることは、すでに彼女も聞いている。けれども、細かいことはまだほとんど知らない。たとえば、正確に何人がそこに住んでいるかを。グラッグはこの情報の一端《いったん》を漏らしてしまった。つまらないことかもしれない。だが、ジョオン・ランドールのような敏腕ＩＰＦ捜査官なら、どれほど些細《ささい》に思われようと、なにか有益な情報を見いだすかもしれない。

彼女はオットーの懸念《けねん》を察したようだった。なぜなら、コーヒーのマグを置き、テーブルごしに彼をじっと見つめたからだ。

「ああ、心配しないで。もう知っていたから、あなたたちが三人だけで——」

「四人だ。だれかを抜かしている」彼女がだれを省《はぶ》いたのかは訊くまでもなかった。ジョオンは彼よりも、それどころかグラッグよりもサイモンのほうが人間から遠いとみなしているらしい。

「なんにせよ……とにかく、カートがカシューを殺しに来ていたのではないというあなた方の言葉は喜んで信じるわ。だから、もう隠しごとはなしでいいんじゃない？」

もちろん、彼女は餌をまいているのだ。しかし、オットーは引っかかるつもりはなかった。カートの目的が、じつはヴィクター・コルボの殺害だったと彼女に知らせる必要はない。議員を殺す企《たくら》みは、主席を殺す企みとたいして変わらない悪事だ。〈ブラケット〉がポート・ダイモスに到着したとたんに、彼女はあっさりカートを逮捕できるのだ。

「いや、そうでもない」オットーは答えた。「あんたにおれたちのことをどこまで知らせればいいのか、よくわからないんだ」

ジョオンはマグをもてあそびながら、イイクと遊ぶグラッグを静かに見まもった。カートは操縦室《フライト・デッキ》にもどって、当直についていた。食事のあいだ彼は口数がすくなく、ジョオンとのあいだには気づまりな沈黙のカーテンが垂れていた。サイモンはエアロック・デッキへおりて、充電台座にボディをつないでいた。彼にとって眠りにいちばん近い状態だ。いま食後の会話に参加しているのは彼女とオットーとグラッグだけ、それに気の散りやすい傍観者としてイイクがいるだけだった。

「ねえ、警官として訊いてるんじゃないの」彼女はいった。「たんに好奇心をそそられたから訊いているのよ」

「おれたちのことを?」とグラッグ。「それとも、彼のことを?」

ジョオンは視線をめぐらせた。ロボットのまたたかない赤い眼のレンズに自分の姿が映っていた。グラッグが自発的な質問を発することができるという事実に、彼女はまだ慣れていなかった。

「彼よ。わたしの理解しているところだと、あなた方ふたりが彼を育て――」

「おれたち三人だ」オットーが眼を細くした。「ランドール警視、ひとつはっきりさせとこう……。サイモンはもう人間には見えないかもしれん。でも、グラッグやおれよりもカートとは長いつき合いだ。ロジャーとエレインが月へやってきたとき、サイモンもいっしょだった。着いてすぐに息を引きとったとしてもね。だから、ちょっとばかり変わって見えるかもしれないが、いろんな意味で、ロジャーと同じようにカートの父親なんだ。もしかしたら、ロジャー以上に」

「そしてあなたの父親でもあるのね」

オットーは腕組みして、椅子の背にもたれかかった。

「イエスでありノーでもある。生物学的な意味ではちがっていても、おれはロジャーとエレインを両親だと思っている。だから、ある意味で、おれはカートの血のつながっていない兄弟だ。でも、もともとはサイモンの代替《だいたい》ボディになるはずだったのを忘れたことはない。脳の発達がすこしでも遅れていたら、あるいはロジャーとエレインが命を落とさず、芽生《めば》えつつあったおれの知性に上書きしても倫理にもとらない方法を見つけていたら、いまここにすわっているのは、おれじゃなくて彼だっただろう」

「そのことであなたはずっと悩んでるの？」

オットーは肩をすくめた。

「じつはそうじゃない。おれにいわせりゃ、おれは玄関に捨てられた子供みたいなもんで、サイモンが育ての親になってくれた。あんたが訊いているのは、自分を引きとってくれた継《まま》父《ちち》や、弟として育てられた少年を、みなし児《ご》が恨《うら》むかどうかってことだ」

「ごめんなさい。悪気はなかったのよ。ただ彼は……かなり変わっているんじゃない？」

「サイモンが？　それともカートが？」

（四人ともよ、それをいうなら）と彼女は思ったが、胸にしまっておいた。

「あなたがいったからいうけど、カートもちょっと風変わりね」開いている天井のハッチにちらっと眼をやり、声をひそめる。「それに気づいたのは、はじめて会って――」

「彼があんたの手にキスをしたときかな？」オットーがにやりと笑った。「許してやってくれ。あいにく彼は……そう、女性を相手にした経験があまりないんだ。ふつうの挨拶を別にすれば、ないも同然だ」

「本当に？　じゃあ出会ったのは何人？」

「四人」ロボットならではの正確な記憶力を発揮してグラッグがいった。

「彼がはじめて惹《ひ》かれた女性はさておき」オットーは静かな声でつけ加え、パチンと指を鳴らした。「いや、ちょい待ち……金星を訪れたときに出会った若い娘がいたな」

「たしかに。だが、なんの進展もなかった」とグラッグ。「交際が真剣なものになる前に、サイモンがふたりの仲を裂いた。もっとも、あわててつけ加えておくが、人間の性行動というものについてカートはちゃんと教育を受けている。サイモンの生物学の講義には生殖活動が含まれていて、じっさいの映像を見たことも――」

「なるほど。よくわかったわ」ジョオンは顔を赤らめたが、ロボットのいったなにかが引っかかって、つぎの質問をした。「それなら〈生きている脳〉……つまり、ライト博士が……」

「彼は〈生きている脳〉と呼ばれても気にしない」とオットー。「カートとおれが幼かったころ、おれがそのニックネームをつけて、定着した」

「キャプテン・フューチャーという呼び名のように」とグラッグがいい添える。「もっとも、カートが気に入っているかどうかはよくわからんが」

「それなら、彼は生まれてからずっと孤立して生きてきたのね」とジョオン。

「かならずしもそうじゃない」オットーがかぶりをふった。「彼が十歳になったころ、おれたちは定期的に彼を遠くへ連れだすようになった。最初は月へ、それから内部太陽系のいろいろな場所へ。この船の登録を変更し、船名を〈コルネット〉から〈コメット〉に変えてしまってからは、この船がロジャー・ニュートンのヨットだと気づかれずに、どこへでも行けるようになった。地球近傍小惑星より遠くへ行くときには、サイモンとカートとおれは民間の宇宙定期船に乗りこみ、〈生きている脳〉はふつうのドローンのふりをした。だから火星や金星や月の都市ふたつ以外に、地球も二度訪れたことが――」

「教育上たいへんよい旅だった」とサイモンがいった。「カーティスはその旅から多くを学んだ」

ジョオンは視線をめぐらせた。〈生きている脳〉がエアロック・デッキからマンホールを抜けてあがってきたところだった。充電が終わったらしい。こんど彼女は意識して感情を隠すようにした。彼のことは、グラッグと同じような高度に発達したロボットにすぎない、伸び縮みする眼柄のうしろに生きている人間の脳があるというふうには考えないようにするほうが気楽だった。

「われわれはカートをヴィクター・コルボから隠しておくと同時に、彼を育てるために最善をつくしてきた」サイモンが言葉をつづけ、ジョオンとオットーがついているテーブルまで滑空してきた。イイクがうなり、尻ごみしたので、グラッグが小犬を膝に載せ、耳のうしろをかいてやった。「楽ではなかった。グラッグとわたしでは目立ってしまう場所へ彼を連れていけたのは、ひとえにオットーのおかげだ。しかし、そうであっても、他人と出会う機会があっても、せいぜい公共の場所で短い挨拶をするぐらいだった。

「だから人間のふるまいに関して、彼は相当に世間知らずなのね」とジョオン。

「わたしだったら、かならずしもそうはいわない」

「いや、彼女のいうとおりです」オットーがしぶしぶうなずいた。「おれはカートが人類に慣れるよう精いっぱいのことをしてきました――地球人だけじゃなく、火星人、金星人、木星人、その他もろもろに慣れるように――でも、おれにできることなんてたかが知れてます。けっきょく、アンドロイドなんだから」

「でも、わたしにいわせれば、あなたは人間と同じくらい優秀よ」とジョオン。

彼女はお世辞の言葉のつもりだった。しかし、オットーは眼を細くした。

「で、おれにいわせりゃ、おれのほうが人間より優秀だ。忘れないでくれ。だれかの保護者面《づら》をしたければ、そっちのバケツ頭を試すといい」

「おれのほうが、あんたたちのどっちよりも優秀だ」とイクを脅《おど》かさないように声をひそめてグラッグ。

オットーがグラッグをにらみ、

「おい、そっちがその気なら――」

「静かにせんか、ふたりとも」と〈生きている脳〉。小さな声にいらだちが混じる。グラッグとオットーはおとなしく黙りこみ、サイモンの眼柄がぐるっとまわってジョオンに向いた。

「カーティスはたいへん博識な人間だ。彼に一級の教育を授け、彼の精神を向上させるよう、わたしは最善をつくしてきた。いっぽうオットーとグラッグは、彼の肉体を鍛錬《たんれん》することに努力を惜しまなかった。われわれの育て方にいたらぬ点があるとしても、重要なものではない。すくなくとも、目下《もっか》の案件に関しては」

「どの案件?」本能的な嫌悪感を抑えこんで、ジョオンはまっすぐサイモンを見つめた。自分に向けられているふたつの視覚受容器に焦点を合わせる。カートには、わたしに話しかけるときは眼を見て、といった。サイモンに対しても、自分自身の助言にしたがうときだ。

「もちろん、ヴィクター・コルボに裁きを受けさせる件だ」

「そう、それなら……」ジョオンは椅子を押しのけて、テーブルについた姿勢から立ちあがった。「もっと努力を惜しまないようにしないと。だって、人類とうまくやっていくのなら、いまの彼は克服しないといけない問題をかかえているのだから」

「あんたが助けてくれるんですよね」とオットー。「とりわけ……その、ついさっき話していた件で」

彼はサイモンを見ずに、遠まわしにいった。ジョオンは表情を隠すために、マグをリサイクル装置まで持っていき、押しこんだ。

「その分の給料はもらってないわ、紳士方」冷静で超然とした法の番人の口調にもどして彼女はいった。「わたしの仕事じゃない」

〈コメット〉のミッド・デッキの湾曲した壁には、クローゼット・サイズの小さな個室が全部で四つ並んでいた。ジョオンは、月を発《た》つ前にカートから割り当てられた部屋へはいった。ポケット・ドアをスライドさせて閉めると、壁からハンモックを広げる。もうすこししたら、エズラにメッセージを送り、自分の知ったことを伝えなければならない。

だが、いまはまだ送らなくてもいい。

ジョオンはゆっくりと息を吐きだし、ハンモックの網《あみ》に倒れこんだ。

「彼が出会ったわずか五人目の女」小声でひとりごちる。「なるほど……いろいろと説明がつきそうね」

3

〈リイ・ブラケット〉は久遠《くおん》の夜をついてひた走った。加速段階は完了し、船はいま無動力巡航段階にあって、火星の光子レーザーが発する減速ビームを受けるために回頭《かいとう》するまでは慣性飛行をつづける。メイン円材の長い背骨にそって、フェリーよりは小さな六隻《せき》の船が寄生虫のようにしがみつき、船首のタンクから電力と水と空気を吸いとっている。光条帆船《ビームシップ》が月軌道を発ってからまる二太陽日《ソル》近くたっており、月からはすでに二千五百万マイル以上の距離にある。地球は船尾に見える青く染まった明るい星であり、太陽さえわずかに直径が縮んでいた。

火星へ運ばれている船のなかでは、ものごとは平穏無事だった。外行きの航宙のつねとして、乗組員《クルー》の体内時計は火星の中央子午線のそれに合わせてある。したがって、いまはクリユセ平原のガリレイ・クレーターの未明に当たる時間であり、〈ブレイク貨物運送二〇九〉と〈火星のプリンセス〉、〈ゼフィール〉と〈ダーティー・オールド・マン〉、〈スマイリング・バロン〉と〈コメット〉の船内も同じだった。

〈コメット〉の中部中板《ミッド・デツキ》では、個室扉が閉ざされており、なかでカートとオットーとジョオンが眠っていた。扉の外では、グラッグひとりがテーブルにつき、無言で安全ベルトを締めて、胴体左側の小さなポートから隔壁《かくへき》のコンセントへ電線をのばしていた。ロボットは眠っていないが、完全にめざめているわけでもなく、六時間にわたる充電と内部メンテナンスのあいだ、省電力モードにはいっていた。部屋の反対側ではイイクが、廃品になった真空服の裏当てを壁の網に押しこんで間に合わせに作った犬のねぐらで丸くなっている。前肢がピクピク動くのは、夢のなかで猫を追いかけているからだろう。照明はほの暗く、聞こえるのは生命維持システムのブーンという低いうなりと、シューシューいう音だけ。

上の操縦室《フライト・デッキ》では、サイモン・ライトが操縦士席の上に浮かんでいた。サイボーグのボディに充電をすませた〈生きている脳〉は、カートとオットーが眠っているときしばしばやっているように、ゲームで孤独な時間をつぶしていた。今夜は〈コメット〉のコンピュータ・ネットとチェスを指している。コンピュータのほうが計算速度で勝るが、古典的なトーナメントの棋譜《きふ》に関する知識にものをいわせて、またしても船を打ち負かそうとしているのだ。こうしてサイモンが、二十世紀後半のカスパロフ・ギャンビット（開戦の手）を展開していたとき、〈コメット〉にトラブルが持ちあがった。

中央円材を船首方向へ六十フィート行ったところで、〈ブラケット〉のメイン船体に設けられた外部ハッチが音もなく開いた。エアロック内にはひとりの人物の姿があった。真空服姿のその人物は扉の手すりにしがみつき、ハッチから身を乗りだすと、円材の端から端までのびている梯子《はしご》に手をのばした。危険だったが、真空服をまとった男は狂信にとり憑《つ》かれており、恐れというものを知らなかった。

先ごろアームストロング・クレーターで命を散らした元の仲間と同じく、彼は〝二つの月の子ら〟に属していた。カシュー主席の暗殺未遂にも一枚噛《か》んでいた。かつてコルボの屋敷の従僕《じゅうぼく》だった彼が、主席の暗殺実行者をクレーター住居《ハブ》に手引きしたのだ。しかも、ただ手引きしただけではなかった。暗殺の試みがなされたとき、玄関ポーチに近いクローゼットに身を隠していて、暗殺が成功したら、自分の役割を果たそうと身がまえていたのだ。

暗殺は失敗したが、それはつまり、この共謀者がつぎの任務にとりかかるきっかけとなったということだった。彼は乗客としてフェリーに乗りこみ、旅のこの時点、〈ブラケット〉が地球と火星との中間に来るまで辛抱《しんぼう》強く待った。ブリッジで当直についている士官以外のクルーは眠っており、共謀者はエアロックのコントロール・パネルの回路を無効にしていたので、エアロックが使用されているという警告は司令室へ送られなかった。そういうわけで、ウル・クォルンの命令を実行するときが来たのだった。

ウル・クォルンの信奉者は、まず右手、ついで左手で梯子を握った。体を引きあげてエアロックから身を乗りだし、梯子の上に出る。それから、上下を見ないよう意識的に努力しながら、真空服の万能ベルトに巻いて留《と》めてあるナイロン・ロープを手探りした。ロープの終《しゅう》端《たん》に小型の二輪トラック——一般に船外活動《EVA》の命綱に使われるもの——がとりつけてあった。彼は梯子の右脚にそれをクリップで留め、二輪トラックが自由に動くようにした。

それから、エアロックのなかに手をのばし、エンジニアリング・ロッカーから持ってきたバールに似た万能工具をつかんだ。このあとの仕事にはこれがいる。それから、すばやくエアロックへもどれるよう、ハッチをあけたままにしておき、梯子をくだりはじめた。〈コメット〉へ向かって。

4

――カーティス……？　カート、起きてくれ、お願いだ。

それは〈生きている脳〉の声だった。しかし、夢を見ているカートの頭のなかで、それはアンニからではなく、ちがう船の操縦士のコンソールから届いた。やはり〈コメット〉という船名の小惑星貨物船――鉱石を牽引《けんいん》して小惑星帯《ベルト》を往復するのに使われる船だ。ジョオンが乗っていたが、彼女も姿がちがっていた。髪はブロンドで、はるかに長く、うしろで三つ編みにしている。いっぽう顔には両眼のまわりに蝶の翅《はね》が刺青《いれずみ》されている。彼女は操縦士席についており、彼のほうを向いていう――

――カート？　頼むから起きて。

夢はかき消え、眼を開くとあたりは暗かった。キャビンの常夜灯《じょうやとう》の黄色がかった琥珀《こはく》色の輝きのなかで、固定されていない手が胸の上に浮かんでいた。ハンモックの拘束を逃れた手が、ゼロGのもとで浮かびあがっていたのだ。どれほどの年月を宇宙空間で過ごしたあとでも、完全には慣れない光景だ。

「わかった、わかった、起きましたよ」彼はあくびをした。「なにごとです、〈生きている脳〉?」

——寝ているところすまんが、緊急事態かもしれん。たったいま〈ブラケット〉からの外部空気供給が途絶えた。電力も失いそうだ。

サイモンがそういっているそばから、常夜灯がちらつき、暗くなった。一瞬が経過し、明かりが元にもどった。

——自前《じまえ》のバッテリーで電力を回復した。いまは船内の生命維持システムが働いている。だが、こんなことが起きるはずがない。

「ああ、起きるはずがない」カートはハンモックの繭《まゆ》から抜けだして、就寝するために脱いだあと、キャビンの壁にスティクタブで固定しておいたボディスーツとブーツに手をのばした。「〈ブラケット〉のブリッジには連絡しましたか? メンテナンスか修理でもしているのかもしれない」

——ついさっき当直士官と話をした。この件についてなにも知らないそうだ。〈ブラケット〉が飛行中は、通常のメンテナンスは行われないし、緊急事態も起きていない。〈コメット〉のログには、AIが〈ブラケット〉からの指示を受けた記録はない。そして、たったいま水の供給も途絶えた。

自由落下状態でとんぼ返りを打ち、カートはあわててボディスーツを着た。ブーツをはきかけたところで考えなおした。なにかが〈コメット〉から〈ブラケット〉を切り離そうとしているなら——いや、むしろだれかだ、光条帆船《ビームシップ》自体が自動的にやっているのでなければ——〈コメット〉の外から手動でそうしているにちがいない。つまり、そいつらを止めるために宇宙遊泳をしなければならないということだ。

「みんなを起こしてください」彼はボディスーツのフロント・ジッパーをあげると、扉の把手《とって》に手をのばした。「ぼくは外へ出なければ」

ほんの数秒あとグラッグが自分のキャビンから出てきた。グラッグはすでに充電器の接続を切って、ケーブルがひとりでに隔壁のなかへ巻きとられていくのにまかせていた。だが、ジョオンは影も形もない。彼女のキャビンの扉は閉まったままで、扉の向こう側からは動く音も聞こえてこない。

「いったいなにごとです？」袖《そで》無しTシャツにカーゴ・パンツ姿のオットーが、サスペンダーを引っぱりあげた。「どうしたら電力と空気の供給が途絶えるんです？」

「何者かが外から破壊工作を仕掛けようとしているんだ」カートは宙に体を躍らせ、マンホールめざしてラウンジを横切った。「上へ行ってサイモンに手を貸せ。グラッグ、いっしょに来てくれ。調べに出る」

「おれにやらせてください。おれのほうがEVAの経験が豊富だ。おれだったら——」

「いったとおりにしろ」たとえオットーが正しくても、カートは止まって議論する気はなかった。何者かが〈コメット〉にちょっかいを出しているのなら、一刻を争うのだ。これは自分の船だし、乗員の安全は自分の責任だ。

「聞こえただろう。とっとと上へ行って、〈生きている脳〉を手伝え」グラッグは足の裏を電磁石にして、カートのあとについてドスドスとデッキを横切り、マンホールへ向かっていた。「カートがスーツを着る手伝いはおれにまかせろ」

オットーがしたがうかどうかまで確認せずに、カートはマンホールへ頭から飛びこんだ。第三デッキへ出たとたん、ジョオンがどうしていたのかわかった。予想に反して、彼女は眠っていなかったのだ。待機室へ先まわりして、ラックから自分の真空服をとりだしているところだった。

「なにをするつもりなんだ?」カートは天井の手すりにつかまり、また頭が上になるまで体をひねった。

「宇宙遊泳の準備よ。なんに見えるの?」空中をただよいながら、ジョオンは真空服のフロント・ジッパーをあり、分厚い服に長い脚を押しこみはじめた。「〈生きている脳〉のアンニを傍受したら、彼があなたに報告するのが聞こえたの。外の何者かが破壊工作をしているなら、対処するのはわたしの仕事よ」

「ぼくの船だし、ぼくの問題だ」カートは天井を押して離れ、彼女のほうへ飛んでいった。

「きみはここにいろ。ぼくが出る」

「それにはおよばない……ちょっと、その手を離して!」彼に前腕をつかまれて、ジョオンはぐいっと体を引き離そうとした。「わたしは法執行官だし、これはわたしの仕事よ！」噛みつくようにいうと、なんとか彼の手をふりほどこうとする。「やめたほうが身のため――！」

「グラッグ、彼女を抑えておいてくれないか」ジョオンにそれ以上あらがう暇をあたえず、カートは彼女を待機室の反対側へ押しやった。

「了解、カート」ロボットは梯子をおりてきたところだった。ジョオンを両手でつかまえると、きつく胸に引き寄せる。「申しわけない、ランドール警視。暴れないでください。怪我をしますよ」

ジョオンはグラッグの手から逃れようともがいた。しかし、ロボットは力が強すぎるうえに敏捷すぎた。

「カート、こんなのばかげてる！」ジョオンは彼に怒鳴った。「騎士道精神だかなんだかを発揮しようというんでしょうけど……ああもう、このロボットにわたしを放すようにいって！」

カートはその言葉を聞き流し、自分のスーツをラックからとりだした。着用には数分しかかからなかった。彼が子供のころからたたきこまれてきたことのひとつが、できるだけ早く宇宙遊泳の準備をする方法だった。それでも、グラッグの助けがなかったので、ほんのすこし手間どってしまい、グラヴをつけ終わったときに、〈生きている脳〉がふたたび話しかけてきた。こんどはヘッドセットを通じて。

「カート、オットーが船外に何者かがいるのをたったいま探しあてた。そいつは〈ブラケット〉の円材の連絡梯子に命綱をつけている。いまは停船区画の船架バーをはずそうとしているらしい」

カートの背すじに悪寒《おかん》が走った。破壊工作者の企みが、いま正確にわかったのだ。もし船外の人物が〈コメット〉をフェリーから切り離してしまえば――小型のレース用ヨットだから、いったん船架から離れれば、あとは船をぐっと押してやるだけでいい――クルーの命運はつきたも同然だ。小艇は自力で火星へ到達できるだけの燃料を積んでいるが、この距離だと、着くのにひと月近くかかる。しかも〈ブラケット〉からの補給がないと、〈コメット〉の空気と水では、彼とオットーとジョオンが生きていられるのは、せいぜい一週間だ。

同様の運命に見舞われたクルーにまつわる伝説が、宇宙船乗りのあいだには数多く流布《るふ》している。その結末は、たいていクルーがくじを引いて、片道のエアロックを通りぬける者を決めるというものだ。〈生きている脳〉とグラッグは生き残るだろう。だが……カートはかぶりをふった。もしそうなったら、自分とオットーがジョオンの身代わりになろう。もっとも、彼女ひとりを生かしておけるだけの備蓄が〈コメット〉にあるかどうかは怪しいが。

カートは万能ベルトを腰に締め、ホルスターにおさめたプラズマーをチェックした。ちゃんと接続され、充電されているのを確認すると、出力を最高に切り替える。今回は、犯人を生け捕《ど》りにしようとして時間を無駄にはしない。相手が人殺しなのは、火を見るよりも明らかだ。

「厄介なことになったら」彼はグラッグにいった。「すぐに出てきて、助けてくれ」

「カート、わたしにまかせて――」ジョオンがいいかけた。

「おとなしくしていてくれ」カートは真空服をチェックして、密封に遺漏《いろう》がないのを確認した。「もしだれかが生きのびるとしたら――」そこで言葉を途切れさせ、ヘルメットに手をのばす。「グラッグ、ぼくがエアロックを抜けたら彼女を放せ。でも、眼を離すなよ。絶対に外へ出すな」

「わかりました、カート」ロボットはジョオンを胸にきつく抱きかかえたままだった。

カートはうなずくと、エアロックにはいった。内側の扉を閉め、ヘルメットをかぶり、服を与圧してから、減圧を開始するボタンを押しかけたところで考えなおした。いや、これでは時間がかかりすぎる。外部ハッチをあけるころには、破壊工作者が〈コメット〉を切り離しているかもしれない。もっと早い手段が別にある。危険ではあるが……。

「サイモン、オットー、緊急爆破をする」とカート。「ぼくの命令を待て」

いったん間《ま》があり、オットーの声が通信リンクを通じて届いた――

「了解、カート。待機します。気をつけて」

カートはなにもいわず、外部ハッチのわきにある命綱フックを見つけ、命綱を留めながら笑みを浮かべた。オットーは彼を思いとどまらせようとしなかった。賭けられているものがなにかを承知しているのだ。カートはデッキと平行になるよう体をまわし、ハッチの両側にしっかりとブーツを当てると、左右の手すりを固く握りしめた。

「ハッチを爆破しろ」

いきなりドンと音がして、つぎの瞬間、咆哮《ほうこう》する嵐が周囲で荒れ狂った。ヘルメットがたちまち霜《しも》に覆われ、白い粒々が薄膜《はくまく》となって視界をふさぐ。だが、カートは手すりを放してフェイスプレートをふこうとしなかった。まるでミニチュアのハリケーンに巻きこまれたかのように、体がもみくちゃにされた。渾身《こんしん》の力をふるわないと、開いた外部ハッチから放りだされてしまう。

と思うと、嵐ははじまったときと同じくらい急速におさまった。小さな部屋の空気すべてが虚空《こくう》へ吹きだすのに、二秒しかかからなかった。そのあとにおりた突然の静寂のなかで、カートは手すりを放し、グラヴをはめた手でフェイスプレートをぬぐった。ハッチが眼の前でぱっくりと開いており、そのすぐ向こうに〈ブラケット〉の円材を構成する金属の骸骨があった。

爆発的な減圧は、船全体を揺さぶったにちがいない。破壊工作者が感知したのは疑問の余地がない。カートは開いているハッチへ慎重に体を寄せ、外をのぞいた。最初は、だれも見えなかった……だが、首をめぐらすと、二十フィートほど離れたところに、真空服姿のほっそりした人影があった。

　そいつは〈ブラケット〉から〈コメット〉へのびる空気と水と電力のケーブルをすでにはずし終えていた。どれも、頭を切り落とされた蛇のように近くに垂れて、チラチラ光る氷粒の雲にとらわれていた。いまは長い金属の道具——カートは万能ツールだと見てとった——を使って、〈コメット〉を停船区画内にとどめておく船架をこじあけようとしている。船架の偃月刀形《えんげつとう》をしたバーのうちふたつは、すでに解放されていた。破壊工作者は円材と梯子とのあいだで脚を踏ん張り、てこのかわりにしていた。船架バーと〈コメット〉とのあいだに万能ツールの鋭い先端をねじこみ、さらにこじあけにかかっている。

　相手がカートに気づいたのかどうかわからなかったが、どちらでもよかった。プラズマーをホルスターから抜きながら、反動をつけてエアロックを抜け切ると、両手で銃を握り、まっすぐ相手に狙いをつけた。今回は警告をあたえず、ただ発砲した。

　だが、破壊工作者は同時に彼を見つけたにちがいない。なぜなら、カートの指が引き金を引こうとしたとき、相手はだしぬけに身をひるがえし、体をひねって円材を楯《たて》にしたからだ。プラズマ円錐曲線回転面体《トロイド》は高真空では眼に見えないし、その銃が大気圏内で発射されたときのような煙の輪の効果も生じない。パルスが命中して梯子が震えたが、狙いはまんまとそらされた。

　カートは悪態《あくたい》をつきながら梯子に手をのばした。それを避けて撃つつもりだった。だが、破壊工作者には別の考えがあったようだ。カートの意表をついて、そいつは円材のうしろからまわりこみ、それを蹴って身を躍らせると、万能ツールをふりかぶって向かってきたのだ。

カートが狙いなおして撃つ暇もなく、敵が飛びかかってきた。大きな弧を描くようにして、万能ツールをふりまわす。当たったら、フェイスプレートがたたき割られるだろう。カートは銃を手放すと、首をすくめてツールをかわし、両手で相手の真空服の前部をつかんだ。生命維持装置から真空服の左側下方へのびている空気ホースを引っこぬくつもりだった。宇宙の接近戦で敵を止める確実な方法だ。しかし、破壊工作者はその手をはじき飛ばし、もういちど万能ツールをふりまわした。

またしても、ツールはカートのヘルメットをそれたが、今回は別の標的をとらえた——カートの命綱だ。万能ツールはナイロン・コードを切断できなかったが、ふりおろされた先端の刃《は》には、命綱とカートの万能ベルトをつなぐ部分なら切断できるだけの力がこもっていた。

つぎの瞬間、カートは〈コメット〉から離れて浮遊していた。とはいえ、へその緒《お》が切られたおかげで、いまはケーブルの端にからまっている銃を握りなおすのにちょうどいい距離になっていた。とんぼ返りを打ちながら、カートはプラズマーをさらいとり、敵に狙いを定めた。

死にもの狂いになった破壊工作者は、カートに投げつけようと万能ツールをふりあげた。投げる機会は来なかった。プラズマ・ビームがヘルメットを分解したのだ。

敵の頭があったところで音もなくふくれあがった赤い雲を、カートはちらりと見ただけだった。ゼロGでは、至近距離でほかの物体に命中したビームの反動は、まるで蹴りつけられたかのように強力だ。なにが起きたのかさとる前に、カートはとんぼ返りを打ちつづけながら〈コメット〉から遠ざかっていた。

左手をのばし、円材の梯子段を必死につかもうとする。だが、間に合わなかった。梯子に手は届かず、つぎの瞬間、ビームシップがすごい速さでわきをかすめ、遠のいていった。カートはなすすべもなく両腕をふりまわしながら、虚空へ落ちていった。

5

ジョオンは一部始終を目撃した。天井の手すりにつかまって、ラウンジの円窓ごしに見ていたのだ――カートが船外で破壊工作者と一対一で闘うところを。ヘッドセットを装着し、カートの通信リンクに周波数を合わせていたものの、彼の気をそらすかもしれないので、あえてなにもいわなかった。イアピースを通して聞こえるのは、苦しげな息づかいと、ときおりのうなり声だけだった。闘いは沈黙のうちに行われ、ふたりのあいだで言葉のやりとりはなかった。

破壊工作者の万能ツールがカートの命綱を切ったとき、カートが至近距離で銃を撃ったら危険におちいる、とジョオンには即座にわかった。とはいえ、警告を発する暇もなく、彼は武器をとりもどし、敵に向かって撃った。プラズマの円錐曲線回転面体《トロイド》は真空では眼に見えないが、効果は絶大だった……両者にとって。破壊工作者は即死し、カートは〈コメット〉と〈ブラケット〉の両方から投げだされた。

「カートの命綱が切れたわ！」彼女は叫んだ。

「わかってる！」オットーが上の操縦室《フライト・デッキ》から叫びかえした。「グラッグ、外へ出て、彼をつかまえろ！」

「了解」グラッグはまだ第三デッキにいて、エアロックの前でがんばっていた。ジョオンが真空服を着て、カートを助けに出るのを防ぐためだ。まぬけなロボットが、たまには主人を無視することをおぼえてくれないものか、といつにもまして彼女は思った。

「グラッグ、やめて！　その命令はとり消し！」円窓から離れると、彼女はロボットとエアロックのあいだに身を置いた。

「彼の言葉を聞いたでしょう」グラッグが応じた。「厄介なことになれば、おれが外へ出て――」

「あなたも外で行方不明になるだけよ！」彼女はヘッドセットのマイクを軽くたたいた。

「カート、聞こえる？」

「聞こえる……ああ、聞こえるよ」カートの声は緊張しており、息づかいは浅く、せわしなかった。「ぼくは……放りだされてしまった。命綱が……」

「わかってるわ」ジョオンは手を交互に動かして、天井のマンホールまで手すりをよじ登り、急いで穴を抜けた。「落ちついて、わかった？　だいじょうぶ。いま助けに行くから――」

「いや、だめだ、助けには行けない」〈生きている脳〉が、操縦士席についていたオットーの隣に浮かんでいた。眼柄の片方がジョオンのほうを向く。いっぽう、もう片方は船首窓に向けられたままだ。「われわれは〈コメット〉を切り離せないんだよ、警視。〈ブラケット〉にやってもらわなければならん。そして彼らはこの船に乗っている全員を――息を吸う全員という意味だが――重大な危険にさらすだけなので、そんなことはしないだろう」

「それならカートを拾えるよう回頭してもらいましょう！」オットーが通信パネルに手をのばした。

「彼らはそれもしないだろう」サイモンの声は頭がおかしくなるほど冷静だった。「きみにもわかっているはずだ。〈ブラケット〉は自力で減速できないほどの速さで航行しているし、エンジンは軌道運動にしか使えない」

ジョオンにもわかった。推進力となる正《せい》の光子ビームがなければ、〈ブラケット〉は、破壊工作が成功したら〈コメット〉がおちいっていたのと同じ窮地に追いこまれるだろう。フェリーは航行速度が大きすぎて、自力では止まれないし、回頭して宇宙空間へ落ちた者を拾いあげることもできない。

「つまり……ぼくを捨えないってことか?」とカート。

しまった、通信リンクがずっと生きていたのだ、とジョオンは思いだした。彼らの会話はひとつ残らずカートの耳にはいっていた。〈生きている脳〉の冷静な状況分析を含めて。前方のコンソールに身を寄せて、彼女はオットーの肩ごしに船首円窓をのぞいた。カートはどこにも見当たらない。いまごろは何マイルも離れていて、一秒が過ぎるごとにさらに遠ざかっているのだろう。

「あきらめないで」彼女はいった。「なんとかするから」

ジョオンはヘッドセットを消音してから眼を閉じ、ひとつ深呼吸した。もうひとつ選択肢があるのだ。十中八九は、ただひとつの選択肢が。とはいえ、そんなことをすれば、みんなに知られたくない情報を明かすことになる。だが、カートの命がかかっているのなら……。

「なあ、警視」オットーがいった。「考えがあるなら、いまがおれたちに明かすときだぜ」

その言葉を聞き流し、ジョオンは前方の通信パネルに手をのばした。周波数セレクターを探しあて、公式な政府の通信のためにとっておかれる周波数帯に行きあたるまでつまみをまわす。それからまたマイクを起動させて、口を開いた――

「〈コメット〉乗員オスカー1-9からSGS〈ヴィジランス〉へ、聞こえますか?……SGS〈ヴィジランス〉、こちら〈コメット〉乗員オスカー1-9、優先度アルファ・アルフア・アルファ、ただちに応答願います……」

6

宙返りを打ちながら、星をちりばめた暗黒のなかを飛んでいくカートは、必死にパニックを抑えこもうとした。そういうわけにはいかなかった。船から放りだされる原因となったのと同じプラズマー発射の反動で、頭から先にクルクルまわっているのだ。吐き気をもよおしたり、意識を失ったりするほどではないが、方向感覚を失うにはじゅうぶんだった。サイモンのいったことは聞こえた――〈コメット〉がもどってきて、彼を回収する方法はない。〈生きている脳〉の状況分析を待つまでもなく、救助を試みれば、全員の命が危険にさらされるだろう。たとえ〈ブラケット〉の船長が同意して〈コメット〉を船架から解放したとしても、小艇が彼のもとへたどり着くころには、光条帆船《ビームシップ》ははるか前方にあり、とうてい追いつけない。破壊工作者は死んでも任務を果たすわけだ。〈コメット〉は最後には火星へたどり着くかもしれない。だが、生き残る乗客はサイモンとグラッグだけだろう。

「だいじょうぶだ」気がつくと、カートはひとりごとをいっていた。〈コメット〉から最後の通信を聞いてから、まだ一分ほどしかたっていないのに。「サイモン、このまま……すまない、おやじさん、でも、このまま行かせてくれ。ぼくのためにみんなの命を危険にさらすわけにはいかない」

数秒が経過した。と、ジョオンの声が通信リンクを通じて届いた。先ほどよりは弱くなっている。

「カート、聞こえる？　話ができるなら、話しかけて」

「聞こえるよ、ジョオン。聞こえるとも」彼は不意にさとった――なにを置いても、彼女にもういちど会いたいのだ、と。

「よかった。もう落ちついた？」

「ああ……多少はね」落ちついているのは、死がさし迫っていて、どうすることもできないとわかっているからだ。もっとも、彼女にそんなことをいうつもりはない。どうせ死ぬなら、すくなくとも勇敢に死にたい。

「よかった。さて……すこしでも船が見える？　〈ブラケット〉が」

カートは周囲で動いている星々に眼をこらした。ヘルメットのなかで首を左右にめぐらせる。つぎの回転で、ちっぽけな光の群れを視界にとらえた。そのうちのふたつが青と赤に点滅していて、望遠鏡を通して見るミニチュアの星座のようだ。あれが〈ブラケット〉だろう。すでに百マイル以上は離れていて、急速に縮みつつある。

「見える」彼は報告した。「遠すぎてもどれないし、そちらも近づけない」

「そんなことはしないわ」ジョオンの信号がどんどん弱くなる。耳をそばだてないと、彼女の声が聞こえなかった。「いいわ……聞いてちょうだい……通信回線を非常用に切り替えて」――バチバチと空電が交じり――「話しつづけて、わかった？　なんでもいいから、話しつづけて」――さらに空電――「やめないで」

それからオットーの声が聞こえた――

「カート、スイッチを入れて」――バチバチ――「照明の、そうすれば――」

すさまじい空電が生じ、あとの言葉を呑みこんだ。

「〈コメット〉、聞こえるか？」カートは語気を強めた。いまは大声でしゃべっている。「〈コメット〉、こちら――」

おっと、あやうく「キャプテン・フューチャー」というところだった！　カートは声をあげて笑った。（いや、別にいいじゃないか）

「〈コメット〉、こちらキャプテン・フューチャー。サイモン、オットー、グラッグ……すこしでも聞こえるなら……とにかく、礼をいうよ、みんな、すばらしい人生をくれて。でも、どうも……ええと、こいつはちょっと切りぬけられそうにない。ジョオン、かなうなら――」

そこで自分を抑えた。もうじゅうぶんだ。最後の言葉で決まり悪い思いはしたくない。たとえだれにも聞こえなくても。

カートはヘルメットの透明ヘッドアップ・ディスプレイに視線を走らせた。空気の残量計によれば、現在の消費率であと四時間あまりの空気が生命維持装置に残っている。だが、四秒であっても同じことだ。救出される見こみはないに等しいのだから。近くにほかの船はいない。ビームシップは専用の航路をはずれないし、光子レールの照射範囲から出られない。そしてつぎの船は、しばらくやって来ない。

彼は生まれてはじめて、宇宙空間がからっぽで、寂しい場所だということを本当に理解した。

とはいえ、ジョオンがしゃべりつづけろといったのには、あるいはオットーが真空服の照明をつけろといったのには、理由があるにちがいない。彼が落ちていく方角を〈コメット〉が判断できるようにするためだけかもしれない。そうすれば、あとで別の船が彼の死体を回収する望みが出てくる。しかし……ひょっとして、近くに別の船がいるのだろうか？　針路が〈ブラケット〉にじゅうぶん近く、彼の位置を突き止める可能性がわずかながらある船が。そうだとしたら……。

カートは真空服の救命ビーコンのスイッチを入れた。生命維持装置の背面にある赤と青のライトふたつが灯る。そして非常用トランスポンダーを起動させた。電子版のトン・ツー・トンをKu周波数帯で着実に送信する装置である。有効範囲内に別の船がいるとしたら、これで見つけてもらえる確率が増したわけだ。

問題は、どれくらい早く見つけるか、そして、それで間に合うのか、だ。

カートはその問題を頭から押しだした。そろそろ宙返りをなんとかしよう。使えるものはプラズマーだけだが、やるしかない。彼は銃を頭上に向け、まばゆい赤い点、つまり火星が視界にはいって来るまで待ち、それから一秒バーストで発射した。さほど効果がないようなので、つぎに火星が見えたときは、もういちど、すこしだけ長めに引き金を引いてみた。こんどは回転がすこしだけ遅くなったように思えたので、もういちど発射した。もういちど、そしてもういちど。

十二、三発は撃っただろうか——十発目のあと、数がわからなくなった——しかし、とうとうプラズマーを使ってブレーキをかけ、宙返りを止めることができた。銃を使えば、まだ望みがあるうちに〈コメット〉へもどれたかもしれない、そう思いついてカートは小声で悪態をついたが、そのあと銃の残量計にちらっと眼をやった。宙返りを止めるだけで、バッテリーをほとんど使いきっていた。プラズマーは反応制御推進器になるようにはできていない。これを使って自分の艇にもどるのは、まず無理だっただろう。

いまとなってはどうでもいい。自分はここにいて、もはや打つ手は残されていない。とにかく眺めはすばらしい。星々に囲まれて死んでいくのだ。

真空服の空気制御システムを調節して、酸素-窒素《ちっそ》の供給がしだいに二酸化炭素に置き換わるようにすれば、事態を多少は早められるという考えが脳裏をかすめた。そうすれば、窒息するかわりに、ただ眠りについて、二度とめざめないですむ。その考えが浮かぶや否や、彼はそれをふり捨てた。自殺は性に合わないし、どのみち最後の最後まであきらめはしない。まだ助かるかもしれないのだ。

そうはいったものの……さて、どうする？　もちろん、星々に眼をこらすのだ。ひょっとしたら時間をつぶす方法ぐらいは見つかるかもしれない。あいにく、真空服には娯楽システムが搭載されていない。だから、自分で考えだすしかない。だが、カートは長年にわたりオットーから宇宙の舟歌《ふなうた》をいくつも習っていたし、歌詞をかなりよく憶えていた。

回転が止まり、真正面に火星が見えていた。インスピレーションが湧くには、それだけでよかった。カートは咳払いし、古い伝承曲を歌いはじめた——

おいらはさびしいスペースマン
ひとりぽっちのスペースマン
故郷と呼べる星もなく
おれを待ってる家もない
星という星、月という月
ひとつ残らず住んではみたが
やっぱりおれの好きなのは
星から星へのひとり旅……

カートはそのバラッドの第六連まで歌った。歌詞を完全には思いだせなくて、いちどだけ口ごもった。歌いおわると、居たたまれない静寂が垂れこめて、通信リンクを通じて届くバチバチという空電の音だけがひびいた。耐えかねて、つぎの歌を歌いはじめた。こんどは古い子供向きヴィド番組《土星軍曹》のテーマソングだ——

冥王星で凍《こご》えても、
太陽の近くで灼《や》かれても、
土星の野原で土砂《どしゃ》降りに
骨の髄《ずい》まで濡れたって、
どこかでなにかがなにしても、
宇宙船乗り《スペースマン》はおどろかない。
みんなすてきなおたのしみ……！

こちらは思いだすのにもうすこし苦労した。チコの地下で育っていたとき、《土星軍曹》は大のお気に入りで、彼の空想上の別人格キャプテン・フューチャーを生みだす霊感源となったうちのひとつだが、もう何年も思いだすことがなかった。けっきょく、新しい歌詞で終わらせた。なかにはゲラゲラ笑いだしてしまうような歌詞もあったが、酸素を無駄にしているとさとるだけだった。いや、それでもいいじゃないか。どうせあと二時間少々しか空気が残っていないのだ。心の底から大笑いできるなら、二分や三分の浪費などなんでもない。すくなくとも、気が狂わないようにしてくれる。

つぎは酒場の歌。外部太陽系で叛徒《はんと》〈星界のメッセンジャー〉と闘った宇宙警備隊の歩兵の歌だ――

水星から冥王星へ、
土星から火星へ舞いもどり、
おれたちゃ闘って、船を走らせ、
炎の航跡を引きながら、
深紅《しんく》に染まって星の海を行く……[1]

ふと妙な考えが浮かび、歌詞の途中で歌が止まった。なんらかの形で〈星界のメッセンジャー〉がからんでいたとしたら？　何年も前、いまは消滅した〈外惑星解放同盟〉の軍事部

1　歌詞はすべてエドモンド・ハミルトン作。

門から資金提供を受けたテロリストが、火星や、木星と土星の居住衛星にある太陽系連合のオフィスを襲撃したことがある。連合が植民地の統治権を外惑星にゆずるように迫ったからだ。太陽系警備隊の治安活動が何年もつづき、公然たる惑星間戦争が起こりかけたこともしばしばだったが、〈星界のメッセンジャー〉は壊滅《かいめつ》し、〈外惑星解放同盟〉は解散に追いこまれ、ひときわ過激なリーダーたちは、死亡するか収監されるかした。

それでも、〈星界のメッセンジャー〉の細胞は火星にまだ存在し、鳴りを潜《ひそ》めて、復活の機会をうかがっているという噂《うわさ》がある。〈星界のメッセンジャー〉が潜伏してまもなく、〝二つの月の子ら〟が登場したのはじつに興味深い。たしかに、〝子ら〟は宗教カルトであるのに対し、〈星界のメッセンジャー〉は政治的な過激派だが、今回カシュー主席の暗殺を試みた火星人は、かつての〈星界のメッセンジャー〉が手を染めていたような活動に従事していた。

それだけではない。その暗殺の試みをカートに調べさせたくない者がいるのは明白だ。カートが殺した破壊工作者もウル・クォルンの工作員だったのだろうか？　いわゆる〈火星の魔術師〉は、ヴィクター・コルボと〝二つの月の子ら〟の両方とつながりがあるようだ。そうだとしたら、〈星界のメッセンジャー〉と〝子ら〟とのあいだに結びつきがあるということだろうか？

考えれば考えるほど、カートは疲れてきた。歌ったり、考えたりしていたおかげで、本当にあくびが出て、眼をさましているのが精いっぱいというところまで気分が落ちついていた。いや、かまわないじゃないか。いつまどろんだっていい……そして二度と眼がさめなかったとしても、なるようになっただけのことだ。

もういちどあくびをすると、眼がひとりでに閉じた。両腕をわきから投げだし、脚をだらんとさせ、体の力を抜くと、宙をただようにまかせる。宇宙空間の深みへと落ちていく……。閃光《せんこう》がまぶたを照らした。最初はやわらかく、ついでまぶしくなり、どんどんさし迫った感じになる。と、まるで夢のなかにいるかのように、声が聞こえてきた——

「〈コメット〉乗員キャプテン・フューチャー、こちらSGS（太陽系警備隊船の略）〈ヴィジランス〉の搭載艇〈ロメロ6-8〉、聞こえるか？」

夢ではない。その声は本当に聞こえていた。

カートは眼を開いた。とたんにサーチライトのギラギラした光に眼を細める。片手をあげて光条《こうじょう》から眼をかばうと、二百フィート離れたところに、宇宙船搭載艇の虫に似た形が見てとれた。

「キャプテン・フューチャー、こちら〈ロメロ6-8〉、応答されたし」

救命ビーコンをつけ、通信リンクの回線を開いておいたのは無駄ではなかった。近くに別の船がいて、彼を探しにきてくれたのだ。

「こちらキャプテン・フューチャー」彼はいった。そう名乗ることを、もはやばかばかしいとは思わなかった。「追いかけてきてくれて感謝する」

いったん間があり、ついで声がもどってきた。

「どういたしまして。だが、じつをいうと、ただで乗せてやるわけじゃない。きみと話をしたがっている人がいる」

7

太陽系警備隊の巡視船に足を踏みいれることになろうとは、カートは夢にも思っていなかった。民間人にはまずその機会がない。宇宙空間にないとき、つややかな巡視船は安全な格納庫のなかにあり、入場を許されるのは乗組員と、高度な保安認証を受けた者にかぎられる。人々はふつう遠くから警備隊の船を見るだけだ。よくいわれるとおり、ミサイル発射管が見えるほど近づけば、近づきすぎなのだ。

そういうわけで、空気の残量がつきかけている――ヘルメットのヘッドアップ・ディスプレイで最後に見た表示によれば三十三分十七秒――にもかかわらず、救助してくれた搭載艇がSGS〈ヴィジランス〉に近づいていくのを、カートはうっとりと見まもった。全長二百フィートあまり、装甲した船体に太陽系連合の赤と白と金色の旗を描いた巡視船は、流線型の楔《くさび》であり、船首と船尾の発射管は、いかなる敵とも交戦できるよう準備万端ととのえている。

　とりわけ興味をそそられるのは、船腹に並ぶ姿勢制御用エンジンと船尾の磁気プラズマ補助エンジン以外の推進機関がないように見えることだ。かわりに、左舷と右舷のダクトに似た放射線シールドに、なんとなく前時代のサイクロトロンを思わせる巨大なジェネレーターがおさまっている。これがワープ駆動エンジンだ。太陽系警備隊の船舶の例に漏れず、〈ヴィジランス〉には連合きっての貴重な秘密がおさまっているのだ——つまり、零点《ゼロ》エネルギー（絶対零度のときの物質の内部エネルギー）を利用して、無反動駆動を構成する泡状のアルキュビエール場で船体をくるむ能力である。起動すると、このワープ泡のおかげで、船は池の水面を跳《は》ねていく水切りの石のように時空の表面を航行できるのだ。

　このため、〈ヴィジランス〉と姉妹船は、ほかのどんな形式の推進機関よりもはるかに大きな速度を出せる。正確にどれくらい速いのか、知る者はほとんどいない。これは機密あつかいの情報なのである。とはいえ、噂によれば、かつて警備隊の巡視船が、カイパー・ベルトにある微小惑星セドナへわずか一日で到達したという。通常の融合エンジンを積んだ船なら、一年近くかかる旅程である。

　搭載艇が巡視船の背骨で開いているシャトル格納庫ハッチに向かって滑空するなか、艇を操縦する中尉がカートの浮かべている表情に気づいたようだった。

「どうした、坊主？」自分のほうが二歳くらい年上でしかないことには頓着せずに中尉が尋ねた。「こういう船を見るのははじめてかい？」

「じつをいうと、はじめてなんだ」カートはキャノピーごしに眼をこらし、細部という細部を脳裏に焼きつけようとした。

「なるほど、じゃあ……楽しめるうちは楽しめ」と別の乗組員が母音をのばす話し方でいった。さっきカートを船に引きあげてくれた副操縦士だ。「捕まえた魚に満足がいかなかったら、主任がすぐ海に返すのはまちがいないからな」

　警備隊員ふたりは彼をからかって笑い声をあげた。カートが無言で見まもるなか、搭載艇は開いているハッチの真上ですーっと停止し、シャトル格納庫へゆっくりとおりていった。〈ヴィジランス〉のデルタ翼シャトルのうしろに着地する。ハッチが搭載艇の上で閉じると、硬式宇宙服《ハードスーツ》姿の乗組員たちがはいってきて、繋留ケーブルをとりつけた。

「場が起動するまで十秒待機」操縦士が上に手をのばし、天井パネルのトグル・スイッチをパチンパチンと入れてから、カートをちらっとふり返った。「肘掛けにつかまれ。五……四……三……」

「ええ、いったいどうして――？」言葉が口から出きらないうちに、カートはすとんと落ちる感覚をおぼえた。そのときまで、コクピット後部の乗客席に安全ベルトを締めてすわっていたものの、クッションから半インチほど浮かびあがっていた。ところがいまは、突如としてじっさいに座席にすわっていて、両手を肘掛けに載せ、両足をしっかりと床につけているのだ。

重力だ。

警備隊の巡視船にまつわる別の噂があった。船を亜光速に近い速度まで加速できるワープ泡は、人工重力も生みだすというのだ。時空の通常の状態から船を切り離す場と関係があるらしい。だが、これまた機密情報であり、政府は内容をいっさい明かしていない。噂は聞いていたが、カートは驚きのあまり口をあんぐりとあけ、乗組員ふたりはまたしても吹きだした。

「落ちつけって、キャプテン・フューチャー！」保護者ぶった口調を隠そうともせずに副操縦士がいった。「二十四世紀へようこそ！」

カートは今回も黙っていたほうがいいと判断した。格納庫が与圧され、それから搭載艇の左舷に梯子がかけられ、ハッチが開くまで待つ。ひさしのある帽子をかぶり、三等軍曹の山形袖章《そでしょう》を着けた制服姿の警備隊士官が、外で彼を待っていた。彼はカートの先に立って近くの待機室まで行き、カートがEVA装備をはずし、ロッカーにしまうのを辛抱強く待ってから、彼を案内して扉を抜け、狭い中央通路を進んで昇降口階段まで行き、メイン・デッキへあがった。

三等軍曹はカートにひとことも話しかけず、船の端から端までのびているかに思える別の通路を進んでいった。ここでは、〈ヴィジランス〉も下のエンジニアリング階層デッキほど実用一辺倒ではなかった。カーペットの敷かれたデッキ、隔壁の人造木目《もくめ》の羽目板《はめいた》、ミニチュアの松明《たいまつ》をかかげている小さなこぶしに似せて作られた照明器具。船はブーンと静かにうなっていた。二度、通りがかった乗組員が護送されるカートに好奇の眼をちらりと向けたが、彼に話しかける者はなく、やがてふたりは通路の端の扉の前に来た。三等軍曹がその扉をノックし、返事を待たずにさっと開いた。

「お連れしました、司令」彼はそういうと、わきへ退《の》いてカートを部屋に通した。

エズラ・ガーニーが、部屋の大部分を占めている磨《みが》かれたオークのテーブルの奥についていた。どういうわけか、ここに彼がいるのを見てもカートは驚かなかった。驚いて当然なのだろうが、彼らが月を発って以来、ガーニーはさほど遠くないところにいるのではないか、とひそかに疑っていたのだ。

「ご苦労だった、軍曹。さがってよろしい」三等軍曹が扉を閉めると同時に、ガーニーが席から立ちあがり、さし向かいの位置にある革張りの椅子を身ぶりで示した。「さあ……すわってくれ。お疲れだろう。腹も減っているはずだ。なにか食べるかね？」

「気遣《きづか》ってくれてありがとう。まあ、あとでなら」カートは猛烈に腹が減っていたし、一週間でも眠れそうな気がした。だが、それを表に出さないようにした。前に信用してもらえなかった人間にもてなしを受ける心がまえができていないし、ガーニー司令が最近になって心変わりをしたとも思えない。「助けに来てくれたことに礼をいいます。もし——」

「礼にはおよばんよ。人命救助がわれわれの仕事だ」ガーニーは腰をおろし、カートもそうするのを待って、テーブルのまんなかの大皿に載っている水差しに手をのばした。「とにかく、なにか飲みたまえ」そういいながら氷水をグラスに注《つ》ぎ、カートに渡す。「しばらく真空服を着ていたんだから、喉がカラカラだろう」

老司令のいうとおりだった。カートは脱水症状を起こしていた。グラスの水をひと口で飲みほし、また水差しに手をのばす。ガーニーが口もとをほころばせながら、グラスに水を注ぎなおす彼をしげしげと見ていた。

「たいしたもんだ、若いの」彼はいった。「きみは勇気がある。わしはいちど、きみのように漂流したやつの救助を手伝ったことがある。そいつは赤ん坊のように泣きじゃくって、エアロックに引きこんだ男に抱きついていた……たまたまその男というのがわしだったんだがね。きみはそいつの倍の時間を外で過ごしたのに、水を一杯飲むだけときた。心から感服したよ」

「お褒《ほ》めにあずかって恐縮です」カートは、これほど落ちついているのは、あきらめて死を覚悟したからだ、と認めるつもりはなかった。ガーニーが悪あがきをしないことを勇気だと思いたいのなら、そう思わせておいたほうがいい。「それで、どうしてまたここへ、司令？それとも、たまたま通りかかったんですか？」

苦笑。

「それくらいはわかってもらえそうなものだが……そうそう、エズラと呼んでくれてかまわんよ。すくなくとも、きみはそう呼んでもいいだけのことをした」そういいながら、エズラは椅子にもたれかかり、右脚を左の膝に重ねて、右のふくらはぎからズボンの裾《すそ》をまくった。ブーツの内側から、IPFの紋章が彫られた小さな銀の携帯用酒瓶《フラスク》が出てきた。「支援もなしにジョオンをきみと行かせるつもりはなかったし、主席も同じ考えだった。そういうわけで彼が〈ヴィジランス〉に〈ブラケット〉の尾行を命じた。で、ジョオンに助けがいる場合にそなえて、わしも乗船した。きみが放りだされたとき……まあ、あとは察しがつくだろう」

「それなら、けっきょくぼくを信用してなかったんですね？」

「いままでは、そうだった」エズラが酒瓶《さかびん》のキャップをはずし、口もとへ持っていくと、長と飲んだ。「われわれがあんなふうに放免するとは思わなかっただろう？　しかも、われわれの知らない人間を」

「ジョオンはぼくを信用している……いや、けっこう」エズラが酒瓶をさしだしたが、カートは首をふった。

「どうやらジョオンはきみを気に入っているらしい」エズラがキャップを締めなおし、酒瓶をブーツにもどした。「そんなそぶりは見せないし、見せるつもりがあるかどうかは神のみぞ知るだが、気に入っているんだ。わしもそうらしい、きみがどういう人間かわかったいまは。ただわしの手にはキスをしないでくれよ――」

「肝《きも》に銘《めい》じておきますよ。それで、どうするんです？　ぼくが自分の船にもどれるよう、〈ブラケット〉に追いつくんですか？」

「もちろん、そうしてもいい。この〈ヴィジランス〉はワープ・エンジンを積んでいる。つまり、その気になれば、光条帆船《ビームシップ》より早く火星に着けるということだ」エズラはいったん言葉を切り、「だが、きみが知っておいたほうがいいことが別にある。きみをつけているのはわしだけじゃない。コルボ議員もそうなんだ」

これを聞いて、カートはすこしだけ居住まいを正した。

「コルボがぼくらを追いかけてるって？」

エズラが腕組みして椅子にもたれた。

「そうだ、まちがいない。〈ブラケット〉が出帆した翌日、彼は別のビームシップに乗船した……きみたちが乗ったようなフェリーではなく、政府の船だ。フェリーの翌日にポート・ダイモスに到着する予定だよ」

「えらく急な話ですね。なにもかも放りだして、火星へ向かう理由を彼は明かしたんですか？」

「彼のオフィスがプレス・リリースを出した。それによると、月共和国と、火星を本拠地とするある匿名企業との貿易協定をまとめるためだそうだ。しかし、表向きの話にすぎん。なにもかかも放りだして、ただちに火星へ行かねばならんという気になったのは、きみに計画を阻止されて、かの地での利益を守らなければならなくなったからだろう」

「この件に彼がからんでいると思いますか？　つまり、何者かが〈コメット〉を投棄《とうき》しようとした件に」

「彼とウル・クォルンとのあいだにつながりがあれば、ああ、からんでいるにちがいない」

エズラはテーブルに手をのばし、木製の天板《てんばん》のへりを押した。「さて……見せたいものがある。きみを拾いあげる直前にわかったことだ」

ホロ・スクリーンがテーブルの上に出現した。司令はキーをいくつか軽くたたき、ディスプレイを開いた。男の顔があらわれた。しかめ面の火星人だ。自分が殺した破壊工作未遂者だ、とカートにはすぐにわかった。

「きみが頭を吹っ飛ばしたあと、〈ブラケット〉のクルーがこの紳士の死体を回収した」とエズラ。「もちろん、顔は残っていなかったが、それでもこの男の〈ブラケット〉の船室で見つけた銀行カードから、なんとか身元を割りだせた。名前はトロイ・レイチャード。ＩＰＦ火星のデータベースによれば、〝二つの月の子ら〟に所属している」

「なるほど。コルボがぼくを始末したくて、ウル・クォルンともつながっているなら、ウル・クォルンにその仕事をする部下を送らせるでしょう」

「わしもそう考えているし、それでますます面白くなる。主席の暗殺が試みられた日まで、レイチャードがコルボの屋敷で従僕として働いていたこともわかったんだ。じっさい、数週間いただけでなく、いろいろと口実を設けて主席の居室を二度訪れ、食事を届けさえした」

カートはとまどい顔で眉毛を吊りあげた。

「それなら、チャンスをとらえて、なぜカシューを殺さなかったんでしょう？　コルボがウル・クォルンとつながっていて、ふたりがカシュー暗殺を企んでいたのなら、なぜ狙撃手に撃たせようとしたんでしょう？　仕事のできる人間が、すでに議員の屋敷のなかにいるのに」

「見当もつかん」エズラはゆっくりとかぶりをふった。「なにもかもが謎だ。しかし、賭けてもいいが、答えはかならず火星にある……そして、こうして命が狙われたことで、きみはかけがえのない人間になった」

「どういう意味です？」

「この船の連中と、〈コメット〉にいるきみの友人たちをのぞけば、きみが救助されたのを知る者はいない。〈ブラケット〉やほかの船に関するかぎり、きみはきみの船に破壊工作を仕掛けた何者かと闘って、宇宙空間で行方不明になった」

「それで……？」

エズラはにっこりした。

「だからきみは死んだんだよ、キャプテン・フューチャー。うまくやりさえすれば、それがこちらの切り札になる」

8

「〈ブラケット〉から〈コメット〉。五つ数えたら切り離す。待機せよ。五……四……三……二……一……」

いきなり衝撃が船を走りぬけた。フェリーのドッキング船架が、小艇をつかんでいたバーを離したのだ。副操縦士席のジョオンは、オットーが姿勢制御エンジンをふかし、操縦桿を引きもどすのを見つめた。〈コメット〉が〈リイ・ブラケット〉上の停船区画から浮かびあがる。船首の窓ごしに、からっぽのドッキング船架の並ぶ円材が一瞬見えたあと、フェリーは下方へ遠のいていった。

「〈コメット〉の切り離し完了」オットーの両手——上等の陶器《とうき》のように白いのに、太い腱《けん》が甲に走っているのをジョオンは見てとった——が悠然と制御装置の上を動いた。「運んでくれて感謝する、〈ブラケット〉」「途中で迷惑をかけてすまなかった」

「謝らなくてもいい」光条帆船《ビームシップ》の船長が答えた。その声はジョオンのヘッドセットを通じて聞こえてきた。「貴船に不幸があったのは残念だ。警察が黒幕を見つけるよう祈る」

オットーはわけ知り顔の笑みをジョオンに向けた。IPFの捜査官がすでに乗船しているのを知っているのは〈コメット〉のクルーだけ、とこれで確認がとれたからだ。

「こっちもそう祈ってる」オットーが答えた。「ご理解に感謝する。〈コメット〉、通信終わり」マイクの棒を軽くたたき、もういちどジョオンを見る。「それで、これからあんたたちはどうするんだ？　つまり、レイチャードの件だが」

「もちろん、捜査をつづけるわ」遠ざかる〈ブラケット〉をジョオンは注視しつづけた。いまその帆は眼に見えた。あいかわらず展開しているが、反対方向を向いて、火星の光子レーザー推進装置アンテナからの光子パルスを受けている。これでフェリーは軌道投入にそなえて減速するのである。「警官がフェリーに乗りこんで、クルーに質問するでしょう。でも、もっぱら見せかけ。うちの連中は、なにが起きたのかをもう突き止めてる。本当の捜査は地上でつづくことになる」

彼女がしゃべっているあいだ、オットーは姿勢制御エンジンをふかして〈コメット〉を旋回させた。〈ブラケット〉が姿を消し、かわって麗《うるわ》しい光景があらわれた——およそ二万マイルの距離から見る火星である。かつては一面が赤い砂漠だったのだが、いまは青い筋と緑の斑《まだら》がところどころに見え、西半球の東半分におりつつある夜のとばりのなかで、主要な入植地の明かりがきらめいている。

前景、わずか数千マイルの距離に、場ちがいな丸石のような、青白い楕円形の岩がある。ダイモス——ふたつある火星の月のうち小さくて遠いほうだ。そのちっぽけな衛星の周回軌道に民間宇宙港に出入りする無数の宇宙船が乗っている。木星や土星から来た水素やヘリウム－3のタンカー、小惑星から来た鉱石運搬船、地球や金星から来たフェリーや旅客船。火星本体が人の住める世界へしだいにテラフォームされるのと軌《き》を一《いつ》にして、ダイモスも長い年月をかけて軌道宇宙港へ変容させられていた。そしていま〈コメット〉もそこへ向かう途上にある。周囲の巨獣《ビヒモス》にまぎれた、ちっぽけな涙滴も同然に。

「さて、これからどうする？」〈生きている脳〉が尋ねた。

ジョオンは肩ごしに眼をやった。サイモン・ライトは下からあがってきたところだった。つづいてグラッグがあがってきて、イイクがうれしそうにそれを追いかけてくる。月犬《ムーンパップ》は、なんの問題もなくゼロGに適応していた。その犬種は低重力環境に適応していて、はじめて宇宙旅行を経験する人間であれば、ときに動転してしまう類のめまいをけっして起こさない。小犬は長い尻尾をプロペラのようにまわして飛びながら、隔壁から隔壁へ跳ねまわった。

ジョオンはすぐには返事をしなかった。数時間前、彼女はプライヴァシーの保てる個室へ引っこみ、〈ヴィジランス〉船上のエズラ・ガーニーと無線テキストで長い会話をした。彼女はその内容をオットーとサイモンとグラッグにはほとんど明かさず、カートが正体不明の敵――おそらくはハイジャッカーか宇宙海賊――から船を守るために命を落としたふりをつづけることを知らせただけだった。あとほんの数分で、〈コメット〉はポート・ダイモスへ向かう船舶交通の流れにはいるだろう。そろそろエズラと、そして間接的にだが、カートと話しあった内容をみんなに知らせるときだ。

「そうね、現状はこうよ」ジョオンは椅子をくるっとまわし、サイモンとグラッグのほうを向いた。隣では、オットーが操船をつづけている。「知ってのとおり、カートは〈ヴィジランス〉の上でピンピンしてる。もっとも、彼が救助されたという報告は公式にはされていない。警備隊もIPFも彼の救出に関する声明は出していないし、一両日中にIPFは、火星行きの自家用宇宙船から身元不明の乗客が行方不明になったという定例報告をするでしょう。犯罪の疑いがあるが証明はできない、IPF警察官が捜査をつづける、うんぬんかんぬん」

「なるほど」サイモンがうなりをあげて隔壁まで飛んでいき、マニピュレーターのハサミを使って手近の手すりに体を固定した。「運がよければ、コルボはカートが死んだと決めてかかるだろうし、ウル・クォルンも部下が成功したと信じるだろう」

「そのとおり」ジョオンは彼に慣れてきていた。サイモンが近づいてきても、もはや縮みあがりはしない。「その隙《すき》に、わたしたちはポート・ダイモスへ行き、予定どおりドッキングする。あなたとグラッグがそこへ残って、オットーとわたしはザンザ大陸《テラ》行きのシャトルに乗り、そこでカートと落ちあう。必要なら、連絡を入れて、〈コメット〉を火星におろしてもらう。そうしないのであれば、あなたたちは船といっしょに港にとどまる」

「だめだ」グラッグは足の裏を電磁石にし、いまはデッキに直立していた。イイクはグラッグの左肩に身を寄せ、主人の首に尻尾を巻きつけて体を固定している。「あんたとオットーが火星へおりるとき、おれもいっしょに行きたい」

「無理だよ、鉄ケツ野郎」とオットー。「おまえは見るからにうさん臭い」

「心苦しいけど、彼のいうとおりよ」ジョオンは、自分がこんなふうにグラッグに話しかけているこことに気づいて驚いた。これまでロボットに感情移入したことなどない。とはいえ、グラッグが特別であることを、それをいうなら、サイモンとオットーもまったく同じように特別であることがわかりつつあった——人間ではないかもしれない。だが、にもかかわらず人間として敬意を払われる価値があるのだ、と。しばしば不思議に思うのだが、オットーはなぜあんなふうにロボットを侮辱《ぶじょく》するのだろう。あるいは、グラッグはなぜ侮辱に甘んじているのだろう。「建設ロボットが人についてまわるところはめったに見られないし、人目につきたくないの。地上へおりたら、オットーとわたしはふつうの旅行者のふりをするつもり」

「では、IPF警察官という身分を明かさないのだね」とサイモン。

「そのとおり。いまから、潜入捜査の開始よ」ジョオンは自分の体を見おろした。「別の服がいるわね。このボディスーツはIPFの支給品だから」

「カートがメンテナンス作業に使うツナギが何着か載せてある。すこしばかりブカブカで、袖口と袖をまくらなければならんかもしれんが、店が見つかるまでは用が足りるだろう。ポート・ダイモスに一軒あるはずだ。きみとオットー用の呼吸装置も必要になる」

「ありがとう」ジョオンはにっこりした。「ツナギか。ねえ、髪をまとめて帽子をかぶったら、男で通るかもしれない」

「世間はそれほど甘くない」オットーがそっけなくいった。

「お世辞だと受けとっておくわ」ジョオンは彼のユーモア・センスに慣れてきていた。

オットーは茶目っ気たっぷりに彼女にウインクして、言葉をつづけた。

「それで、カートと落ちあったら、どこへ行くんだ？　火星といったって広い。ウル・クォルンが隠れる場所はいくらでもある」

「ひとつ手がかりがあるの。ＩＰＦ第四課の火星支局からの調査報告によると、トロイ・レイチャードは〝二つの月の子ら〟のあるグループに所属していて、それはどうやらタルシス領域のアスクラエウス山近くのトロウを拠点にしているようなの。わたしたち三人が正体を知られずにそこへ行けたら、聞きこみをして、ウル・クォルンのところまでたどり着けるかもしれない」

「で、たどり着いたら？　そのときはどうする？」

「そうね、ウル・クォルンはたくさんの容疑で指名手配されてるから、居所さえ突き止めたら、応援を呼ぶだけでいい。数分以内にＩＰＳの戦術武器チームが到着するでしょう」

「ふーむ。なにもかも考えぬいたようだな」

「多少は臨機応変にやらないといけないのはたしかよ」弁解口調にならないようにしながら、ジョオンは答えた。「でも……ええ、考えぬいたと思う」

オットーは首をめぐらせ、長いこと彼女を見つめていた。もっとも、彼女にはなにもいわず、かぶりをふって、注意を制御装置にもどしただけだった。

「ダイモス交通管制局、こちら〈コメット〉、太陽系連登録番号デルタX－レイ・109、アプローチを開始した。ランデヴーとドッキングの許可を乞う……」

9

背中にガツンと衝撃が来た。つづいて大型エンジンが噴射する鈍《にぶ》い轟音《ごうおん》。ヴィクター・コルボは重力の復活を歓迎したい気分だった。内部太陽系の世界の大部分を旅してきた――水星だけは例外だ、あんなところへだれが行く？――にもかかわらず、ゼロGを楽しんだためしはないし、慣れてもいない。認めたくはないが、かならずといっていいほど気分が悪くなるのだ。一日じゅう吐いて過ごすときもあり、足がふたたびしっかりした地面につくまで嘔《おう》吐《と》はおさまろうとしなかった。

そういうわけで、彼は光条帆船《ビームシップ》を好んだ。旅程のほぼ半分、船が往路にあり推力を受けているあいだは、すくなくともある程度の重力があり、それだけあれば胃袋を抑えておける。そして〈ブラケット〉のような大型フェリーが減速を火星軌道上の別の光子レーザー推進装置に頼っているのに対し、〈ローウェル〉――彼がこの旅のために徴用《ちょうよう》した政府の旅客船――のようなひとまわり小さな船は、ブレーキをかけるのに核融合エンジンを使用する。したがって、たとえ安全ベルトを締めて個室のカウチの上で残り時間を過ごさねばならないとしても、逆さまになった人間やものを見るたびに胃の中身をもどさないでいられるなら、代償としては安いものだ。

しかし、重力に引かれる状態は三十秒ほどしかつづかず、すぐにエンジンはまた停止した。いまいちど、コルボはカウチからふわりと浮きあがるのを感じた。彼はたじろいで肘掛けをつかみ、体をしっかりと抑えこんだ。その努力で口が真一文字に結ばれる。ちょっとのあいだ眼を閉じなければならなかった。

「すこし顔色が悪いな」ウル・クォルンがいった。「どうかしたのか?」

コルボは眼をあけ、眼前の隔壁にかかった通信パネルを凝視《ぎょうし》した。カメラが起動していたが、向こう側の人物はヴィデオ入力をわざと切っていた。賢明な予防措置だ。この信号を傍受され、スクランブルを解除されたりすれば、通信リンクの火星側にいる人物が、その惑星きってのお尋ね者と気づかれるかもしれない。そうなれば、太陽系連合議会の議員が〈火星の魔術師〉と接触している理由について、不愉快な質問攻めにあうだろう。

「いや……ちょっと船酔いしただけだ」コルボは片手を口に当て、吐き気をともなったげっぷを抑えた。「すまん……なんの話だったかな?」

電波信号が火星へ届き、返事がもどって来るまで短い遅れが生じた。

「おまえがこちらへ来るのは賢明ではないといっていたんだ。事態は掌握《しょうあく》している。〈ブラケット〉船上での出来事の結果がどうであれ」

またしても、コルボは空白のスクリーンの下にある表示をチェックした。スクランブラーはいまも稼動している。〈ローウェル〉と、火星のどこかにある秘密の場所とのこのやりとりを立ち聞きできる者はいるはずがない。

「その結果は知っているだろう。おまえの部下はニュートンの小僧を片づけた。船の全員を始末するのは失敗したかもしれんが、とにかくニュートンを殺した」笑い声が喉から出てきた。「いや、キャプテン・フューチャーを。本人がそう名乗っているんだ――信じられるかね？」

「おまえにいわれること以外ならなんだって信じるさ」数秒後にウル・クォルンが答えた。その声ははっきりと冷ややかになっていた。「おれの情報源によれば――きわめて信頼の置ける者だが――宇宙遊泳中におれの仲間は命を失った。彼がみずから命を絶つということはありそうにないから、そのキャプテン・フューチャーとやらに殺《や》られたというのが、いちばん合理的な説明だ」

彼は皮肉をこめずにその名前を口にした。コルボに答える暇《いとま》をあたえず、ウル・クォルンが先をつづける。

「計画によれば、おまえは月にとどまり、そのあいだおれがここで作戦をつづけるはずだった。やはりあの野郎のせいで暗殺は失敗したが、だからといって、おまえがこちらへ来る理由にはならん。IPFの注意をますます惹きつけ、そのせいで、おれたちが成しとげようとしているいっさいが危険にさらされるかもしれん」

コルボは空白のスクリーンをにらみつけた。

「すでに二度、おまえを信用して好きにやらせた」ウル・クォルンの冷ややかさに匹敵する冷ややかさで彼はいった。「そして二回ともおまえはしくじった。これではっきりした――ものごとをちゃんとやりたければ、自分でやらなければならない。わたしは暗殺の試みに関与していたのではないかとIPFに疑われている。この旅に出る合法的な理由は公表したが、それは表向きにすぎん。もはや手をこまぬいて、おまえにやらせているわけにはいかんのだ。どう考えても、それはうまくいっていない」

間があった。時間の遅れでかならず生じる間より長い間が。コルボはわれ知らず肘掛けを不安げに指でたたいた。ウル・クォルンとの会話のあいだに生まれる、この突然の沈黙を気に入ったためしがない。それが意味するものを彼は知っていた――〈火星の魔術師〉は考えている。そして彼が考えているということは、それを聞かされる人間にとって悪い前兆なのだ。手を組むことはコルボの発案だったが、議員が自分の世界でそうなったのと同じくらい、ウル・クォルンが自分の世界で強大な力を持つとは思わなかった。共通の目的を達成するために、彼らはおたがいが必要だった——さらに別の理由もあった——だが、火星では、ウル・クォルンのほうが格上なのだ。

「よくわかった」とうとうウル・クォルンがいった。「つまり、おれの計画にいくぶん修正を加えねばならんわけだ。しかし、おれとおれの同志たちがおまえの役に立つことはまちがいない。おまえが火星に到着して、落ちついたら、だれかを宿泊先まで迎えにやる……どこに滞在するつもりだ？」

「ザンザのヴァイキング亭だ」コルボは答えた。

「いい選択だ。代理の者がそこで接触し、おれがいまいる場所へ秘密裏におまえを移動させる。おまえのスタッフになにか訊かれたら、取り決めが公式なものになるまで身元を明かしたくないビジネス・パートナーと会うといってやれ」

「わかった。それでニュートンの仲間はどうする？　それにまだ生きているとしたら、ニュートン自身は？」

「まかせておけ。やつらがポート・ダイモスにドッキングするのはまちがいない。やつらの船はドッキングした瞬間から見張られ、だれかが船を離れたらあとをつけられるだろう。いつかの時点で、ニュートンと落ちあう方法を見つけるに決まっている」

「なるほど。で、そのあとは？」

またしても間。

「行動を阻止する。必要なら、消してしまう。ニュートンをのぞいて」皮肉な含み笑い。

「キャプテン・フューチャーと名乗る人間にはぜひとも会ってみたい。面白いかもしれん」

「あっさり始末したいところだが……まあ、おまえがそういうのなら」

「ああ、そういうとも」またしても間。「以上か？」

「以上だ」コルボが答えた。「すぐにまた会うことになるだろう」

返事はない。ややあって、かすかなピーッという音がして、発信元で通信が切られたことを知らせた。〈火星の魔術師〉はよい別れ《グッドバイ》を信じない——いや、それどころか、なにひとつ信じない。

コルボは息を吐きだし、椅子の背にもたれかかった。これだけの年月を経たあとでも、ウル・クォルンと話をするとやはり居たたまれなくなる。冷血漢のギャングというその男の評判にもかかわらず、彼と話すのは奇妙で心騒がすことだ。

とにかく、父親が息子と話をするのを恐れるいわれはないのだから。

第五部　魔術師を探せ

1

ザンザ大陸《テラ》のウェルズ星際《せいさい》宇宙港で、〈ヴィジランス〉からやってきた太陽系連合警備隊《ソラー・コーリション・ガード》シャトルの到来に気づいた者はほとんどいなかった。軍用宇宙船の出入りは日常茶飯事《さはんじ》。また一隻《せき》船が来たところで、どうということもない。したがって、デルタ翼をそなえたシャトルが着陸態勢にはいり、その垂直離着陸《VTOL》用エンジンが、周囲の砂漠からエプロンへ吹き寄せていた赤い砂塵《さじん》を巻きあげるところを見ていたのは、地上整備員だけだった。

ひとたびシャトルが無事に地面へおり立つと、トラクターがそれを不規則に広がる宙港の政府専用区画へ牽引《けんいん》していった。そこではSCG(太陽系連合警備隊の略)とIPFの船がエプロンや広大な格納庫内に駐《と》まっていた。エンジンがまだカチカチいっているうちに、宇宙船は最終的に格納庫の外に駐められた。梯子《はしご》が所定の位置にかけられると、左舷のハッチが、加圧された空気のプシュと漏れる音とともに開いた。

男女が続々と梯子をおりてきた。制服姿の者もちらほらいるが、大半は平服でダッフルバッグをさげている。数日間の上陸許可をもらった非番の軍人であるしるしだ。ひと握りの火《アレ》星人《ジアン》をのぞけば、全員がゴーグルと、顔を半分覆うエアマスクと、バックパック式の酸素呼吸装置を着用し、アノラックと手袋と暖かいブーツを着こんでいる。その惑星の低気圧酸素＝窒素《ちつそ》大気を補助なしで呼吸できたり、赤道付近の晴れた日であってもつきものの、身も凍《こご》える寒さに耐えられたりするのは、火星の現地民――〝火星人《マーシャン》〟という呼び名は人種差別だとみなされる――にかぎられる。テラフォーミングがはじまって百年以上たったとはいえ、地球からの訪問者は依然として、ヒマラヤ山脈の最高峰に登山するかのように、火星に対してそなえなければならないのだ。

制服姿の下船者たちが近くの格納庫へ向かうのに対し、それ以外の者は、さほど遠くないところに停《と》まっていた無蓋《むがい》のトラムまでぶらぶらと歩いていった。トラムは全員が乗りこむのを待ち、それから広大な着陸場を横切って、側面がガラス張りのマッチ箱のような建物――民間ターミナル――へ向かった。

制服姿の士官たちに交じっていたひとりが立ち止まり、去っていくトラムを見送った。アノラックの下にはIPF司令の青い制服。エアマスクで覆われた顔に浮かぶ憂《うれ》いの表情は、だれにも見分けられない。

エズラ・ガーニーの眼には、〈ヴィジランス〉の乗組員とともにトラムへ乗りこんだ赤髪の青年は映っていなかった。目立つことを避けるため、シャトルから梯子でおりてしまうと、老いた法執行官は彼に話しかけなかった。にもかかわらず、彼に幸運を祈ってやる機会がなかったことを悔《く》やんだ。

悔やんでいることに気づいて、ガーニーは静かに首をふり、きびすを返すと、帰りのフライトにそなえてシャトルへもどった。まさかこうなるとは夢にも思わなかったのだが、彼はキャプテン・フューチャーを名乗る若造を好きになるどころか、信頼するようになっていた。

トラムに乗ったカートは、わきを過ぎていく、着陸場に駐められたありとあらゆる宇宙船を眺めていた。大半は大型の亀甲形《きっこう》貨物船だが、彼がいまあとにしてきたのとそっくりのシャトルも何隻かある。乗客を乗せて、ポート・ダイモスに停泊する惑星間船とのあいだを往復する船だ。オットーとジョオンがどの船に乗っておりてきたのかはわからないが、友人たちがすでにここにいるのは疑問の余地がない。あとはふたりを見つけるだけだ。

彼はなにげなく手をあげて、鼻のかゆいところを搔《か》こうとしてから、エアマスクを装着しているので、搔けないことを思いだした。隣にすわっている少尉が面白がっている視線を向けているのに気づいて、カートは照れ臭そうに手をおろした。唾を飲みこむと、また耳がポンと鳴った。こんどはすこしだけ痛みが弱かったが、それでも心がざわついた。なにもかもが、ザラザラした赤い砂にうっすらと覆われているように思えた——トラムの座席、アスファルト舗装、宇宙船の船体、ゴーグルのレンズ。赤が好きな人間は火星人だけ。なぜなら、ほかの色を見たことがないから、という古いジョークがある。おそらく多少の真実が含まれているのだろう。

火星へ来たのは、これがはじめてではない。とはいえ、十四歳だったときからはずいぶん長い時間がたったように思えるし、当時は代理兄兼お目付け役兼ボディガードとしてオットーが隣にいたうえ、実体のない存在として指輪のなかの〈生きている脳〉が、眼に見えない後見人を務めてくれた。それを思いだして、そろそろ〈コメット〉と連絡をとるころ合いだ、と彼は判断した。

――サイモン、聞こえますか？

短い間《ま》。そのあいだにカートは空をじっと見あげて、ダイモスが見つかるかどうかたしかめた。見えなかった。つまり、彼の信号は軌道上の通信衛星を何度も経由しなければ、ポート・ダイモスの船には届かないということだ。やがて〈生きている脳〉の声がアンニを通して聞こえてきた――

――聞こえるよ、カーティス。着陸したのかね？

――ええ、しました。オットーとジョオンはどこです？

――彼らのシャトルも、つい先ほど着陸した。予定どおり、ターミナルできみを見つけるだろう。

――了解。そこで彼らを探します。

トラムがターミナルの裏手で停まった。カートは〈ヴィジランス〉の乗組員とともに屋内へ向かった。彼らはひとりずつ気密式の回転扉を通りぬけた。気圧の高い屋内の空気を逃がさない仕組みである。途中で律儀《りちぎ》にブーツでフロア・マットを踏みつけた。それから、ゴーグルとマスクをはずして首にかけ、税関の行列に並んだ。低気圧ブースに着席した火星人たちが、いずこも同じ官僚の退屈しきった態度で、ものうげにIDタトゥーとパスポート・フォルダを調べていた。

エズラにいわれて、カートはふたたびラブ・ケインに扮《ふん》していた。今回は新しいタトゥーと、〈ヴィジランス〉の主任下級准尉の発行してくれたパスポートがある。その人格は過去において大いに役立ってくれたし、わざわざ調べようとする者がいても、それなりの来歴が背後にあるのを発見するだけだろう。パスポートはいかにも印刷したてで、本物に見えない嫌いがあったが、火星人の税関吏《り》はろくに見もせずに、手をふって彼を通した。火星が過激な分離主義者の温床になったのも無理はない。入国管理官は、その惑星最大の宇宙港をだれが出入りしようが気にしないようだ。

カートは税関のゲートを通過し、ターミナルのロビーにはいった。まわりでは、着いたばかりの便からおりた乗客たちが、迎えにきた友人や家族と挨拶しているいっぽう、ポート・ダイモス行きのシャトルに乗る順番待ちをしている者もいた。地球人と現地の火星人の多くが銃を入れたホルスターをさげているのに気づき、ベルトに留《と》めたプラズマーがさほど気にならなくなった。火星リバータリアン連邦の法体制は奇妙な二分法をとっている——犯罪行為に対する厳罰と、市民に火器の携行だけでなく、みずからが法的権威として行動することも許す治安維持法である。どういうわけか、この体制はうまくいっていた。もっとも、偶発的な銃撃や痴情殺人は頻繁に起こるし、極刑《きょっけい》の率はグロテスクなまでに高いのだが。

バッグを置いて、カートはせわしなく行き交う人ごみのなかで足を止め、オットーかジョオンが見えないものかと周囲を見まわした。見知った顔がないので、かがんでバッグをとりあげ、近くの磁気浮上列車《マグレヴ》駅へ向かおうとしたちょうどそのとき、彼の肘《ひじ》をつかむ手があった。くるっとふり向くと、ジョオンが立っていた。

「やあ……どうも」青天の霹靂《へきれき》だったので、カートは言葉を失った。「ぼくは……その、もしかして――」

ジョオンが両腕を彼にまわして抱きよせた。カートのほうが背が高いので、爪先立ちにならなければならなかった。〈コメット〉での彼のあしらい方を思えば、これはまったく予想外だった。カートがまだよろけていたとき、ジョオンが耳もとでささやいた。

「キスして……キスするふりには見えないように」

女性にキスするのは、生まれてからわずか二度目だった。もっとも、ジョオンの口調は頼みというよりは命令だったし、必要があるからしかたなくそうしていることに誤解の余地はなかった。それでも彼女の唇《くちびる》は快《こころよ》いほどやわらかく、腕に抱いた体は引き締まっていて肉感的だった。肩に手が置かれ、かたわらで聞き慣れた声がしなかったら、もっと長いことつづけていたかもしれない。

「やあ、ラブ」オットーがいった。「やっと会えてうれしいよ」

カートが首をめぐらせてオットーを見ると同時に、ジョオンはそっと彼の腕から体を引き離した。

「つけられているわ」彼女が小声でいった。「調子を合わせて」

これで合点《がてん》がいった。

「ああ、また会えてよかった、ヴォル」彼が答えると、オットーがわずかにうなずいた。

「きみもだ、あ――」

「キャサリン」オットーと同様に、ジョオンも火星を訪れた外世界人がいかにもまとっていそうなファッショナブルなアウトドア服を身に着けていた――人造毛皮で裏打ちしたアノラック、膝丈《ひざたけ》のブーツ、手袋。ふたりとも呼吸装置、エアマスク、ゴーグルを着用しているし、ショルダーバッグを肩にかけ、カートのバッグもさげているが、武器は見当たらなかった。とはいえ、十中八九はコートの下に銃を忍ばせているはずだ。

「ちょっと遅れてすまなかった」オットーが声に出していい、カートのバッグを足もとに置いた。「でも、事情はわかるだろう。シャトルが遅れて着いたんだ」彼がそういっているあいだに、〈生きている脳〉の声がカートのアンニを通して届いた――

――ダイモス・ステーションに到着して以来、何者かにずっとつけられている。火星人の女性で、身元は不明だ。

「気にするな。なんの問題もない」カートは周囲に眼を配りたくなる気持ちを抑えた。まわりの人々の大半は地球人だが、火星人もちらほら交じっているのに加え、ひと握りの木星人と金星人もいる。火星の公共建築の例に漏れず、ターミナルは連合諸世界の空気呼吸をする住民に耐えられるレベルまで与圧されていた。「知り合いを見かけたかい？」

「ひとりだけ」ジョオンは微笑を顔に張りつけていたが、その黒い瞳は笑っていなかった。「ここ何分かは見ていないけれど、どこかこの辺にいるにちがいないわ」

——おそらくきみは尾行されている。彼女はそういっているわけだ。

カートはうなずいた。

「それで……これからどこへ？」

「先を見越して、タルシス行きのつぎのマグレヴの乗車券をとっておいた」とオットー。

「寝台車の個室で、寝棚はふたつ」

「寝棚はふたつだって？」カートが片方の眉を吊りあげる。

「時間がなくて、これが精いっぱいだったんだ。あとの席は予約で満杯だった」オットーはにやりと笑った。「もちろん、おふたりさんが寝床《ねどこ》をともにしていいというなら——」

「しないわ」ジョオンがそっけなくいった。

「——だったら、追加の毛布と枕を運んでもらえるはずだから、おれが床で寝ればいい」

「ぼくが床に寝るよ」カートがそういうと、ジョオンがありがたそうにうなずいた。彼女が進んで親密になるのは、抱擁とキスまでだということは明白だった。「さあ、そろそろ行っても――」

あとの言葉を待たずに、オットーがバッグをとりあげ、頭上の標識がマグレヴ駅への道を指しているほうへ向かった。カートも彼にならった。オットーが〈コメット〉から持ってきてくれたバッグは軽かったが、持ってくるよう頼んだものがはいっている程度には重かった。あいかわらず恋人役を演じて、ジョオンが彼と並ぶ位置につき、彼の肘に腕をからめまでした。カートは口もとがゆるむのを抑えなければならなかった。ただのふりかもしれない。だが、彼女がそばにいるのは気に入った。

とはいえ、彼女に気をとられているわけにはいかない。本当に何者かがオットーとジョオンをポート・ダイモスからずっとつけてきたのなら、彼らが火星へ来た理由を疑われているということだ。そして命を狙う試みがすでにいちどあったのだから、その連中がもういちど狙わないと考える理由はない。

標識の下を通り、ターミナルの地下にあるマグレヴ駅までおりるエスカレーターに乗るあいだ、尾行している者がいるようには思えなかった。しかし、カートは気づかなかったのだが、背の高い、黒い瞳の火星人の女性が、柱の陰から見張っていた。それから距離を保ったまま、待っている列車までつけてきた。

2

ザンザ大陸《テラ》の南方平原を横断し、磁気浮上列車《マグレヴ》は高架モノレールの上を南西へひた走った。六輛《りょう》編成で、弾丸型の鼻面をそなえた運転台を先頭に、透明ドームに覆われた展望車を最後尾に配した列車は、水銀の蛇《へび》のように電磁気走路を驀進《ばくしん》した。くすんだ赤色の風景を背にした金属的な深紅《しんく》の閃光《せんこう》である。露《つゆ》テントの下で畑仕事にいそしむ火星人の小作人《こさくにん》たちが、近づいてくる列車のくぐもった轟音《ごうおん》を耳にしてちらりと顔をあげ、通りすぎれば、仕事にもどるのだった。

前方の寝台車のなか、窓ぎわの席から、カートはその景色を静かに見つめていた。列車は一時間ほど前に宇宙港を出発し、ドームに覆われたウェルズトンの地球人居留地《きよりゅうち》と、その近郊の日干《ひぼ》し煉瓦《れんが》が目立つ火星人地区を過ぎて、いまは田園地帯を走っていた。じきに列車は西へ進路を変え、ルナ高原にはいり、タルシス領域までいちばんの長旅をはじめるだろう。赤道を越えて、マリネリス渓谷《けいこく》の北側の谷を迂回《うかい》するのである。

カートは列車がその地域にさしかかるのを心待ちにしていた。六年前ここへ来たときは、大半を比較的退屈なクリュセ平原で過ごし、〈生きている脳〉の強い勧めで、彼とオットーは二十世紀の遺物である古いヴァイキング1号とパスファインダーの着陸地点を訪れたのだった。西半球で火星の赤道の大半をえぐっている広大な地溝帯《ちこうたい》で眼にしたのは、着陸態勢にはいったシャトルからかいま見えたカプリ谷《カズマ》だけだった。そういうわけで、列車がマリネリス渓谷へたどり着くころ、あたりが暗くなりすぎて、深い荒れ地を見分けられなくならないよう願っていた。

窓から視線をはずし、カートはジョオンを見つめた。オットーがなんとか確保したコンパートメントは、彼がいったとおり狭苦しかった。昼間は座席になる狭い折りたたみ式の寝棚。床は、三番目のベッドとして車掌《しゃしょう》がくれた空気膨張式のマットをかろうじて広げられる面積しかない。オットーはディナーの予約をとれるかどうか食堂車へ訊きにいっており、いっぽうジョオンは仮眠をとっていた。

カートと向かいあってすわり、腕組みして、頭を枕にあずけている彼女は、すっかりくつろいでいるようすだった。とりあえず、彼が予想していた法執行官とは似ても似つかない。眠っているジョオンを見ながら、宇宙港のターミナルでキスしたときの彼女を思いだした。なるほど、彼女の言葉によれば、別人のふりをするためだったという。にもかかわらず、こう思えてしかたない。ほんの一秒か二秒、彼女自身も心から楽しんでいたのではないか……。いや。〈コメット〉上でジョオンは彼にはっきりといった——自分は第一に、なによりも、つねにIPF警察官である、と。彼女に惹《ひ》かれる自分の感情が報《むく》いられるとは思えない。もういちど肘鉄《ひじてつ》を食らいたくなければ、彼女をプロフェッショナルとして尊敬することを学び、どれほどむずかしかろうと、彼女がうら若き美女であるという事実を心から締めだしておかなければならない。

カートはまた窓の外に眼をやった。遠くザンザ・テラ領域の西端を示すオフィル・カズマのへりに、大気工場が地平線を背に浮かびあがっていた。火星の赤道周辺と両極に散在する八つの工場のひとつであるそれは、ピンクの空に高くそびえる、縦溝つきの煙突のような塔が目印だった。塔から立ち昇る煙霧は見えないが、とにかくそれがなにかは知っていた。クロロフルオロカーボン――火星の表土《ひょうど》に閉じこめられた二酸化炭素と弗化《ふっか》物から派生した温室効果ガスだ。

タイタンから輸入した気体の窒素と、木星から輸入した水素が導入されたのに加え、クロロフルオロカーボンが、長い年月をかけて、火星の大気をゆっくりと濃くし、暖めていた。これにともない地面の下の永久凍土《とうど》が徐々に溶けだし、それが酸素と水蒸気をしだいに放出していた。すでに火星の主な大気成分は二酸化炭素ではなく酸素と窒素になっており、気圧はまだ低すぎて、地球人は低酸素症を起こさずには呼吸できないものの、数百万年ぶりに、小川や春の池が赤道地域に形成され、列車がいま通りすぎた農場のような小規模農業を維持できるだけの地表水を供給していた。

だが、このすべても、火星を地球とよく似た人の住める世界に変えるための、数世代におよぶ努力の第一段階にすぎない。太陽系連合のテラフォーミング事業は百年以上前にはじまり、あとどれくらいつづくか、正確なところはだれにもわからないものの、火星に緑の森や青い海ができ、いまなお惑星の大部分を覆う広大な赤い砂漠にとってかわるまで、さらに数百年がかかるのは確実だった。

そのいっぽうで、カートの父親をはじめとする科学者たちは、支援テクノロジーの開発に成功していた——火星で生きられる人類の遺伝的亜種、火星人《アレジアン》が環境創出《エコポエーシス》という難事業の大部分を担っている。同じ生体工学的プロセスが、のちに外惑星の衛星に入植する植民者を造《つく》りだすために、さらにのちには金星の空中都市ストラタス・ヴェネラの開発に利用された。すべて理由は同じだった——火星のテラフォームを成功させるには、すべての惑星の資源が必要になるだろう。そしてこうした人の住めない場所に造《つく》った人間の植民地を維持するには、住民としてホモ・コスモスを造りだすことが最良かつもっとも確実な方法なのだ。

すべてがなしとげられた暁《あかつき》には、火星は別の惑星——その世界規模の気候が、大気中のクロロフルオロカーボンの偶発的な過剰でとうのむかしに壊滅《かいめつ》した惑星——の身代わりとなる運命にある。皮肉にも、そのクロロフルオロカーボンが、この世界では故意に増産されているわけだ。もちろん、火星人はそれを知っているし、そう遠くない未来のある日、火星がもはや自分たちのものではなくなるであろうことも知っている。

そこで〈星界のメッセンジャー〉が登場する。

「なにか気になるの？」

カートが視線をめぐらせると、ジョオンがこちらを見つめていた。しばらく前から眼をさましていたのだろう。静かな笑みを浮かべていたが、眼は鋭く、もの問いたげだった。いまのは儀礼的な質問ではない。彼がなにを考えているのか、本当に知りたがっている。

「漂流していたときに思いついたことがある」カートは答え、それから〈星界のメッセンジャー〉と〝二つの月の子ら〟につながりがあり、したがってウル・クォルンとも間接的につながっている可能性があると思いついた経緯を話して聞かせた。ジョオンは辛抱《しんぼう》強く耳をかたむけ、ときおりうなずいた。そして彼の話が終わると、座席にすわったまますこしだけ居住まいを正した。

「興味深い仮説ね。第四課はすでにそれを調べたけれど、なにも見つからなかった」窓の外に眼をこらし、こうつけ加える。「もっとも、だからといって、なにもないということにはならない。主席の命を狙うというのは、〝子ら〟よりも〈星界のメッセンジャー〉のほうがやりそうなことだし、ウル・クォルンとコルボ議員とのあいだにつながりがあれば――」

「コルボが〈星界のメッセンジャー〉とつながっていることになる」ジョオンが同意していることにカートは軽い驚きをおぼえた。ガーニーと同様に、こちらを信頼するようになっているのかもしれない。

「うーん」ジョオンがすわったまま、もぞもぞと体を動かし、枕にあずけた頭がもっと楽になるようにした。「でも、それだとここへ来る途中でわたしたちが狙われた理由の説明がつかない。つくとしたら……」

彼女は眼を閉じ、腹立たしげに隣の座席をたたいた。

「まずいわね、わたしたちがウル・クォルンを探しに来たことを知られていたんだわ。だとしたら、方法はひとつしかない——」

「コルボの屋敷で何者かに話を聞かれたんだ。それがだれかは、いうまでもない」カートはもういちど窓に眼を向けた。「ぼくらが追っているのはウル・クォルンかもしれない。だが、ぼくにとっては、やつはヴィクター・コルボを倒すための一歩にすぎない」

ジョオンはしばらくなにもいわなかった。カートが枕に寄りかかり、わきをかすめる赤い砂漠を眺めるのを無言でしげしげと見ていた。

「あなたは本当は裁きをくだしにきたんじゃない」とうとう彼女はいった。「復讐しにきたのよ」

「同じことだ」

「いいえ」彼女はかぶりをふった。「いいえ、そうじゃない。そう思うかもしれないけれど、そのふたつは本当は別ものよ」いったん言葉を切り、「コルボがあなたのご両親を殺したのは知っている。あたにはその裁きを求める権利がある。でも、その復讐が他人のさし金《がね》だと思ったことはない？」

カートは鋭い眼で彼女を見た。

「だれのさし金だ？」

「もちろん、サイモンのよ。なんといっても、コルボがふたりを、彼に再生のチャンスをあたえられるただふたりの人間を殺していなかったら、彼の頭脳は最終的にオットーの体とよく似た人造のボディに移植されていたわけでしょう。彼が失ったものは、あなたと同じくらい大きいけれど、コルボが彼に対して犯した罪を裁く法はない。だから、彼は復讐に走るしかない。自分ではできないから——」

「サイモンはぼくにとって父親のようなものだ！　彼はけっして、けっして——」

「あなたを利用しない？」ジョオンが片方の眉を吊りあげる。

「そうだ！」

ジョオンは視線を窓にもどした。しばらく、なにもいわなかった。

「わたしの言葉を信じてみて」とうとう彼女がいった。「復讐しても、あなたが失ったものは返ってこない。あるいは、サイモンが失ったものも」

カートは返事をしなかった。大気工場はもはや視界にない。いま見えるのは、大石がごろごろしている平原と低い丘陵《きゅうりょう》だけ。あとは、かつては水が流れていて、ひょっとするといつの日か、また流れるかもしれない涸《か》れ谷がときおりあらわれるくらいだ。ジョオンの発言には腹が立った。通りすぎる景色を眺めるうちに心が落ちついた。癇癪《かんしゃく》を抑えるのはむかしから得意だった。そしていちばん短気を起こしたくない相手がジョオンだった。

——彼女は誤解している、カーティス。〈生きている脳〉はこれまで沈黙を保っていた。しかし、にもかかわらず彼の気配は消えなかった。——わたしはきみをあやつったことなどない。わかっているはずだ。

——ああ、わかっています。カートは答えた。とはいえ、もはや心からの確信はなかった。

しばらくあと、ジョオンがまた口を開いた。

「ウル・クォルンを見つけたら、コルボ議員も見つかるかもしれない。彼がここへ向かっていることはわかっているし、あなたのいうとおりなら、ふたりにはなんらかのつながりがある。でも、見つけたら、ひとつ約束してほしいことがある」

「なにを約束してほしいんだ？」彼は声を荒らげないようにした。

「わたしがいったことを思いだして。それに、わたしに手伝わせてくれたら、コルボに法的な裁きをくだせるということも。当てにしてもらっていいわ」

「ぼくは——」

扉にノックの音。つぎの瞬間、扉が横に開いて、オットーがはいってきた。

「やあ、午後七時の食堂車に三人分の席がとれましたよ」彼はそういうと、カートの隣に腰をおろした。「メニューを見たら、なかなかよさそうでした。もっとも、ラテン－アジア折《せっ》衷《ちゅう》風味がちょっとばかり濃厚だけど」

「火星の文化に合わせてるのよ」とジョオン。「それでこんなに長くかかったの？ メニューを隅から隅まで調べていたの？」

「いや、そういうわけでもない。おれたちを見張っているご婦人を見張ってもいたんだ」ジョオンが眼を丸くすると、オットーはうなずいた。「ああ、この列車にいる――ダイモスで見かけ、シャトルでもういちど見かけたのと同じ女だ。食堂車を出ようとしたら、そこにいたんで、展望車まで大まわりしてからもどってきた。ずっと彼女につけられていた」

「それならコルボがぼくらを追わせているんだ」とカート。「さもなければウル・クォルンが」

「あるいは、その両方が」オットーは考えこんだ顔で帽子をもてあそんだ。「おかしな話だけど、その女は本気で姿を隠そうとしていませんでした。まるで見つけてほしがってるみたいだった。そうだとしたら、おれたちと話をしたいのかも」

「いいえ……わたしたちとじゃないわ」ジョオンはカートを見やった。「あなたとよ」

3

その女は、カートが予想したとおりの時と場所で近づいてきた。ディナーの直後、展望車のなかである。食事中にオットーが彼女をちらりと見かけた。そのときはすぐさま姿を消したことから、カートひとりと話をする機会をうかがっているのだというジョオンの疑惑が裏づけられた。そういうわけでディナーが終わると、カートは後方の展望車へ行き、ほかのふたりは寝台車にもどったのだ。女が彼のもとへやってきたのはそのときだった。

列車はマリナー渓谷の北端にそって走っていた。夕陽が、複数の都市をすっぽりおさめられるほど広大な峡谷《きょうこく》に、琥珀《こはく》色の黄昏《たそがれ》を落としている。展望車はふたつのデッキに分かれていた――下のデッキは地球人の乗客が快適でいられるよう、暖房され与圧されている。上のデッキは火星人の乗客の希望にそって冷涼《れいりょう》であり、与圧されていない。カートは二階へあがることにしたので、エアマスクを着けなおしてから、回転扉式のエアロックを通りぬけ、短い螺旋《らせん》階段を登った。二階には、窓のかわりに車輛《しゃりょう》の端から端まで覆う透明ドームがあり、中央通路の両側に詰め物をしたベンチが外向きに並んでいた。そのおかげで、人は列車の屋根に乗っているような錯覚におちいる。火星を見るには申し分のない方法であり、あがっていったときデッキに人けのなかったのがカートには意外だった。

ひとりきりだったのは、そう長いあいだではなかった。ゆっくりと暗くなっていく空に最初の星々があらわれていたころ、何者かが通路を歩いてきて、彼の座席のかたわらで立ち止まった。視線をめぐらすと、眼のさめるほど美しい火星人女性だった。火星の現地民はたいてい大部分の地球人よりは長身だが、彼女の身長はそのなかでもなみはずれていた――六フイート六インチというところか。それ以上かもしれない。フードつきの旅行用ケープを身にまとっているが、豊満な胸をした彫像のような体躯《たいく》と、肩のまわりで渦を巻き、彫《ほ》りの深い、妖精めいた顔をふちどっているふさふさの黒髪を隠せていない。

「こんばんは」彼女がいった。その声は深みがあり、耳に心地よくかすれていた。「お邪魔してもいいかしら？」

「もちろん」カートは懸命に口ごもらないようにしながら、手をふって隣の空席を示した。

「いっしょに景色を眺めてくれる人がほしいと思っていたところです」

「じゃあ、遠慮なく」女は優雅にベンチに腰をおろすと、足首と手首を交差させるいっぽう、背中を弓なりにそらした。「すばらしい眺めではなくて？　何度も見ているけれど、けっして慣れるということがない」

峡谷はみるみる姿を消しつつあった。残ったのはギザギザの地平線と、まだ残照を浴びている二、三のビュート（孤立した山）だけだ。

「それなら、このあたりをしじゅう旅されているにちがいない」とカート。「こちらにお住まいですか、セニョリータ……？」

「ヌララ……ただのヌララよ。答えはイエス。家はタルシスのアスクラエウス・トロウにある。あなた、火星には前に来たことがあって、セニョール……？」

「ニュートン。カート・ニュートン」彼はとっさにラブ・ケインではなく本名を使おうと判断した。彼女が尾行してきたのなら、こちらの正体をすでに知っているにちがいない。偽《いつわ》りの身元の裏に隠れても意味がない。「ええ、前にいちど。でも、ここへは来なかった」

「ああ」ヌララはうなずき、口もとをほころばせながら、まっすぐ前方に眼をやった。「それなら、どうしてまた火星へいらしたの？　観光かしら、それとも……？」

彼女は質問を途切れさせた。こちらをからかっている、という印象を受けた。真実をすでに知っているのに、あえて嘘をいわせようとしているかのようだ。

「景色はすばらしい」彼女から眼を離さずに、彼は答えた。「でも、それに加えて、仕事もあるんです。人を探しているんですよ」

「なるほど」お世辞は当然のものとして受け入れ、ヌララは繊細なアーチを描く眉毛の下から彼に流し目をくれた。「で、その紳士はどなたかしら？」

「ウル・クォルン」

「ああ……なるほど」彼女の眼差しが暗くなり、顔から笑みが消えた。「ウル・クォルンは有名人よ。〈火星の魔術師〉と呼ばれることもある。なぜか知ってる？」

「人々の姿を消せるからだそうだ」

「そのとおり。でも、わたしの同胞がいだいている敬意の表れでもある。彼とかかわるのは避けたほうがいいわ、セニョール・ニュートン」彼女はマリネリス渓谷のほうを顎《あご》で示した。いまや夜のとばりがおりて、すっかり暗くなっている。「火星の砂漠は広大よ。〈魔術師〉にわずらわしい思いをさせた者は、そのなかに消えてしまったそうよ」

「それでも彼を見つけたい。ぼくの仲間も同じだ」彼女がすでに知っていること、つまり、これがひとり旅ではないという事実を隠そうとしても意味がない。「どうしたら彼が見つかるか、教えてもらえないだろうか？」

ヌララは透明ドームごしにぼんやりと空を見あげ、視界にはいってきたフォボスを眼で追った。

「なぜウル・クォルンに会いたいの？」

「ぼくの両親を殺した男に裁きを受けさせたい。彼が手を貸してくれればいいと思っている」なにからなにまで真実ではないが、伏せた部分を彼女がまだ知らないというほうに賭けるしかない。

ヌララはすぐには答えなかった。彼女に眼をこらす。堂々として謎めいた人物という印象だ。子供のころ夢中になった古いエドガー・ライス・バローズの小説に出てくる火星のプリンセスのような。ジョオンとはちがい、彼女には神秘的なところがある。謎めいていて蠱惑《こわく》的な女性にはこれまでいちどしか会ったことがなく、その金星人の娘とは二度と会ってはならないとサイモンにいわれたのだった……。

「たぶん助けてあげられる」とうとうヌララがいった。「アスクラエウス・トロウで列車をおりるつもりなの？」

「ああ」

「いいわ。〈砂漠の王と女王〉という酒場を探して。明日の晩そこへ行って、知り合いに紹介してあげる。あなたとお友だちが気に入られれば、ウル・クォルンの見つけ方を教えてもらえるでしょう」

「〈砂漠の王と女王〉、明日の夜」カートはうなずいた。「うかがうよ」

ヌララは立ちあがりかけて動きを止めた。衝動的にだろうか、身を乗りだして彼の頰、エアマスクのすぐ上にキスをした。

「ウル・クォルンに会いたいらしいけど、考えなおしたほうが身のためよ」彼女が声をひそめていった。「ここで命を終わらせるには若すぎるもの」

それから立ちあがり、ケープをひるがえして、すべるように展望車から出ていった。

4

犬は〝とってこい〟というゲームが大好きだ。たとえ月犬《ムーンパップ》であっても。

グラッグがこのことを知ったのは、犬を楽しませておく方法を探してアンニをざっと検索したときだった。カートとオットーとジョオンからの連絡を待って、ロボットがサイモンとともに〈コメット〉で長い時間を過ごしているあいだ、イイクは退屈で明らかに気が狂いそうになっていた。だが、これには簡単な解決策があった――ポート・ダイモスの商店街にある土産物屋《みやげ》で買ったゴム製の火星儀である。それをとりに行き、グラッグのもとへ持ち帰るのをいったんイイクがおぼえると、これほど単純な暇つぶしが無上の楽しみになるのだと、ロボットと犬の双方が気づいた。

ダイモスの低重力のおかげで、〝とってこい〟はじつに挑戦しがいのあるゲームとなった。そして床から待機室の隔壁《かくへき》にはね返ったボールをイイクが空中でキャッチできるのを、グラッグはいま知ったところだった。そのときエアロックの内側ハッチをノックする音があった。どうやら何者かが、密封されていない外側ハッチを抜けてエアロックにはいりこみ、内側へはいりたがっているらしい。ボールをイイクにあずけたまま、グラッグは膝立ちの姿勢から立ちあがり、内側ハッチに向きなおった。ロボットは船内通話機のボタンに触れ、「どちらさまですか?」と尋ねた。

「IPFのエズラ・ガーニーだ。そっちはだれだ、ロボットか?」

「はい。わたしはロボットです」

長い間。グラッグは扉をあけるそぶりを見せなかった。イイクがボールをくわえたままじれったげにクンクン鳴き、尻尾《しっぽ》を前後に勢いよくふった。とうとう、ガーニー司令がまた口を開いた。

「扉をあけてもらえませんかね？　なかへはいりたいんだが」

「少々お待ちを、司令」グラッグは船内通話機のボタンを軽くたたいた。「ガーニー司令が訪ねてきました。なかへはいりたいそうです」

「入れてやってくれ、グラッグ」〈生きている脳〉が船のどこかからいった。「中部甲板《ミッド・デッキ》まで連れてきてくれ」

「了解」グラッグは内側ハッチの気密を解くロック・レバーをひねり、ハッチを引いて開いた。エズラがはいってきた。

ポート・ダイモスを訪れる人間の例に漏れず、エズラは宇宙港の地下トンネルを歩いているあいだは足首に重りを装着していた。タラップを伝ってきたのだが、それは船が現在停泊しているサイロのような格納庫のなかで〈コメット〉の船体にかけられたものだった。グラッグの感情のない丸い眼を見あげて、彼は顔をしかめた。

「このバッジがどういう意味か知らんのか？」語気を強めていい、制服の胸に留めてある銀メッキされた楯《たて》を指さす。

「いいえ、知っています。あなたが惑星警察機構の幹部職員であることを示しています」

「それなら、わしが命じたとき、なぜ扉をあけんかった？」

「第一に、バッジを見ませんでした。第二に、あなたはなかへはいりたい特定の理由をおっしゃいませんでした。よって、わたしにそうする義務はありませんでした。ハッチをあけたのは、飽くまでもサイモン博士と相談したあとであって、彼は——」

「彼がだれかは知っとるよ。彼のもとへ連れていけ」

エズラがこの言葉を発するのにかかる時間を使って、グラッグは火星リバータリアン連邦法務省の法的データベースにアクセスして、エズラ・ガーニーのような法執行官が、太陽系連合の運営する軌道宇宙港にドッキングした船にはいれる条件を検索した。執行官が船にはいれるのは招かれたときにかぎられることが判明した。これはサイモンがついさっきしたことだ。とはいえ、ガーニー司令が犯罪の疑いのある事件を捜査していて、特別な令状を持っていないかぎり、グラッグはいつでも彼を放りだせる。グラッグとしてはそうしたいところだった。司令は不必要に不作法だ。しかし、ガーニー司令を連れてきてくれといわれたからには、グラッグは自分の欲望よりも〈生きている脳〉の指示を優先させた。

「わかりました。では、ついてきてください」グラッグはきびすを返し、船室を横切ろうとしたが、イイクに道をふさがれただけだった。月犬がゲームをつづけたがっているのは一目《いちもく》瞭然。ロボットは立ち止まって身をかがめ、右手をおろした。そして小犬がボールを手のひらに置くと、グラッグはそのボールを軽く放って、自分とガーニー司令からいちばん遠い隔壁にぶつけた。

ボールをあわてて追いかけていく月犬を、エズラ・ガーニーは驚きの眼で見まもった。犬には見憶えがあった。その小さな駄犬《だけん》に噛《か》まれたあと、カシュー主席が手放したやつだ。まさか、そいつがカート・ニュートンのロボットと〝とってこい〟をして遊ぶところを眼にするとは、夢にも思わなかった。もっとも、彼を驚かせたのは犬ではなく、ロボットのほうだったが。

「だれがそうしろとおまえをプログラムしたんだ？」エズラは尋ねた。「つまり、〝とってこい〟のことだが」

「だれもしませんでした」グラッグは梯子の最下段で立ち止まった。「イイクを楽しませる必要があったので、自分でゲームを憶えて、そのあとイイクに教えました」

「なら、これを自分ひとりで考えだしたというのか？」

「はい、そうです」

「なぜ？」

「楽しいからです」グラッグはまたたかない赤い眼で彼をじっと見つめた。

「楽しいだと？」

「はい。法に触れるのでしょうか？」

エズラの口がぽかんとあいた。ロボットが皮肉をいっているのかいないのか、どうしてもわからなかったのだ。こいつはえらいことだ。いつからロボットが皮肉をいえるようになったんだ……あるいは、犬っころと〝とってこい〟をして楽しむように？

「なんでもない」エズラは眼を閉じ、かぶりをふった。「わしが訊いたことは忘れてくれ、いいな？　ライト博士のところへ連れていけ」いったん言葉を切り、それからつけ加える。

「お願いします」

グラッグは無言で梯子を登りつづけることで応じた。エズラはそのあとについて登った。出たところは〈コメット〉のミッド・デッキのラウンジだった。そこで彼は〈生きている脳〉に出会った。

ジョオンが〈コメット〉に乗りこんだあと、はじめて交わした会話のなかで、彼女がサイモン・ライトについて警告してくれた――なにを見ることになるかを。かつては生体工学の分野で令名をはせたものの、公式には何年も前に死を宣告された科学者が、改造されたドローンのなかに浮かぶ、肉体から切り離された脳となったのを知ることと、サイボーグそのものがこちらへ滑空《かっくう》してきて、自分たちの眼の高さが同じになるまで眼柄《がんぺい》を動かすのを眼《ま》のあたりにするのは、まったくの別ものだった。

「やあ、ガーニー司令」円盤状の背甲《はいこう》の前部にあるスピーカーから出てきたおだやかな声は老人のものだった。「やっとお目にかかれてうれしいよ。ジョオン――いや、ランドール警視――からあなたのことはたっぷりと聞かされている。わたしがサイモン・ライトだ」

ロボットでさえこれほど奇っ怪ではなかった。

「ああ……その、こちらこそ」エズラはいった。習慣から、手をあげかける。握手はおそらく無駄だとさとり、その手をおろした。「わしは……つまり、立ち寄って……ジョオンから聞いていたので、その、あなたと打ち合わせができないかと思って……つまり、彼女が――」

スピーカーから出てきた音は、礼儀正しい笑い声とあまり変わらなかった。にもかかわらず、そういうものとしてエズラが認識するまでにちょっと間があった。

「そうあわてなくてもいい、司令――それとも、エズラと呼んでもかまわないかな？　生身の内臓を捨ててずいぶんになるが、いろいろな意味でわたしはまだ人間だ。じっさい、生物学的な観点からすれば、あなたとわたしは数歳しか年齢がちがわない。あるいは、すくなくともそうだった。わたしの以前の体が不幸にも早すぎる終わりを迎える前は」

「わしは――」エズラはひとつ深呼吸し、あらためていった。「いや、申しわけない。ただ……最初がニュートン、つぎがアンドロイド、そのつぎがロボット、で、こんどがあんただ。頭が追いつかん、いいたいことは、わかるだろう？」

「たぶんきみのいうとおりだろう。われわれ四人はあまりにも長いこといっしょにいるので、たいていの者が〝正常〟と考える人々のそばにいるのがどういうことか、忘れてしまったのかもしれん」またしても笑い声。「まあ、人間の体があったときでさえ、わたしは正常性とやらは過大評価されていると思っていたが」

「それは正しい見方だと思うね」

「ああ、わたしはむしろそう考えている」〈生きている脳〉がヒューンとうなりをあげて船室を横切り、ラウンジ・テーブルに舞いおりた。「ご来訪をたまわったのは、どういう理由からかな、エズラ？　きみがカートにいだいていた疑いは晴れたはずだが」

　エズラは最後の言葉を聞き流し、テーブルをはさんだ向かいの席についた。

「ついさっきジョオンと連絡をとった。彼女とオットーとカートはタルシス領域行きの磁気《マ》浮上《グレヴ》列車に乗っている。彼女によれば、カートはウル・クォルンにつながりそうな何者かと接触したそうだ」

「ほぼ同じ内容のメッセージを、わたしもつい先ほど受けとった」とサイモン。「カートから」

「彼と連絡をとっているのか？」

「わたしはいつでも彼と連絡をとれる。ほかのみんなと同じように、彼はニューラル・インプラントを埋めこんでいるが、それを使用するのに公共のアンニ・ノードはかならずしも必要ない。わたしと意思疎通をする別の手段がある」

「彼がはめているあの指輪かな？」エズラが尋ね、サイモンの眼柄が眼に見えてピクッと動いたのを見て、ひそかに溜飲《りゅういん》を下げた。「わりあい簡単に察しはつく。彼がどこかとつながっているように見えるとき、あの指輪に眼をやっているのをちょくちょく見かけるんだ」

「たいした観察力だ。そう、あの指輪は独立したアンニ・ノードの役割を果たす。亡くなった父親から受け継いだもので、それを通して事実上どんな通信システムにもアクセスできる。そればかりか、彼が指にはめているかぎり、彼の動きを追跡する便利な手段にもなるのだ。

したがって、地元のノードに頼らずとも、われわれは連絡をとり合えるわけだ」

「そういうことか」とエズラ。「秘密を明かしてくれて感謝する。というのも、わしがにらむところ、これはなにかの罠《わな》だからだ。ジョオンによれば、同じご婦人が彼女とオットーをここからずっとつけていたそうだし、カートがひとりきりになるのを待って、彼に近づいたそうだ」サイモンに向かって茶目《ちゃめ》っ気《け》たっぷりのウインクをし、「どうやら彼女も美人らしい。女の武器ってやつだ」

「カートは女性の美しさにまどわされない」と、そっけなくサイモン。

「うーん。ジョオンに知らせとこう。きっと驚くだろうな」エズラは椅子にもたれかかり、腕組みをした。「とにかく、これが本当に罠だったら、まっすぐウル・クォルンのもとへ通じるのかもしれん。その場合、あんたの秘蔵っ子の居場所を特定できたり、彼とじかに意思疎通できたりするのは、こっちの利点になる」

「同感だ」と〈生きている脳〉。「わたしは〈コメット〉の航法と通信機器と直接インターフェイスできるので、われわれの通信範囲は広がるはずだ。そしてひとたびそうなれば、〈ヴィジランス〉のミッション情報システムとも直接インターフェイスできる。それがきみの望みだと思うが、ちがうかね？」

「大当たりだ」エズラは人さし指を曲げて自分に向け、銃を撃つ真似をした。「彼とほかのふたりが厄介なことになるようだったら、カシュー主席のうしろ楯を得てＩＰＦと太陽系警備隊がただちに介入する——それは請《う》けあおう」

「感謝する、司令。きみと連絡をとる理由が生じたら——」

「遠慮なく頼んでくれ」

「そうしよう」サイモンの回転翼がふたたびうなりをあげ、彼はテーブルから浮きあがった。

「さて、きみの話したいことがそれだけなら——」

「おっと、あとひとつだけ」エズラは椅子にすわったまま身を乗りだし、テーブルの天板《てんばん》の上で手を組みあわせると、〈生きている脳〉をひたと見据えた。「コルボ議員の船が、あと一時間ほどでここへ到着する予定だ。そのすぐあと彼はシャトルで地表へおりることになっている。公式の旅程によれば、ザンザ大陸《テラ》で過ごすはずだが、やっとウル・クォルンとのあいだにつながりがあれば、落ちあう方法を見つけるにちがいない。そうなれば、逮捕のために介入する大義名分ができる」

「なるほど、そういうことになりそうだ」サイモンの口調はほんのすこし気が進まないといいたげだった。

「そのときには、カートに思いだしてほしいものだ。自分がIPFの特務捜査官に任命されていて、ウル・クォルンを逮捕し、やっとコルボ議員を拘禁《こうきん》することが、いかなる復讐にも優先することを」そういいながら、エズラは笑みを消し、かわりに意味ありげな目つきをした。「彼がキャプテン・フューチャーと名乗るのはかまわない。だが、英雄気どりの人間はほしくない」

「きみには最大限の協力をするよ、ガーニー司令」

「エズラと呼んでくれ」にやりと笑い、ふたたびウインク。ひとえに、いまいった言葉の辛《しん》辣《らつ》さをやわらげるためだ。

「連絡を絶やさないようにしよう」〈生きている脳〉は操縦室《フライト・デッキ》へ通じるマンホールのほうへ浮遊をつづけた。「グラッグ、われらがお客人をエアロックまで案内してもらえるかな？」

エズラが待機室へもどったとき、月犬が彼らを待っていた。司令は足を止め、イイク――なんて名前だ！――の耳の裏を掻いてやってから、エアロックのハッチを抜け、タラップに出た。格納庫の扉にもうじきたどり着くというとき、ふと思いついたことがあって足を止め、くるっとふり返った。

〈コメット〉は着陸装置を出して格納庫内に駐まっていた。ずんぐりした鼻先が、閉じた天井のハッチを仰いでいる。だれにも知られずに離昇《りしょう》することはできないだろう……あるいは、すくなくとも、ふつうの船だとしたらできないだろう。だが、ジョオンがすでに知らせてくれたところでは、その小型レース用ヨットには、ある種の不可視化装置がそなわっているという。もしそうだとしたら……。

格納庫から眼を離さないほうがよさそうだ。万が一にそなえて。

5

マリネリス渓谷の西で赤道にまたがっているのがタルシス連山、火星の黎明《れいめい》期に構造上のホット・スポットの上で生まれた三つの火山である。太陽系最大の火山、オリンポス山が北西はるか彼方《かなた》でアマゾニス平原からそびえているのに対し、それよりは小さいが、重要度では劣らない三つの火山が、タルシス山脈《リッジ》として知られる連山を形成している。その三つとは、赤道の南西に位置するアルシア山、経度ゼロに位置するパボニス山、北東に位置するアスクラエウス山である。

タルシス・リッジは、遠いむかしに眠りについた火を吐くドラゴンが並んでいるかのような形で、火星がかつては活動的な生きている惑星だった証《あかし》だ。このことは溶岩チューブの存在で強調される。低地には縁のない巨大な縦穴が無数にあいている。それは落ちこみ穴に似ているが、はるかに大きく、それぞれが幅広いトンネルへの開口部となって地下深くまでのびている。そのトンネルこそ、かつて溶岩が流れた跡《あと》である。近くの火山は死滅してしまったが、太古、そのチューブのおかげで噴火のあいだに溶けた岩が地表へ逃れ、何マイルも離れた開けた場所へ爆発的に広がったのだ。

その当時、溶岩チューブは火山にとって安全弁とよく似た役割を果たしていた。数百万年後、地球人と火星人は新しい使い道を見つけた。磁気浮上列車《マグレヴ》はタルシス駅で十分の短い停車をしただけで、アマゾニス平原へ向かう西行きの進路をふたたびたどりはじめた。下車した乗客はおよそ二十名。カートとオットーとジョオンもそのなかにいた。彼らが高架プラットフォームでぐずぐずしていると、あわただしい出発で巻きあげられ、顔に吹きつける赤い砂をゴーグルとマスクで受けるはめになった。

そのあとカートは周囲を見まわした。

北方数マイル先に、アスクラエウス山がそびえていた。周囲の土地から三万フィートも隆起している、どっしりした岩壁だ。この方向から見ると、伝統的な火山というよりは浸食《しんしょく》の進んだ低い山に似ている。カートの立っているところからカルデラは見えなかった。しかし、別のものが彼の注意を惹いた。

駅から一マイル足らずのところで、未舗装の道路が巨大な蟻塚《ありづか》のようなものへ通じていた。高さ七十フィート、幅六百フィート近い円錐《えんすい》形の構造物で、突き固められた土の壁に、細い溝のような窓が何列も並んでいる。太い車輪をはめた車輌やトラックが、そこへ通じる道路を行き交っている。円錐の周囲には風車、太陽電池パネルやアンテナ群、温室、ゴミ埋立地、小型飛行機の発着場がある。西へ数マイルのところには、アスクラエウス山とパボニス山とのあいだにそびえる、新たな大気工場の煙突群が地平線上に見てとれた。

最初の火星人が、地球人の住む閉鎖された都市を出て、みずからの入植地を築きはじめたとき、中国人の祖先から農業の様式を借用した。それがトロウ——当時は氏族として住んでいた農民集団が田園地帯に建てるドーナツ形の建造物である。砂漠の世界で生きるのにトロウはうってつけのものだと火星人は発見した。とりわけ、溶岩チューブの上に築くことができ、したがって風よけと追加の居住空間がもたらされるだけでなく、蒸留して飲料水にできる地下の帯水層へも到達できるのだから。

テラフォーミング事業がスピードを増しはじめ、大気工場が赤道にそって広がりはじめると、火星人はトロウを築いて火星の荒野を耕作地に変えていった。いまや十二、三のトロウがあり、道路とマグレヴ路線のネットワークでたがいに連結していた。

アスクラエウス・トロウが彼らの目的地だった。〈コメット〉に破壊工作を仕掛けた火星人はそこから来た。おそらくカシュー主席の暗殺未遂犯も同じだろう。万事がうまく運べば、カートたちはそこでウル・クォルンに通じる人間を見つけられるだろう。

駅のプラットフォームからおりる階段は、小さな駐車場へ通じていた。同じ列車をおりた客たちはすでにそこにいて、トロウまでの道のりを運んでくれる車に乗りこんでいる。若い火星人がペダルを漕《こ》ぐ三輪《りん》の輪タクらしきものの後部にヌララが乗りこむのが、カートの眼に映った。彼女はプラットフォームをちらっと見あげ、一瞬ふたりの眼が合った。それからヌララは茶目っ気たっぷりの笑みをカートに向けてから、首をまわして運転手になにかいった。運転手がうなずき、ペダルを踏んで立ちあがると、輪タクは駅から遠ざかりはじめた。

「あんたの新しいガールフレンドはイカシてるな」とオットー。

「彼女は別に――」カートはいいかけたが、友人の眼のまわりの笑いじわと、ジョオンが面白がってこちらを見ているのに気づいた。「あー、黙れ」彼はそういうと、身をかがめてバッグをとりあげた。「急ごう。出払う前に輪タクをつかまえないと」

今朝早くめざめたとき、カートは重ね着をした。オットーが〈コメット〉から運んできた装備を身に着け、セーターとアノラックをその上に着こんだのだ。つまり、マグレヴに乗せてきたバッグふたつのうち小さいほうを捨てられるわけだ。オットーとジョオンとともに、彼ら三人はいかにもといういでたちだった――つまり、パッケージ・ツアーのようなものの世話にならず、マグレヴを使って赤い惑星の景色を見てまわる地球から来た若い冒険好きの旅行者だ。

――サイモン、聞こえますか？　カートが尋ねた。

――聞こえるよ、カーティス。〈生きている脳〉の声は、すこしばかりか細く聞こえた。どうやら弱いアンニ・ノードを通して届いているようだ。――きみとオットーとジョオンを追跡している。

――了解。ぼくらから眼を離さないようにしてください――ぼくらがこの位置から動くか、ぼくが合図を送るかしたら、どうすればいいかわかりますね。

間があった。彼と〈生きている脳〉は昨夜ひそかに——オットーやジョオンにアンニ・リンクを傍受されないようにして——選択肢を話しあった。カートの考えだした案をサイモンは気に入らなかったが、窮余《きゅうよ》の一策としてのみ使うということで合意していた。

——わかっている。とうとうサイモンがいった。そしてきみの合図を待つ。だが……その前によく考えるんだ。いいね。

——そうします。カートは答え、その件は終わりにした。

十分後、輪タクがトロウの正面入口前で彼らをおろした。鍵穴形の扉があり、その上の赤い砂岩《さがん》の壁に漢字が彫りこまれている。エアロックはなく、竹の扉があるだけで、押すと油のたっぷりさされた蝶《ちょうつ》番《がい》で横へ開いた。カートを先頭に、構造物の分厚い外壁をつらぬく短い薄暗い通路を抜けると、そこがトロウの内部だった。

内側から見ると、その居住施設《ハビタット》は巨大な太鼓《たいこ》に似ていた。深い穴の上に置かれ、皮をはずされた太鼓だ。トロウは直径がおよそ六百フィート、土台になった溶岩チューブの入口と同じ幅である。そして覆いのあるバルコニーを円周上に三層にしてめぐらせている。この下に深さ約八百フィートの縦穴があり、トロウとは縦穴のへりを囲む天然の岩棚でへだてられている。岩壁を掘りぬいた階層が、縦穴の側面にさらに重なっており、いっぽう狭い吊り橋が各階層に架け渡されているので、行き来は簡単だ。縦穴の底には幅広い方庭《ほうてい》があり、地下水の池らしきものを囲んでいる。この池に、周囲の壁を螺旋状にくだる溝から流去水《りゅうきょすい》が流れこむ仕組みだ。こうして、バルコニーのひさしで形成された朝露が、飲料水として集められるわけだ。

どこを見ても、眼にはいるのは火星人ばかりだ。手織りのサラーペ（特にメキシコ人男性が肩掛けに用いる幾何学模様のある毛布）やフードつきのケープをまとった火星の現地民が、歩道橋をそぞろ歩いていたり、バルコニーでくつろいでいたりするいっぽう、子供たちは階層から階層へ追いかけっこをしている。トロウの壁に彼らの声がワンワンとこだましていた。地球人はほとんど見当たらない。それどころか、自分たちのほうにちらちらと向けられる好奇心丸出しの視線に加え、ちらほらと交じる敵意のこもった視線にカートは気づきはじめていた。

「泊まる宿を見つけたほうがよさそうね」ジョオンも同じことに気づいていた。彼女の声は低く、油断がなかった。

「同感だ」オットーがあたりを見まわすと、こちらへ歩いてくる若い火星人が眼にはいった。

「すみません、ちょっと道を――」

その火星人は卑猥《ひわい》な言葉をつぶやくと、そのまま通りすぎた。つぎに通りかかった住民は、ほんのすこしだけ愛想がよかった。とにかく、下品なことはいわなかった。オットーとカートのふたりで、ある地元民の前に立ちふさがり、丁重に、だがきっぱりと宿の方角を尋ねて、渋る相手からようやくその場所を聞きだせた。トロウの反対側、上の第三層にあるという。

「もてなしの乏《とぼ》しい連中だな」とカート。

「そうね」ジョオンが静かな声でいった。「それには理由があるの」背後の壁を指さし、「ほら」

カートはいまはじめて気づいたのだが、入口のわきの砂岩壁にあざやかなオレンジ色で、あるシンボルが描かれていた――最上部に一対《いっつい》の小さな角《つの》を生やし、最下部にやはり小さな十字を生やした円。惑星の水星《マーキュリー》を表す古代ギリシアのシンボルだ、と彼はたちまち見てとった……水星の別名は〈星界のメッセンジャー〉。

カートは左手をあげ、手袋をはずし、指輪が外に出るようにした。それを壁に向けてかかげる。

――これが見えてますか、サイモン？　彼は声を殺して尋ねた。

――ちゃんと見えているよ。このトロウは〈星界のメッセンジャー〉の保護下にあると知らせるためのものであるのはまちがいない。

「おっ、これはすてきだ」シンボルを見つけたとたん、オットーがぎょろりと眼をむいた。「道理で温かい歓迎をしてくれるわけだ」

「彼らがぼくらを気に入ろうが気に入るまいが、どうでもいい。ウル・クォルンに会えさえすれば」カートは手をおろし、壁から視線をそらした。「行こう……日暮れが近い。宿へ行ってバッグをあずけてから、〈砂漠の王と女王〉を探そう」

6

三人の宿泊先、アメクラエウス・オアシスは、縦穴の底から九百フィート近く上、トロウの最上層に位置していた。彼らの部屋は地球標準に与圧されていて、大半の火星人住居の環境温度よりは暖かかった。その宿は、外世界からの訪問者を宿泊させるために建てられた、トロウに数すくない場所のひとつだった。カートとジョオンとオットーは、しばらくのあいだマスクと呼吸装置をはずせる贅沢《ぜいたく》を味わった。食べ物と飲み物を注文したあと、順番に仮眠をとり、シャワーを浴びた。ジョオンにはプライバシーの守れる別室があたえられた。

日が暮れるころには、三人は腹ごしらえをすませ、休息をとり、さっぱりした服に着替えて、〈砂漠の王と女王〉を探しにいく準備がととのった。宿の主人――やはり地球人で、サンタクロースふうの顎髭《あごひげ》を生やした小柄で丸々と太った御仁《ごじん》――は、そこへ行きたがる者がいることに驚いたようだった。フロント・デスクでカートが道を尋ねると、かぶりをふって、

「人が行きたがるような場所じゃないよ、坊や。ここにすてきなバーがある。きみとお友だちが宿泊客なら、最初の一杯は店のおごりだ」

しかし、いちばん近いエレベーターへの道順をしぶしぶ教えてくれ、常連客に気づかれな

いうちに、さっさと一杯やって店を出ろと、別れぎわに忠告してくれた。

その酒場はトロウの地面、入植地を築くさいの土台になった縦穴の底に位置していた。三人をそこまで運ぶエレベーターは側面が開いていて、ナノ単繊維《フィラメント》のケーブルを伝って縦穴を上下する木製の台と大差なかった。夜のとばりがおりていて、エレベーターでくだるうちに、バルコニーや歩道橋に並ぶランタンが灯《とも》りはじめ、トロウを色とりどりの照明にふちどられた樽《たる》に変えた。

〈砂漠の王と女王〉はありふれたビール酒場だった。ただし、縦穴の壁を掘りぬいて、木製のファサードを玄関にしていたが。カートはふたりといっしょにエレベーターをおりて、酒場のほうへ歩きだしたとき、縦穴の向かい側の壁にトンネルがあいているのに気づいた。これが溶岩チューブへの入口と見てまちがいないだろう。そこはゲートにふさがれていたが、トンネルの岩天井からぶらさがる照明器具らしきものが、どことも知れない遠くまでのびていた。

――サイモン、溶岩チューブがどこまでつづいているか、なにかわかりますか?

そのあとにつづいた沈黙は予想外に長く、ようやく〈生きている脳〉が返事をしてきたとき、その声はか細かった。

――すまない、カーティス、受信に障害が起きている。きみの使っているノードは――

音声がぷっつりと途絶えた。

カートは立ち止まり、オットーを見た。

「たったいまサイモンと連絡がつかなくなった」静かな声でいい、「おまえのアンニを試して、彼に届くかどうかたしかめてくれ」

オットーはうなずいた。カートとジョオンが待つあいだ、彼はうつむいて眼を閉じた。ややあって、また顔をあげ、

「だめです、通じません。アンニからピーッという音もしません」

「こっちもよ」ジョオンがいった。「なにかがわたしたちのアップリンクに干渉している」

エアマスクの下で、カートは眉間《みけん》にしわを寄せた。これほど地下深くでは当然の結果にすぎないのかもしれない。だが、たったの二秒ではあっても、〈生きている脳〉の声が聞こえたということは、こちらのニューラルネット・インターフェイスが故意に妨害されている可能性がある。彼らが外界と連絡をとることを望まない者がいるのだ。

「自分たちだけでやるしかない」彼は静かな声でいった。ふたりがうなずく。とはいえ、できるのは、せいぜい酒場にはいって、成り行きを見ることくらいだが。

見るからにどっしりした扉の向こう側は、照明の薄暗い大きな部屋で、傷《いた》んだ家具、ビリヤード台ふたつ、奥の壁の端から端までのびるバーカウンターがあった。エアロックをはじめとする外世界人向けの設備はない。カートとオットーとジョオンが足を踏み入れるや否《いな》や、その場の全員が彼らのほうを向いた。そして火星音楽のかん高い音——隅に敷かれたラグの

上でうずくまっている一団が、フルートとドラムとシタールで蛇のようにくねるハーモニーを奏《かな》でている――をのぞけば、一瞬、部屋全体が動きを止めて深呼吸したかのようだった。

「歓迎されてないって気持ちになったことはあるかい？」オットーが声を殺していった。

「いいえ……あなたは？」ジョオンが横眼づかいに彼を見てから、カートの肘に腕をからめた。「ねえ……レディに一杯おごってよ」

カートはなにもいわなかった。認めるつもりはなかったが、酒場にはいったのはこれがようやく二回目だ。めったに酒は飲まないし、とにかくこれまでは未成年だった。もっとも、オットーがわずかにうなずいて、歩けといっているのがわかったので、ジョオンを連れてバーカウンターのほうへ歩きだそうとした。そのとき何者かが道をふさいだ。

「銃を」その男がうなり声でいった。

「なんだって？」とカート。

彼らの前に立っているのは木星人だった。平均的な火星人ほど背は高くないが、横幅は二倍以上。脚と同じくらい太い腕、分厚い胸のまんなかまで垂れている黒い顎鬚。けぶるような黒い瞳でカートをにらむ。その眼つきからすると、彼の首の骨を折って、死体を砂漠に放りだしたくてたまらないのだろう。

「あんたたちの銃……ここにあずけていけ」男は、店にはいったとき三人が気づかなかったブースのほうに首をかたむけた。なかには火星人がすわっていて、ありとあらゆる火器をおさめた仕切りの列を背にしている。「持ちこみ禁止だ」

カートはためらってからうなずき、ブースのほうを向いた。

「じつをいうと、ちょっとほっとしました」オットーが、ポート・ダイモスで購入した粒子ビーム・ピストルをはずして渡しながら小声でいった。「だれもここに銃を持ちこめないなら、深刻なトラブルに巻きこまれずにすみそうだ」

「じゃあ安全だというのか？」とカートが尋ねる。

「いや。だれにも撃たれないっていってるだけです。喧嘩沙汰《けんかざた》には巻きこまれるかもしれないけど」

「彼の言葉に耳を貸さないで。自分でもわかっていないことをいってるのよ」IPF支給のピストルをさしだしながら、ジョオンが天井を顎で示した。「あれが見える？　運動感知麻痺銃《タナース》よ。バーカウンターから制御するの。喧嘩がはじまりそうになったら、バーテンダーがスイッチを入れ、じっとしていない人間を片っ端から気絶させる」

カートは顔をあげた。天井には数ヤードおきに、スタン・ガンの銃口に似たトラックボールを搭載した円筒が並んでいた。

「ぼくがヴィドで見た酒場の喧嘩は――」

「ヴィドで見たものを信じないで。現実では、だれもがお酒を飲んで、ハッピーになるのが経営者の願い。ここではなにも起こらない」

「ああ……おれたちが出ていくまで待つだろう」オットーが静かな声でいいそえた。「それから、あとをつけてくる」

カートがプラズマーをホルスターから抜きとり、カウンターの上に置くと、銃のあずかりブースにいる男はもの問いたげに眉毛を吊りあげた。みんなと同じように、こんな武器は見たことがなかったのだ。彼が背後の仕切りにプラズマーをおさめるあいだ、カートは銃の電源コードを巻きとって、ベルトのバッテリー・パックからはずさずに、こっそりとアノラックの下へすべりこませた。それから預かり証を受けとり、ジョオンのあとについてその場を離れた。木星人がうなり声をあげてわきに退《しりぞ》き、三人はぶらぶらと奥へ進んだ。

ここにいる外世界人は彼らだけではなかった——ビリヤード台のまわりに集まっている数人の金星人、ふたり組の火星人とつるんでいる木星人の姿をカートは見てとった——しかし、地球人は彼らだけだ。その理由は一目瞭然。岩壁から垂れている黒いタピストリーには〈星界のメッセンジャー〉のシンボルが刺繍《ししゅう》してあるのだ。地球や太陽系連合に好意を持つ者が〈砂漠の王と女王〉では見つかりそうにないしるしだ。

バーカウンターに近づくあいだ、カートはなんとかこの雰囲気に呑《の》まれないようにしようとした。部屋のこちら側には数人の火星人がいるだけだった。彼らはしぶしぶ道をあけた。バーテンダーがもの問いたげな眼でカートを見る。一瞬、カートは途方に暮れた。バーで飲み物を注文したことがなかったし、なにを頼めばいいのかわからなかったのだ。

オットーがカートに近寄り、

「ビールを注文しなさい」と、ささやいた。「飲まなくていい。でも、なにも注文しなかったら、変に見えます」

「あまり飲まないのなら、セッション・エールがいちばんよ」ジョオンが小声でつけ加えた。

「お勧《すす》めはロスト・プラネット・ラガー」

そのお勧めにしたがうと、バーテンダーが黙ってうなずき、ビールの栓《せん》まで歩いていって、琥珀色の液体で陶器《とうき》のマグを満たした。マグが眼の前に置かれたとき、カートは部屋じゅうの眼が背中に注がれているような気がした。

「これをどうやって飲むんだ?」マスクを指さしながら小声でジョオンに訊く。火星の呼吸装置に多少は慣れたとはいえ、社交の場で装着した経験はなかった。いわんや、飲酒をする施設を訪れたときに装着した経験は。

「まんなかに小さな弁があるでしょう?」彼女は自分のマスクを指で軽くたたいた。「バーテンダーがストローを持ってくるから——とにかくそのはずだから——ストローで吸いこめばいい」いったん言葉を切り、「でなければ、マスクを下げて、息をこらえているあいだに飲んでもいい。でも、お勧めはしないわ。下手をしたら、窒息して意識を失ってしまう。そうなったら、ここでは一人前あつかいされなくなる」

「ストローをもらうよ」

「そうやって飲むなら、ビールはよくないわ」背後で女の声がした。

カートがふり向くと、ヌララが周囲の人ごみからあらわれ出た。フードをかぶっているので、これまで気づかなかったのも無理はない。おそらくずっとそこにいて、三人が酒場にはいってきたときから、こちらをうかがっていたのだろう。いまは周囲の火星人から分かれて姿をあらわし、フードを押しのけ、なぜか温かみがあると同時に捕食獣のように獰猛《どうもう》な笑みをカートに見せた。

「そうかもしれない」カートは、彼女が忽然《こつぜん》と姿をあらわしたことに驚いてないふりをした。「アルコールをたしなむほうじゃないんだ」

「かわいそうに。ここにいるだれだって、むかしながらの火星人の飲みくらべを見せたがっているにちがいないわ」ヌララの眼が動いて、周囲に立っている地元の男たちをとらえた。全員が自分たちのまんなかにいる長身で黒髪の美女に興味津々《しんしん》のようすだ。あるいは、ひょっとすると、すでに彼女を知っているのかもしれない。

「また別の機会に」カートは隣に立っているオットーとジョオンを身ぶりで示した。「友人を紹介させてくれ。こちらは——」

「彼らがだれかはもう知ってる」カートの仲間のほうを向いたとき、ヌララの笑みが広がった。「ヴォル……それともオットーと呼ぶべきかしら？……あなたにぜひ会いたいという友だちがいるの。ひょっとしたら、まもなく会えるかも」オットーは彼女を見つめかえしたが、なにもいわなかった。「そしてあなた」——彼女はジョオンにすこしだけ近づいた——「本当は何者なのか、明かさないほうがいいんじゃなくて?」

ジョオンの顔がマスクの上で赤くなった。

「好きにすればいい」彼女はそういってヌララを見つめかえした。「あんたなんか怖くない」

ヌララの自信たっぷりで傲慢《ごうまん》なところがすこし薄れて、抑えきれない怒りがとってかわった。彼女の手がわきからあがりかかる。眼の前にいるIPF捜査官にいまにも打ちかかりそうだ。それを見てとって、カートが彼女とジョオンのあいだに割ってはいった。

「ここへ来れば、ウル・クォルンと渡りをつけられる人間を紹介すると、きみはいった」彼女にしか聞こえないようにいう。

ヌララが動きを止めた。微笑がふたたび浮かび、彼女はまた体の力を抜いた。

「ああ、そう……そうだったわね。じつをいうと、彼らはもうここにいるわ」

「『彼ら』だって?」

「驚いたでしょう」彼女はそういいながら、カートの肩ごしに、彼の背後に立っている男の火星人たちまで視線を移動させた。「この男を連れていけ」彼女はいった。「三人とも連れていって」

7

「かがめ！」オットーが叫んだ。

カートにその警告はいらなかった。ヌララの言葉が終わる前に、彼は動きだしていた。両脚と両膝を折って頭と肩を下げ、背後から来ると予想した打撃をかわしたのだ。

ひとりの火星人が彼の頭にふりおろそうとしたビール・マグは、的《まと》をかすめたあと、バーカウンターにぶつかって粉々になった。中腰のまま、カートはくるっとふり向いて横蹴りを放った。カートのブーツが下腹部にめりこむと同時に、敵の肺《はい》から息がたたき出された。

もっとも、その火星人が体をふたつ折りにしたときには、別の火星の現地民が跡を継いでいた。カートめがけて突進してきて、大ぶりのフックを放ったのだ。彼はそのこぶしをやすとよけ、右の足首を突きだして、彼のわきによろけかかった相手をつまずかせた。肝臓と腎臓に痛烈なパンチを食らって、ふたり目の男はヌララに激突した。彼女はすでにジョオンに襲いかかっていた。

カートは眼の隅に、ジョオンがサイドステップで長身の女をかわすのを、ちらっととらえた。だが、彼女は背後にいた火星人が広げた腕のなかに飛びこんだだけだった。ベアハッグされたジョオンは、男の肋《あばら》に両肘をたたきこんでから、くるっと身をひるがえして、手の甲を相手の鼻にたたきつけた。男の鼻孔《びこう》から血が噴きだし、男がぐらりとよろめいたとき、ヌララがふたたび彼女に襲いかかった。

カートは飛びだしてジョオンを守ろうとしたが、金星人に道をふさがれてしまった。相手が彼のマスクをつかもうとした。カートはその手を払いのけ、眼には眼をということで、金星人のエアマスクと、バックパックにつながるチューブをむしりとった。火星の大気は、地球人と同様に金星の現地民にも薄すぎる。金星人があえいだり、呼吸装置に爪を立てたりしながら、死にもの狂いですべてを所定の位置にもどそうとしているところに、強烈なパンチをみぞおちに食らわせて、肺から息をたたき出してやった。相手は前のめりになって床に倒れこんだ。

カートは身をひるがえして、最初に襲ってきた火星人のほうを向いた。そのときには、男は立ちあがって、また突進してきていた。だが、オットーがうしろから現地民の腰に柔術《じゅうじゅつ》の打撃を加えて難を逃れさせてくれた。火星人が倒れると同時に、オットーは別の常連客がくり出した一撃をかがんでよけたかと思うと、横蹴りを放って、相手を近くのビリヤード台まで吹っ飛ばした。キューがカタカタと床に落ちる。オットーはそれをすくいあげると、両手で水平に握り、ほかの敵が殺到してくるさなか、棒術のかまえをとって見せた。

悲鳴が聞こえてカートがふり向くと、ジョオンがヌララとつかみ合っていた。火星人の女はジョオンの髪をわしづかみにし、彼女の首をのけぞらさせている。だが、ジョオンは相手の顔にこぶしをまっすぐたたきこんだ。耳ざわりな罵声《ばせい》を発して、ヌララが彼女を放し、よろよろとあとじさる。両手で口を押さえたが、その眼はギラギラと光っていた。別の火星人が攻撃を引き継ぎ、ヌララはかわりに人ふたりをわきへ押しやり、両手をバーカウンターにつくと、ひらりと飛び越え、邪魔なバーテンダーを押しのけた。

彼女がなにをしているのか、カートにはいぶかる暇もなかった。彼とオットーとジョオンはなんとか持ちこたえていたが、酒場全体が敵にまわっていた。ひとり倒すたびに、ふたりか三人の新手《あらて》があらわれるのだ。ジョオンはまちがっていたし、オットーも同じだった。ヌララには、彼らを酒場からおびき出し、罠にはめるつもりなどなかったのだ。罠はここにあった、まさにこの部屋のなかに。そしてカートと同じくらいジョオンが格闘技の訓練を積んでいるのは明白であり、オットーは疲れ知らずのように奮闘しているものの、いかんせん多勢に無勢だった。

そのことまで理解しないうちに、怒りに満ちた咆哮《ほうこう》があがり、ふり向くと、巨漢の木星人用心棒が部屋の前部から突進してきていた。群衆が木星人のために道をあける。カートは巨漢をじゅうぶんに引きつけてから、いちばん近いテーブルの天板に飛び乗った。用心棒に反応する暇をあたえず、カートは両手で天井の照明をつかむと、それを使って体を揺らし、爪先から体当たりした。

踵《かかと》が木星人のもじゃもじゃの黒髭の内部をとらえる。用心棒の顎がガクンとのけぞり、バランスを崩し倒れたが、まだ意識は失っていなかった。カートは照明を放し、前の床にあざやかにおり立つと、巨獣が回復しきる前にたたきのめそうとした。そのとき激痛のパルスが全身を走りぬけた。

神経に火がつき、筋肉という筋肉が麻痺する。カートは息を呑んで床へくずおれた。四方で、ほかのだれもが倒れていた。一瞬だけ意識が冴えわたり、ヌララがバーカウンターを越えてなにをしに行ったのかをカートはさとった——天井の麻痺銃《スタナー》を操作しにいったのだ。

冷たい暗黒が彼を呑みこんだ。

8

意識がもどり、断続的にひらめく光と、おだやかだが絶え間ない揺れにゆっくりと気づいた。

体じゅうが痛み、頭蓋《ずぶい》の内側は耳まで達しているかに思える頭痛でズキズキした。もっとも、吸っている空気には依然として呼吸装置のかすかな化学薬品のあと味があるし、吐きだすときにはエアマスクに妨《さまた》げられるおなじみの感覚があった。なにが起きたにしろ、すくなくともまだ火星にいるわけだ。

カートはゆっくりと眼を開いた。閃光は、岩天井の区画ごとにとりつけられた発光パネルから来ていた。感じる動きは、その下を通過する乗り物の揺れだった。トンネルを運ばれているのだ。それも長いトンネルらしい。

彼は動こうとして、両方の手首がうしろ手に縛《しば》られているのを発見した。もっとも、脚のほうは拘束されていないので、体の下に敷かれた詰め物入りのクッションに踵を押しつけ、すこしだけ上体を起こすことができた。小型でオープン・トップ式のローバー——農場や建設現場で使われる汎用《はんよう》車輌のたぐい——の後部座席に横たわっていることがわかった。やはり溶岩チューブを進んでいるようだ。アスクラエウス・トロウの底で先ほど見かけたのと同じ溶岩チューブと考えていいだろう。

ふたりの火星人が前部座席にすわっていた——酒場で闘った男のひとりが車輌を運転していて、もうひとりはヌララだ。カートが意識をとりもどしたことに、どちらも気づいていないらしい。まっすぐ前方に眼をこらし、ふり返りもしない。カートはもうしばらく気絶したふりをつづけることにした。居場所を知るチャンスが得られるだけでも儲けものだ。

溶岩チューブは巨大な血管の内部のようだった。岩でできた火星の皮膚の下深くを走る動脈である。しかし、からっぽではなかった。中央通路の両側にそって、ありとあらゆる大きさの箱やカートンやコンテナが注意深く積みあげられていたのだ。白いラベルが中身を表示しているが、ローバーの動きが速すぎて、ひとつも読みとれなかった。とはいえ、守る価値があるらしいことは、はた目にも明らかだ。車輛は、粒子ビーム・ライフルを腕にかかえて、積みあげられた箱のあいだで見張りに立っている火星人のわきをたびたび通りすぎた。

カートは苦労して頭をもたげ、箱の中身を知ろうとした。そのとき、すぐうしろから鋭いビーッという音があがった。いまさらながら、ローバーに後続車がいるのだと気づいた。そちらの運転手が彼の動きを眼にして、前部座席に、乗客は意識を回復していると警告しているのだ。

ヌララが首をまわし、彼を見て口もとをほころばせた。

「ああ、よかった、おめざめね。気分はどう？」

彼は答えないことにした。

「ここはどこだ？」見当はついていたとはいえ、そう尋ねる。

「目的地まで半分ほどのところ。心配しないで、これが旅のいちばん長い部分」気づかわしげな視線を彼にくれ、「ねえ、キャプテン……頭が割れそうに痛いはずよ。麻痺銃《スタナー》で撃たれるとそうなるの。あなたたち地球人がわたしの同胞にさんざん使ったから、命中したらどれほど痛いものかは知っている。しかも、あなたは至近距離で直撃を食らった。痛み止めがあるわ……頼んでもいいのよ」

カートはためらってからうなずいた。苦しまなくてもいいのに辛抱しても意味はないし、脱走してほかのふたりを救出するには、頭をすっきりさせておかねばならない。そういえば……。

「ぼくの友だちはどこだ?」

「うしろよ、もう一台のローバーに乗ってるわ」ヌララはケープをまくって、ベルトのポーチに手をのばした。「ちょうどいまごろ眼をさましているはず」言葉をつづけながら、垂れぶたを開き、ポーチのなかに手を入れる。一秒後に出てきたとき、その手は鎮痛薬のパッチを握っていた。「心配ないわ、怪我はしてないから。おそらくあなたと同じように全身がヒリヒリしてるだけ」

「なんでわざわざそんなことを」ヌララが金属箔の包みを破ってあけたとき、運転手がパッチに眼をやった。「首領は――」

「捕虜を不必要に苦しめる理由はない。わたしたちは野蛮人じゃない」ヌララはパッチの裏紙を剝《は》がすと、すわったままカートのほうを向いた。「お願いだからじっとしていて。わたしの連れは武装してるし、あなたがばかな真似をしたら、わたしにもまして不愉快に思うはずよ」

たとえ武装した火星人に囲まれていなくても、カートにできることはないに等しかったので、首をまわし、側面にパッチを貼ってもらった。ひんやりした感じがさっと広がると同時に薬が血流にはいりこみ、たちまち頭痛と体のヒリヒリする痛みがおさまりはじめた。

「ありがとう。きみはとても親切だ」

「そしてあなたはとてもハンサム」ヌララははにかんだ笑みを見せ、座席にもたれかかった。

「友だちになれないなんて、すごく悲しい……でも、それは変わるかもしれない」

「もしかしたらね」カートはどっちつかずに肩をすくめた。「それで、ぼくらをどこへ連れていくんだ？」

「いまにわかるわ、キャプテン」彼女は視線をそらした。「いまにわかる」

　ヌララが彼をそう呼ぶのは、これが二度目だった。彼女はこちらの本名を知っている。なぜそう呼ぶのだろう？　キャプテン・フューチャーが仮の名前《ノム・ド・ゲール》だと知っていると示す以外の理由があるのだろうか？　どうして彼女が知っているのかと首をひねったところで、またしても思いだした――コルボの屋敷でカシュー主席と内密の会合を持ったが、じつはそれほど内密ではなかったということを。そうすると、彼女がウル・クォルンと手を組んでいるのなら、〈魔術師〉とコルボとのあいだにつながりがある証拠がひとつ増えたわけだ。

　この知識を活《い》かせるほど長生きしたいものだ、とカートは祈るばかりだった。

　どれくらい意識を失っていたのか見当もつかないので、すでにどれほどの道のりを来たのかもさっぱりわからなかった。にもかかわらず、ローバーはさらに二マイルほどの距離を進みつづけた。輸送用の木枠や箱の大部分をあとにして、しばらくすると発光パネルさえまばらになった。運転手がヘッドライトをつけ、後続のローバーもそれにならった。ふり返ると、後方のローバーのなかにオットーとジョオンがちらりと見えた。ふたりとも眼をさまして上体を起こしているが、意思疎通する方法がない。彼の指輪には独自のアンニ・ノードが仕こまれているものの、ふたりに埋めこまれたニューラル・インプラントは外部のノードが頼りだ。これほど地下深くだと、ふたりが外部ノードにリンクする方法がない。おまけに、ふたりの腕も自分の腕と同様に縛られているのはまずまちがいない。だとすれば、脱走は論外だ。できるのは、最終目的地に着くのを待つことだけ。

ヌララが約束したとおり、さほど時間はかからなかった。

9

トンネルがしだいに登り勾配《こうばい》となり、その地面が見えない点に向かって傾斜していった。いまや天井のパネルはなく、前方の遠いところで壁に固定された一対のバッテリー・ランプがあるだけだった。その電灯のすぐ手前で溶岩チューブは唐突に終わっており、そこにアコーディオン・ゲートが設けられていた。この地点の向こう側には暗闇しか見えなかった。

ローバーが減速して、ゲートの手前で止まった。運転手がおりて、脚のあいだの床板に寝かせてあったライフルをとりあげると、ふり返って銃口をカートに向けた。ヌララが車をおり、カートに手をさしのべた。

「おとなしくしてね」彼女はいった。「あなたを傷つけるつもりはないけれど、おかしな真似をしたら、わたしの友人たちが黙っていないでしょう」

カートはその言葉を聞き流し、体をくねらせて後部座席から出た。頭痛は去っていて、いま感じるのは屈辱の痛みだけだ。後続のローバーの運転手と見張りが、オットーとジョオンに手を貸して車からおろした。カートとヌララが立っているところまでふたりを連れてくる。カートは仲間に無言でうなずいた。オットーは同じように返したが、ジョオンは周囲のようすを調べるので忙しいようだ。

「ここはどういう場所なの？」彼女が語気を強めて訊いた。「わたしたちをどこへ連れてきたの？」それからゲートへ歩み寄り、反対側にあるものを眼にして息を呑むと、恐怖に打たれて本能的にあとじさった。なにを見たのだろうと思いながら、カートが彼女の前に出る。だれも止めようとしないので、彼はゲートに近づいた。止めるまでもなかったのだ。なぜなら、そちら側には……なにもないのだから。

バッテリー・ランプが照らしているのは、広々とした垂直の縦穴だった。あまりにも幅があるので、灯りは向こうの壁に届くか届かないかだし、あまりにも深いので底なしに見える。カートは上に眼をやった。縦穴の高さがどれくらいかは見きわめられないが、数千フィートはあるように思える。見えるかぎりでは、天井はない。この縦穴は赤いチムニーで、はるか頭上の開口部までつづいているのだろう。

「ここがどこかわかる?」ヌララが彼の隣に来ていた。

　ありえる解釈はひとつしかない。

「アスクラエウス山の内側だ」眼の前にあるものに畏怖《いふ》をおぼえて、カートは答えた。

「ご明察」彼女はうなずいて賛意を表した。「そう、ここは火山の奥深く。何百万年も前、アスクラエウスがまだ活火山だったころ、噴火のさいに溶岩チューブが形成され、こんどはそれが中央火道《かどう》につながった。もちろん、火山は死滅したけど、チューブと火道は地下トンネルのネットワークとなって残っている」眼前であんぐりと口をあけている縦穴を指さし、「これは惑星の地殻をつらぬいてマントルに通じている……ひょっとすると核《コア》へさえ」

「調べてみたいな」カートのなかの駆け出し科学者が興味をそそられた。「探査体《プローブ》かドローンなら——」

「下にあるものをもう発見した者もいるわ」ヌララが静かな声でいった。「でも、報告にもどって来ることはない」

　彼女がこういったとき、火星人のひとりが笑い声をあげた。ジョオンが息を呑んでそちらを見る。その顔には恐怖がありありと浮かんでいた。オットーがヌララをにらみ、

「だからおれたちをここへ連れてきたのか? あんたのボスがどうやって敵を消すかを教えるためか?」彼は唇でブーッと音を立てた。「たいした魔術師だ。いわせてもらえば、食わ

せもんだよ」

別の火星人が彼の手首をつかみ、ぐいっと引っ張りあげて、オットーがひるむ程度に腕をねじった。

「ウル・クォルンの話をするときは、口のきき方に気をつけろ！」彼は怒気《どき》のこもった声でいうと、自分の顔をオットーの顔の隣に押しだした。「〝二つの月の子ら〟は、自分たちのリーダーに敬意を払わない輩《やから》を容赦しない」

「わかったわかった、わかりましたよ」オットーはぼそりといった。「ウル・クォルン……火星でいちばんイカした野郎。正真正銘の伊達男《だておとこ》だ」

「あなたたちの運命は、あなたたちが決める」ヌララがいった。「つぎの数分間のあなたたちの行動で、この場所をふたたび見られるかどうかが決まるでしょう。賢い選択をしなさい」

カートは反応しないことにした。二分が経過し、やがて新たな音が火山の縦穴にはいってきた――ジェット・エンジンの咆哮。なにかが上からおりてくるかのようだ。ゲートごしに上方に眼をこらすと、暗色《あんしょく》の物体が見てとれた。輪郭がわかるのは、小さな夜間飛行灯を円形の縁にめぐらせているからだ。近づいてくるにつれ、その物体は飛行筏《エア・ラフト》だと判明した。地球ではしばしば高層ビルの窓ふきに使われる機種である。制御台座に立つ者が単独で操縦し、ロータリー・ジェットの力で宙に浮かんでいる。

操縦士がラフトを溶岩チューブの入口のかたわらで空中停止させた。火星人のひとりがゲートを解錠し、両側を押し開く。すると操縦士が岩棚すれすれまでラフトを近づけ、待っている者たちが乗れるようにした。ゲートをあけた火星人がラフトに乗りこみ、それからヌララと彼女の運転手、三人の虜囚《りょしゅう》が乗るのに手を貸した。彼はそのあとラフトからおりてトンネルにもどり、ラフトが上昇してもどりはじめたときには、すでにゲートを閉めていた。

縦穴を昇る飛行はのんびりしたもので、震動もほとんどなかった。カートは立っていられるとわかって軽い驚きに打たれた。ヌララと〝二つの月の子ら〟ふたりを制圧しようという考えが脳裏をかすめたが、やめておくことにした。両手を縛られているし、オットーもジョオンも同様だ。たとえヌララと運転手を制圧しても、操縦士はラフトを左舷か右舷へ二、三度かたむけるだけでいい。そうすれば、乗っている全員がバランスを失うだろう。ラフトから落ちるのは、願い下げにしたい死に方だ。火道の底になにがあるにしろ、到達するまでには非常に長い時間がかかるだろう。しかも、そのあいだずっと意識を保っているのだ。

ちらっと顔をあげると、目新しいものが見えた――濃い紫色の空。ピンクにうっすらと染まり、星明かりがきらめいている。もうじき火山の頂《いただき》に着くのだろう。頭上には火星の地表があり、曙光《しょこう》が射し初《そ》めているのである。

カートがそう気づいたちょうどそのとき、ラフトが火道から出た。乗り物が右へ回頭するにつれ、そこが幅広い平原で、四方を突兀《とっこつ》とした峰や丘にぐるっと囲まれているのがわかった。これはアスクラエウス山のカルデラだ――火山の頂にできた広大で不規則な形をした岩のすり鉢《ばち》。かつて溶けた溶岩の湖のあったところは、いまやむきだしの平地となり、あまりにも大きいので、北の壁が地平線の彼方に消えているのに対し、南の絶壁は巨大な壁のように頭上にそびえている。

彼らが出てきた縦穴の隣に入植地があった。テントや、側面の開いた防水シートが、幅広い半円形を描くように設置され、片側の端に膨張式のエアドームがある。電波塔が近くに建っていて、三脚に載ったフラッドライトがいくつもテントの列のなかに置かれている。その光線は大きな空間に集中していて、そこでは岩だらけの地面からなにかを掘りだす作業が進んでいるようだった。奇妙な話だが、ここで考古学の発掘が行われているかのようだ。古代文明の花開いたことのない場所、現代まで人間が足を踏み入れなかった場所で。

ラフトはテントの裏手にある着陸台に舞いおりた。そこには翼の広い小型飛行機がすでに駐まっていた。運転手が見張りに立つあいだ、操縦士がヌララを手伝ってカートとジョオンとオットーをラフトからおろした。それから、黙ったまま、ふたりの火星人がジョオンとオットーを連れ去り、いっぽうヌララと、彼らを待っていた火星人がカートを監視下に置いた。

「ふたりをどこへ連れていく?」カートは尋ねた。もっとも、オットーとジョオンが連れていかれる先がエアドームであることは、すでに気づいていたが。

「くつろげるところよ」ヌララがいった。「お腹《なか》が空《す》いているにちがいない。なにしろ、昨日の夜からなにも食べていないし、そのあともずっと旅してきたのだから。食事も出してあげるわ。あのふたりが受け入れれば、だけど」

カートはライフルでにらみを利《き》かせている火星人に眼をやった。

「ぼくらもそこへ行くのか？　朝食をとりに？」

「まだよ。その前にあなたに会いたがっている人がいる」ヌララは縛られた彼の腕の片方をそっとつかもうとしてから、残念そうにかぶりをふった。「もう縛っておかなくていいわ」と護衛にいう。「解放して」

護衛は異を唱えず、ロープの下の鞘《さや》から大きなナイフをとりだした。ライフルをヌララに渡し、鋸歯状《きょし》の刃《は》を使ってカートの手首を縛っている紐《ひも》を切りおとす。解放されてもカートはトラブルを引き起こしたりしない、とヌララが信じきっているらしい理由が呑みこめた。ラフトが帰ってきた音でキャンプがめざめていたのだ。テントの前を通りすぎるあいだに、何十人もの火星人が彼らを見に出てきていた。その大部分が武装していた。

キャンプを突っ切りながら、カートは両手をアノラックのポケットに突っこんだ。さりげない仕草。彼が手袋をしておらず、火山の頂内部の早朝の空気は、薄いうえに極寒《ごっかん》であることを思えば、ごく当たり前の動作だ。しかし、左手でしていることを隠すためでもあった――指輪をまわして、冠部《かん》が手のひらにおさまるようにし、それから親指で軽くたたいたのだ。

ラフトが接地するかしないかのうちに、カートは電波塔の存在に気づいていた。つまり、キャンプのどこかに送信機があるわけだ。送信機があるなら、指輪のアンニ・ノードはそれにアクセスできるはず。もっとも、通常のアンニ送信が妨害される恐れは残るので、いま使っているのは、短い無音のメッセージを送るための、古い、めったに使われない符号《コード》だった……そして届くことを祈った。

彼とヌララと護衛は最大のテントにたどり着いた。オットーとジョオンが連れていかれたエアドームとは、半円の反対側の端にあるテントだ。護衛が布扉のジッパーをあけ、なかへはいった。しばらくたってふたたび姿をあらわすと、ヌララとカートを手招きした。

テントは広々としていて暖かかった。刺繍のほどこされたラグが床に敷きつめられ、タピストリーが壁にかかっている。シェードつきのランタンが天井の梁《はり》からぶらさがっている。それに照らされているのは、部屋の反対端で肘掛け椅子にすわっている、ローブをまとった長身の人物だった。ヌララのあとについてカートがテントにはいると、その人物が椅子から立ちあがった。

「おはよう、セニョール・ニュートン……それともキャプテン・フューチャーと呼ぶべきかな？」眼前の男は笑みをたたえ、偉ぶったところのない口調でしゃべった。「自己紹介させてもらおう。おれがウル・クォルンだ」

第六部　火を噴く山

1

カートの前に立っている人物は、彼と同じくらいの身長で、平均的な火星人よりはやや小柄だった。肌もずっと浅黒く、火星の現地民に特有の赤みが欠けている。髪は非常に長く、金星人と同じようなアイボリー・ホワイトで、秀《ひい》でた額《ひたい》からまっすぐうしろになでつけて首のところで編み、肩から垂らしている。黒っぽい瞳は深い眼窩《がんか》のなかで爛々《らんらん》と輝いており、痩《や》せて彫りの深い顔は、練達《れんたつ》の芸術家が暗褐色《あんかっしょく》の陶器《とうき》を刻んだ浅浮彫り《バスレリーフ》を彷彿《ほうふつ》とさせる。

ウル・クォルンが多人種的存在、地球人と火星人と金星人の血が混じりあった者であることは一目《いちもく》瞭然だった。とはいえ、カートの注意をとらえたのはその顔だった。どういうわけか、前に見たことがあるような気がしたのだ。そんなことはありえないとわかっていても。相手は見知らぬ男だ。それなのに、奇妙に見憶えがある。そしてウル・クォルンがカートと同じくらい若いのも明白なのに、なんとなく齢《よわい》を重ねているように思える。まるでその肉体が、老いて腐敗した魂《たましい》の容《い》れ物であるかのように。

「〈火星の魔術師〉とお見受けする」そのときカートにいえるのは、せいぜいそれくらいだった。「お噂《うわさ》はかねがね」

「本当に？」ウル・クォルンは髭《ひげ》のように細い眉を弓なりに吊りあげた。「おれの評判がはるばる月にまで届いているとは鼻が高い。そのむかしは、タルシス山脈《リッジ》の向こう側にこの名を知る者はいなかった」その視線がカートを過ぎてヌララへ向かう。「おれも有名になったらしい。あるいは、すくなくとも悪名はとどろくように」

「わたしにそれしかいわなくてもいいの？」

「いや、もちろん、そうじゃない」ウル・クォルンは片腕をのばした。ヌララが部屋の奥まで行き、その腕を肩にまわさせた。「感謝する、わが貴婦人よ」彼はヌララを抱き寄せ、頬にキスをした。「よくぞこの男をここまで連れてきてくれた。それも無傷で」

「彼の仲間も連れてきたわ。IPFの捜査官とアルビノを」彼女はキスをするために、すこし身をかがめねばならなかった。彼女よりも背が低いからだ、彼女の……主《あるじ》は。いや、恋人だろうか？　その両方だろうか？「彼らは始末していい、とあなたはいったけれど――」

「やむにやまれぬ場合にかぎっての話だ。連れてきてくれてよかった。IPFの捜査官を拘《こう》禁《きん》しておけば役に立つかもしれん。もうひとりについては……」彼はにんまりと笑って彼女を放し、明らかに意味ありげな視線をカートにくれた。「まあ、そいつはただのアルビノじゃないんだろう？　そいつに会いたがりそうな人間に心当たりがある」

「なぜ思わせぶりをする？」カートはじっさいよりもリラックスしているふりをした。「きみのいっているのはコルボ議員――ヴィクター・コルボ、ぼくの両親を殺した男だ。きみの匿名のパートナーでもある……なんだか知らないが、きみがやろうとしていることの」

笑みを浮かべたまま、ウル・クォルンがゆっくりとうなずいた。

「ご明察。よく見抜いたな。そう、議員とおれはパートナーだ。もっとも、おれたちの関係はもうすこし」――ヌララと目配《めくば》せを交わし――「複雑だが」

ヌララが低い声で笑い、ウル・クォルンから離れると、地球産の骨董品《こっとうひん》のサイドボードへ向かった。その上には暗赤色《あんせきしょく》のワインのはいったクリスタルのデカンターが置かれている。彼女がグラスにワインを注《つ》ぐ。そのグラスをウル・クォルンが身ぶりで示し、片眼を吊りあげて、カートに無言で尋ねた。カートが首をふると、彼は言葉をつづけた。

「じつは、ご立派な議員に関して、おまえとおれには共通点がある。やつはおまえの父母を殺した……そして、おれの母親がおれを孕《はら》むのを助けた男でもある」

カートはまじまじと彼を見た。

「コルボがきみの父親なのか？」

ウル・クォルンは重々しくうなずいた。

「そうだ、まちがいない」

カートは感情を隠そうと最善をつくしたが、ウル・クォルンの言葉にこのうえなく驚いていた。ウル・クォルンに見憶えのあるような気がした理由が、いまようやく呑みこめた。彼の顔のなかに、ヴィクター・コルボが見えたのだ。地球の住民と火星の住民とのあいだに生まれた者は多くない。ましてや、金星の現地民と人種間結婚をする者はすくない。もちろん、三つの人種は遺伝的に交配可能だが、社会的な差異と文化的な差異のせいで、そのような婚姻は珍《めずら》しいものとなっている。同時に、妻や子供がいるとコルボが主張したことのない理由もわかった。政治家にとって、これは有権者に明かすには政治的に危険すぎる秘密なのだ。有権者の多くが、人種間結婚にひそかに偏見をいだいていても不思議はない。

「火星出身のだれかと子供を作ったと知られたくないのは当然だな」とカート。

「せめてそれくらい単純な話であれば。火星人と寝ただけなら、大目《おおめ》に見られたかもしれん。だが、火星人と金星人の混血女と情事を持って、妊娠させたとしたら？」ウル・クォルンはかぶりをふった。その顔が怒りにゆがむ。「いやはや……商売にさしつかえるなんてもんじゃない。とりわけ、その当時でさえ、やつは政治的な野心をいだいていたんだから。そういうわけで、おれはおまえのすこしあとに生まれた。そしてやつがここでおれの母親とおれを……始末しようとしていたときに、おまえの両親とサイモン・ライトは身を隠すため月へ行った。あとは知ってのとおりだ」

「知っているのは自分にまつわる部分だけだ。でも、かなりいい線まで推測はできそうだ」

「ほう、ぜひ推測してみてくれ」ウル・クォルンはワインのはいったグラスをヌララから受けとり、ぶらぶらと椅子へもどった。ロープのへりが、カーペットの敷かれた床をそっとこすっていく。「せっかくだから、ちょっとしたゲームにしよう。おまえが推測をする。その推測が正しければ、おまえの知らないことをなにもかも教えてやる。嘘はいわん、かなりたくさんのことをな」

ヌララが鋭い眼を彼にくれ、

「本気でそうしたいの？」

「おれの勝手だ」ウル・クォルンは手をさりげなくひとふりして、彼女を黙らせた。「退屈してるんだ」

「ぼくの推測がまちがっていたら？」とカート。

「そうだな、とにかくおまえに教えてやる……だが、そのときは、推測が当たった場合に待っている特別な賞品はなしだ」〈火星の魔術師〉はものうげに両脚をのばし、足を組みながら、ワイングラスを両手でかかえた。「では、はじめてくれ。キャプテン・フューチャーの頭の切れがどんなもの、お手並み拝見といこう」

彼はその名前を使うことでカートをからかおうとしていた。そう呼ばれるとカートが落ちつかなくなるのを、どういうわけか知っているのだ。カートはいらだちを呑みこみ、腕組みをした。眼の隅に、着陸台から彼とヌララを護送してきた火星人が映った。あいかわらず銃をこちらに向けているが、すこしでも不注意になっていれば、ひょっとして……。

「そうするときみたちふたりは、ひそかに手を組んでいるわけだ」カートはいいはじめた。

「ヴィクター・コルボ、元ベンチャー企業資本家で、アンドロイドの奴隷種族を創《つく》るという計画に賛同しなかったという理由でぼくの両親を殺した男」いったん言葉を切り、ヌララを見て、「そのアンドロイドがぼくの友人オットーだ、きみは知らなかったかもしれないが」彼女の眼が丸くなり、知らなかったのだとわかった。カートは注意をウル・クォルンにもどした。「そして望むようにことが運ばないとなると、彼は政界入りして、とうとう月共和国の議員になった」

「悪くない」ウル・クォルンの表情は読めなかった。「つづけろ」

「ただし、非合法活動から足を洗ったわけではないし、あいかわらず大きな計画を温めていた。だから、ひとたびきみがある年齢に達すると、きみのもとへやってきて、きみをパートナーにした——ウル・クォルン、〈火星の魔術師〉、〝二つの月の子ら〟のリーダーとして」カートはいったん言葉を切った。「だが、〝子ら〟というのは〈星界のメッセンジャー〉の残党の表看板でしかなかったんだろう？　本当はデネブ人を崇《あが》めているわけじゃない。きみたちが本当にやっていることを隠しているだけだ」

火星人の護衛が怒気《どき》のこもった声を漏らした。カートのほうへ一歩踏みだしたが、ウル・クォルンが片手をあげたので自制したようだ。

「いいか、親愛なるキャプテン、その推測はかならずしも正しくない。それなりの数の〝子ら〟のメンバーが、〈古きものたち〉を本当に信じている」彼は見張りのほうを顎《あご》で示した。

「おれならデネブ人についての発言は慎重にする。彼らにはかなりきわどい話題だ」

「だから議員は〈直線壁〉モニュメントに資金を出したのか?」一瞬、カートはゲームに興じるふりをしているのを忘れた。「彼が〈踊るデネブ人〉を保存したがったのは、〝子ら〟が崇めているからなのか?」

「もうすこし別の理由もあるんだが、それがなにか、おまえにはわかりそうにないから、とりあえず置いておこう」ウル・クォルンはワインをひと口飲んだ。「どうか、つづけてくれ……ああ、ヌララ。もうひとりのお客人を呼んできてもらえるかな?」

彼女はうなずき、立ち去った。その途中、カートと護衛とのあいだを歩かないようにしていた。彼女の退席に乗じてウル・クォルンに襲いかかれないかという考えが、一瞬カートの脳裏をかすめたが、やめておいた。護衛はそれを警戒しすぎるほど警戒している。

「カシュー暗殺未遂の裏にきみがいたのは知っている」彼は言葉をつづけた。「わからないのは、きみがそうしたがる理由だ。主席が死んだら、きみはどういう得をするんだ?」

ウル・クォルンは答えなかった。ヌララがもどって来るのを待っているようだ。予想よりも長くかかりそうだとわかると、いらだたしげなため息をつき、

「みごとな推理だ、キャプテン・フューチャー――」

「その名前で呼ぶな」ウル・クォルンがその名前を口にしつづけるのでカートは腹が立ってきた。それは本当の名前ではない。

「——ゲームはおれの負けでいい。おれの動機を完全に推察したわけじゃないが。おれが期待した資質をおまえは見せてくれた——おれの片腕になれそうな、頭が切れて機転が利《き》く男だ」

「ご期待にはそえかねる」

「期待なんかしちゃいない。とはいえ、おまえが勝ちとったものを見せてやれば、気が変わるかもしれんな」

カートが答える暇もなく、背後でテントのフラップの開く音がした。ふり向きかけたとき、ウル・クォルンが椅子から立ちあがった。

「もうひとりの客人を連れてきてくれたことに礼をいうぞ、ヌララ」その顔に笑みが広がる。

「キャプテン、たしかおまえたちふたりは会ったことがあるはずだな」

ヌララと別の〝二つの月の子〟がテントにはいっていた。ふたりのあいだに、手首を背中で縛《しば》られたヴィクター・コルボが立たされていた。

議員の表情はエアマスクの陰になって読みとれなかった。だが、その眼は怒りに燃えていた。ウル・クォルンが両腕を大げさに広げて、すべるようにそちらへ向かう。

「カート・ニュートン、おれの父親、ヴィクター・コルボをおまえに進呈する——おまえの両親を殺した男を」

2

〈ヴィジランス〉の司令室の外に配置された少尉は、エズラ・ガーニーが昇降階段をあがってくるのが眼にはいった瞬間、パッと気をつけの姿勢をとった。もっとも、ガーニーは少尉の敬礼には眼もくれず、巡視船のブリッジへまっすぐはいっていった。

「船長はどこだ？」彼は語気を強めて訊いた。司令室は細長い暗い部屋で、二層に分かれていた。コンピュータのスクリーンや計器パネルの青白い輝きが照明の大部分であり、彼の眼は薄闇にまだ慣れていなかった。

「ここだ、司令」女性の声が部屋の突き当たりであがった。「こちらへどうぞ」

すこしだけ眼を細くしながら、エズラは各人の持ち場《デューティー・ステーション》のあいだの狭い通路を進み、左右で煌々《こうこう》と輝くコンソールについている幹部乗組員のわきを通っていった。やがてとうとう〈ヴィジランス〉の指揮官のもとへ達した。エリザベス・ジェイン・ヘニッカー船長は、下《ピッ》層《ト》を見晴らす背もたれの高い椅子にすわっていた。ピットでは、操舵《そうだ》と航法を担当する士官たちが、どっしりした広角のビュースクリーンの前にすわっている。船のこの部分に窓はない。スクリーンに映っているのは、いま船が横たわっている地下格納庫のヴァーチャル・ペリスコープの画像だけだ。

「通知に感謝する、E・J」敬礼するのが正式な作法だったが、エズラは堅苦しいことは抜きにした。彼とE・J――彼女の親友たちでさえフルネームで呼びはしない――は古い知り合いで、上司のハーク・アンダースの計らいで〈ヴィジランス〉の全面的な協力をとりつけられるようになったとき、エズラは大いに喜んだ。E・Jは彼と同じ年ごろで、初老の魅力的な女性だ。キャリアの半分にわたり太陽系警備隊の巡視船を指揮してきた。そして十中八九はいつか船団司令官になるだろう。「どうなってるんだ?」

彼から眼をそらさずに、E・Jがピットに声をかけた。

「ミスター・スターディヴェント、ほんの数分前にとらえた映像を見せてくれ」

航法士がコンソールを指でタップすると、メイン・スクリーンの中央にウィンドウが開いた――ポート・ダイモスの外側表面を、小型の自家用船舶専用のドッキング・サイロに隣接する角度からとらえたものだ。サイロのひとつが開いており、その上に見慣れた涙滴《るいてき》形の宇宙艇が浮かんでいた――〈コメット〉だ。どうやら宇宙港を離れるところらしい。

「くそった――」エズラはあとの言葉を呑みこんだ。E・Jに頼んで、〈コメット〉を二十四時間体制で監視してもらっていたのだ。自分の知らない間にこういう事態が起こらないようにするためだけに。「いつ離昇《りしょう》したんだ?」

「五分足らず前だ。気づいた直後に、あなたに伝えた。そしてあれが出港手続きをすませると同時に、ダイモス交通管制局から通告があった」Ｅ・Ｊはふたたびピットを見おろした。

「状況は、ミスター・スターディヴェント？」

「宙港から遠ざかっていますが、まだ視界内にあります、船長《マーム》。距離二十六キロメートル、火星へ向かうもよう」

「ちくしょう！」エズラがこぶしを握った。「回線をつなげてくれ！」

船長が椅子にすわったままくるっと体をまわし、〈コメット〉に呼びかけるよう通信士官におだやかな声で命じた。ややあって、相手の船と接触したと通信士官から報告があった。エズラは、士官がさしだしたヘッドセットを腹立たしげに奪いとった。ヘッドセットをつけずに、顔の前でかかげる。

「〈コメット〉、こちらガーニー司令」これまでずっと、あのフリーク・ショウと友人になろうとしてきた。しかし、だれがこの場を仕切っているか、思い知らせてやるころ合いだ。

「どこへ行って、なにをするつもりだ？」

間髪《かんはつ》を容《い》れずに、サイモン・ライトの声がヘッドセットを通じて届いた。

「ガーニー司令、突然の出発を許してもらいたい。つい先ほどカート――キャプテン・フューチャー――から信号が届いたのだ、数時間も接触が途絶えていたあとに。そして彼と仲間たちがかなりの危険にさらされていると信ずべき理由がある」

ただちにエズラの態度が変わった。いわゆるキャプテン・フューチャーのことはどうでもいいが、ジョオンが彼といっしょにいるのなら話はちがう。

「教えてくれ。彼はなんといったんだ？」

「たいしたことはいえなかった。わたしが受けた信号はモールス符号だった——」

「なに符号だって？」

「トンとツーから成るシステムで、アルファベットの個々の文字を表している。もうめったに使われないが、アンニ・ノードが使えない場合にそなえてカートに教えたのだ。どうやら彼は、いまいる場所にある高周波電波送信機の搬送波になんとかメッセージを便乗させたようだ。もっとも、意思疎通の手段としては相当にぎごちないから、多くの情報は運べない」

通信士官がエズラの眼をとらえ、うなずいて見せた。〈生きている脳〉がいったことは、彼が保証するほど信頼できるらしい。

「わかった、つづけてくれ」エズラはいった。「彼のメッセージはなんといってたんだ？」

「内容はこうだ——『トロウでウクにつかまったいまは山頂コメットが必要おわり』」

それがどういう意味か、エズラにはとっさにはわからなかった。ジョオンがウル・クォルンの居場所を突き止めるために、アスクラエウス・トロウへ向かっていることはすでに知っていた。どうやら彼女とほかのふたりは、そこで彼の仲間につかまり、なんらかの理由で近くの火山の頂《いただき》へ連れていかれたらしい。

「それで救出へ向かっているのか？」

「そうだ、〈コメット〉はその途上にある。船をタルシス山脈上空《リッジ》で赤道軌道に乗せ、つぎの指示があるまで待機するつもりだ」

　Ｅ・Ｊが自分のヘッドセットをつついた。

「〈コメット〉、こちら〈ヴィジランス〉指揮官。助けが必要か？」

　またしても間《ま》。こんどのほうがすこしだけ長い。

「肯定、〈ヴィジランス〉」〈生きている脳〉が答えた。「出港し、〈コメット〉と同じ軌道へ船を乗せてもらいたい。キャプテン・フューチャーがつぎの信号を送ることがあれば、ただちに知らせる」

「了解、〈コメット〉。その助言を受け入れる。〈ヴィジランス〉、通信終わり」Ｅ・Ｊはカチリとスイッチを切り、エズラを見あげた。「どうする。彼らを信用するのか？」

　エズラは一瞬考えこんでから、しぶしぶうなずいた。

「これまでのところ、あの坊やは嘘をいったことがない。奇っ怪ではあるが、ライト博士もそうだ。ああ、彼のいうとおりにするべきだと思う」

「同感だ」Ｅ・Ｊは椅子にすわったままくるっと体をまわし、前を向くと、ふたたびヘッドセットをタップした。「総員に告ぐ。出港準備にかかれ。くり返す、ただちに出港準備にかかれ。戦闘部隊、行動にそなえて待機せよ。これは演習ではない」

3

むしろコルボのほうが、カートよりも困惑していた。

「いったいなにを証明しようというんだ?」彼は歯をむきだし、怒りに燃える眼でウル・クォルンをにらみつけた。一瞬、カートがいるのを忘れていた。「解放しろ!」

顎《あご》に人さし指をからめながら、天井をじっと見あげ、ウル・クォルンは嘲《あざけ》るように彼の要求を考えるふりをした。

「ふーむ……いや。だめだよ、父上、それはだめだ。あんたには答えてもらうことがたくさんある。われらが友人セニョール・ニュートンとおれ自身の両方に。そしてどちらの場合も、それぞれの母親と関係がある」

顔の下半分がエアマスクに覆われていても、コルボの表情が変わったのがカートにはわかった。

「なんの話かさっぱりわからん」とコルボ。怒りがおさまり、理解を乞《こ》う口調になっている。「わたしはおまえの母親を愛していた。知っているだろう。わたしは――」

「嘘をいうな!」

〈火星の魔術師〉からほとばしった激怒にだれもが不意を打たれた。火星人の護衛たちさえすこしあとじさったほどだ。いっぽうヌララは愕然《がくぜん》として恋人を見つめ、カートはウル・クォルンの反応の激しさに呆然《ぼうぜん》とした。コルボに反応する暇をあたえず、その息子は手の甲で父親の顔を横なぐりにした。そのはずみにエアマスクが斜めにずれ、コルボはばったりと床に倒れた。

「おまえがおれの母親になにをしたか、おれは知っているんだぞ！」父親が息をあえがせながら四つん這《ば》いになるなか、ウル・クォルンが叫んだ。「おれの母親の死は事故ではなかった！　おれが生まれるや否《いな》やおまえが殺させたんだ。そうすれば火星人の娼婦と子供をもうけたと世間に知られて決まりの悪い思いをしないですむからな！　おまえはそうした。おれはそのことを知っている！」

　コルボをテントへ護送してきた〝子ら〟のひとりが、議員を引きずり立たせるいっぽう、別のひとりが彼のエアマスクを元の位置にもどした。そのあいだに、ウル・クォルンは先ほどまでの落ちつきを多少はとりもどした。ひとつ深呼吸して、カートに向きなおり、

「おれの父親——おれがこの男をそう呼ぶのをどれだけ嫌っているか、見当もつくまい——おれの親愛なる父親がおれを母親の腕から引き離し、おまえが昨日訪ねたトロウへ連れていった。そこでおれはヌララの家族にあずけられた」

　ヌララがうなずいた。

「この男がわたしの両親にした話では、わが主《あるじ》の母親は砂嵐で命を落としたとのことだった」彼女はカートにいった。「でも、当時でさえ、両親は真実かどうか疑っていた。強熱風《シロッコ》のあいだに開けた場所で砂嵐につかまる火星人の女はいない。何年もかかったけれど、とうとうわたしの同胞は本当のことを探りだした」意味ありげな視線をコルボにくれ、「おまえの部下がしゃべったのよ。〝子ら〟は人を説得するのが得意なの」

「そいつはおれの母親などいらなかった」ウル・クォルンが言葉をつづけた。「にもかかわらず、跡継《あとつ》ぎになる息子がほしかった。だから数年前にまたおれに手をのばし、そいつが築きあげた犯罪組織に引き入れた。そのときには、そいつはご立派な政治家という身分を確立していて、裏稼業を仕切る人間を必要としていた。忠実だが、それでいて距離を置ける人間を」

「なるほど」とカート。「かたやヴィクター・コルボ、月共和国の議員にして、連合政府で指折りの実力者……かたやウル・クォルン、〈火星の魔術師〉、暗黒街の大立て者にして〝二つの月の子ら〟のリーダー。そして両者が父と息子だと知る者はないから、持ちつ持たれつでやっていける」

「ご明察。みごとな推理だ」もっとも、ウル・クォルンが褒美《ほうび》として見せた微笑は一瞬しかつづかなかった。「だが、やつの命令を実行していると思わせておいて、おれは独自の計画を練《ね》っていた。ヌララと彼女の同胞には新しいリーダーが必要であり、おれがそのリーダーになった」

「半分地球人の子供なのに？」

「ほかのだれも知らなかった秘密を知った、半分地球人の子供だ。〈星界のメッセンジャー〉は連合につぶされたかもしれん。だが、火星独立の大望《たいもう》はけっして死んでいない。それは消えたためしがない。なにかのきっかけでふたたび燃えあがるのをひたすら待っている埋《うず》み火のように。そしておれはそのきっかけを見つけた」

「わたしの助けがあったからだ」とコルボ。その傷ついた口調は、責めると同時に懇願《こんがん》するようでもあった。「わたしの助けがあったから、おまえはこれを見つけた。その報《むく》いがこれか？」

ウル・クォルンは、賢者が愚者《ぐしゃ》を見る眼で彼を眺めた。

「なにも知らなかったんだな。これは愉快だ……おれがなにを企《たくら》んでいたのか、おまえはなにも気づかなかった。暗殺者を用意してくれ、とおまえはおれに頼んできた。カシュー主席を亡き者にし、連合政府を意のままにする道を開くのだ、と。そのときおまえは知らなかっただろうが、その同じ男がおまえも狙撃するよう指示してあったのだ。そのうえ、ふたつの殺人がだれのさし金《がね》か、その男の口から漏れたりしないように、おれは別の殺し屋をおまえの屋敷に潜《もぐ》りこませた。その男が暗殺者を始末するはずだった。暗殺者を手引きしたあと万がいちつかまったときには、尋問される前に始末するのがその男の仕事だった」

コルボがあんぐりと口をあけた。

「おまえは……そのときにはもうわたしを殺すつもりだったのか？　どうしてそんなことができた？　おまえはわたしの――」

「頼むから、おれのことを息子と呼ばないでくれ。考えただけでも虫酸《むしず》が走る」ウル・クォルンはカートに向きなおった。「あいにく、計画のその部分におまえが介入した。計画どおりにいけば、連合政府は混乱におちいり、かくして〝二つの月の子ら〟がここ火星で叛乱を起こす絶好の機会になるはずだったのだがな」

アスクラエウス山の地下の溶岩チューブで眼にしたものを、カートはようやく理解した――銃をはじめとする武器の輸送用木枠は、武装蜂起《ほうき》のため密輸されたものだったのだ。あのトロウは、たんなる反太陽系連合感情の温床《おんしょう》ではなかった。ウル・クォルンが率《ひき》いるつもりの火星革命の中核なのだ。

「すまなかった」カートはそっけなくいい、すこしだけ肩をすくめた。「いらぬお節介を焼いたようだ」それから眉間《みけん》にしわを寄せ、「でも、外でなにをやっているんだ？　隠れるトロウや溶岩チューブがあるのに、なぜベース・キャンプをこんな高いところに置いたんだ？」

「正気の沙汰《さた》じゃない」コルボがぼそりといった。「この件はこいつの好きにやらせてきた。だが……ニュートン、わたしを信じろ、こいつは頭がどうかしている」

ウル・クォルンは父親の言葉を聞き流し、彼とカートの両方のわきを過ぎて、テントの入口まで行った。

「頼むから、ふたりとも、こっちへ来てくれ」そう呼びかけると、護衛のひとりにテントのフラップをめくらせた。「おまえたちに、とっておきのものを見せたい。そのあとで、カート・ニュートン、おまえに贈り物を進呈しよう」

カートはうなずき、ウル・クォルンのあとについて扉まで行った。そうしながら、アノラックのポケットにさりげなく両手を突っこみ、ふたたび指輪を軽くたたきはじめた。

4

〈ヴィジランス〉が停泊している広大な地下格納庫のいたるところで、人間と機械が離昇準備に大わらわだった。

ヘニッカー船長の通告があるまで、格納庫は出港する惑星間船につきものの通常業務にいそしむ乗組員、地上整備員、ロボットであふれていた——新鮮な食料と水の積みこみ、その他の消耗品の棚卸《たなおろ》しと必要なものの補充、船体の金属疲労のチェック、エンジンの点検、些《さ》細《さい》な修理、などなど。この活動すべてが唐突に中断したのは、船長の声がスピーカーから流れだし、すみやかな離昇にそなえよと全員に告げたときだった。いま、斜路《ランプ》がはずされ、業務車輛《しゃりょう》が格納庫から出ていくなか、乗組員とロボットは荷役口《にえきぐち》やハッチを通って姿を消し、そのあとハッチは閉じられ、密封された。

数分以内に、巡視船の離昇準備はととのった。メイン・エンジンがウォーミング・アップしているうちに、格納庫はしだいに減圧され、空気が出ていき、やがて広大な部屋のなかには高真空だけが残った。それから、岩壁に並ぶ赤いビーコンが音もなく回転するなか、天井のハッチが中央線で分かれ、外側に開いた。竜骨《りゅうこつ》の姿勢制御エンジンを無音でパッとふかして、〈ヴィジランス〉はドッキング用船架《せんか》からゆっくりと浮かびあがった。

司令室では、万事がきびきびと静かに進行した。飛行士官たちは最小限のドラマで役割を果たした。ヘッドセットを通じて小声で話しあい、コンソールの上で縦横無尽に手を走らせている。船の人工重力発生器はまだ起動していないので、全員が安全ベルトを締めて椅子についていた。下層《ピット》では、操舵士と航法士が一体となって作業していた。いっぽうが船を操縦し、もういっぽうが針路を決めるのである。

ヘニッカー船長は泰然《たいぜん》として椅子にすわり、ほとんど口を開かずに、部下の活動を見まもっていた。だれもがそれぞれの職務に没頭しており、眼前の巨大なスクリーンに眼をやる者はほとんどいなかった。それはいま、みるみる下方へ遠ざかっていくダイモスのクレーターだらけの地表を映しだしていた。

「場の重力を発生させよ」彼女がいうと、一瞬後に警報が三度鳴りひびき、船内重力場がいまにも発生することを船上の全員に警告した。一分後、重量がもどると同時に、クルーは体が座席に落ちつくのを感じた。

エズラ・ガーニーは、司令ステーション近くの隔壁《かくへき》から展開された小さな座席にすわって、スクリーン上に開いている小さなウィンドウを見据えていた。そこには、〈ヴィジランス〉と〈コメット〉双方のそれぞれの位置を描きだした航法平面図が示されていた。後者のほうがダイモスから遠く離れていて、火星へ向かって降下中だ。小さいほうの船が先行したが、まもなくその差はなくなるだろう。巡視船はあっという間にヨットに追いつけるし、ヨットがどこへ向かおうとついていける……おそらくアスクラエウス山の頂上カルデラ、カートの信号が発信された場所だろう。

とにかく、いま起きているのはそういうことだ、とだれもが信じている。

「腑《ふ》に落ちないことがある」エズラはいった。

最初は、その言葉がE・Jに聞こえるとは思わなかった。彼女は発進オペレーションに集中している。〈ヴィジランス〉が無事に港を出るよう心を砕いているのだ。もっとも、彼女の注意力を失念していただけだった。なぜなら、彼女が首をめぐらせて、彼をじっと見つめたからだ。

「なんですって?」彼女が尋ねた。「どういう意味?」

「筋が通らないんだ、〈コメット〉が救出に行くってのは」エズラは平面図から眼を離さなかった。「E・J——ああ、船長さん——わしはあの船に乗ったことがある。装甲されてないし、砲もない。それどころか、ピストルひとつ残ってないんだ。ニュートンとジョオンとオットーが、ありったけ持っていった。ハッチはひとつしかないから、接地したら、梯子《はしご》を使わなきゃならん。それにいったん着陸すれば、二度と離昇できないだろう。あれはヨットだ、軍艦じゃない。レースをするしか能がないんだ」

「そのとおりです、マーム」こういったのはスターディヴェント。ピットの自分の持ち場で会話を聞いていたのである。「わたしも故郷であういうレース用船舶を乗りまわしていました。宇宙へ出ればかなり速いのですが、月やダイモス以外の場所へ着陸することはできません。エンジンが惑星の脱出速度に達するだけの推力を生みだせないのです。したがって、あの娘《こ》がひとたび火星へ接地したら、そこに釘《くぎ》づけになります」

E・Jは彼のいったことを黙って考えた。うわの空で椅子の肘《ひじ》掛けを指でトントンとたたく。

「たしか乗っているのはふたりだけだったわね？　ロボットとサイボーグ？」

「ロボット一台、なかに脳みそがはいっているドローン一基、犬一匹。それだけだ。戦闘部隊とは呼べそうにない」

「たしかに。どんな救出作戦にしろ、装備が貧弱ね。そもそも、本船が彼らに同行したのはそれが理由」

「そうだ。でも、E・J、連中は助けを求めなかった。こちらに通告せずに発進し、きみが助力を申し出るまでは、それに同意しなかった」エズラはスクリーンに指を突きつけた。「ライトはばかじゃない。なにか企んでいる」

ヘニッカー船長はもう一瞬だけ無言だった。それから通信士官のほうを向き、「〈コメットト〉に呼びかけよ」といった。相手との接触がふたたび確立したと士官が告げると、彼女はヘッドセットをつついた。

「〈コメット〉、こちら〈ヴィジランス〉指揮官。ライト博士、あなたの意図を説明していただけないだろうか?」

短い間があり、〈生きている脳〉の声が届いた。

「〈ヴィジランス〉、〈コメット〉はアスクラエウス山へ向かっている。キャプテン・フューチャーによれば、彼と仲間はそこでウル・クォルンの捕虜にされているそうだ」

「それはわかっている」E・Jは答えた。「わからないのは、あなたがこの件をどうするつもりでいるかだ。あなたの船には戦闘や救出作戦のための装備がない。武装も装甲板もないし、信頼すべき筋によれば、ひとたび地上におりたら、二度と安全に離昇できないという。したがってもういちど訊く……あなたの意図はなんだ?」

返事はない。

「〈コメット〉、こちら〈ヴィジランス〉」E・Jは椅子にすわったまま、わずかに身を乗りだした。「応答を願う」

沈黙。やがて〈生きている脳〉の声がまた聞こえた。

「どうか針路をそのままに保ってもらいたい、船長、そして北東タルシス山脈《リッジ》上空のパーキング軌道に乗ってほしい。地上攻撃の可能性にそなえて部下に準備をさせてくれ。しかし、わたしがふたたび連絡を入れるまで、なにもしないでくれ。〈コメット〉通信終わり」

「ライト！」エズラが立ちあがりかけてから、安全ベルトで座席に留《と》められているのを思いだした。「ライト、いったいぜんたいなにをしようと――？」

「船長！」スターディヴェントが嚙《か》みつくようにいった。「〈コメット〉が消えました！」

「なんだと？」Ｅ・Ｊとエズラが異口同音に叫んだ。

「もういません、マーム」彼は長距離テレメトリー・ディスプレイを力なく身ぶりで示した。「レーダーから消失しました。視覚接触も同じです。どうしてかはわかりませんが――」

「わかってる。いなくなったんだ」エズラはため息をつき、かぶりをふると、申しわけなさそうな眼でＥ・Ｊを見た。「すまん、ひとついい忘れていたことがあった」

5

ウル・クォルンはカートにつき添ってキャンプの中央へ向かった。先ほど地面の掘削跡《くっさく》がかいま見えた場所だ。このときには、カルデラ周壁《しゅうへき》の上に太陽が完全に昇っていた。この標高だと、低地に出るような朝靄《あさつゆ》は出ない。ヴィクター・コルボはあいかわらずうしろ手に縛られているものの、カートが同じことをされる気配はなかった。〝子ら〟がそれぞれの銃を彼に向けて隣を歩いていさえしなければ、賓客《ひんきゃく》としてウル・クォルンに迎えられたといえそうだった。

と、そのとき別方向からオットーとジョオンが近づいてくるのが見え、待遇がどうあれ四人とも捕虜であることを思い知らされた。ふたりの縛め《いまし》は解かれていたが、武装した四人の〝子ら〟が、ふたりが留置《りゅうち》されていたはずの与圧ドームから同行していた。キャプテン・フユーチャーとその仲間につけ入る隙《すき》をあたえる者はいないのだ。

ウル・クォルンは四人とも始末するつもりでいる――カートはそれを疑っていなかった。それに対して打てる手はない。丸腰だし、多勢に無勢だ。望みがあるとしたら、彼が左手にはめている指輪だけだろう。

歩きながら、カートは両手をさりげなくアノラックのポケットに突っこんでいた。それを利用して、なんとかモールス信号で新しいメッセージを打つのを隠していたのだ。メッセージが届いているかどうかを知るすべはなかった。彼にできるのは、ひそかにアクセスしている近くの電波塔から出る搬送波信号が、〈コメット〉にも受信できるほど強力であるよう祈ることだけだ。

　火山の東壁の上空をちらりと仰ぐ。新しい一日の到来とともに、深紫《ふかむらさき》からピンクへと、みるみる色が薄れていく。助けが来るとしたら、その方角から来るはずだ。そして到着したら、自分とほかのふたりはすばやく行動しなければならない。

　発掘現場の近くに防水シートが張られていて、その下に折りたたみ式のテーブルがあった。オットーとジョオンが着いた二秒後に、カートもそこに着いた。

「調子はどうだ？」ふたりと合流すると、彼は静かな口調で訊いた。「手荒な真似はされていないか？」

「じつをいうと、そう悪くありません」オットーが答えた。「マスクをはずして、ちょっと羽根をのばす機会がありましたし、朝飯さえ出してもらえましたよ」肩をすくめ、「もっとひどい目にあうかと思っていましたが」

　ジョオンは嫌悪のこもるため息を漏らした。マスクごしに表情はうかがえないものの、ウル・クォルンのもてなしには感銘を受けなかったようだ。

「昼食は期待できないわね」彼女はぼそりといった。「お土産《みやげ》も持たせてくれそうにないし」

「かならずしもそうじゃない」ウル・クォルンは薄笑いを浮かべながら、首をすくめて防水シートの下へはいった。テーブルまで歩いていき、小さな金属の箱に手を置く。「あんたにささやかな贈り物をしてもいいと思っているんだ。カートひとりに進呈するのでは不公平だ

「からな」コルボを見て、つけ加える。「招かれもせずにキャンプへさまよいこんできたものがほかにある」

コルボがいるのに気づいて、オットーがもの問いたげに眉毛を吊りあげた。カートはそれに気づかなかった。周囲の状況をひそかに探っていたのだ。さほど遠くないところに、つい先ほど通って出てきた火山の火道《かどう》のぱっくりとあいた口がある。そして反対方向の同じくらいの距離に着陸台。記憶しておく値打ちのある細部だ。つぎの数分のうちに、それで事態が変わるかもしれない。

「助けにきたんだ、息子よ」コルボがうなり声でいい、ジョオンは驚きのあまり彼をまじまじと見た。「この三人がおまえを追っていると知り、なんとしても阻止しようと――」

「ああ、そうだ、知っている」ウル・クォルンがじれったげにいった。「そのせいで腕ききの部下ひとりの命が犠牲になった。それで貸しがひとつふえたわけだ。でも、話題にしたいのはそのことじゃない。だから、おとなしく黙って、おれに話をさせてくれないか？」

テーブルに背中を向け、カートと向かいあう。

「さて……おれの理解するところだと、おまえが議員にはじめて関心を持ったのは、〈直線壁〉でのことだ。とすれば、おまえはデネブ人の岩面陰刻《いんこく》に興味があると思っていいんだな？」

困惑してカートはうなずいた。

「ああ、興味がある。人生の大半を通じて、その陰刻を研究してきた」

「本当か？　なんたる偶然の一致。おれもそうだ」笑みが浮かんだと思うと、あっという間に消えた。「だが、こうなると、おれたちには共通点がいくつもあるように思えないか？　ふたりとも同じ男に愛する者を殺され、ふたりとも代理家族の手で世を忍んで育てられ、こんどはふたりとも〈古きものたち〉は何者で、ここでなにをしていたのだろう、と首をひねりながら育ったように思える」ウル・クォルンは腕組みし、右手で顎を包んだ。「それなら教えてくれ……おまえは〈踊るデネブ人〉の意味を解明したのか？」

「いや、していない。だれも解明していない」

「まちがいだ」〈火星の魔術師〉がいった。「おれはした」

彼はテーブルから写真をとりあげ、カートに見えるようさしだした。それは新しいドームの内側から撮《と》られた月の陰刻の写真だった。

「長年にわたり、〈踊るデネブ人〉は地球の古代文明が遺《のこ》したような岩面陰刻――つまり、象形文字や絵文字だという前提のもとに研究が行われてきた。しかし、ほんの数年前、おれは別の問いかけをはじめた。〈踊るデネブ人〉が表しているのが言語ではなく、もっと普遍的なもの――たとえば、数学だとしたら、と」

「陰刻は数字だと思うのか？」

「別にかまわんだろう」ウル・クォルンは写真をテーブルにもどした。「デネブ人がおよそ百万年前におれたちの太陽系を通過したのは、まずまちがいない——もうすこしくわしくいえば、更新世《こうしんせい》のカラブリア中期だ。火星はすでに生物学的には死んでいて、大気と表面の水はとっくのむかしに失っていたが、地質学的な活動はまだ見られた。とりわけタルシス山脈《リッジ》の地下深くでは。いっぽう、地球では、氷河が一時的に後退していて、人類はホミニッドからホモ・サピエンスへ移行する最後の段階にあった。もはや野獣ではないが、完全な文明化もしていない。だが、にもかかわらず大きな潜在的可能性を見せている段階だ。ここへ来たとき、訪問者が見つけたのはそれだった」

「なぜだ？」われ知らず、カートは会話に引きこまれていた。「なぜデネブ人ははるばるってきたんだ？」

「だれにもわからん。彼らは探検者で、その目的は純粋に科学的なものだったのかもしれん。あるいは、征服者で、この星系は自分たちには不向きだとわかったのかもしれん。いずれにしろ、〈古きものたち〉がここにいたのは、短期間にすぎなかった。もっとも、立ち去る前に、土着の種族に見つけてもらうつもりで、ふたつの標識を置いていった。最終的には自分たちのあとを追うようになるとわかった種族——つまり、おれたちに見つけてもらうつもりで。そしておれたちが彼らの言語を学ぶことはないとわかっていたので、かわりに共通の準拠枠に頼ることにした」

「数学だ」とオットーがいった。

「ほう、そうだ、そのとおり。数学だ」オットーがその答えを思いついたことにウル・クォルンは驚いたようすだった。どうやらアンドロイドの知性を見くびっていたらしい。「彼らは地球上で観察した原始的種《スピーシーズ》の末裔《まつえい》と意思疎通する手段として、文字や言葉ではなく数字を使うことにした。これを成しとげるために、デネブ人はみずからに似せた二足歩行生物の姿を連続して彫り刻み、十の主要なポーズで十進法の数字を表すようにした。これらの象形文字的な表象ひとつひとつの隣にあるのが、彼らの記数法によるじっさいの数字だ」

「なるほど」カートがいった。「われわれは彼らのメッセージを解読させてくれるロゼッタ石を探していた。メッセージ自体が翻訳の鍵になるとは夢にも思わずに」

「そのとおりだ！」ウル・クォルンは腕組みをした。「おれに先だって月の岩面陰刻を研究した者たちは、ひとり残らずわかりきったことを見落としていた。〈古きものたち〉は、果てしない歳月を経たあと、自分たちの母語を理解しない者たちに読ませるつもりで慎重にメッセージを伝えたのだ。ゆえにメディアとして言語ではなく数学に頼った」

ウル・クォルンが〈古きものたち〉の呼称でデネブ人にいいおよぶたびに、周囲に立っている〝子ら〟がちょっと眼を伏せ、指先で額にさわるのにカートは気づいた。敬意を表す宗教的な仕草らしい。記憶しておく価値がある。彼は空をちらっと盗み見た、まるで朝陽をぼんやりと眺めるかのように。

「それなら、なぜ〈直線壁〉にメッセージを遺したんだ？　あそことここに、どんなつながりがあるんだ？」

「〈直線壁〉はだれが見てもわかる。地球から見える月面の天然地形だ。人類という種がひとたび宇宙へ乗りだせるほど進化したら、最初にかならず訪れる場所のひとつが、おれたち自身の惑星の衛星であり、したがって、いずれはそのいちばん目立つ地形のひとつを探検するだろう、とデネブ人は正しく推測した。そして月に浸食《しんしょく》はないも同然なので、〈踊るデネブ人〉は数十万年にわたり乱されないだろう、と」

「それなら火星は……？」

「さてさて！」ウル・クォルンが指を一本かかげた。「ここからが本当に面白い部分だ！」

彼はまたうしろに手をまわし、テーブルに載っている二枚目の紙切れをとりあげた。それを手渡し、カートがじっくりと見るあいだ、静かに待つ。

その紙は縦三段に分かれていた——最上段が〈踊るデネブ人〉、中段がデネブ人の幾何学《きか》図形、最下段がアラビア数字。最後のものはふた組に分かれていて、それが似ているのは……。

「これは座標だ」カートはいった。その声は畏怖《いふ》に打たれたささやきと変わらなかった。

「緯度と経度、われわれ自身が使うものとそっくりだ」

「そう、まさしくそうだ！」ウル・クォルンは喜ぶと同時に感心していた。「そして〈直線壁〉岩面陰刻の最上段の形象がおれたちの太陽系の略図であり、地球と火星が線でつながっているのだから、その座標が火星のどこかだと推理するのに、たいした想像力はいらなかった。あとは子午線と分割の度数を割りだせばよく、残りは簡単だった」

ジョオンが口を開いた。

「それでその座標は……」

「いまおれたちが立っている、まさにこの場所だ」ウル・クォルンは両腕を広げ、発掘現場全体を抱きかかえるようにした。「〈古きものたち〉は、おれたちにこの場所へ来てほしかったのだ。悠久の時にわたり、表面浸食がいちばんすくないだろうと彼らが判断した場所——周囲の土地から三万フィートもそびえている死火山のカルデラへ。そしてパズルの最後のピースがここで見つかった……おれたちの太陽系におけるデネブ人の主要な基地が」

「ここにデネブ人の入植地が？」オットーが尋ねた。「火山のなかに？」

ウル・クォルンは見下すような眼で彼を見て、

「おいおい、どうした……さっきの頭の切れは。科学者たちは長年にわたり異星人の遺物を求めて火星を探してきた。〈古きものたち〉の別の痕跡《こんせき》を見つけようとしてきたわけだ」彼はコルボに眼をやった。議員は無言で彼をにらんでいた。「すくなくとも、これについては感謝するよ、父上。あんたが合法的に人前に出ようとしているあいだ、あんたの犯罪組織を仕切る見返りに、あんたはおれの要求をかなえてくれた。つまり、〈直線壁〉の考古学的研究に資金を出し、その場所を保護区に指定してくれたわけだ。あんたが知らなかったのは、これがただの気まぐれじゃなかったってことだ。舞台裏で、おれはウィンターズ博士とノートン博士がそこでやっている仕事をひそかに監督してきた。本人たちは知らなかったが、ふたりはずっとおれのために働いていたんだ」

「感謝してもらえるとは、苦労した甲斐《かい》があったというものだ」コルボは楽しそうではなかった。

「おまえがなにをしたって、おれの母親を死なせたことの罪滅ぼしにはならない。それを忘れないようにしろ」ウル・クォルンはカートに向きなおった。「おれがにらんだところだと、デネブ人がここに基地を築いたのには別の理由があった。アスクラエウス山が完全には死滅しておらず、多少の地熱活動が惑星の地殻の下深くでまだ起きていたからだ。〈古きものたち〉は、このエネルギーをとりだし、自分たちの目的に使うことができた。その目的とは……まあ、見せてやれば話が早いかもしれん」

彼はテーブルに載っている小さな箱に手をのばし、カートたちのもとへ運んできた。

「考古学の発掘現場には、予想外の発見がつきものだ。だれも見つかると思っていなかったものが」箱をカートとオットーとジョオンにさしだし、ゆっくりとふたを持ちあげる。「これが見つかったものだ」

箱のなかには、ゴムのようにやわらかな物体がおさまっていた。色はオフホワイトで形は卵形、長さはおよそ十六インチ。一見すると大きすぎる幼虫のようだ。じっさい、ウル・クォルンがふたをあけたとたん、その体節のある横腹に震えが走った。〈魔術師〉はそれを箱からそっと引っぱりだした。するとそれは満足げといえそうな静かな音──「オオオオグ」──を立てると同時に、彼の両手に体を巻きつけた。これで、そいつが脚のかわりに六本の偽足《ぎそく》を生やしていて、すぼめた丸い口の上に一対《いっつい》の黒い小さな眼があることがわかった。

「それはなんだ？」オットーが尋ねるいっぽう、ジョオンは嫌悪のあまり縮みあがった。

「じつにいい質問だ。握ってみるか？」ウル・クォルンがそれを彼にさしだした。オットーは一瞬ためらってから、注意深く彼の手からとった。「ここへ着いた直後に、キャンプのまわりをうろついているのを見つけた。土着の生命体でないのははっきりしているが、デネブ人にとってどんな用途があったのかはよくわからん。ひょっとすると、置き去りにされたペットかもしれん」口もとをほころばせ、「おれたちはオーグと呼んでいる。そいつに出せるらしい、ただひとつの音にちなんで」

「ペットだって？」オットーは信じられないようすだった。オーグは温かくてやわらかく、彼の手のなかですっかりくつろいでいるようだった。「でも、デネブ人が置き去りにしたのだとしたら、つまりこいつは……」

その声が驚きのあまり途切れた。

「百万歳に近い」ウル・クォルンが締めくくった。「おまえにちょっと似ているようだ。完全な有機体でも、完全な機械でもないからな。それに陽射《ひざ》しと火星の表土《ひょうど》さえあれば生きていけるらしい。おっと、そいつには興味深い能力がある。眼を閉じて、似たような大きさと重さのなにかに考えを集中してみろ」

どういうことだろう、と首をひねりながら、オットーはいわれたとおりにした。数秒が経過すると、手のなかでオーグが身じろぎをはじめたのを感じた。ジョオンが驚きのあまり叫び声をあげたので眼を開くと……先ほどまで握っていた不定形の生き物ではなく、グラッグの月犬《ムーンパップ》イイクを握っていた。

「こいつはたまげた」彼はつぶやいた。「こいつは、本当におれが思っているようなことをしたのか？」

「ああ、したんだ。おまえの心を読んで、おまえが想像したものがなんであれ、それに合わせて形を変えた」ウル・クォルンは面白がっているようだった。「おれの父親が主席に贈ったものを、おまえたちが引きとったそうだな。そいつはいい。ばかなアイデアだと最初から思っていたんだ」

オットーは返事をせず、かわりに擬態《ぎたい》生物をそっと撫《な》でた。そいつはイイクがグラッグを見るときと同じ甘えるような眼で彼を見つめた。毛皮さえ本物の手ざわりだった。ジョオンが嫌悪感を乗り越えて近寄り、同じようにオーグを撫でた。

さしあたり忘れられた形のカートは、静かにわきに控えていた。彼の両手がまたポケットのなかにあるのに気づいた者はいない。あるいは、彼の視線がちらっと空にまた向けられたことに。

6

「船長、〈コメット〉が大気圏に突入しています」

どうしてミスター・スターディヴェントにはわかるのだろう、とエズラは首をひねった。

つぎの瞬間、航法士がメイン・スクリーンにウィンドウを開き、そのなかに低軌道から見た火星の望遠鏡画像があらわれた。上層大気圏に火の玉ができあがりはじめていた。細い白い筋をあとに残していく。それは一秒ごとに長くなった。

〈コメット〉そのものは眼に見えない。だが、その航路に生じるプラズマの殻《かく》が、所在を明かすのだ。エズラはその皮肉に苦笑した。涙滴形小艇は、本当に彗星《コメット》に似てしまった。

「位置は?」E・Jが尋ねる。

「高度三十二・四キロメートル、北緯十度西経八十五・六度、方位微北西十五・二度。マリネリス渓谷《けいこく》の真北、ルナ高原上空にさしかかり、アスクラエウス山への最短コースをとっています」スターディヴェントが顔をあげ、肩ごしに船長を見た。「本船は〈コメット〉との視線接触を維持しています、マーム。ご指示は?」

へニッカー船長はすぐには反応しなかった。うわの空で唇《くちびる》を人さし指でこすりながら、椅子をくるっとまわしてエズラを見る。

「どう考える、エズラ？　彼らはなにをするつもりだろう？」

「よくわからん」エズラは言葉を選ぶようにしていった。「こちらが連中のあとから攻撃チームを送りこむのを期待しとるのかもしれん。だが、その場合、なぜ〈コメット〉が着陸したりするんだ？　二度と離昇――」

その言葉は司令室の扉で起きた騒ぎにさえぎられた。通路の方角から声が聞こえた――

「おい、止まれ……止まるんだ！　許可なしにはいっちゃいかん――！」

それから犬が吠え、すぐにデッキを走ってくるパタパタという音がつづいた。エズラがその騒音の正体に気づく暇もなく、茶色と白の小さな形が薄闇から飛びだしてきて、彼の膝《ひざ》に飛びこんだ。

仰天したエズラは、危うく犬を床にふり落とすところだった。だが、その小さな駄犬《だけん》はすでに彼の首に前肢《まえあし》をからめて、ベトベトした犬のキスで彼の口髭《くちひげ》をうれしそうによだれまみれにしていた。

「イイクか？」司令はこのうえなく驚いた。「いったいここでなにをしてるんだ？」

もちろん、返事はない。だが、月犬《ムーンパップ》の存在が意味することをエズラがさとると同時に、別の音が聞こえた――ドシンドシンという重い足音。一瞬遅れてルルルという回転翼の音がつづく。

首をめぐらすと、司令室を歩いてくるグラッグと〈生きている脳〉が見えた。扉で彼らを止めそこなった少尉があとを追いかけてくる。ブリッジの人員が作業を中断し、彼らに注目した。

「おまえたちか」エズラはつぶやき、イイクを膝から払いのけると、座席から立ちあがった。

「いったいぜんたいどうやって――？」

「エズラ、このしろものはなんなの？」E・Jも立ちあがった。混乱にもまして怒りのにじむ声。闖入《ちんにゅう》に激怒しているのは、はた目にも明らかだ。「これがニュートンのクルーなの？」

「ヘニッカー船長、わたしとしては気分を害さずにはいられない」〈生きている脳〉が彼女から数フィートのところまで浮遊していった。眼柄《がんぺい》を動かして、彼女の顔と水平になるようにし、「わたしはもう人間の形をしていないかもしれん。だが、見かけはちがっても、自分をまだ人間だと思っている。わたしの連れについていえば、見かけとちがってたんなる自動人形ではない。よって、われわれはしろものではない」

「こんちは、船長」グラッグが〈生きている脳〉の隣で立ち止まり、右手をあげた。「おれはグラッグ。カート・ニュートン、またの名をキャプテン・フューチャーの仲間です。お目にかかれてさいわい」イイクがロボットの脚のまわりをぐるぐる走りながら、興奮してキャンキャン鳴いていた。グラッグは大きな赤い眼を小犬のほうに向け、「静かにしろ、イイク」

と声をひそめていった。「おすわり」

イイクがおとなしくグラッグの隣で尻をつけてすわった。舌が口からだらりと垂れている。どうやらロボットは、最近かなりの時間を費やして新しいペットを訓練していたらしい。もっとも、エズラはお世辞をいう気分ではなかったが。

「船長、こちらはサイモン・ライトと……その、グラッグ、と呼んでほしいそうだ。それで、そう、彼らが〈コメット〉のクルーだ」――彼らにもういちど視線を走らせ――「もっとも、いま船に乗っていないのは一目瞭然だが」

「許可なく押しいったことについてはお許し願いたい、マーム」〈生きている脳〉は彼女の前に浮かびつづけたが、眼柄をよじらせ、前方の壁面スクリーンをじっくりと見た。「発進直前にグラッグとわたしは船をおりた。それから連絡トンネルを伝ってあなたの船の格納庫にはいり、密航するためにメンテナンス・ロボットのふりをした。つい数分前まで貨物倉庫にいて、姿をあらわす適切なときを待っていた」

「適切な――」E・Jがまじまじと彼を見た。「あなた方がここへ来た理由をまだ聞かせてもらっていない。あなた方は〈コメット〉に乗っているものと思っていた……あなたがそういったのだ！」

「いや、マーム、それは正しくない。〈コメット〉は発進し、火星へ降下中だとはいったが、グラッグかわたしのどちらかが乗っているとは、ひとこともいっていない」

「じゃあ、あんたたちが〈コメット〉に乗っていないのなら」とエズラ。「だれが船を飛ばしてるんだ？」

「わたしだ」〈生きている脳〉が答えた。「こうしてしゃべりながらも、〈ヴィジランス〉のテレメトリーを使って、〈コメット〉の司令制御ネットワークとじかにインターフェイスしている。この船を発進させ、われわれのあとを追ってくれと頼んだ理由のひとつがこれだ。〈ヴィジランス〉が〈コメット〉との交信範囲を出ないかぎり、わたしはフライバイワイヤー（操縦桿の動きをコンピュータを通して電気信号で舵面に伝える方式）で飛んでいるかのように船を操縦できる……わたしが乗っている必要はない」いったん言葉を切り、「あるいは、場合によっては、そのほうが望ましい」

「それはどういう意味だ？」

「ガーニー司令、もうお気づきかもしれないが、〈コメット〉は救出活動には不向きだ。武装はないし、火星の地表から離昇して、脱出速度に達することもできない」

「われわれは攻撃部隊を送りこめる」とＥ・Ｊ。「とにかく、あなたの要求はそれだった」

「そうだ。しかし目標は、カートがアスクラエウス山のカルデラで探しあてたキャンプではない。わたしの信ずるところでは、彼はトロウへ兵力を送りこみ、彼とオットーとジョオンが発見した〈星界のメッセンジャー〉の要塞を制圧してほしがっている。もっとも、火山を攻撃しても無駄骨だろう。ウル・クォルンは彼らを捕虜にしている。太陽系警備隊かＩＰＦの船を眼にしたとたん、十中八九、彼らを処刑するだろう」

「それなら〈コメット〉は？　なにをしているんだ？」

「それにできること――彼らが囚《とら》われているキャンプに突っこみ、完全に破壊することだ。たったいまカートから新しいモールス信号を受信した。彼の指示はやはりそういうことだ」

エズラは〈生きている脳〉をまじまじと見た。いいたいことはわかっていたが、不意に口がきけなくなっていた。喉がふさがってしまったかのようだ。それでもE・Jは彼の考えがわかるようだった。というのも、彼が口に出せない考えを口にしたからだ。

「もちろん、それがどういう意味かわかっているのだな。そこにいる全員が命を落とすだろう」

「それは承知している」とサイモン・ライト。「そしてカートも承知しているにちがいない。だが、彼ならきっと窮地《きゅうち》を脱する方法を考えつく――わたしはそう確信している」

「でなければ、そう願っているわけか」エズラが静かな声でつけ加えた。

7

「それなら〈古きものたち〉はここでなにをしていたのか、とお尋ねかな？」ウル・クォルンはオーグをオットーの手に残し、防水シートの下から出た。「いいだろう、見せてやる。

来い」

彼はついて来るようみんなを手招きして、発掘物が置かれている場所まで行った。近づくと、苦労して砂と石を掘り起こしたらしい場所が眼にはいった。地表のすぐ下にあるものが露出していた。ここでカートは、無数の考古学者が発見を夢見てきたものを眼《ま》のあたりにした――デネブ人が太陽系にいたという第二の証拠である。

アーチらしきものが六つ、横倒しになっていた。赤い沈泥《シルト》に部分的に埋もれている。その下で無数の歳月を閲《けみ》してきたのだ。眼をこらすうちに、じつはそれらが割れた円環《リング》だとわかってきた。ひょっとしたら、かつては垂直に立っていたものが倒れているのかもしれない。それぞれの直径は十フィートほど、外側の表面はなめらかで丸みを帯びており、内側の表面は平らで溝が彫られている。側面に不規則なしるしがあるのは、かつてなにかが刻まれていた名残だろう。だが、風と砂と時にとっくのむかしにこすりとられている。

ウル・クォルンはなにもいわず、カートが壊れたリングのかたわらにひざまずき、その上に軽く手をすべらせるあいだ、微笑を浮かべて辛抱《しんぼう》強く待っていた。ありそうにないように思えるが、金属と石の化合物のようだ。M級小惑星で見つかった金属鉱石と同じものだろうか。カートはあたりを見まわし、リングの配置に気がついた。なんであるにしろ、リングはかつて一列に並んでいた。まるでトンネルか……

「門だ」彼は静かな声でいった。

「ご明察だ、キャプテン。みごとな推理だ」ウル・クォルンがやんわりと拍手した。「そう、これはかつて門だった。ワームホール発生機、あるいは、ひょっとすると物質転送機かもしれん。いずれにしろ、世界と世界とをつなぐ導管だ。デネブ人の星系とさえつながっていたかもしれん」

「どうしてそういい切れる？」カートは立ちあがりながら、手から砂を払う仕草をした。背中がウル・クォルンに向いた一瞬のうちに、片手をアノラックの胸もとへあげ、ジッパーをおろす。「なんであっても不思議じゃない。彫刻。宗教的な遺物。壊れた洗濯機」

これを聞いてジョオンが笑い声をあげたが、彼らをとらえている者たちは面白がらなかった。

「冒瀆《ぼうとく》だ」〝二つの月の子ら〟のひとりが怒りの声を漏らしながら、カートに向かって二歩進む。

「やめておけ」〈火星の魔術師〉が片手をあげた。「客人を許してやれ。〈古きものたち〉の真実が語られたとき、自分の信念がまちがっていたと真っ先に知る者になるのだから」

〈古きものたち〉の名が出ると、〝子ら〟はまたしても短く頭を下げた。これこそがカートの待っていた隙だった。背中をウル・クォルンに向け、〝子ら〟が眼を伏せた一瞬のうちに、彼はアノラックのなか、その下に着ているセーターの下に手をすべりこませた。はずれているプラズマーの電源コードを指が探りあてる。すばやく手首を返すと、それはセーターの下に装着している物体とつながった。

これで準備はととのった。もういちど空をちらっと見あげる。〈コメット〉はまだ影も形もない。カートはだれにも気づかれないうちに、アノラックから手をするりと抜いた。

「デネブは三千光年近く離れている」とカート。「たとえ母星への出入口のようなものを造《つく》れたとしても、なぜそんなことをしたがる？　故郷へ帰る手段を用意するためだけに、はるばる旅してきたわけじゃあるまい」

「彼らが星間帝国を築いていたのなら、そうしたはずだ」ウル・クォルンがまた彼を見た。カートのアノラックのジッパーが開いていることには気づかないようだ。「もしそれが彼らの意図であり、数十万年という単位で戦略を練るのに慣れていたとしたら、ほかの種族が自分たちの母星を訪れる手段を用意したんじゃないか？　ある星系を訪れ、居住できる世界の安定した場所に門を置き、最終的には宇宙航行能力を発達させると見こんだ種族なら見つけられる場所に手がかりを残し、つぎへ進む。その方法なら、帝国を築いて維持するまでもない——帝国はひとりでにできあがり、自分たちのもとへやって来る」

「こんな途方もない話は聞いたことが——」オットーがいいかけたが、背後の〝子〟に威嚇《いかく》するように小突《こづ》かれて黙りこんだ。

「興味深いアイデアだ」とカート。「ひとつだけ問題がある」廃墟を指さし、「これは使える門じゃない。長い長い年月にわたってそうだった」

「そのとおりだ」とウル・クォルン。「だが、ここで見つかったものは、これだけじゃない」彼は別の出土物を指さした。こちらはリングの反対側にある。「いまは穴しかない」と言葉をつづけ、「だが、門を発見しないうちに、それにも増して重要なものを発見した――デネブ人の岩面陰刻の新たな碑《ひ》を。こちらは月に遺されたものよりも非常に複雑だ。ひとたび翻訳が終われば、第二の門を建造するのに必要な情報がすべて用意されると信じられる。そうなった暁《あかつき》には――」

そういいながら、ウル・クォルンはカートに背を向け、周囲に集まっている〝二つの月の子ら〟に話しかけた。

「――おれたちは真《しん》の主人、人類がまだ揺籃《ようらん》期にあったころ、この星系へやってきた〈古きものたち〉にまみえるだろう。地球以外の太陽系から地球人を放逐《ほうちく》するのに力を貸してもらうよう頼みこみ、その見返りに彼らが太陽系連合にかわってデネブ帝国を打ち立てるのを許すのだ。おれたちは歴史よりも古い銀河連盟の一部となり、かくして〈古きものたち〉が定めた運命を成就《じょうじゅ》するだろう」

四方で、〝二つの月の子ら〟が指で額にさわり、うやうやしく頭を下げた。彼らがそうしたとき、カートの視線がたまたまヴィクター・コルボに向いた。議員は恐怖と不信の表情で息子をまじまじと見ていた。カートがすでにさとっていたのと同じことをようやく彼もさとったのだ――ウル・クォルン、〈火星の魔術師〉はどうしようもないほど狂っている、と。

「おまえは正気じゃない」コルボがいった。

これを聞いてウル・クォルンはふり返り、長い数秒間、無言で彼を見つめた。それからヌララを手招きして近寄らせた。彼女の耳もとになにごとかささやくと、彼女は薄笑いを浮かべ、うなずき、歩み去った。ウル・クォルンはそのうしろ姿を見送ってから、カートに向きなおった。

「さて、カート……いや、おまえとしてはキャプテン・フューチャーのほうがいいのかもしれんが――」

「友人たちはぼくをカートと呼ぶ。きみはキャプテン・フューチャーと呼んでもいい」

「それは変わるかもしれんぞ」うしろ手を組みながら、ウル・クォルンは眼と眼が合うまでカートに近づいた。「おまえが知りたがったことはなにもかも話した。それ以上のことも。だが、自慢したかったわけじゃない。さっきおまえに敬意をいだくようになったといったが、あれは本気だ。おまえが復讐を望んでいるという事実にも共感をおぼえる」コルボのほうに首をもたげ、「あいつはおれから奪ったよりも多くのものをおまえから奪った。それを返してやることはできん。だが、別のものをあたえてやれる――おれの右腕という地位、まもなく生まれる帝国における役割を」

「カート――」ジョオンがいいかけた。

「黙っていろ」彼女を見ずにウル・クォルンがいった。ジョオンについている〝子〟が、悲鳴があがるほど強く彼女の腕をつかんだ。「おまえの仲間の命も助けてやる……いや、そうしてほしければ、始末してやる。おまえしだいだ」

「なるほど」カートはゆっくりとうなずいた。「で、きみの申し出を受け入れないことにしたら？」

「そのときは、おれがどうやって敵を消すかがわかるだろう」

ウル・クォルンが意味ありげな視線を近くの火道のほうへ走らせる。そこまでしなくてもよかったが、にもかかわらず背すじを凍《こお》らせた。カートは返事をせずに、まるで眼の前に置かれた選択肢をじっくり考えるかのように眼をそらした。あえて空をまた見あげないようにする。ウル・クォルンは正気を失っているかもしれない。だが、にもかかわらずきわめて聡明だし、カートがたびたび空を仰ぐのはどうしてか、と真剣にいぶかしみはじめているかもしれない。だから〈生きている脳〉に信号が届き、彼とグラッグが指示にしたがってくれるのを祈るしかなく、〈コメット〉が迫っているという前提に立つしかない。なぜなら、そうでなければ……。

「ああ……ご苦労だった、ヌララ」ウル・クォルンがいった。「これならうまくいく」

カートがウル・クォルンに視線をもどすと、ヌララが見慣れた物体を彼に手渡したところだった――プラズマーである。

「じつに興味深い武器だ」ウル・クォルンがカートの銃を両手の上で裏返し、考えこむようにしげしげと見た。「〈王と女王〉からおれのもとへ届いた。おまえのとっておきの火器であることは一目瞭然だ。いっぽう、おれの部下はこれを使えないでいる」もの問いたげにカートを見て、「理由を教えてもらえるかな?」

「それはプラズマ・トロイド銃だ」とカート。「サイモン・ライトとぼくが発明した。発射できないのは、外部のエネルギー源、たとえばぼくのベルトのバッテリー・パックにつながないといけないからだ」

「ああ、そういう仕組みか」ウル・クォルンはもうしばらく銃をいじってから、カートにさしだした。「見せてくれないか? おれの父親を撃て」

「だめだ!」コルボが真っ青になった。「息子よ、やめるんだ——!」

彼は逃げようとしたが、二、三歩しか進めないうちに〝子ら〟に止められた。ひとりが議員の下腹部にこぶしをたたきこむ。その一撃で議員はがっくりと膝をついた。それから火星人ふたりともがわきに退《しりぞ》き、コルボひとりが残された。

「これがおまえへの贈り物だ」とウル・クォルン。コルボが逃げようとしたことなど、ただの気散《きさん》じと変わらないかのような口調だ。「おれの父親の命、おまえに進呈する」彼は銃をさしだす手を引っこめなかった。「やつを殺せ。殺したら褒《ほ》めてやる」

カートはつかのまプラズマーを見つめ、ウル・クォルンから受けとった。〈火星の魔術師〉は腕組みをしながら退《さ》がった。カートが自分に武器を向けないと信じきっているようすだ。

それも当然といえる。ウル・クォルンのほうへピクリと動かしただけでも、〝子ら〟に撃ち殺されるだろう。

「カート……やめて」ジョオンがいった。その声はエアマスクでくぐもっていた。

彼はそれを聞き流し、ベルトに手をのばすと、そこに付属している予備の電源コードをほどいた。コードを銃の床尾《しょうび》に接続する。銃が静かなウィーンという音を立てたかと思うと、銃床のライトがパッと灯《とも》り、プラズマーがフル充電されていて発射準備がととのったことを知らせた。

カートは満足してコルボのほうを向いた。父母の殺害を命じた男を長いこと見つめ、その顔に浮かぶ恐怖を味わう。火山の頂を成すゴツゴツした壁のはるか上で、一本の細い白い筋が空に引かれはじめていた。だが、彼はそれに気づかず、左手をまたアノラックのなかにすべりこませた。同時に、右手の銃をかかげ、標的に向けてかまえた。

「さよなら、議員」カートがいった。

つぎの瞬間、カートの姿が消えた。

8

ザンザ大陸《テラ》でカートと落ちあおうと、オットーとジョオンがポート・ダイモスからシャトルでおりてきたとき、オットーはカートの指示で重要な機材を運んできた——携帯式の眼くらまし発生器《トム・ジェネレーター》である。それを持っていることはジョオンにも知らせず、ダッフルバッグに入れて火星の税関を通したあと、カートに渡した。カートはアスクラエウス・トロウに着くまで待ち、そこでセーターとアノラックの下にジェネレーターのホールターを革ベルトで留めたのだった。以来使わずにいたのは、それが切り札になる瞬間がきっと来る、と本能的に察知していたからだ。

その瞬間が来たとわかって、彼はベルトのバッテリー・パックにこっそり電源ケーブルをつないだ。ジェネレーターとプラズマーを同時には使えない——電力の消耗が激しすぎる——だが、なにもかもタイミングがぴたりと合いさえすれば、同時に使うまでもないとわかっていた。したがって、アノラックの下のボタンを押し、いきなり漆黒《しっこく》の闇に呑みこまれたとき、彼はすでに動きだしていた。

なにも見えなかった。だが、周囲の火星人たちがあげるとまどいや怒りの叫びは聞こえた。

そのときには、すでに腰をかがめて、左へ二歩踏みだしていた。眼に見えなくなったとき、それまでが立っていた場所を離れて、オットーとジョオンが囚われているほうへ向かったのだ。

「撃て！」ウル・クォルンが叫んだ。その声はカートのすぐ右手で聞こえた。「やつを撃て！」

「どこを撃つんです？」これは左手にいる火星人の声だ。「見えないのに――」

「やつがいた場所を撃て！」

カートは中腰のまま銃をかかげ、第二の声がした方向に銃口を向けた。ジョオンとオットーについている〝子ら〟の片割れだと判断したのだ。案のじょう、一瞬後にフズッ！　という空電のような粒子ビーム・ライフルの発射音がして、すぐさま第二の見張りと思《おぼ》しいものからつぎの射撃がつづいた。彼がまだ生きていることが、ふたりとも狙いをはずしたというまぎれもない証拠だった。

カートの準備はできていた。その方向に銃の狙いをつけたまま、あいているほうの手を使ってファントム・ジェネレーターのスイッチを切る。暗闇が消えた瞬間、彼は引き金を絞った。どちらの〝子ら〟も、彼が最後に見かけた場所から数フィート離れたところに忽然《こつぜん》とあらわれたことに反応できないうちに、ひとり、またひとりとプラズマ・エネルギーの透明リングに撃ち倒された。

「そいつらの銃を奪え！」カートが叫んだ。「コルボをつかまえろ！」

ジョオンはためらわなかった。見張りが落としたライフルの片方へ駆け寄り、すくいあげると、くるっと身をひるがえして、火星人たちに発砲した。なぜか、オットーはすでにもう一挺《ちょう》のライフルを手にしていた。もっとも、発砲はせずに、かわりにコルボに突きつけている。まだ四つん這いのままの議員は、たったいま起きたなにもかもに唖然《あぜん》とするあまり、その機会があったのに、逃げようとするそぶりを見せなかった。

さしあたり、コルボはカートにとって、あとまわしにしていい問題だった。〝子ら〟は驚きから回復しており、すでに彼とウル・クォルンとのあいだに割りこもうと突進してくるやつらもいる。

「みな殺しだ！」〈魔術師〉が叫び、カートとオットーとジョオンを指さした。「三人とも生きて帰すな！」

カートは自分を狙っている火星人ふたりを片づけた。ジョオンは自分自身とオットーを守っていた。どういうわけか、オットーはまだ武器を発射していない。あいかわらずコルボに狙いを定めたまま、自分を見張っていた〝子〟が落としたライフルを夢中で手探りしている。カートには理由を不思議がっている暇はなかった。新手《あらて》のカルト教徒がキャンプから続々と走り出てくる。そして彼とジョオンが撃ち倒すはしから、その同胞がとってかわるのだ。

カートがもういちど姿を消そうとしたとき、なにかが彼の眼をとらえた——カルデラ上空に引かれつつある白い筋だ。それがなんによるものかをあれこれ考えるまでもなかった。理由はひとつしかありえない。しかも、それが自分たちの上に降ってくるのは時間の問題でしかないのだ。それも貴重な数分である。

もう小細工を弄《ろう》している時間はない。いますぐ脱出しなければ。

「ジョオン、飛行機に向かえ！」あいかわらず銃を撃ちまくりながら、カートは先ほど見かけた飛行機のほうへ後退した。キャンプの外縁にある着陸台に駐機していたものだ。「オットー、コルボをつかめ！」

オットーは放棄された武器の回収をあきらめた。コルボのアノラックの背中をむんずとつかみ、引きずり起こす。

「いっしょに来るんだ、議員！」彼は怒鳴るようにいうと、握っているライフルの銃身でコルボのうなじを小突いた。コルボは震えあがって、いわれたとおりにした。

「ウル・クォルンはどうするの？」ジョオンは飛行機に向かって、はすかいに走っていた。自分から的《まと》になる火星人をあいかわらず片っ端から撃っている。

カートにはウル・クォルンの姿もヌララの姿も見えなかった。それから周囲を見まわすと、ふたりとも見つかった。彼らはキャンプから逃げていた……しかし、奇妙なことに、それぞれ反対の方向へ。ヌララが着陸台のほうへ疾走しているのに対し、ウル・クォルンは火道をめざしている。

ふたりは近づいてくる飛行機雲を見て、なにが起きようとしているのかを察し、おたがいへの信頼を失って、脚のおもむくまま、どこかへ逃げようとしているのだろうか？　ヌララはどうでもいいが、ウル・クォルンはどうしても捕まえたい——つまるところ、本当の敵はヴィクター・コルボではなく、息子のほうなのだ——しかし、その暇はない。ほんのしばらく、戦闘が中断した。残っているカルト教徒たちが、身を隠せるほど大きなものの陰に隠れようとしたのだ。カートはこの隙に乗じて飛行機めざして突進した。ジョオンがあいかわらず〝子ら〟を撃ちまくりながら、すぐあとにつづく。

オットーとコルボが、ふたりより先に飛行機にたどり着いた。オットーはキャノピーのハッチをあけ、わきに退《の》いた。

「よおし、議員さん、飛行機に乗りな！」嚙みつくようにいうと、銃で小突いて彼を急《せ》き立てる。「さっさとしろ！」

コルボは呆然としてしたがい、後部座席へ潜りこんだ。

「あなたの助けを当てにしてたのに」数秒後にジョオンとカートが追いついたとき、彼女がオットーにいった。「どうして撃たなかったの？」

それに応《こた》えて、オットーはにんまり笑うと、眼を閉じた。数秒が経過。と、驚くカートの眼の前で、オットーの握っているライフルが溶け、ウル・クォルンが彼にあたえた小さなデネブ産の擬態生物の形にもどった。

「なにもないよりはましだった」オットーがそういうなか、オーグが彼の腕のなかで心地よさそうにした。「このボンクラはまんまと騙《だま》されただろう?」それを見て、コルボがうめき声をあげた。

「それはうまい手ね。でも、ここから逃げないと」ジョオンはキャンプのほうをふり返った。残っている〝子ら〟が勇気をとりもどし、隠れていた場所から出てきていた。元の捕虜にふたたび群がってくるつもりなのはまちがいない。「わたしが飛ばす」彼女はそういうと、銃をオットーに渡し、パイロット席に駆けあがった。

カートに異論はなかった。空の白い筋は火山のほぼ真上にかかり、いまは赤みがかったオレンジ色の頭部が見えている。〈コメット〉そのものはまだ眼に見えないが、エンジンの排気はそうではない。彼は最後の二発を撃ち、走ってくる暴徒のうちいちばん近いカルト教徒ふたりを倒すと、飛行機の反対側へまわりこみ、前部の助手席へ飛びこんでハッチをたたき閉めた。

数秒後、広翼の飛行機は宙に浮かんだ。カルデラから離昇するとき、その垂直上昇エンジンが砂塵《さじん》を巻きあげた。

「カルデラから出ろ!」カートが嚙みつくようにいった。「高度を稼がないといけない、急げ!」

「いったいなにを——?」ジョオンがいいかけた。

「急上昇しろ！」カートは安全ベルトを締めていなかった。できるだけしっかり座席のフレームを握り締め、飛行機から放りだされないよう祈った。飛行機が尾部を下にして直立すると同時に、首をめぐらせて、かたわらの窓の外に眼をこらす。

衝突の直前、〈コメット〉は眼に見えるようになった。涙滴形のミサイルが下の地面へ向かって飛んでいく。〝二つの月の子ら〟は、迫ってくるものをようやく見つけたようだった。パニックにおちいって、蜘蛛《くも》の子を散らすように逃げていく。避けられない事態から逃れようとする不毛な試みだった。最後の瞬間、ローブをまとった長身の人物が、火道のへりに立って空をじっと見あげているところがちらりと見えた――ウル・クォルンだ。自分と信奉者たちの上に降ってくる〈コメット〉を眼で追っている……。

と、つぎの瞬間、彼はふり向いて、暗い底なしの縦穴に頭から飛びこんだ。

カートの眼に落ちてゆく〈火星の魔術師〉がまだ映っていたとき、〈コメット〉がアスクラエウス山に突っこんだ。

燃料混合気のガス状アルゴン――百万度Kのイオン・プラズマ――は、ふつうはエンジン・コアの超伝導磁気圏によって、かろうじて閉じこめられている。小型のレース用ヨットがウル・クォルンの隠れキャンプの中心に激突したとき、エンジンが破断《はだん》し、なかにあったあらゆるものが、ミニチュアの太陽のように爆発した。

その瞬間、数百万年ぶりに、その山が火を噴いた。

9

アスクラエウス・トロウへの強襲は終わった。

〈ヴィジランス〉の戦闘情報センターの壁にずらりと並ぶスクリーンには、アサルト・ライフルをかかえて、バルコニーや狭い通路《キャットウォーク》に立つ太陽系警備隊の隊員が映っていた。彼らの背後には、ナイロンの索《さく》がつる植物のように垂れさがっている。襲撃部隊が懸垂降下《けんすい》で縦穴へおりるさいに使ったワイヤーロープだ。縦穴の底では、〈砂漠の王と女王〉の外にひざまずいている捕虜に兵士たちがにらみをきかせているいっぽう、さらに多くの兵士とIPF捜査官たちが、武器庫を捜索するために溶岩チューブのなかにはいっていく。トロウの外では、IPFのシャトルが、くわしい訊問に値する捕虜を乗せようと待っている。

双方に死傷者は出たが、予想されたほどではなかった。偶然とはいえ、襲撃の開始は、〈コメット〉がアスクラエウス山に激突したときと重なった。住民――大半は〈星界のメッセンジャー〉の構成員かシンパだった――が、どうして地面が揺れているのだろうとまだ首をひねっているうちに、武装した兵士が彼らのただなかに降下しはじめたのだ。銃をつかんだ者はほんのひと握りで、そのうちの大半は行動が遅きに失した。その死体はころがったままで、家族や友人がとりあえず毛布をかぶせていた。

「われわれは〈星界のメッセンジャー〉の一大根拠地を制圧した」ヘニッカー船長がCIC（戦闘情報センターの略）のまんなかに立ち、周囲に着席している士官たちが指揮する掃討作戦を注視していた。「あなた方の証言から、本格的な革命を起こせるほどの武器があそこで見つかった。もしウル・クォルンを阻止できていなかったら――」

「とんでもないことになっていただろう、それはたしかだ」エズラ・ガーニーがゆっくりとうなずき、それからカートに眼をやった。「きみのおかげだよ……わかってるだろう?」

カートはぶっきらぼうに肩をすくめた。

「完全制圧できさえすればよかったんですが。カルデラでぼくらがしたように」

「つまり、きみがあそこを制圧したようにってことかね」エズラの口髭の下に引きつった笑みが浮かんだ。「爆風で火山のなかの一切合切は吹き飛ばされた……調査用の飛行機を送りこんだとき、立っているものはひとつも残っていなかった。望んでいたほどには〈星界のメッセンジャー〉を壊滅《かいめつ》させられなかったかもしれん。だが、〝二つの月の子ら〟はトーストになった」

「駄じゃれではない」E・Jが静かな声でつけ加える（一巻の終わりとも訳せる）。

意図せず不吉なジョークを飛ばしたことにエズラは含み笑いを漏らしたが、カートの顔に笑みはなかった。タルシス山脈《リッジ》大気工場の外に飛行機が着陸したのは、ほんの数時間前。そこには彼ら三人を〈ヴィジランス〉へ輸送するためのシャトルが待っていた。それ以来、休む機会はなかった。オットーとグラッグと〈生きている脳〉は、巡視船の乗客区画で彼を待っているが、ジョオンは報告のためにといって去ったきりだ。彼自身の事情聴取はここで行われ、ひとたびトロウの制圧に成功したら、溶岩チューブに強襲部隊を送りこむように、とヘニッカー船長の士官たちに進言したのだった。

そう、カートは疲れていた。だが、それだけではない。失望してもいたのだ。

「ウル・クォルンはまだ見つからないんですか?」彼は尋ねた。

E・Jが興味津々《しんしん》といいたげな眼で彼を見て、

「なぜ見つかると考える? あなたの話では、火道へ頭から飛びこんだという。まだ落ちているのではないかな。つまり、十中八九は惑星の殻《かく》まで通じているといったとき、彼は冗談をいっていたわけではいなかったのだ」

「ええ、わかっています、でも……」カートはかぶりをふった。「彼は自殺するようなタイプには見えなかった。それにヌララがどうなったかもわからない。最後に見たとき、彼女は着陸台へ向かって走っていた」

「彼女が逃げおおせたと思うのかね? あるいは、主人を助けたとでも?」

カートはすぐにはE・Jに答えなかった。かわりに、火山のカルデラからの画像を映しているスクリーンの列にすこしだけ近寄り、細部まで眼をこらした。エズラのいったとおり、爆風がキャンプのほぼすべてを消し去っていた——テント、機材、人々。デネブ人の遺物は、カートの父親の船とともに失われてしまったようだ。両方の犠牲が、この先何年も頭にこびりついて離れないだろう——彼にはそれがわかった。

とはいえ、自分と友人たちの命を救うには、〈コメット〉を墜落させるしかなかった。ウル・クォルンと手を組むことに同意したところで、〈火星の魔術師〉がオットーとジョオンを抹殺《まっさつ》するのは疑問の余地がなかった……そしてウル・クォルンが彼にどんな役割を務めさせようと考えていたにしろ、ひとたびその目的をかなえてしまったら、当然ながら彼自身も抹殺されただろう。実の父親を裏切る人間を信用できるわけがない。

キャンプのなかのなにもかもが破壊されているようだ。それなのに、ねじれて焼け焦げた残骸のなかには、彼ら三人を溶岩チューブから火道へ運びあげるのに使われた飛行筏《エア・ラフト》に漠然とでも似ているものはなかった。

「ありえると思います」彼は静かな声で答えた。

10

カートはへとへとに疲れていた。体が休息を猛烈にほしがっている。だが、やらねばならぬことがまだひとつ残っていた。監房を訪ねなければならない。

〈ニッカー船長は厳命していた――〈ヴィジランス〉が地球に到着するまで、何人《なんびと》もヴィクター・コルボと話をしてはならない、と。船のクルーが議員にいいくるめられ、忠誠を誓ってしまうような危険を冒したくなかったのだ。ただし、カートは例外とされたので、エズラにともなわれてデッキふたつ下の監房までおりた。外には兵士がひとり配置されていた。カートが近づくと、太陽系警備隊の少尉がパッと気をつけの姿勢をとり、きびきびと敬礼した。カートは不器用に答礼した。〈ヴィジランス〉にもどって以来、敬礼されるのはこれが三度目か四度目だ。それだけではない。乗組員が彼のことをキャプテン・フューチャーと呼んでいるのを二度も耳にした。ヒーローとしてあつかわれる心がまえができているかどうかわからない。だが、容疑者や漂流者とみなされるよりはましだ――それは認めなければならない。

エズラが扉の解錠を一瞬ためらった。

「それをとりあげなくてもいいんだな?」カートのプラズマーを意味ありげな眼で見る。それはホルスターに入れて彼のベルトにさげてあった。

「ええ」カートはかぶりをふった。「心配ご無用。かまわないなら、持っていたい」

エズラが口もとを引き締めた。

「そうか、わかった、では……わしに同席してほしいかね?」

「いいえ、だいじょうぶ——ひとりで会いたいと思います。お願いします」

司令はうなずくと、錠前プレートに親指を押しつけた。カチリと音がする。彼は把手《とって》をつかみ、ひねると、扉を押しあけた。

「いいだろう、はいりたまえ……だが、一分だけだぞ、いいな？」カートがうなずくと、エズラはわきに退《の》いて彼を通した。

ヴィクター・コルボは、狭苦しい部屋のなかで展開式の寝棚にすわっていた。ほかの調度はシートのない便器と小さな金属の洗面台だけ。無精髭がのびて、頬がこけており、眼の下には黒い隈《くま》。カートよりも眠っているようには見えない。着ていた服はどこにもなかった。いま身に着けているのは、使い捨てのオレンジ色のツナギと紙スリッパだけだ。扉の錠が解かれたときにコルボは立ちあがったが、だれが訪ねてきたかがわかると、脚から力が抜けて、崩《くず》れるように寝棚にすわりこんだ。

「きさまか」コルボがいった。その声はぼんやりしたつぶやきと変わらなかった。「てっきり——」床に眼を伏せ、かぶりをふる。「だが、きさまが来て当然だ」

「やあ、議員」カートにいえるのはそれだけだった。この男にいいたいと思っていたことは、その瞬間ひとつ残らず頭から消えていた。もっとも、エズラに約束したにもかかわらず、右手が思わずホルスターの隣でピクリと動いた。

コルボはそれに気づいたらしい。おかしくもないのに薄笑いがその顔に浮かんだからだ。

「ここへ来た理由はそれか?」カートの銃のほうに首をもたげて彼は訊いた。「やりかけた仕事にケリをつけるためか? すでにいちどチャンスがあった……つぎのチャンスを活《い》かさない手はあるまい」

コルボは殺されるのを覚悟しているようにさえ思えた。もっとも、コルボがそういってくれてカートはありがたかった。おかげで、いうつもりだったことを思いだした。

「いいや」彼はいった。「ここへ来た理由はそれじゃない」

両手をわきに垂らし、彼は嵐の直前の海なみに冷たい灰色の眼でコルボをにらんだ。

「はじめて会ったとき、はじめておまえを探しにいったとき、それはおまえの命を終わらせるためだった。それがぼくの望みだった——純粋で単純明快な復讐が。しかし、たとえ父母を殺したやつらを憎んで育ったのだとしても、ある友人がぼくの学ばなかったことを教えてくれた。復讐と正義は同じものではない。ふたつのうちどちらかを選ぶなら、人は正義を選ぶべきだ、と」もうすこしでつねにといいそうになったが、自分を抑えた。まだそうとはいい切れない。

「なら、わたしを殺さないのか?」コルボは意外そうだった。ひょっとしたら、失望さえしているのかもしれない。

「ああ。おまえの命はぼくが奪っていいものじゃない。おまえは地球へもどるんだ。最後に裁きの場に立つまで、おまえはかなり長いあいだ監禁されるそうだ。そして裁判になったら、カシュー主席暗殺を企み、火星で叛乱を起こそうとしたことのみならず、ぼくの両親を殺害した廉《かど》でも裁かれるだろう」

「弁護士を雇って――」

「それでもおまえは裁かれる、弁護士がどれだけ悪知恵を働かそうと。有罪判決が出るのはまちがいない。そしてすべてのケリがついてしまえば、おまえはもはや議員でもなく、裕福でもない。背中に番号の記されたオレンジ色のパジャマを着た囚人のひとりにすぎず、冥王星のみじめな小さな監房で死ぬまで過ごすことになる。かつては大事だったすべてのものから遠く遠く離れたところで」

カートはいったん間を置いた。

「そして、どういう経緯でそこへ来ることになったのかと訊かれたら」と静かな声で締めくくる。「ぼくのことを話し、ぼくの名前をあげればいい」

あとはひとこともいわずに、カートはきびすを返し、扉をあけて、部屋を出ていった。

11

なんとも驚いたことに、エズラはそこにはいなかった。かわりに、ジョオンが廊下でカートを待っていた。

「いうべきことをいったの？」最後に見たときから、彼女はかなり身ぎれいになっていた。平服は消えて、ＩＰＦ警察官の紺青《こんじょう》色の制服をまとっている。

「ああ……そうだ、いった」カートはゆっくりと息を吐きだした。いきなり、重いものがとり除かれたような気がした。生まれからずっと肩にのしかかっていた重みが。「彼にいったよ……その、きみにいわれたのとだいたい同じことを」彼女の黒い瞳をのぞきこみ、にっこりする。「ありがとう。ぼくは知らなかったが、あれは学ばなければならないことだった」

ジョオンにはすぐには答えず、彼が廊下を歩きだすと、その隣を歩きはじめた。

「人生は学ぶことばかり」ややあって彼女がいった。「でも、ほかよりも簡単に学べることもある」

なにかをほのめかすかのような口ぶりだった。

「たとえば……？」

「なんでもない」彼女はゆっくりとかぶりをふった。「いまこのとき、あなたが心配しなくちゃいけないことはひとつもない」それから、意外にも、爪先立ちになり、彼の頬にキスをした。「あなたには学ぶことがたくさんあるのかもしれない」彼女はそう締めくくると、彼が呆気《あっけ》にとられているのに乗じて手をとり、自分の腕に腕をからませた。「でも、将来有望だと思うわ」

エピローグ　フューチャーメン登場

太陽系政府ビルは、光沢《こうたく》のあるガラスの塔としてマンハッタンの運河の上にそびえている。それにくらべれば、ニューヨークのほかの摩天楼《まてんろう》は掘っ立て小屋も同然だ。旧国連プラザの跡地《あとち》に立つ二百五十階建ての大建築は、百年近くにわたり太陽系連合政府の中枢《ちゅうすう》となっている。太陽系の異なる世界の代表たちが国家の問題を話しあうために集まるときには、ここへやって来るのである。

ＩＰＦのシャトルが屋上の着陸台に舞いおりると同時に、黒ずくめの太陽系警備隊兵士の分隊が気をつけの姿勢をとった。踵《かかと》を打ちあわせ、捧《ささ》げ筒《つつ》をして、宇宙艇が接地した円の描かれた場所から屋上をよぎってのびるレッド・カーペットの左右に、しゃちこばって立っている。兵士たちがまばたきもせず、まっすぐ前方を見つづけるなか、乗客用のハッチが開き、カートが着陸台の階段に踏みだした。立ち止まり、儀仗兵《ぎじょうへい》が気をつけの姿勢で立っている光景を眼におさめてから、ゆっくりと息を吐きだした。

「いつまでたっても慣れそうにないな」彼はつぶやいた。

「おれは慣れましたよ」うしろでオットーが満面の笑みを浮かべていた。「先週、おれたちは浮浪者でした。いまは英雄です。英雄でいるほうがいいと思いますがね」

彼が引きとったデネブ産の擬態《ぎたい》生物が、彼の肩に留《と》まっていた。そいつが身をくねらせ、満足としか解釈しようのない調子で喉を鳴らして自分の名前――それが立てる唯一の音――をいった。

「本気でそれを連れていく気か?」浮揚してふたりのあとからハッチを抜けてきたサイモンが、眼柄《がんぺい》でオーグをしげしげと見た。「ここにいるあいだに、誤った形に変化したとしたら、たとえば銃に……」

「心配しすぎですよ。そいつは火星でいっぺんだけやりました。武器に見えてもらわなくちゃいけなかったときに。おれがいうまで、オーグはほかのものに変わったりしません……そうだよな、脳なしのボルト野郎」

「あのジョークはいただけなかった」グラッグが頭と肩を下げてハッチをくぐった。「かわいそうに、イイクは混乱した」

まるで同意するかのように、主人と並んで小走りに駆けている小さな月犬《ムーンパップ》がオーグを見あげ、低いが威嚇《いかく》するようにうなり声をあげた。これに応《こた》えて、擬態生物の不定形な体が形と大きさと色を変え、いまいちどイイクとうりふたつになった。小犬のうなりは激しい吠え声に変わり、イイクはいちばん近い兵士のブーツの陰に隠れた。兵士は表情を変えずにまっすぐ前を見たままだった。

「両方とも月に置いてくるべきだったかもしれん」と〈生きている脳〉。

「このばかたれども！」カートは怒りの声を漏らして、オットーとグラッグを肩ごしに見た。

「そいつらをおとなしくさせておけ。さもないと、最寄《もよ》りの動物愛護協会に電話するぞ！」

「『このばかたれども』って……へえ、そうですか」レッド・カーペットの上を進みながら、オットーがなかば嘲《あざけ》るようなしかめ面《づら》を彼に向けた。「自分のことを棚にあげてませんかね、キャプテン・フューチャー？」

カートには答える機会がなかった。カーペットの終点にたどり着くと、襟《えり》なしのモーニングをまとい、ピンストライプのアスコット・タイを結んだ、肌の浅黒い青年があらわれたのだ。

「キャプテン・フューチャー？」彼はそう尋ねると、白手袋をはめた手をさしだした。「ノース・ボネルと申します。主席の個人秘書を務めております。快適なフライトでしたでしょうか？」返事を待たず、カートの手を短く握っただけで、背後のエレベーターに向きなおり、「たいへんけっこう、あとをついてきていただければ……」

エレベーターの旅は短かった。わずか一階おりたところが太陽系政府ビルの最上階、太陽系連合主席のオフィスだった。平服のＩＰＦ保安要員たちが一行を待っていたが、カートの注意を惹《ひ》いたのは彼らではなかった。その瞬間、彼にとって重要な人物はただひとり――礼装の制服に身を固め、エレベーターのドアが開くと同時に破顔した、黒髪の若い女性だけだった。

「こんにちは、カート」ジョオンがいった。「また会えてうれしいわ」

「やあ。こちらこそ」眼の隅に、なんともいえない表情で自分とジョオンを無言で見つめているオットーが映った。もちろん、火星からの帰路、ふたりが多くの時間をいっしょに過ごしていたことに彼は気づいていたのだ。オットーはなにもいわないが、竹馬《ちくば》の友ならではの嫉妬心に駆られているのだろう――カートはそんな気がしていた。いっぽう〈生きている脳〉は、カートが女性に気をとられて、大事なことを忘れているのではないかと、おおっぴらに懸念《けねん》している……。

とはいえ、大事なこととは、正確にはなんだろう？ ヴィクター・コルボは司直の手にゆだねられた。サイモンとオットーとグラッグのもとで長年にわたり鍛錬《たんれん》を積み、実行にそなえてきた任務は達成された。これからなにをすればいい？ せめてウル・クォルンがアスクラエウス山で発見したデネブ人の碑《ひ》が見つかりさえすれば。〈踊るデネブ人〉の意味が明らかになったいま、自分とサイモンは〈古きものたち〉の門の仕組みを突き止められたかもしれない。

「これよりカシュー主席がみなさんに面会します」いつのまにか奥のオフィスに姿を消していたボネルが、ふたたびあらわれた。オークの板でできた扉を押さえてあけたままにしながら、堅苦しいお辞儀をして、賓客《ひんきゃく》たちを主席の執務室に招き入れる。

カートはひとつ深呼吸した。なんとも驚いたことに、そわそわして落ちつかない。そのとき、やわらかな手がちょっと彼の手に触れた。首をめぐらすと、わくわくを隠しきれない表情と思えるものを浮かべて、ジョオンがこちらを見つめていた。

「気を楽にして」彼女は静かな声でいった。「きっとお気に召すわ……約束する」

広大な執務室の奥で、デスクについていたカシュー主席が立ちあがった。伝説どおり、そのデスクの天板《てんばん》は、二十世紀のアポロ17号月着陸船の下段から造《つく》られていた。

「カート・ニュートン……またお会いできてたいへん光栄です」彼はそういうと、デスクをまわってきて片手をさしだした。「そして、連れてきてくださったことにお礼を申しあげる、あなたの――いったいそれは、なんというものです？」

「デネブの擬態生物です」オットーは誇らしげに白い歯を見せた。肩に巻きついている生き物への、カシューの反応を楽しんでいることは一目瞭然《いちもくりょうぜん》だ。「火星で捕まえました。ウル・クォルンからの餞別《せんべつ》です」

「なるほど……そうですか」カシューは嫌悪感を露わにした。カートは笑みがこぼれないようにした。すくなくとも、オーグはイイクのようには主席に向かってうなっていない。月犬はたちまち主席を見分け、コルボの訓練を忘れていないことを明らかにしていた。地球への途上、チコ基地に立ち寄ったときに、ペットを置いてくるべきだったかもしれない。

「きみのクルーは増えるいっぽうみたいだな、キャップ」背後であがった声は、聞き慣れていると同時に予想していたものだった。ふり返ると、エズラ・ガーニーが肘《ひじ》掛け椅子にすわっていた。ジョオンといっしょにひと足先に到着していたようだ。察するところ、火星でなにがあったかは、すでにふたりが主席に報告しているのだろう。

「そうだとしたら、欠かせない存在になるのかもしれん」カシュー主席はカートと握手すると、デスクと向きあう座席を顎《あご》で示した。デスクの背後には、きらめくニューヨークのスカイラインが、はるばるバッテリー桟橋《さんばし》とその向こうの波止場《はとば》までのびていた。「どうかすわってください、みなさん」彼はそうつけ加え、心もとなげにサイモンのほうをちらりと見た。

「提案があります」

グラッグと〈生きている脳〉をのぞく全員が着席すると、カシューは自分の椅子にもどった。

「カート、二週間前に会ったとき、きみはトラブルシューターのようなものだと自称したね。もちろん、それがかならずしも真実でなかったのは、もうわかっている」

「はい、主席閣下」カートは答えた。「嘘をついたのはお詫《わ》びします。しかし――」

「謝らなくてもいい。よくわかっている」カシューはさりげなく手をひとふりした。「きみを信頼して本当によかったと思っている。コルボ議員の企《たくら》みの裏にある真実を明らかにしただけではなく、連合全体を危険におとしいれかねなかった、ひょっとすると戦争さえ勃発《ぼっぱつ》させかねなかった、はるかに大きな危険まで白日《はくじつ》のもとにさらしてくれたのだ。このことで、きみはわたし自身の感謝だけではなく、あらゆる太陽系連合市民の感謝も受けている」

カートは口を開きかけたが、カシューがまた手をあげた。

「どうか最後まで話をさせてくれたまえ。わたしはこの件をガーニー司令とランドール警視、さらには彼らの上司とも徹底的に話しあってきた。そして、きみときみのクルーとの協力関係をここで終わりにしてはならないという合意に達した。やはりトラブルシューターの役割はあるのかもしれんのだよ、カート……いや、こっちのほうがいいな、キャプテン・フューチャー」

カートは顔が火照《ほて》るのを感じた。

「正直いって、主席閣下、その名前がしっくりきたことはありません。話せば長くなりますが、どうしてその名前がついたかというと……まあ、むしろその名前を使わないでほしいくらいです」

カシューは同情するようにうなずいた。

「わかるよ。率直にいって、人に主席閣下と呼ばれるたびに尻のあたりがムズムズする。許されるものなら、ジムと呼んでもらいたいくらいだ」かぶりをふり、「だが、こういう名前は本人のためのものではない、カート。他人のためのものなのだよ。人々には仰ぎ見るリーダーが必要であり、彼らは彼なり彼女なりに主席閣下と呼びかけることで敬意を表すのだ。

そしてこんな時代でさえ――こんな時代だからこそ――ヒーローが必要なのだ。キャプテン・フューチャーと呼べる人間が」

オットーがわざとらしく咳払いし、カシューが彼のほうにちらっと眼をやった。

「きみの仲間には〝フューチャーメン〟がふさわしいのではないかと考えていた」彼がそういい添えると、オットーは親指をあげて応えた。

「キャプテン・フューチャーとフューチャーメン」こうくり返したカート自身、その名前のばかばかしさに苦笑するしかなかった。たびたび使われたりしないよう願ったが、そうなるような気がしてならなかった。「では、ぼくたちになれとおっしゃるのですね――」

「トラブルシューターに」エズラが指先を合わせて尖塔《せんとう》を作り、「IPFのための非公式な独立遊撃隊のようなものだ。だれかが先に調べないと、われわれが動けないような事件を担当する。あるいは、連合が必要とすれば、鉄槌《てつつい》もくだしてもらう」

「新しい船を用意しよう」カシューが先をつづけた。「じつは、太陽系警備隊の船がいまそなえているのと同じワープ駆動能力を持つ船を建造できる。予算もつけるし、チコを拠点にして活動をつづけてもいい。そこは機密あつかいの施設になるだろう。われわれのために仕事をしていないときは、きみたち自身の関心ごとを追求してもかまわない」

「だれに報告をするのですか？」とサイモン。

「わしがIPFとの連絡役を務める」エズラがいった。「ランドール警視についていえば、警視正に昇進し、無期限できみたちの担当士官になる」

彼はにやにやしながらこういった。そして茶目《ちゃめ》っ気《け》たっぷりのウインクをしたので、老いた法の番人はカートが思っていた以上に多くを知っているのだとわかった。カートはジョオンにちらっと視線を走らせた。彼女は注意深く無表情を保っていたが、眼の輝きを見れば、新しい役割を心待ちにしているのがわかった。

では、自分自身についていえば？

カートは一瞬窓の外に眼をこらし、背後にあるもの、行く手に待っているかもしれないもののすべてに思いをめぐらせた。人々はヒーローを必要としているという主席の言葉をじっくり考える。ヒーローになろうとしてはじめたわけではない。だが、ひょっとしたら、自分がやりたかったのはこれかもしれない。

「なるほど、わかりました」彼はいった。「そうなってほしいとおっしゃるなら、そうなるために最善をつくします」ひとつ深呼吸して、ゆっくりと吐きだす。「ぼくはキャプテン・フューチャーです」

著者あとがき

十一歳のときだった。テネシー州フランクリンのとあるドラッグストアでキャプテン・フューチャーに出会ったのは。

フランクリンは父の生まれ故郷で、祖母がまだ暮らしていた。二週間おきくらいに、ぼくたちは祖母に会いにいった。そうした訪問のある折り、祖母にかわって買い物をするためにメイン・ストリートのドラッグストアへ行き、パパが処方箋《しょほうせん》カウンターで用事をすませているあいだ、ぼくは面白そうな読み物を探して、ペーパーバックの回転ラックを漁《あさ》っていた——ぼくにとって、それはたいていSFの本だった。

一九六九年のこの特定の日曜日の午後、それはポピュラー・ライブラリ社のペーパーバックだと判明した。表紙には月面で腹這《ば》いになり、読者に向かってまっすぐレーザー・ライフルを発射している恐ろしげなロボットが描かれていた。エドモンド・ハミルトン作『月世界の無法者』。抵抗できる者がいるだろうか？　ぼくには無理だった。パパに六十セントをねだって買おうとした。すると、ほかに買うものがあるだろうといいたげだったにもかかわらず――なぜ自分の息子はフットボールのほうに興味をいだけないのか?――父はお金を貸してくれ、そのあと祖母の家にいるあいだ、ぼくはその本に鼻先をうずめて過ごした。

『月世界の無法者』は、ぼくが読んだうちで最高のSFというわけではなかった(そのころには六年生になっていて、すでにSFとファンタジーを山ほど読んでいた)。アポロ11号が最初の月着陸を成しとげるのはほんの数カ月先とあって、その小説が時代遅れもいいところだということはすぐにわかった。版権表示のページには一九四二年刊行とあり、その小説が二十七歳であることを裏づけていた。宇宙時代よりずっと前、地底人がひそかに住みついている月を作家がまだ描けた時代に書かれたことは歴然としていた。

だが、じつをいうと、そんなことはどうでもよかった。これは慢性の不足に悩まされていた血沸き肉躍る宇宙冒険譚《たん》のひとつだった(じっさい不足していた……スペースオペラは当時の流行《はや》りではなかったのだ)。そしてカート・ニュートンと彼の奇妙な仲間たち、フューチャーメンもぼくに紹介してくれた。つぎの数年間、ほかの大恐慌期のヒーローたち――ドック・サヴェジ、コナン、ザ・シャドウ、ザ・スパイダー、ジ・アヴェンジャー、G-8と彼の撃墜王たち――のペーパーバック再刊《リプリント》を発見しているさなかにも、ぼくは絶えずキャプテン・フューチャーのもとへ立ち返った。ぼくが生まれるよりずっと前に消えた一時期の産物であるパルプ冒険小説、そのなかでもっともSF的だったものへ。

たいていの若い読者が最後にはそうなるように、ぼくはパルプ小説を卒業し、もっと大人向けの読み物へ移行した。しかし、パルプへの興味をすっかり失ったわけではなかった。長年にわたり、ときおりザ・シャドウやドック・サヴェジのペーパーバックに耽溺《たんでき》しつづけた。シリアスな文学を四六時中読んでいたら、ぐったり疲れてしまうという理屈をつけていたが、本当はこの種のしろものがただたんに楽しいからだった。そしてひとたびSF作家になると、自分のお気に入りのひとつに対する諷刺《ふうし》をこめたオマージュを書くようになるまで、そう長くはかからなかった。「キャプテン・フューチャーの死」と題された長い中編《ノヴェラ》である。

この小説は世に出たとき、たいへんな好評を博した。ヒューゴー賞と星雲賞を獲得し、ネビュラ賞の候補となった。それ以来、何度もアンソロジーに再録されたり、翻訳されたりしてきた。ただし、本当はカート・ニュートンとフューチャーメンの話ではなく、ファンの熱愛ぶりが暴走する顛末《しんまつ》を語っている。二年後、続編「夕べの星の流刑者」"The Exile of Evening Star"を書いた。こちらはもっと典型的なパルプ時代の宇宙冒険譚を生みだそうという試みだった。とはいえ、第一作ほどには読者のお気に召さず、しばらくすると、キャプテン・フューチャーの物語のようなものを本当に書く方法はひとつだけだと思うようになった……そう、キャプテン・フューチャーの物語を書くことだ。

本書は、〈スタートリング・ストーリーズ〉一九五一年五月号に掲載された「〈物質生成の場〉の秘密」(欄外の惹句《じゃっく》「おみごと。そしてさらば」に加え、シリーズが「無期限の休止」にはいるという告知がある)以来はじめての公認された新しい《キャプテン・フューチャー》シリーズ作品だ。ハミルトンの小説へのオマージュでもなければパロディでもなく、新世代の読者に向けて《キャプテン・フューチャー》を二十一世紀によみがえらせようという試みである。

そのためには、ハミルトンが創《つく》りあげたキャラクターと設定を完全に見直し、アップデートする必要があった。オリジナル・シリーズの作品内年代記を信頼するなら、第一作『恐怖の宇宙帝王』（〈キャプテン・フューチャー〉一九四〇年冬季創刊号に掲載）は、遠く離れた二〇一五年を舞台としている。七十年以上も前にこれらの小説が書かれたとき、太陽系について知られていたことは、ほぼすべてが望遠鏡のレンズを通して観測できるものであり、もっとも進歩したロケットは、ドイツ陸軍の建造していたV‐2号ミサイルだった。そのときから多くのものが変化した。そして純粋主義者のなかには異を唱える者がいるかもしれないが、シリーズが一九四〇年代ヴァージョンと矛盾《むじゅん》しないことよりも、われわれの世紀の科学とテクノロジーと調和していることのほうが大事だ、とぼくは判断した。

ただし、同時に、オリジナルの精神は受け継ごうと思った。したがって、この小説の構想を練《ね》っているあいだ、ハミルトンの長編と短編を再読し（なるべく〈キャプテン・フューチャー〉や〈スタートリング・ストーリーズ〉に載った雑誌初出の形で）、綿密なメモをとった。結果として、この長編のスプリングボードになったのは、『恐怖の宇宙帝王』の第二章で語られる〝生い立ち《オリジン・ストーリー》〟に加え、チャック・ジュゼク編『キャプテン・フューチャー・ハンドブック』*The Captain Future Handbook*（このキャラクターに関する森羅万象《しんらばんしよう》についての役に立つ参考書）に再録されている同作の未発表に終わった章である。こうして見直され、大いにふくらまされた秘話にカート・ニュートンの宿敵ウル・クォルンを加えた。彼は『太陽系七つの秘宝』（〈キャプテン・フューチャー〉一九四一年冬季号）で初登場し、『透明惑星危機一髪！』（〈キャプテン・フューチャー〉一九四一年夏季号）と『小惑星要塞を粉砕せよ！』（〈スタートリング・ストーリーズ〉一九四六年秋季号）で再登場した。最後の作品はマンリー・ウェイド・ウェルマンの筆によるもので、ハミルトンが書かなかった《キャプテン・フューチャー》シリーズ正典三作のうちのひとつである。

ハミルトンをそのままの形で引用した箇所がひとつある。第四部で引用した三つの歌がそれで、シリーズ全体を通じてさまざまな作品に登場する。たいていの場所では、ハミルトンの創造物をとりあげ、見直しとアップデートをほどこし、ぼく自身の創造物と組みあわせた。イアン・フレミングのジェイムズ・ボンドやサー・アーサー・コナン・ドイルのシャーロック・ホームズが、のちの作家によって見直され、アップデートされてきたのとよく似たやり方だ。一九七〇年代の日本のアニメ・ヴァージョンは知っているものの、これへの言及は故意に避けて、パルプ小説だけからインスピレーションを得るようにした。したがって、オットー（Otho）はオットー（Otto）と改名されたお笑い担当のわき役ではないし、〈生きている脳〉はロボットではなく、グラッグはまぬけではなく、ジョオンはか弱きブロンドではなく、子供のわき役ケン・スコットは存在しない。

この小説ができあがるのを助けてくれた多くの方々に感謝を捧《ささ》げなければならない。

トー社のぼくの担当編集者だった故デイヴィッド・ハートウェルは、新キャプテン・フューチャー小説への興味を表明し、ぜひ書けといってくれた。新しい担当編集者ジェニファー・ガンネルズは、小説の初稿に忌憚《きたん》のない意見を述べてくれた。

エドモンド・ハミルトンの遺著管理者、スペクトラム・リテラリー・エージェンシーのエレノア・ウッドと、ぼく自身のエージェント、マーサ・ミラードは、エドモンド・ハミルトンの遺産受託者、ハンティントン国法銀行と正式な合意をとりつけ、オリジナル《キャプテン・フューチャー》シリーズのキャラクターと設定をこの公認の続編のなかで使わせてくれた。

『キャプテン・フューチャー全集』*The Collected Captain Future* の出版社、ハフナー・プレスのスティーヴン・ハフナーは、著作権の追跡調査を手伝ってくれた。

ロブ・キャスウェルは執筆中の草稿を読み、価値ある批評をしてくれたばかりか、オリジナルの船体デザインをなぞりながらも、〈コメット〉のアップデートをしてくれた。

ロン・ミラーは、〈直線壁〉に関する情報と、それを描いた彼の絵の複製を送ってくれた。

ヤング・K・ベエ博士は、数年前の〈宇宙船百周年会議〉で、光子レールという彼のコンセプトについて興味深い会話に応じてくれた。

シグマ・グループのわが同僚たち、すなわちダグ・ビースン、ウィル・マッカーシー、ジェフリー・ランディス、ジェフリー・クーイストラ、ラリー・ニーヴン、G・デイヴィッド・ノードリー、アーラン・アンドリューズは、プラズマ・トロイド銃（別名〝プラズマー〟）に関するブレインストーミングにつき合ってくれた。オリジナルの《キャプテン・フューチャー》パルプの表紙に描かれた〝スモーク・ガン〟風光線銃へのオマージュとして、ぼくはカート・ニュートンにそれをあたえた。

マサチューセッツ州イーストハンプトンのゲイリー・ドルゴフ・コミックスのスタッフは、膨大な雑誌コレクションを探させてくれた。おかげで〈キャプテン・フューチャー〉と〈スタートリング・ストーリーズ〉の当該号を見つけることができた。

そして最後に、いつもながら、わが妻リンダは、長年にわたりぼくの執筆をささえてくれている。こんなイカレたプロジェクトであっても。

――アレン・スティール

マサチューセッツ州ホエートリー、

二〇一四年十二月～二〇一五年十一月

訳書あとがき　キャプテン・フューチャーの新生

キャプテン・フューチャーが帰ってきた！

といっても、続編や模作《パスティーシュ》の形で、なつかしのヒーローがよみがえったわけではない。基本的な設定はそのままに、細部を現代風にアレンジして、物語を一から再起動する手法――ハリウッド映画やアメコミではすっかりおなじみになった〝リブート〟――を用いた作品が書かれたのだ。したがって、正確にいえば、二十一世紀にふさわしい新たなキャプテン・フューチャーが誕生したのである。

しかも、作者はリアルな宇宙開発ものを本領としながら、キャプテン・フューチャーを愛するあまり、オマージュ作品「キャプテン・フューチャーの死」（本物のキャプテン・フューチャーは出てこない）をものしたアレン・スティール。とすれば、期待するなというほうがどうかしている。

じっさい、原書を読んだときには、原典の要素を巧みにとり入れながら、自分の得意分野である宇宙開発ものに作品世界を引き寄せ、波乱万丈のストーリーを紡《つむ》ぎだした作者の手腕にうなったものだ。登場人物はもちろんのこと、ちょっとした固有名詞にも由来があって、いちいちうなずいたり、ニヤニヤしたり……。

おっと、つい話が先走った。あらためて、原典となった《キャプテン・フューチャー》シリーズについて説明しておこう。

話は八十年ほど前にさかのぼる。当時アメリカではパルプ雑誌と呼ばれる大衆娯楽メディアが全盛を誇っていた（粗悪な紙に印刷することで大幅に値段を下げたので、この名前がある）。そのなかにヒーロー・パルプというジャンルがあった。正義のヒーローの名前を冠した雑誌を発刊し、その活躍を毎号読み切りの長編の形で載せるというものだ。

じつは《キャプテン・フューチャー》は、そのSF版として出版社が企画したものだった。作者として白羽の矢が立ったのが、宇宙活劇《スペース・オペラ》の大家として名を馳《は》せていたエドモンド・ハミルトンだが、ハミルトンは出版社の用意した荒唐無稽《こうとうむけい》な設定をよしとせず、自分なりに作り替えたうえで執筆に臨《のぞ》んだ。

こうして生まれたのが、キャプテン・フューチャーの異名で知られる若き天才科学者にして冒険家のカーティス・ニュートンと、数奇な運命で彼の育ての親となったフューチャーメン、つまり、高名な科学者の頭脳だけが箱にはいって生きているサイボーグのサイモン・ライト（通称〈生きている脳〉）、ゴムのような肉体を利して自在に姿形を変えられる人造人間《アンドロイド》のオットー、怪力無双の鋼鉄巨人であるロボットのグラッグだ。この四人が太陽系の危機を救うため、惑星パトロールのエズラ・ガーニー老司令や、惑星警察機構の腕利き女性諜報員ジョオン・ランドールとともに時空を股にかけて冒険をくり広げるというのがシリーズの骨子《こつ》。

魅力的なキャラクター、奔放なストーリー、奇想天外なアイデアと三拍子そろったこのシリーズは、たいへんな人気を博して一世を風靡《ふうび》した。一九四〇年から四四年にかけて〈キャプテン・フューチャー〉誌に長編十七作が発表され（うち一作はジョゼフ・サマクスンが執筆）、第二次世界大戦による紙不足のため同誌が休刊してからは、発表舞台を同じ出版社から出ていたSF誌〈スタートリング・ストーリーズ〉に移して、四五年から五一年にかけて長編三作（うち一作はマンリー・W・ウェルマンが執筆）、短編七作が発表された。これらは、〈キャプテン・フューチャー〉の誌面をにぎわせたコラムと合わせて、全十一巻の《キャプテン・フューチャー全集》（二〇〇四〜〇七／本文庫）にまとまっているので、未読の方はもちろんのこと、むかし読んだきりという方も、ぜひともお読みいただきたい。

一九六〇年代後半にパルプ時代の小説が見直されたとき、《キャプテン・フューチャー》シリーズも部分的に復活した。だが、版元のポピュラー・ライブラリが弱小だったうえに、時系列がバラバラで、あまり重要でないエピソードから刊行されたのが仇《あだ》となったのか、十三冊で打ち切りとなった。SFは洗練をとげ、ついには旧来のSFを徹底批判する〈新しい《ニュー・ウェ》波《ーヴ》》運動が起きていたころ。《キャプテン・フューチャー》は時代遅れの骨董品《こっとうひん》とみなされたようだ。

　しかし、わが国では事情がちがっていた。現代SFが失ってしまった原初の力をスペース・オペラに見いだし、その魅力の啓蒙《けいもう》に務めた野田昌宏がいたからだ。数あるスペース・オペラのなかでもとりわけ《キャプテン・フューチャー》を愛した野田は、ことあるごとにその魅力を喧伝《けんでん》し、みずから翻訳の筆をとって紹介に邁進《まいしん》した。最初の邦訳書はハヤカワ・SF・シリーズの一冊として出た『太陽系七つの秘宝』（一九六六）。つづいて『謎の宇宙船強奪団』（同前）と『時のロスト・ワールド』（一九六七）が同じ叢書《そうしょ》から出た。発表順では第五、第六、第八作に当たる。とすれば、いちばん面白いものから出していこうという意図があったのだと推測される。だが、これらは抽象画を表紙にした高踏な装《よそお》いの新書版であり、スペース・オペラの容《い》れ物として、ふさわしいとはいえなかった。

　風向きが変わったのは一九七〇年。見開きのカラー口絵に加え、多数の白黒イラストを配したハヤカワSF文庫（現在の名称はハヤカワ文庫SF）が創刊されたのだ。当初は娯楽路線をとっており、《キャプテン・フューチャー》の器《うつわ》としてはうってつけだった。水野良太郎の描くアメコミ・タッチのイラストを得て、七〇年十二月に出た『透明惑星危機一髪！』（発表順では第七作）を皮切りにシリーズの刊行がはじまった。

　こちらも時系列はバラバラだったが、そんなことはおかまいなしに爆発的な人気を呼んだ。

訳者の野田が多数の人気シリーズをかかえていたうえに、TVディレクターという本業のほうでも多忙をきわめたので、訳出には時間がかかったが、一九八二年六月に第二十巻『ラジウム怪盗団現わる！』が出て完結した。翌年には〈SFマガジン〉七月臨時増刊号という形で『キャプテン・フューチャー・ハンドブック』が刊行され、未訳だった短編も邦訳されて、シリーズの全訳が成った。ちなみに、同誌には野田昌宏の手になるパスティーシュ長編『風前の灯《ともしび》！　冥王星ドーム都市』（二〇〇八／本文庫《キャプテン・フューチャー全集》別巻）も一挙掲載されていた。

この間に多かれ少なかれ改変をほどこしたジュヴナイル版が数多く出た。『宇宙FBI』（一九六八／偕成社）や『宇宙怪人ザロ博士の秘密』（一九七三／あかね書房）といった題名を忘れられない人も多いだろう。ジュヴナイル版に関しては詳細に踏みこんでいる余裕がないので、全集第十一巻に付された伊藤民雄氏作成のハミルトン作品リストを参照していただきたい。

いっぽう《キャプテン・フューチャー》シリーズは、NHKと東映動画の制作でアニメ化された。全五十二話で、放映は一九七八年十一月から七九年十二月。映画《スター・ウォーズ》の大ヒットがもたらしたSFブームのころで、宇宙船のデザインをはじめとして、現代風にアップデートされていた。このアニメは多くの外国でも放映され、とりわけヨーロッパとサウジアラビアで人気が高いと聞く。現在では東映ビデオの販売する全二巻の Blu-ray ボックス（二〇一六）が手にはいる。

この後、一九九五年にハヤカワ文庫ＳＦから五作の新装版が出たあと、前述のとおり、今世紀にはいって版元を東京創元社に移し、全集としてまとめられた。

本国では小出版社の雄ハフナー・プレスから豪華なハードカヴァー版の全集が刊行中であり、アドヴェンチャー・ハウスからはパルプ誌掲載版を復刻したトレード・ペーパーバックが出ているほか、電子書籍やオーディオ・ブックにもなっている。洋の東西を問わず、《キャプテン・フューチャー》は、いまも根強い人気を誇っているのだ。

本書の成り立ちについては著者の「あとがき」にくわしいし、下手に内容に踏みこむと、読者の楽しみを奪いかねないので、いくつか補足をするにとどめたい。

まずカーティス・ニュートンの偽名ラブ・ケインだが、これはシリーズ第十八作『危機を呼ぶ赤い太陽』でカーティスが扮《ふん》する宇宙ゴロツキの名前。

カーティスたちが乗る惑星間フェリーの船名は、ハミルトン夫人だったＳＦ作家リイ・ブラケットにちなむ。

第四部第六章でカーティスが口ずさむ歌は、注釈にもあるとおり、ハミルトンの作である。最初のふたつは《キャプテン・フューチャー》シリーズに出てくるので、野田昌宏氏の訳をお借りした。この場を借りて感謝する。三つ目は同時期に書かれたスペース・オペラ"The

Three Planeteers" (1940) から引いたもの。この作品では、宇宙の無法者に身をやつした内惑星同盟の潜入捜査員三名が、宇宙海賊や外惑星連合の大軍を相手に大立ち回りを演じる。

訳語は野田訳を踏襲《とうしゅう》するように心がけたが、あえて変えたところもある。その最たる例がカーティスの母親の名前だ。綴りは Elaine であり、フランス人というわけでもないので「エレーヌ」ではなく「エレイン」とした。違和感をおぼえる方もいるだろうが、新たなキャプテン・フューチャーの物語ということでご了承いただきたい。

遅くなったが、作者の紹介をしておこう。

アレン・スティールは、本名アレン・ミュールヘリン・スティール・ジュニア。デビュー当初はアレン・M・スティールを名乗っていたが、現在は真ん中のMがとれている。これは石森章太郎が石ノ森章太郎に変わったようなプチ改名であり、本人の意思を尊重した表記が望ましい。

一九五八年一月十九日、テネシー州ナッシュヴィル生まれ。八五年にミズーリ州立大学コロンビア校を卒業し、マサチューセッツ州ウスターに居《きょ》を移して、地元の週刊誌の記者となった。幼いころからSFファンで、この時期にSFの執筆を本格的にはじめる。八七年に長編の出版契約を結ぶと、フリーのジャーナリストとなり、ニューハンプシャー州に移住した。

デビュー作は〈アシモフズ〉一九八八年十二月中旬号に掲載された短編「マース・ホテル

から生中継で」（ハヤカワ文庫ＳＦ『80年代ＳＦ傑作選 上』所収）。これを機にフルタイムの作家となった。つづく八九年には第一長編 *Orbital Decay* が刊行され、近未来の宇宙開発に従事する労働者の姿をリアルに描いた作風からハインラインの再来と評された。同書はローカス賞の第一長編部門の第一位に輝いている。

以後、ほぼ年に一作のペースで長編を上梓《じょうし》し、その数は二十一にのぼる。《近宇宙《ニア・スペース》》と《コヨーテ》の二大宇宙小説シリーズのほか、単発長編として改変歴史ものの *V-S Day* (2014) と、数世代にわたる宇宙船建造の物語 *Arkwright* (2016) を代表作としてあげておく。そのかたわら短編も精力的に書きつづけ、その多くは *Rude Astronauts* (1992) をはじめとする七冊の短編集にまとまっている。

一九九五年に発表した長い中編《ノヴェラ》「キャプテン・フューチャーの死」は、翌年のヒューゴー賞と〈サイエンス・フィクション・ウィークリー〉読者賞を制した。わが国では本家の訳者、野田昌宏による翻訳が〈ＳＦマガジン〉一九九七年一月号に掲載され、翌年の星雲賞を海外短編部門で射止めた。

一九九七年に発表したノヴェラ「ヒンデンブルク号、炎上せず」（〈ＳＦマガジン〉一九九九年一月号所収）はヒューゴー賞、ローカス賞、〈アシモフズ〉読者賞、〈サイエンス・フィクション・クロニクル〉読者賞の四冠に輝き、二〇一〇年に発表した中編《ノヴェレット》「火星の皇帝」（〈ＳＦマガジン〉二〇一一年三月号所収）は、ヒューゴー賞と〈アシモフズ〉読者賞の二冠を獲得した。二〇一三年には長年にわたる宇宙小説執筆の功績が認められ、ロバート・A・ハインライン賞を受けている。

現在はマサチューセッツ州西部で妻リンダと愛犬たちと暮らしているという。

このように人気と実力をかねそなえているわけだが、わが国では中短編が散発的に訳されるにとどまり、本書が初の長編にして単独著書ということになる。

原題は *Avengers of the Moon* で、二〇一七年にトー・ブックスから上梓《じょうし》された。当初は三部作になる予定だったが、刊行前に編集者のデイヴィッド・ハートウェルが亡くなり、後任の編集者が契約を破棄したため、シリーズはいったん頓挫する。

だが、捨てる神あれば拾う神あり。スティールの友人で、由緒《ゆいしょ》あるSF誌〈アメージング・ストーリーズ〉の権利を買いとったスティーヴ・デイヴィッドスンの尽力《じんりょく》で、復活した同誌を舞台に《新キャプテン・フューチャー》シリーズの再開が決まったのだ。仕切り直しの第一作"Captain Future in Love"は、同誌二〇一八年秋／ワールドコン号と同年冬号に二回分載されたあと、翌年イクスペリメント・パブリッシングからトレード・ペーパーバックで刊行された。

本書の数年後からはじまり、本書で言及されるカーティス・ニュートンの初恋が回想の形で描かれる。そして、かつての恋人が意外な形でキャプテン・フューチャーの前に姿をあらわし……といった内容だが、じつは全体の四分の一だという。スティールとデイヴィッドスンは、ノヴェラ四編を連続刊行して一冊の擬似長編にするつもりだというのだ。全体はThe Return of Ul Quornと題される予定であり、第二部は“Guns of Pluto”という題名で予告されている。
ともあれ、新たな《キャプテン・フューチャー》シリーズの門出だ。カーティス・ニュートンとフューチャーメンたちの活躍を末永く見まもりたい。

二〇二〇年四月

検印
廃止

訳者紹介　1960年生まれ、中央大学法学部卒、英米文学翻訳家。編著に「影が行く」、「地球の静止する日」、「時の娘」、「時を生きる種族」、「街角の書店」、主な訳書にウェルズ「宇宙戦争」、「モロー博士の島」、ブラッドベリ「万華鏡」ほか多数。

新キャプテン・フューチャー
キャプテン・フューチャー
最初の事件

2020年4月30日　初版

著　者　アレン・スティール

訳　者　中《なか》　村《むら》　　融《とおる》

発行所　(株)　東京創元社
代表者　渋谷健太郎

162-0814/東京都新宿区新小川町1-5
電　話　03・3268・8231-営業部
　　　　03・3268・8204-編集部
URL　http://www.tsogen.co.jp
DTP　工友会印刷
暁印刷・本間製本

乱丁・落丁本は、ご面倒ですが小社までご送付ください。送料小社負担にてお取替えいたします。

©中村融　2020　Printed in Japan

ISBN978-4-488-63723-1　C0197

人類は宇宙で唯一無二の知性ではなかった

The War of the Worlds ◆ H.G.Wells

宇宙戦争

H・G・ウェルズ
中村 融 訳　創元SF文庫

◆

謎を秘めて妖しく輝く火星に、
ガス状の大爆発が観測された。
これこそは６年後に地球を震撼させる
大事件の前触れだった。
ある晩、人々は夜空を切り裂く流星を目撃する。
だがそれは単なる流星ではなかった。
巨大な穴を穿って落下した物体から現れたのは、
Ｖ字形にえぐれた口と巨大なふたつの目、
不気味な触手をもつ奇怪な生物——
想像を絶する火星人の地球侵略がはじまったのだ！
ＳＦ史に輝く、大ウェルズの余りにも有名な傑作。
初出誌〈ピアスンズ・マガジン〉の挿絵を再録した。

ブラッドベリ世界のショーケース

THE VINTAGE BRADBURY ◆ Ray Bradbury

万華鏡

ブラッドベリ自選傑作集

レイ・ブラッドベリ

中村 融 訳　カバーイラスト＝カフィエ

創元SF文庫

◆

隕石との衝突事故で宇宙船が破壊され、
宇宙空間へ放り出された飛行士たち。
時間がたつにつれ仲間たちとの無線交信は
ひとつまたひとつと途切れゆく――
永遠の名作「万華鏡」をはじめ、
子供部屋がリアルなアフリカと化す「草原」、
年に一度岬の灯台へ深海から訪れる巨大生物と
青年との出会いを描いた「霧笛」など、
“SFの叙情派詩人”ブラッドベリが
自ら選んだ傑作26編を収録。

創元SF文庫を代表する一冊

INHERIT THE STARS◆James P. Hogan

星を継ぐもの

ジェイムズ・P・ホーガン

池 央耿 訳　カバーイラスト＝加藤直之

創元SF文庫

◆

【星雲賞受賞】

月面調査員が、真紅の宇宙服をまとった死体を発見した。
綿密な調査の結果、
この死体はなんと死後５万年を
経過していることが判明する。
果たして現生人類とのつながりは、いかなるものなのか？
いっぽう木星の衛星ガニメデでは、
地球のものではない宇宙船の残骸が発見された……。
ハードSFの巨星が一世を風靡したデビュー作。
解説＝鏡明

SFだけが描ける、切ない恋の物語

DOUBLE TAKE AND OTHER STORIES

時の娘

ロマンティック時間SF傑作選

ジャック・フィニイ、
ロバート・F・ヤング他

中村 融 編　カバーイラスト＝鈴木康士

創元SF文庫

◆

時間という、越えることのできない絶対的な壁。

これに挑むことを夢見てタイム・トラヴェルという

アイデアが現われてから一世紀以上が過ぎた。

この時間SFというジャンルは

ことのほかロマンスと相性がよく、

傑作秀作が数多く生まれている。

本集にはこのジャンルの定番作家と言える

フィニイ、ヤングの心温まる恋の物語から

作品の仕掛けに技巧を凝らしたナイトや

グリーン・ジュニアの傑作まで

本邦初訳作３編を含む名手たちの９編を収録。

日本SF史に名を刻む壮大な宇宙叙事詩

Legend of the Galactic Heroes ◆ Yoshiki Tanaka

銀河英雄伝説

全10巻＋外伝全5巻

田中芳樹

カバーイラスト＝星野之宣

◆

銀河系に一大王朝を築きあげた帝国と、
民主主義を掲げる自由惑星同盟《フリー・プラネッツ》が繰り広げる
飽くなき闘争のなか、
若き帝国の将“常勝の天才”
ラインハルト・フォン・ローエングラムと、
同盟が誇る不世出の軍略家“不敗の魔術師”
ヤン・ウェンリーは相まみえた。
この二人の智将の邂逅が、
のちに銀河系の命運を大きく揺るがすことになる。
日本SF史に名を刻む壮大な宇宙叙事詩、星雲賞受賞作。

創元SF文庫の日本SF